JN218684

いかにしてアーサー王は日本で受容されサブカルチャー界に君臨したか
変容する中世騎士道物語
〈ガウェイン版〉
How the noble Kyng Arthure was receyued in Japan
& was crowned emperour of pop culture
岡本広毅＋小宮真樹子 編
Mizuki Shorin

How the noble Kyng Arthure was receyued in Japan
& was crowned emperour of pop culture

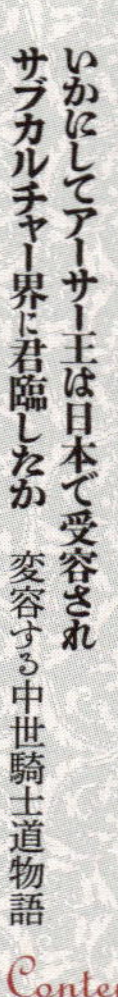

いかにしてアーサー王は日本で受容され サブカルチャー界に君臨したか

変容する中世騎士道物語

Contents

序論——変容する中世騎士道物語　岡本広毅　002

第一部　受容の黎明期

アーサー王が海を越えて日本へやって来たこと。明治・大正期の騎士と武士の混合。夏目漱石が日本初のアーサー王小説を書いたこと。日本人研究者の貢献。

"Fyrst how kyng Arthure came to Japan. Of a fayre felauship bitwene knyztes and Bushi formed in Meiji & Taisho dayes. How Soseki Natsume wrot romaunce for the fyrst tyme."

明治・大正アーサー王浪漫——挿絵に見る騎士イメージの完成過程　山田 攻　020

日本初のアーサー王物語——夏目漱石「薤露行」とシャロットの女　不破有理　042

愛か忠誠か――『こころ』に見るランスロット像
小谷真理……066

「アストラット」から「アスコラット」へ――日本から発信された中世の再発見
高宮利行……086

第二部 サブカルチャーへの浸透

アーサー王と円卓の騎士たちがその名声を高めていったこと。
アニメ、ゲーム、舞台で活躍する騎士たち。ご当地化・女体化するアーサー王伝説。

"How Arthure and the knyghtes of the Rounde Table wan alle the honour in Anime, Game, Manga, lyke as herbes and trees bryngen forth fruyte and florysshen in May, in lyke wyse every lusty herte spryngeth and florysshetħ in lusty dedes."

テレビアニメーション『円卓の騎士物語　燃えろアーサー』における日本のアーサー王原像
塩田信之……108

一九八〇年代アキバ系サブカルチャーにおける「アーサー王物語」の受容
森瀬繚……125

宝塚のアーサー王物語――バウ・ミュージカル『ランスロット』
小路邦子……142

女性アーサー王受容之試論――『Fate』シリーズを中心に
滝口秀人……165

『ドラゴンクエストXI』における騎士道とアーサー王
小宮真樹子……183

第三部　君臨とさらなる拡大

さまざまな冒険のすえ、高貴なるアーサー王と円卓の騎士たちが現代日本サブカルチャーにおける英雄となったこと。

語り直されるアーサー王伝説。騎士たちのグローバルな活躍。

"Of dyuers adventures of the knyʒtes of the Rounde Table & how they conquerd the realmes of pop culture in Japan. The Tales of Kyng Arthure recounted. Of "global" feates of the knyʒtes."

私の『アーサー王の世界』――リライトは楽し
斉藤 洋 …… 206

永遠の王アーサーと『金色のマビノギオン』
山田南平＋小宮真樹子 …… 222

カズオ・イシグロのアーサー王物語――ノーベル賞作家はガウェイン推し
岡本広毅 …… 259

イングランドとアメリカのポピュラーカルチャーにおけるアーサー王伝説
アラン・ルパック／杉山ゆき 訳 …… 279

Column
沈め！ アーサー王物語の沼 ✷ 椿 侘助
1 円卓の騎士萌え……016
2 一途なところが可愛いランスロット……103
3 円卓一のプレイボーイ・ガウェイン……202
4 その他魅力的な騎士たちの一部……297
5 えっ、ＢＬ……？ 騎士たちの濃すぎる友情……341

資料
若者５００人に聞きました——アーサー王伝説アンケート……300
語り継がれるアーサー王伝説——一次資料集……304
独断と偏見によるアーサー王用語集……327
作品によって異なるものの、ある程度は参考になるかもしれない人物相関図……332
過去と未来の王の軌跡——アーサー王伝説にまつわる主要な出来事……337

あとがき 小宮真樹子……344

執筆者たちの円卓……350

索引……(1)

How the noble Kyng Arthure was receyued in Japan
& was crowned emperour of pop culture

いかにしてアーサー王は日本で受容され サブカルチャー界に君臨したか

変容する中世騎士道物語

序論

変容する中世騎士道物語

Hiroki Okamoto

岡本広毅

アーサー界隈のざわざわ

——五世紀末、迫り来るゲルマン民族の侵攻に立ち向かい、勇敢に戦ったとされるひとりの戦士。彼の名はアーサー——中世ブリテン島のこの英雄が今、極東の地で崇められています。

I

事実、ここ数年「アーサー界隈」はざわめいています。象徴的な出来事がありました。二〇一七年九月二〇日、歌手の安室奈美恵さんが引退を発表し、日本列島に激震が走ったこの日、なんと、ツイッターのトレンドワードの一位となったのは、彼女の名ではなく、「マーリン」という横文字でした。超大物歌手を膨大な検索数で置き去りにした謎のワードは、一躍話題を呼び、「マーリンって誰」というまとめサイトが作成されたほどです。[01] 何を隠そう「マーリン」とは、アーサー王物語に登場する最上の予言者であり魔術師です[fig. 01]。平成の歌姫の引退宣言、それは意外なかたちでアーサー王伝説への注目を高めたのです。

それから数か月後、二〇一八度大学入試センター試験でのこと。「世界史B」の科目試験で「アーサー王物語」にまつわる問題文が紙面に現れました。世界史上の帝国や王権の支配について述べた設問として次の一節が記されました。

> ブリトン人の英雄伝説を起源とする『アーサー王物語』は、12世紀前半に成文化されると、ヨーロッパ中に広まった。これを政治的に利用したのが、イングランド王ヘンリ2世である。彼の治世には、ラテン語からの翻訳をはじめとするアーサー王関連作品が書かれた。それらの中に描かれた、ブリテン島のみならず北欧やガリアまでを支配したアーサー王の姿は、相続や婚姻を通じて広大な領土を治めることになったヘンリ2世にとって、王権の権威付けのために望ましいものであった。さらに聖杯伝説や宮廷風恋愛などの要素を加えられた『アーサー王物語』は、その後、広く愛好されることになる。[02]

「ブリトン人」、「聖杯伝説」、「宮廷風恋愛」――また、問題文に関した問

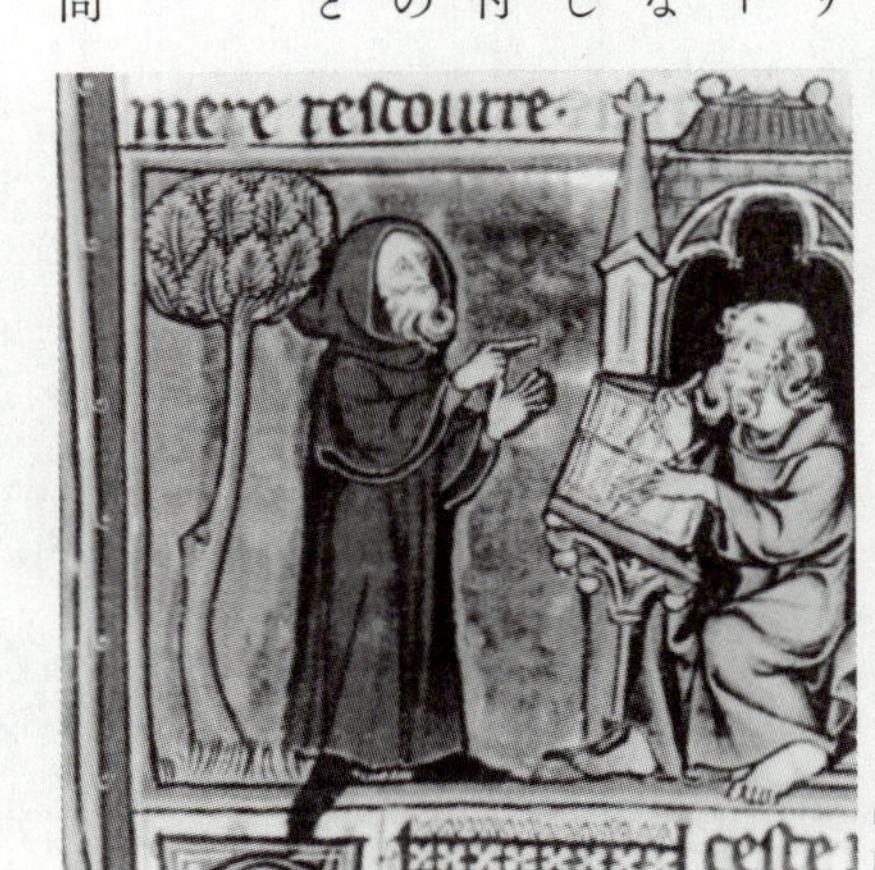

[fig. 01]
中世の写本に描かれる魔術師マーリン

01――「「安室引退」速報後、ツイッター人気ぶっちぎり1位を奪った「マーリン」って誰？」https://www.j-cast.com/2017/09/21309090.html,（参照 2019-1-20).

02――独立行政法人大学入試センター「過去の三年分の試験問題―平成三〇年本試験の問題：世界史Ｂ」https://www.dnc.ac.jp/albums/abm.php?f=abm00033444.pdf&n=h30+chireki+02sekaishiB.pdf,（参照 2019-1-20).

いの選択肢には、『イリアス』や『ローランの歌』、『ギルガメシュ叙事詩』といった古代から中世ヨーロッパにかけての英雄作品も言及されています。アーサー王は歴代の顔ぶれに肩を並べるどころか、文字通りセンターへと躍り出たのです。[03]

こうした出来事は決して突発的に起こったわけではないでしょう。アーサー王物語のポップ・カルチャー領域での人気と浸透が、話題作りに一役買ったに違いありません。「マーリンとは誰か」という問いの背後には、ソーシャルゲーム『Fate/Grand Order』の爆発的な人気がありました［fig. 02］。本作は、ゲームブランドTYPE-MOONによるゲーム作品『Fate/stay night』（二〇〇四年）を元に製作されたスマートフォン向けRPGです。『Fate』シリーズは、過去の英雄・偉人の英霊を現代に召喚し、万物の願いをかなえる「聖杯」を求め争う物語で、西洋の伝説や歴史に関連するキャラクター、アイテム、用語が数多く登場します。その中で、アーサー王（アルトリア・ペンドラゴン）は、作品の核となる「ヒロイン」のひとりです（マーリンは期間限定で手にできる傑出したレアキャラで、奇しくも安室奈美恵の電撃引退発表の日にそのサービスが開始されたのでした）[04]。『Fate』シリーズは、異なる設定をもつ幾多の作品から構成されるため、初めての人にとってはどこから始め、どの順番で触れていくべきか、その全容を把握することは極めて困難な状況にまで達しています。アニメ、マンガ、小説、ソーシャルゲームなど、メディア媒体の多様化はシリーズ肥大化に拍車をかけ、物語は続編、前日譚、番外編、外伝など様々に分けられ派生し、多彩な展開をみせているのです。

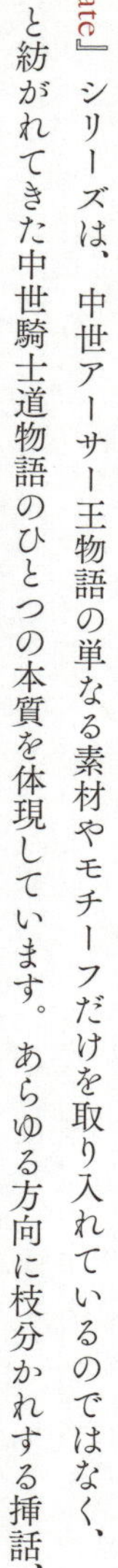

『Fate』シリーズは、中世アーサー王物語の単なる素材やモチーフだけを取り入れているのではなく、脈々と紡がれてきた中世騎士道物語のひとつの本質を体現しています。あらゆる方向に枝分かれする挿話、

［fig. 02］
『Fate』シリーズ、女性化した騎士王アーサー
彼女の生前の姿を描いたドラマ CD
"Garden of Avalon" (Aniplex 2016)

大胆な改変作、変幻自在のスピンオフなど、この無数の変奏はアーサー王物語の真骨頂といえるでしょう。色めき立つアーサー界隈にあって『Fate』シリーズは、中世の騎士道物語がもつ極めて重要な特質を浮かび上がらせるのです。

本書は日本のアーサー王文化（＝ポップ・アーサリアーナ）に特化した一冊です。これまでにも、西洋の「アーサー王伝説・物語」についての優れた解説書は出ています。伝説全般の概説書としては、一九八三年に出された『アーサー王――その歴史と伝説』（リチャード・バーバー著／高宮利行訳、東京書籍）が挙げられるでしょう。訳者の高宮利行氏は「翻訳文化が質量ともに高いレベルにある我が国で、アーサー王伝説に関する入門書がなかったのが不思議なほどである」（二七九―二八〇）と記しています。一九九一年には、『ユリイカ』九月号でアーサー王伝説の特集が組まれ[fig. 03]、英文学者（高宮利行）とファンタジー作家（ひかわ玲子）、ミュージシャン（葛生千夏）によって、学術／創作上の観点からコラボレーション鼎談が組まれています。これはポップ・アーサリアーナの一端を表す上で、実に画期的な試みであったと推察します。ま

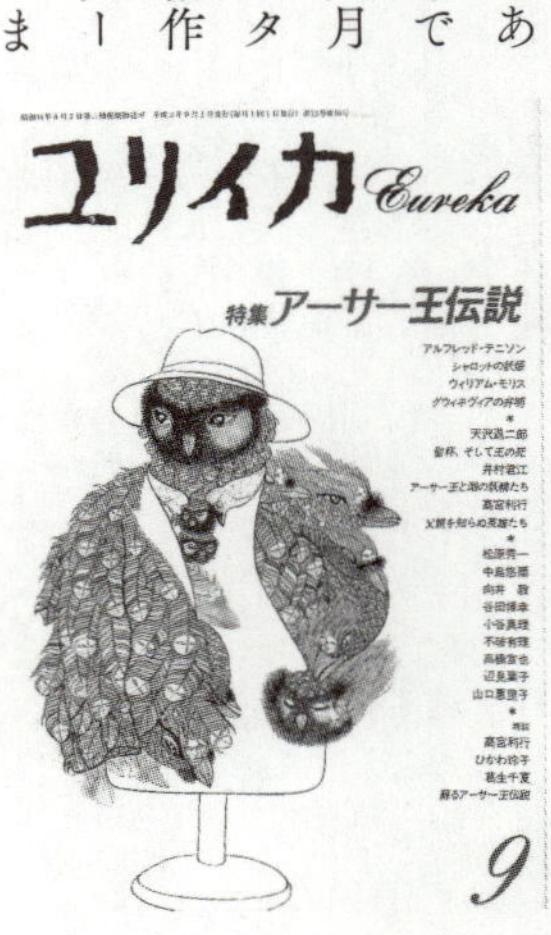

[fig. 03]
『ユリイカ』特集アーサー王伝説
（一九九一年九月号）

03――『アーサー王物語』という表記にはややトリッキーな問題がある。一般に『』（二重括弧）は作品名を示す際に使われる記号であるが、『アーサー王物語』という作品は厳密には存在しない（問題文にある一二世紀前半にそのような名を冠した作品もない）。ただ、『』をつけてしまうほど「アーサー王物語」の定義はとても複雑なものともいえよう。

04――加東岳史「『Fate』シリーズとはなんぞや？『Fate/Grand Order』に至る聖杯戦争の系譜を改めて紐解く」https://spice.eplus.jp/articles/178022,（参照 2019-1-20）.

た同書の中で、ファンタジー評論家の小谷真理氏は「アーサリアン・ポップ――モダン・ファンタジイにおける倒錯的受容」と題する記事を寄せており、「日本のアーサー王伝説」という項目でゲームの隆盛とのかかわりに触れつつ、「アーサリアン・ポップの浸透は、むしろ今後に期待されるところだ」（二二四）と書いています。[05]

その「期待」の通り、現在、アーサー王物語はさらに浸透し、独自の発展を遂げています。絵本や小説、映画はもちろんのこと、アニメ、マンガ、テレビドラマや演劇舞台、ライトノベル、ソーシャルゲーム、二次創作の領域において、さらなる「冒険のフィールド」を広げているのです。本書では、そのような状況に目配りし、西洋の一大英雄譚がいかにして日本に取り入れられ、どのように受容・享受されてきたかを探ります。「マーリンって誰？」「アーサー王は女性なの？」――こうした素朴な問いに答えるべく、日本とアーサー王物語との出会いと変遷について、学術的調査と知見に基づく情報を提供できればと考えます。アーサー王の世界に関心を持った読者の知的好奇心の受け皿として、本書が「学術」と「娯楽」の橋渡しになることを強く望んでいます。

伝説に刻印される「歴史」と「ロマンス」
――アーサー王物語とは？

アニメ化、女性化、ロボット化するアーサー。そのルーツはどこにあり、そもそもどのようなお話だったのでしょうか。英雄アーサーの物語は、古くからケルト系ブリトン人の間で語り継がれてきました。彼は、五世紀に大陸より侵攻してきたゲルマン民族の一派アングロ・サクソン人と戦い、追い払った隊長として名を馳せます。実は、当初のアーサーは「王」ではなく戦の「指導者」にすぎませんでした。長きに渡り口承で親しまれ、育まれてきた武勇伝は、断片的な言及を経て、一二世紀に初めて体系化されます。ジェフリー・オブ・モンマス（Geoffrey of Monmouth）という人物が『ブリタニア列王史』（*Historia Regum Britanniae*, c. 1138）において、アーサーの出生と生涯を初めて詳細に書き記したのです。父ブリトン王ウーサーペンドラゴンの略奪婚の末に生まれたアーサーは、サクソン人との攻防の中、国内はおろか北ヨーロッパをほぼ掌握、ついにはローマへと進軍し皇帝の座を獲得しました。ジェフリーはアーサーを一介の戦士としてではなく、汎ヨーロッパの英傑・偉人（古代トロイアの英雄アエネアスを祖先にもつ）と肩を並べる「征服王」へと脚色します。辺境のヒーローは、世界のレジェンドへ——語り継ぎ、書き直されるアーサーの武功は、たちまち海を越え西ヨーロッパ全域へと伝播し、時の文化的先進国フランスの地で花開いたのです。[06]

ブリトン人の一王の事績に尾ひれが加わり、膨大な物語群が生まれようとしていました。この発展を巡りキーワードとなるのは「ロマンス」という言葉です。「ロマンス」とは、もともと恋愛やラブ・ストー

05——また高宮利行氏は『アーサー王伝説万華鏡』（一九九五年）、『アーサー王物語の魅力——ケルトから漱石へ』（一九九九年）も上梓している。前者の帯文には、「愛と武勇の中世騎士物語はファンタジー小説、SF映画、ニューミュージックなど、さまざまな分野で姿を変えて今なお息づいている」とある。その他にも、青山吉信『アーサー伝説——歴史とロマンスの交錯』（岩波書店、一九八五年）、池上忠弘『ガウェインとアーサー王伝説』（秀文インターナショナル、一九八八年）などの研究書がある。最近では中央大学出版より学術的な論文集『アーサー王物語研究』（二〇一六年）が出ている。また、シブサワ・コウ著『爆笑アーサー王』（光栄、一九九四年）は、コミカルな内容にもかかわらず隠れた名著として知られる。

リーではなく、ローマ人の言語「ラテン語」から俗語である「ロマンス語」に翻訳された作品を指していました。一二世紀以降、フランスでは文芸作品を自分たちの言葉へと翻訳する「ロマンス化」の動きが盛んになります。ここで登場するクレチアン・ド・トロワ（Chrétien de Troyes）という詩人は、ジェフリーのラテン語年代記に、古代ケルト文化（フランス北西部ブルターニュ地方に継承されていた）の息吹を見事に塗し、超自然や魔法に満ちた豊かな想像世界を作り上げました。騎士の冒険、試練、魔法、異界探訪、巨人／ドラゴン退治、捕らわれの乙女の救出、恋愛遍歴——愛と冒険をベースとするロマンスの様式は、「厳格に言葉を使いこなす作業というよりも独創的な再創造として考えられ、自由な翻訳作業を行う中で確立されていった」（七）のです。[07] このロマンス特有の「独創的な再創造」によって後の広がりが約束されたといっていいでしょう。いにしえより語り継がれ、ジェフリーにより成文化されたアーサー王の物語は、「ロマンス化」のプロセスを経ることで、現代のポップ・カルチャーの原動力となる素地を築いたのです[08] [fig. 04]。

この頃から興味深い現象が起こり始めます。ブリテン王の活躍は影を潜め、名高き「円卓」が初めて言及され、そこに陣取る「円卓の騎士」に焦点を当てたエピソードが数多く紡がれていくのです。主役であったアーサーはいわば舞台の後方に下がり、黒子的役回りを担うことになります。平尾浩三氏はこれを「将棋の駒」に例えています。

> 確かにアーサー王が君臨しておればこそ、宮廷は、そして物語は成り立つ。しかしアーサー王はいわば将棋の王将のような存在である。王将がいなければ将棋は成立しないが、王将は奥に構えて、むしろ目立たぬ存在なのである。将棋の飛車や角行に相当する存在、冒険へ向かい果敢に挑んで獅子奮迅

[fig. 04]
井村君江氏によるアーサー王物語の入門書
奥深い「ロマンス」の世界（筑摩書房 1992）

の働きを示し、名声を上げる人物は、アーサー王自身ではなく、彼に仕える円卓騎士の個々人たちである。[09]（三五一）

玉座に控えるアーサー、代わりに活躍の幅を広げる円卓の騎士たち。従前の歴史の枠組みに限定されない、個性あふれる騎士の「アドヴェンチャー／アヴァンチュール」が開幕します。[10] 笑いあり、涙あり、悲喜こもごものアーサリアン・ワールド――人々は円卓の騎士に「萌え」、それぞれの「推し騎士」の活躍に胸

06……このことは意外に思われるかもしれないが、『アーサー王神話大事典』の著者ヴァルテール氏は「フランス語で書かれたアーサー王物語群は、量的にも質的にも比類ないほど豊かである……盲目的な愛国心を一切抜きにしても認めるべきなのは、作品をフランス語で著した作家たちこそが文字どおりアーサー王文学を作り上げたということである」（五）と述べている。フィリップ・ヴァルテール／渡邉浩司、渡邉裕美子訳『アーサー王神話大事典』（原書房、二〇一八年）参照。

07……フィリップ・ヴァルテール／渡邉浩司訳、「アーサー王文学の発生と展開――八世紀から一三世紀まで――」『アーサー王物語研究』（中央大学出版部、二〇一六年）三―三一頁。

08……『オックスフォード英語辞典』（The *Oxford English Dictionary*）の“romance”の第一義には、「中世の物語――騎士、英雄による伝説上のあるいは現実離れした数々の冒険に関連する物語」とある。今日、「ファンタジー」の代名詞ともなったアーサー王物語の根底には、中世フランスを中心に生まれた「ロマンス」の水脈が流れているといえよう。

09……平尾浩三「『ランツェレト』論考」ウルリヒ・フォン・ツァツィクホーフェン／平尾浩三訳『湖の騎士ランツェレト』（同学社、二〇一〇年）。

10……“adventure”も中世アーサー王物語に頻出するキーワードである。もともとは「偶然の出来事、驚異」を意味し、「危険な冒険」となった。RPGにおける「アドヴェンチャー」もこの流れを汲む。*OED* 4c の語義を参照。

を躍らせたことでしょう。恋の媚薬に左右されるトリスタンとイゾルデ、過去と未来も見通す賢者でありながら愛弟子の魔法に屈するマーリン、王妃の言葉に発狂し全裸で森を駆け回るランスロット、純粋無垢の野生児パーシヴァル、イエス・キリストの弟子の子孫にあたる純潔の騎士ガラハッド、ランスロットへの恋煩いから命を落とすエレイン、クリスマスの宴の最中に首切りゲームを仕掛ける「緑の騎士」などなど。一五世紀にトマス・マロリーが著した『アーサー王の死』(*Le Morte d'Arthur*)は、中世に咲き誇ったエピソードを融合した集大成で、以後、アーサー王物語の展開に大きな影響をあたえる書物となりました。

英国では中世の終焉とともに、アーサー王物語の人気は一時的に衰退をみます。不遇の時代を経て、アーサー王物語が「復活」を遂げるのは、一八世紀半ばから一九世紀にかけてのことです。産業化や工業化への一種の反動として、中世社会が理想化され、地域に残る土着文化の再評価の機運が高まりました。ヨーロッパ各地で起こった「ロマン主義」の文芸・思想運動と呼応し、民間で享受されてきた伝承やバラッドなど、各地域に根差した文化が再び脚光を浴びることとなります。ケルトの遺産であるアーサー王伝説は題材として申し分ありませんでした。ヴィクトリア朝に入ると、詩、絵画、建築、音楽、観光などあらゆる方面で想像力を発揮し、一部の物好きの嗜好を越えて国民的物語となっていきました。アーサー王物語は人々のモラルや振る舞いを規定し、さらには大英帝国の繁栄を下支えする精神的拠り所となったのです。とくに、長らく出版が途絶えていたマロリーの『アーサー王の死』が再版された一八一六年はひとつのターニングポイントで、時の桂冠詩人アルフレッド・テニスン(代表作に『国王牧歌』*Idylls of the King*)やラファエル前派の画家をはじめ、多岐に渡る活動のインスピレーションとなりました(比較言語学を端緒とした中世の言語・文学に関する学術的成果も文化シーンの人気を後押ししたといえるでしょう)。

一九世紀を中心としたアーサー王の再臨・復興は二〇世紀、そして二一世紀へと引き継がれます。[二] さらなる創造の翼を広げたアーサー王物語は、中世へとタイムスリップしては、現代に転生、そして未来へテレポート——SFやファンタジーといったジャンル、ビデオゲームやアニメーションといったコンテンツと手を組んだアーサーは、時代錯誤や現実逃避の誹りにビクともせず、さらに進化。中世の原典と創作が見事なコラボレーションを果たし、それぞれが独自の価値を帯び発展していきます。ウォルト・ディズニー制作の『王様の剣』（一九六三、原作はT・H・ホワイトの小説『永遠の王』一九三八年）、英国コメディ集団（中世研究家テリー・ジョーンズを含む）による痛快かつシリアスなパロディ『モンティ・パイソン・アンド・ホーリー・グレイル』（一九七五年）、女性の視点からキャメロット世界を再考する小説（テレビドラマ化もされた）『アヴァロンの霧』（一九八三年）、はたまた、『スター・ウォーズ』シリーズ（一九七七年―）や、『インディ・ジョーンズ／最後の聖戦』（一九八九年）、『ハリー・ポッター』シリーズ（一九九七―二〇〇七）など、その影響／派生は枚挙に暇がなく、アーサー王の威光は未だ翳りを見せることなくサブカルチャー界を照らし続けているのです。

このように、アーサー王物語とは古代ケルトの伝承を基調とし、戦、冒険、恋愛、魔術、神秘、ファンタジーなどあらゆる意匠を纏いつつ、マーリン顔負けの変身を遂げてきました。その「変身」過程は一見無秩序で、気の遠くなるような変化に映るかもしれません。しかしその実、これこそが「ポップ・アーサリアーナ」を持続、活気づけてきた秘薬（エリクサー）だったのではないでしょうか。長い歴史と文化に根差したアーサー王物語の「地力」を考えると、時空を超え伝来した日本でのその「驚くべき君臨」は、いわば、勇者

二——現代のアーサー王物語の受容に関しては、マーティン・J・ドハティ／伊藤はるみ訳『図説アーサー王と円卓の騎士——その歴史と伝説』（原書房、二〇一七年）二三三―二五六頁参照。

が冒険をし装備を整え、竜を倒し魔王を滅ぼすほどに必定の物語であったのです。

そして「伝説」は日本へ……

『いかにしてアーサー王は日本で受容されサブカルチャー界に君臨したか』（略して『いかアサ』）は、本書の中身をストレートに伝えるタイトルです。当初『女体化するアーサー!?（仮）』を筆頭に、「過剰化」「日本化」「ご当地化」など様々なフレーズが候補に挙がりました。しかしながら、編者と編集者による「円卓会議」の末、本タイトル『いかアサ』で決定の運びとなりました。この理由を説明しましょう。それは、一五世紀を生きたウィリアム・キャクストン（William Caxton）という人物と関係しています。彼は、近代の幕開けを告げる活版印刷を導入し、先に触れたトマス・マロリー作のアーサー王物語の結実『アーサー王の死』を世に広めました。キャクストンこそアーサー王物語の読者数を飛躍的に伸ばし、アーサー王の「ポピュラー化」に貢献、ひいては中世と現代の懸け橋となったキーパーソンといえるでしょう。二一巻から成る『アーサー王の死』には章タイトルがいくつもあり、その目次部分には「いかにして誰々が何々をしたか」という言い回しが多用されています[fig. 05]。

もうお分かりでしょう。本書タイトル『いかアサ』は、このキャクストン・フレーズへのオマージュとなっているのです。かつて、ヨーロッパに広大な版図を築き、ついにはローマの王冠を手にしたアーサー王は今、日本のポップ・カルチャーをも制圧しようとしている……日本のポップ・カルチャーに潜む中世ヨーロッパの文化継承がここで示されているのです。

本書では大きく分けて小説、アニメ、ゲーム、演劇という分野にみられるアーサー王物語の受容

[fig. 05]
“And how the kyng wanne a Cyte / and how he was crowned emperour…”
「いかにしてアーサーが城市を占拠し、ローマ皇帝として戴冠したか」
2019年、日本の「写字生C」による模写（あとがき参照）

と変容のあり方が論じられています。分かりやすく「年代順」に配置され、それぞれの内容を簡潔に記した「キャクストン風の部タイトル」が続きます。そして集結する円卓の騎士さながらの多彩な顔触れ。研究者、物語作家、ゲームライター、漫画家——各界を代表するアーサリアンとパーティを組みいざ冒険の旅へ——

第一部は「受容の黎明期」、海を越え日本へやってきたアーサー王物語の初期受容を見ていきます。何よりも、それは「翻訳作品」を通して知られることとなりました。

明治・大正期、西洋騎士を知らなかった日本で生まれた円卓の騎士の初々しいイメージと形成過程（山田攻）。

夏目漱石による日本初のアーサー王小説「薤露行」と西洋／東洋の文学的融合の試み（不破有理）。

『こころ』に継承されるランスロットの葛藤とその変奏（小谷真理）。

そして、沸き立つ文芸シーンの背後で、世界に発信された日本人中世研究者の学術成果（髙宮利行）。

第二部は「サブカルチャーへの浸透」、アニメ、ゲーム、舞台での目覚ましい発展ぶりが観察されます。時代を先取りし、ファンタジー・ブームの確かな礎を築いたテレビアニメ『燃えろアーサー』と制作事情（塩田信之）。

ファンタジー・ジャンルのヒット作が生まれた一九八〇年代アキバ系サブカルチャーにおけるアーサー王物語の奇妙な位置（森瀬繚）。

運命に翻弄される中、登場人物それぞれが生きる道を模索する宝塚歌劇団独自の舞台『ランスロット』（小路邦子）。

『Fate』シリーズへ連なる女性キャラクターの系譜とその魅力（滝口秀人）。

そして、国民的RPG『ドラゴンクエスト』シリーズと最新作XIに浮上した騎士道モチーフ（小宮真樹子）。

第三部は「君臨とさらなる拡大」、再生・再創造を繰り返す現在進行形の創作現場と世界的状況の一端に目を向けます。

児童向けに書かれた『アーサー王の世界』と「リライト」の価値（斉藤洋）。

『金色のマビノギオン』の作者山田南平先生によるマンガ創作の現場（小宮氏との対談）。

そして、日本に出自をもつノーベル賞作家カズオ・イシグロのアーサー王小説（岡本広毅）を経由し、冒険は「ラスボス」の登場へ。

アーサー王伝説研究の世界的権威アラン・ルパック氏による特別寄稿（杉山ゆき訳）は、ポップ・アーサリアーナ隆盛を生み出すきっかけとなった重要な源泉作品に迫り、「過去にして未来の王アーサー」の今後が占われます。

その他にも、本書のページの合間にはコラム「沈め！　アーサー王物語の沼」（椿侘助）を掲載、黄色い声援とともに騎士萌えポイントが解説されています（これであなたも沼の一員!?）。また、日本の若者層を対象としたアーサー王伝説に関する《若者500人に聞きました――アーサー王伝説アンケート》、本書でしか読むことのできない物語も収録した《語り継がれるアーサー王伝説――一次資料集》、独自の切り口満載《独断と偏見によるアーサー王用語集》など、より楽しく学ぶためのコーナーが多く設けられています（本書に収まりきらなかったものは、特設ウェブサイト https://www.mizukishorin.com/ikaasa でも閲覧可能）。

本書の「二色刷りレイアウト」は、登場人物や固有名詞を赤で記す中世写本（『アーサー王の死』のウィンチェスター写本）の慣習に依っています。[12] 章タイトルの華麗な「装飾文字」は、カリグラファーの河南美和子氏にご作成いただき、本書に中世ヨーロッパの香しい息吹をお送りくださいました。そして、表紙イラストは創作界きってのアーサー王物語愛読者、山田南平先生によりご提供いただいた珠玉の書き下ろしです。しかも、アーサー版／ランスロット版／ガウェイン版という三種類の装丁、本書の魅力を表現して余りあるアートとなっています。また、山田先生と編者小宮氏による業界注目のスペシャル対談も実現。おふたりの胸アツなやりとりは、読者の皆さんをきっとアーサー王伝説の原初風景へと立ち戻らせることになるでしょう。物語を共有し、楽しく語り合う姿——この光景に、学術と文化現場の橋渡しという本書におけるコンセプトの達成をみました。

それでは、知の聖杯で皆さんをアーサー王の世界へいざないましょう。

12——登場人物表記のヴァリエーション（ランスロット（英）／ランスロ（仏）／ランツェレト（独）など）も、アーサー王世界に独特の面白いポイントである。本書ではできる範囲で人名表記の統一を図ったが、扱う作品によって表記に揺れがあるのは仕方のないことである。よって、人名表記についてはかならずしも厳密な統一は行わず、最終的には執筆者の判断に従った部分もある。

沈め！
アーサー王物語の沼

Column I

TSUBAKI Wabisuke

円卓の騎士萌え

椿侘助

インターネットで円卓の騎士の名前を検索すると、検索上位に出てくるのはゲームの記事だ。円卓の騎士の名前がつけられたゲームや漫画のキャラクターの中には、名前以外に円卓の騎士と接点が見られないものから、「あのエピソードを参考にしたんだな」とアーサー王物語ファンがニヤリとしてしまうものまで幅広い。アーサー王物語を扱った現代作品は、映画にゲームに漫画と数多く、それらでアーサー王物語に触れたことがあるという人も多いだろう。

しかし、その「原典」となる中世のアーサー王物語を読んだことのある人はどれだけいるのだろうか。原典ファンとしては喜ばしいことに、ゲームや漫画でアーサー王物語自体に興味を持った人の中には、洋書や研究書にまで手を伸ばす強者もいる。また書店の中にはゲームファン向けに、キャラクターの「元ネタ」としてアーサー王物語を紹介しているところもあり、アーサー王物語への入り口として、ゲームや漫画を頼もしい存在だとも感じている。だが、「原典」とされる中世のアーサー王物語はどれを読めばいいのかわからないほど多く、邦訳のない作品がいくつもあって、さらに邦訳のある作品ですら絶版で手に入らないものが多い。中世の外国文学というだけでなんだか難しそうで、書かれた言語が変われば同じ登場人物でも、邦訳でのカタカナ表記が変わり、誰が誰だか理解するのも一苦労。中世ヨーロッパの文化や文学に親しみがないと戸惑うシーンもあれば、似たようなエピソードでも、作品によって細部が違って混乱することもある……。

私がアーサー王物語ファンになって感じたことを、ざっと挙げてみたが、なんて面倒臭そうなジャンルだろうか。

それでもアーサー王物語にはまってしまった理由……それは人それぞれだと思うが、私の場合は円卓の騎士が「萌え」[01]るからだ。私だって、それこそ最初は「世界的に有名な伝説だし、教養として知っておきたい」という理由で、有名なトマス・マロリーの『アーサーの死』に手を出した。しかしそこで私のオタク心に深く突き刺さってしまったのだ。アーサー王とガウェイン対ランスロットの戦いが。かつての親友同士の不本意な戦い……！

敵同士となってしまったけど互いにまだ愛し合っていて、でも状況が和解を許さないし、なんか……拗れた時ほど、どれだけこの三人の関係が深いものだったかわかるっていうか……いや、もうこんなの熱くなるしかなくない!?

その後ネットで調べると、アーサー王物語にはこのマロリーの作品以外にも物語がたくさんあるようではないか。なるほど、番外編か？　スピンオフか？　と思いながら、これまた有名な作品のひとつである『ガウェイン卿と緑の騎士』を読んでみた。読んだ者みな、ガウェインが好きになってしまう恐ろしい作品である。結果、完全にガウェイン推し[02]になった。中世文学で女性たちを魅了し尽くしたガウェインの魅力は、現代日本でも通用した。アーサー王物語が現代でも愛されている、その理由

01―**萌え**❦好きなキャラクターのかっこいい部分や可愛い部分に触れた時に湧き上がる強い感情。人や体調によって症状にばらつきがあり、「待って……」と自分を落ち着かせるために一息いれたり、抱えきれない萌えに「やめて!」とキレたり「つらい」と苦痛を訴える場合もある。

02―**推し**❦作品内で一番のお気に入りキャラクターを主張するときに使う言葉。使用例「ガウェイン推し」「推し騎士はランスロット」「なんかアーサー王推しの人ってガウェイン推しの人とかランスロット推しの人より少なくない？」など。

となる普遍的要素のひとつは、きっとガウェインの魅力……まさにこの世の太陽……。そこからはもうガウェインの出てくる作品を読み漁るようになった。

アーサー王物語は数が多い。もちろんその全てを読む必要なんてないし、そんなことをできる人がいたら驚く。好きだと主張するのに、読んだ作品数や知識は関係ないとも思う。だが私はアーサー王物語のどれかひとつの作品をひたすら愛するタイプではなく、「ガウェインがしゃっくりをするシーンも見逃したくない」というサー・ガウェインおっかけ型オタク。（この場面は、ヴォルフラム・フォン・エッシェンバハ『パルチヴァール』三〇六頁をチェック！）ガウェインを追って次々と作品に手を出した。そして不満を抱いた。「どうして円卓の騎士たちに、こんな美味しいエピソードがあるって誰も教えてくれなかったんだ!!」という不満だ。もちろん理不尽な怒りだと承知しているが、推しキャラの萌えところが世に知られていないのはファンにとっては憤慨すべき大問題である。えっ、みんな、推しの素敵エピソードがあったら「聞いて〜〜！ 私の推し騎士がね〜〜〜！」って叫びたくならないの？ 仲間を思って涙を流すガウェインを見つけても、胸に覚えた尊い[03]という気持ちをネットやどこかに吐き出したりしないで、ひとりで抱え込んでるの？ まじで⁉

そんなこんなで抱えきれないアーサー王物語の騎士萌えをSNSで吐き出してたら、ここにコラムを書いていいよって言われて、未だにビックリしているんだけど、これはもうひとりでも多くの人間をアーサー王物語の沼に嵌める[04]ために、円卓の騎士がいかに萌えるかを語るしかないよね！ アーサー王物語沼にようこそ！

【参考文献】
ヴォルフラム・フォン・エッシェンバハ／加倉井粛之、伊東泰治、馬場勝弥、小栗友一訳『パルチヴァール』（郁文堂、一九七四年）。

03 —**尊い** 推しの素晴らしい行いや存在に触れたときに芽生える感情。『流布本ランスロ』において、荷車に乗ったために騎士たちから仲間はずれにされたボールスにガウェインが手を差し伸べるシーンは、数多くの尊いシーンの中でもひときわ輝きを放つ。

04 —**沼に嵌める** 夢中になっている作品などを「沼」と呼ぶ。アーサー王物語沼は深くて広くて、もがけばもがくほど沈んでいく仕組みだが、気をつければ回避できるものでもないので、そのまま沈むしか手はない。諦めなさい。

第一部

受容の黎明期

"Fyrst how kyng Arthure came to Japan.
Of a fayre felauship bitwene knyȝtes and Bushi formed in Meiji & Taisho dayes.
How Soseki Natsume wrot romaunce for the fyrst tyme."

アーサー王が海を越えて日本へやって来たこと。
明治・大正期の騎士と武士の混合。
夏目漱石が日本初のアーサー王小説を書いたこと。
日本人研究者の貢献。

明治・大正アーサー王浪漫

挿絵に見る騎士イメージの完成過程

Osamu Yamada

山田 攻

奇妙な挿絵

読者の皆さん、まず［fig. 01］の挿絵を見ていただきたい。何やら奇妙な遊牧民族が宗教的な行事を行っているように見える。皆さんはこの挿絵がどんな作品のどの場面を描いたものか、おわかりだろうか？

本書がアーサー王を扱っているので、「まさか、アーサー王の挿絵ではないのかな？」と思った人もいるかもしれない。そう、その通りである。そうなのだ。これは大正六年に発行された福永渙の翻訳による『アーサー王物語』（一九一七年）の挿絵である。場面は話の序盤、カンタベリー大聖堂におけるアーサーの戴冠式を描いているのだ。

しかしこの解答を聞いてなお、多くの読者はこれが円卓の騎士の物語の絵とは、素直に受け入れられないだろう。現在の我々が抱く円卓の騎士のイメージとは大きくかけ離れているからだ。大正時代にはこうした作品が流通していたようだが、それでは円卓の騎士のイメージが、現在の我々の感覚と一致するのはいつ頃からなのだろうか？

［fig. 01］
奇妙な挿絵
（福永渙『アーサー王物語（科外教育叢書第27）』1917年［大正6］）

この章では明治・大正期の日本における『アーサー王物語』関連の翻訳作品を通じて、日本における騎士像の変化を考えてみたい。なお、本来文学作品の受容研究では、読者側からのアプローチも必要である。しかし、明治・大正期の『アーサー王物語』においては、そうした資料はほとんど発見されていない。その為、専ら出版物による受容調査である点をお断りしておく。

西洋騎士を知らなかった日本

「騎士」とは何か？

「騎士」とは何だろうか？　辞典では「馬に乗って戦う者」と定義されている。日本では江戸時代には既に存在した単語である。実際に国会図書館で「騎士」と検索すると年代の古いもので『騎士用本』（一八一三年）という書物がでてくる。文化一〇年出版である。

だが、徳川幕府時代の日本には、西洋の騎士という概念はなかった。何故なら、徳川幕府は鎖国政策を選び、長らく日本はヨーロッパ世界の限られた国としか交流しなかったからだ。それによって、アーサー王物語はおろかほとんどの西洋文学作品がわが国に伝わらなかった。だから江戸時代の日本人は騎士のイメージなど全く持ちようがなかったのだ。江戸時代までの日本には西洋の騎士はいなかった。

しかし時が過ぎて江戸幕府が明治新政府に代わると状況は変わった。鎖国政策が撤廃された。そこではとんどの日本人は初めて西洋文化に触れ、様々な西洋の書物を手に取ったのである。日本人の西洋文化の吸収は早かった。既に明治五年には、『ロビンソン・クルーソー物語』（一七一九年）が斎藤了庵により『魯敏孫全伝』（一八七二年）のタイトルで日本語訳されたのである。

この後、日本ではものすごい数の文学作品が翻訳されていき、現代に至る。しかし、アーサー王物語に関する作品が翻訳されるのは少し時間がかかり、『魯敏孫全伝』より二〇年以上後になるのだ。

騎士じゃないアーサー王・アーサー王と呼ばれないアーサー王

明治一九年、アーサー王物語の翻訳作品はまだ登場していない。しかし、文学作品のアーサー王が日本の雑誌に紹介された。それも意外な文学者の執筆によってである。

明治一九年『女学雑誌』の読者コーナー「いえのとも」（一八八六年）に『キングアーサー』という小説のタイトル名が確認できる。これは、現在確認されている最も古いアーサー王文学を扱った記事である。執筆者は若松しず子であった。バーネットの『小公子』（一八八六年）を翻訳した女流作家といえばおわかりになる方もいるだろう。

この記事は病気療養中の娘にどんな本を勧めるべきかという読者の質問に対して、回答者である若松が意見を述べるという内容であった。驚くべきことに若松は日本語で書かれた本を一冊も推薦しなかった。代わりに洋書三〇冊あまりのタイトルを列挙した。その一冊が『キングアーサー』（一八八六年）だったのだ。断っておくが、この小説はキングアーサーといっても円卓の騎士物語ではない。騎士じゃないアーサー王のお話である。女流作家・ミュロックが書いた家庭小説なのだ。若松の記事は、キングアーサーのスペルが間違って印刷されるというおまけつきであった。

余談だが、現代の我々ならば病気療養中の娘に洋書三〇冊なんてまず勧めないだろう。状況によっては病気が悪化しそうである。ともかく当時の『女学雑誌』の読者層は優秀だったのだと思う。病気療養中でも洋書三〇冊を難なく読むほどの語学力を想定されていたのだろう。

それでは円卓の騎士物語のアーサー王文学が初めて扱われた記事はいつ頃登場するのだろうか。若松の記事の少し後、明治二一年に同じく『女学雑誌』で久松定弘が『独逸小説の沿革』(一八八八)という記事で「トリスタン・ウンド・イヅルデ」に触れている。更に明治二二年には雑誌『志がらみ草紙』に『現代書家の小説論を読む』(一八八九年)が発表されている。著者は、日本文学史にさんぜんと輝く大文豪・森鷗外であった。この論文は現代文の表記に慣れた我々が読むには、形式も内容も非常に難しい。

鷗外はこの記事の中で「アルサル英雄伝」という文学作品を紹介している。「アルサル」とはアーサー王のことである。文献により「アーサル」「アーサア」「アーサ」等様々な読み方がされたのである。明治期の我が国において、アーサー王は必ずしも「アーサー王」と呼ばれたわけではなかった。

絵にも描けないシャロットの女

明治・大正期の翻訳

さて、雑誌の記事はこれくらいにして、明治・大正期発行で発行されたアーサー王物語関連の翻訳作品について述べていこう。

その前にお断りしておく。ここでは「翻訳」を、翻案、意訳、部分訳、注釈等も含んだ広い意味で使っている。明治・大正期の翻訳を、現代の基準にあてはめるのは無理があるのだ。

明治・大正期に発行されたアーサー王物語関連の物語を翻訳した文献は現在二〇点あまりが確認されている。当時は同じ翻訳が別の出版社からタイトルを変えてすぐに再発売されることもよくみられたので、実際にはこの倍の量の翻訳書が発行されている。

主な翻訳者としては坪内逍遥、高橋五郎、夏目漱石、高田梨雨、松村武雄、栗原古城、中島孤島、箕作元八、菅野徳助・奈倉次郎、「英語研究」記者、後藤末雄、内山舜、福永渙、矢口達、百済半人、石橋朝花、小西重直・石井蓉年、馬場直美、課外読物刊行会、瀧内秀綱等があげられる。

どのようなアーサー王関連作品が翻訳されたのだろうか。必ずしも文献に翻訳元が明記されていないのだが、主にアルフレッド・テニスンの『シャロットの女』（一八四二年）などの詩を訳したものと、トマス・マロリーの『アーサー王の死』（一四八五年）およびそれを種本にした児童書に依拠したものに大別される。なお、明治・大正期ではトリスタンとイゾルデ関連は一点のみ、また『ガウェイン卿と緑の騎士』（一四世紀末）の翻訳は確認されていない。

人気のあったシャロットの女

テニスンの『シャロットの女』は謎の塔に幽閉され機織りを続ける乙女の数奇な最期を描く幻想的な詩だ。

これを元に早稲田大学の前身である東京専門学校の教員であった坪内逍遥が、明治二九年に英文学講義としてまとめた教材のひとつが『シャロットの妖姫』（一八九六年）である。現在確認できるわが国最初のアーサー物語関連の翻訳作品なのだ。

河の両辺に横はる　大麦及びライ麦の長やかなる畑地　此の畑岡を覆ひ　又空に接す（五一）

坪内の訳文を少し紹介した。実際の坪内訳は、教材の為か英文と和訳と解説が混在する独特な表記となっている。

この『シャロットの女』は難解な題材にも関わらず、明治期・大正期に多くの翻訳家から好まれた。高田梨雨『シャーロット姫』（一九〇四年）、片上天弦『妖姫』（一九〇五年）、夏目漱石「薤露行」（一九〇六年）、石橋朝花『シャーロット姫』（一九一八年）、百済半人『シャロットの島姫』（一九一九年）、井口正名『シアロツトの姫』（一九二六年）等翻訳作品は多数に及ぶ。

この中で特に印象的なのは片上訳であろう。これは坪内が監修を務め、内容にお墨付きを与えた決定版といえるものだった。片上は教材の為に読みにくい形式の坪内訳を五七調に統一し、次のような味わい深い訳詩に昇華させている。

ながるゝ河の両岸に　大麦小麦生ひしげる　畑地はるかにひろごりて　岡野を覆ひめぐりつゝ　空のかなたにつらなれり（八六）

さて、明治・大正期に様々な翻訳が発表された「シャロットの女」が、当時の挿絵ではどのように描かれたのか気になるところである。海外ではラファエル前派を中心に多数の「シャロットの女」の絵画が創作された。しかし残念ながら明治・大正期の翻訳作品では、どれも挿絵が描かれていない。教材や詩集の為に挿絵を入れなかったと思われるが、深読みすれば当時の日本人挿絵画家がこの作品に対して視覚的なイメージを容易に持ち得ず挿絵にできなかったからとも考えられる。絵にも描けない「シャロットの女」であった。

牛車のあーさー

テニスンは『シャロットの女』以外にも多数のアーサー王にまつわる詩を発表して詩集『国王牧歌』（一八五九年）にまとめている。明治・大正期ではこの詩集からも多くの翻訳が生まれた。ただし現在のところ『国王牧歌』の完訳は清水阿やによる『全訳 王の牧歌』（一九九九年）のみであり、明治・大正期では抜粋して翻訳が行なわれている。

高橋五郎は明治三〇年『国王牧歌』より『アーサル王来れり』（一八九七年）、『アーサル去れり』（一八九七年）の訳注を出版しており、同年『あーさー王英雄物語』（一八九七年）という単行本にまとめている。この単行本も坪内訳同様に英語学習を意図したもので、英文の訳注が中心のスタイルである。現在確認した限り日本で初めて発行された「アーサー王」の名前が入った単行本である。

さて[fig. 02]は『あーさー王英雄物語』の表紙である。表紙は筆書で「あーさー王」と書かれ、「牛車」や「かご」か「ざる」の様な絵が描かれている。西洋のアーサー王に、和風の装丁で非常に違和感がある。アーサー王物語には円卓の騎士・ラーンスロットが愛する女性を救い出すため心ならずも荷車に乗って敵を追跡する「荷車のラーンスロット」というエピソードがある。それに対してこの表紙はさしずめ「牛車のアーサー」である。当時の表記にあわせるならば「牛車のあーさー」となる。

筆者はここから、王という高貴なイメージが当時の日本では平安時代の貴族の牛車のイメージにつながりこの装丁に至ったのか？　などと妄想した。しかし真相は単純であった。この単行本を出版した増子屋書店の外国語教育テキストはほぼ一律に和装デザインが用いられていたからだ。残念ながら特別な意図はなかったようだ。

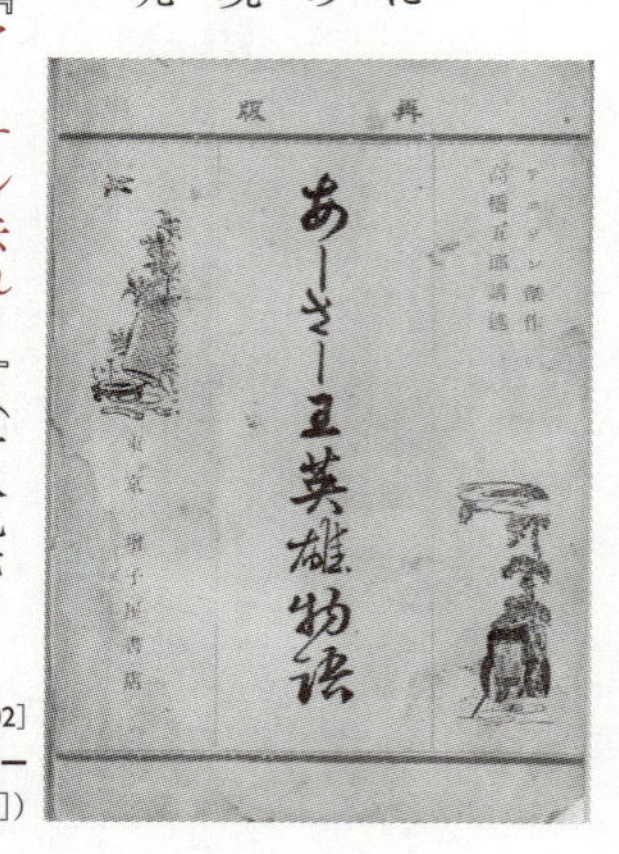

[fig. 02]
牛車のあーさー
（高橋五郎『あーさー王英雄物語（再版）』1898年［明治31］）

ローマ皇帝になった アーサー王

明治期のアーサー王物語関連の翻訳の特徴としてテニスンが好まれたこと、英語学習の教材が多いこと、読者は児童ではなく学生以上の知識層を対象にしていたことがあげられる。テニスンは当時のイギリスの桂冠詩人であり、日本人が英語を学習するうえで彼の詩の英語表現を大いに参考にしたのである。

明治四〇年菅野徳助と奈倉次郎により翻訳された『アーサー王物語』（一九〇七年）も坪内や高橋と同様に英語学習を意図したテキストである。この翻訳は現在電子図書で読むことができる。題材は少年騎士・ガレスが武勇をたて円卓の騎士に迎えられるまでの「ガレス卿の物語」を扱っている。菅野・奈倉の翻訳は秀抜で、後に馬場直美が和訳のみを『アーサー王物語』（一九二五年）として再構成している。このテキストには、テニスンの翻訳と記されているが、英文は『国王牧歌』とは異なり全く別物である。

[fig. 03] はこのテキストの挿絵でアーサー王宮殿に現れる少年騎士・ガレスを描いている。宮殿のテーブルは円形だが、アーサー王も円卓の騎士たちも古代ローマ人のような服装である。挿絵画家は西洋の昔の話ということでローマ帝国関連の資料を用いたのだろう。[fig. 01] の遊牧民的な挿絵に比べれば違和感が少ないのだが、現代の我々の円卓の騎士とはまだ開きがあるようだ。

その他明治・大正期のテニスン関連作品の翻訳では『国王牧歌』のその他

GARETH PRESENTS HIS PETITION TO THE KING.

JUVENILE
ENGLISH LITERATURE
青年英文學叢書
アーサー王物語
KING ARTHUR'S ROUND TABLE
SELECTED AND ADAPTED
菅野德助　奈倉次郎
TOKYO:
SANSEIDO

[fig. 03]
ローマ帝国になったアーサー王
（テニソン／菅野德助、奈倉次郎訳『アーサー王物語（青年英文學叢書第８編）』1907年［明治40］）

の詩を訳出した瀧内秀綱の名著『皇后の告白』（一九二六年）、中島孤島の『聖杯』（一九〇六年）等がある。

夏目漱石と小泉八雲とアーサー王

大正期に入るとアーサー王物語関連書物は更に多く発行される。「英語研究」記者『キング・アーサ』（一九一三年）は英語教育のテキストも兼ねて当初は英文と和訳の二冊をセットにした装丁であった。しかし、発行されるアーサー王物語関連書物の中心は「課外教育」等と表記された教材となっていく。明治期はアーサー王物語を学生対象の英語教材として利用したのだが、大正期はアーサー王物語を児童向け読物としたのである。また明治期では漱石の「薤露行（かいろこう）」（一九〇五年）くらいでしか扱われなかったマロリーの『アーサー王の死』の翻訳が登場する。

『吾輩は猫である』（一九〇五年）で知られる明治の文豪・夏目漱石だが、『幻影の盾』（一九〇五年）に代表される幻想的な作品も多く執筆している。「薤露行」は円卓の騎士・ラーンスロットとアーサー王、王妃ギネヴィアの三角関係を盛り込んだ作品で、マロリーの『アーサー王の死』のエピソードに、テニスンの『シャロットの女』を割り込ませ、更に漱石の創作を加味した重厚な内容である。

明治の終わりに近い三九年という年にこの作品が発表されたことは、翻訳史の観点から興味深い。先にも書いたが、翻訳の主流は明治期テニスンから大正期マロリーに推移していくが、テニスン・マロリーの両作家作品を含んだ「薤露行」が、ちょうど両時代をつなぐ架け橋のようになっていると強烈に感じるからである。

さて、大正期にマロリー翻訳が登場したと書いたが、元来、明治期の日本ではマロリーを文学史上重要視していなかった。当時日本人が手にできた英文学史概説書などでは非常に扱いが小さかったのでその影響を受けていたのだろう。しかし大正期発行の日本人による英文学史では次第にマロリーが注目されていき、文献の掲載量も増加していく。

こうした流れを作ったきっかけのひとりが「小泉八雲」の名でも知られるラフカディオ・ハーンである。明治二九年に東京帝国大学講師になったハーンの英文学史講義では、それまで扱われることの少なかったマロリーを積極的にとりあげたのだ。明治三三年頃に行われたハーンの講義は、後に落合貞三郎や田部隆次によって昭和二年に『小泉八雲　英文学史』（一九二七年）として発行されている。

ハーンはマロリーの『アーサー王の死』を講義の中で重要作品として取り上げ、あらゆるロマンスよりも優れていると大賛辞を送っている。理想の騎士像の模索というテーマが日本人の武士道とも共通していることから、全学生必読という評価を下している。

この講義の聴講生であった浅野和三郎、栗原基、小日向定次郎はそれぞれ別に英文学史を発表した。三人が書いた英文学史は、いずれもマロリーの『アーサー王の死』に分量を割いており、ハーンの講義が強く影響しているのが伺える。

大正期に出版されたマロリーの『アーサー王の死』の翻訳は、いずれもいくつかのエピソードを選んだもので完訳ではない。昭和四一年の『世界文学大系66　中世文学集Ⅱ』に収録された厨川文夫・厨川圭子翻訳による「アーサーの死」（一九六六年）の抄訳が決定版と言われている。さらに完訳は中島邦男・小川睦子・遠藤幸子共訳『完訳　アーサー王物語』（一九九五年）、井村君江訳『アーサー王物語Ⅰ－Ⅴ』（二〇〇四―七年）がある。

「エキスカバリー」を愛用したアーサー王

明治も終わりに近い四〇年と四一年に、歴史物語を多く手がけた箕作元八が雑誌『少年世界』において歴史英雄小説として連載したのが『アーサー王物語』（一九〇七年）、『アーサー王物語　ジェレイントとイーニッドとの話』（一九〇八年）である。

[fig. 04] は『アーサー王物語』より、アーサー王を描いた挿絵である。デュマの『三銃士』（一八四四年）のような一七世紀フランスの騎士を彷彿とさせる服装である。中世のイギリス騎士の服装とはやはりずれがある。[fig. 05] は同じ作品からギネヴィア姫を描いた挿絵である。女性の服装が古代ギリシャ・ローマ風あるいは東洋風にも見える。

[fig. 06] と [fig. 07] は『アーサー王物語　ジェレイントとイーニッドとの話』の挿絵である。前作とは挿絵画家が変わっているが現代の我々から見ても違和感が少ない。[fig. 06] はアーサー王宮殿であるがポップなタッチは新鮮である。先のローマ帝国風のアーサー王宮殿の挿絵と題材が似ているが、印象はかなり違っている。こちらの挿絵のほうが現代的だ。実は両者の発表年は一年しか変わらない。

[fig. 07] は騎士の馬上試合だが甲冑などリアルである。騎士像はまだ定着しておらず大きなブレがあるが、現代のイメージに近い挿絵も登場しているのだ。

[fig. 04]
三銃士になったアーサー王（箕作元八「アーサー王物語」1907 年［明治 40］）

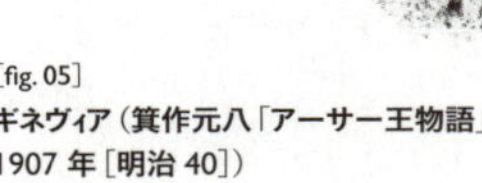

[fig. 05]
ギネヴィア（箕作元八「アーサー王物語」1907 年［明治 40］）

大正期の翻訳を列挙しよう。ワルド・カトラーの『アーサー王と騎士たちの物語――マロリーのアーサー王の死より』（一九〇四年）を元に翻訳したものが、この章の最初に奇妙な挿絵を紹介した福永渙『アーサー王物語』（一九一七年）と、課外読物刊行会『アーサー王物語』（一九二五年）である。他に内山舜『アーサー物語』（一九一四年、森鷗外と島村抱月が監修していた）、小西重直・石井蓉年『アーサー王物語』（一九二〇年）等がマロリーまたはそれを基にした児童書等の翻訳と推定される。

森鷗外と島村抱月が監修にたずさわった内山舜訳の『アーサー物語』は大人向きに書かれた単行本であるが、ページ数が少ないため、エピソードの構成や描写が独特で、非常にユニークな文献である。紙面の都合上、アーサー王の最後が唐突に訪れる。モードレッド（内山訳ではモーアレッド）との戦いは以下のようにあっさりと書かれている。

> けれど邪は遂に正に敵せずで、モーアレッドは遂に倒れた。王が刃に伏したのだった。（二八五―八六）

アーサー王は歩けぬほど深手をうける。そして、生き残った最後の円卓の騎士・ベディヴィア（内山訳ではベヂヴィーア）に自らの死が近いことを語る。その際に内山訳ではそれまでは全く扱われなかったアーサー王の宝剣が、ようやく登場する。それが以下の場面である。

[fig. 06]
アーサー王宮殿
（箕作元八『アーサー王物語　ジェレイントとイーニッドとの話』1908 年［明治 41］）

[fig. 07]
馬上試合
（箕作元八『アーサー王物語　ジェレイントとイーニッドとの話』1908 年［明治 41］）

「俺は此処に眼を閉るのだ。」彼はこう独語した。で日頃愛用して居ったエキスカバリーと名付けられた宝剣を懐いてじーっと見つめた。（二八八）

何と内山訳のアーサー王は、エクスカリバーならぬ「エキスカバリー」を携えていたのである。「エキスカバリー」である！　しかも日頃愛用した「エキスカバリー」なのだ！　内山訳は一九二一年に上方屋出版部から再販されるが、「エキスカバリー」は変更されていない。とにかく「エキスカバリー」である。なお、大正期の翻訳の中心となる児童向け読物教材は内容の改変・削除が著しい。児童対象故にアーサー王物語における不道徳な部分、例えば不義の子モードレッドの設定、ラーンスロットとギネヴィアの不倫などの描写が変更されている。

口髭・長髪がひしめきあう円卓

それでは、冒頭に奇妙な挿絵を披露した福永渙『アーサー王物語』（大正六年刊行）を詳しく紹介しよう。本文二九四ページにわたりアーサー王の即位から最期まで収めた長編である。発行は科外教育叢書刊行会であり、児童の教育用に発行したとの序文が書いてある。福永が翻訳のベースにしたのがワルド・カトラーの『アーサー王と騎士たちの物語――マロリーのアーサー王の死より』であるが、カトラーにはないエピソードも盛り込まれている。

注目の挿絵だが、氏名不明の同一画家によるものが、カラー口絵一点を含む二〇点あまり収められている。他に絵画などの写真も数点掲載されている。

[fig. 08]を見てもらいたい。兜と盾を持ったバイキングが握手をかわしている。このふたりは円卓の騎士・バリンとバランを描いているのである。福永訳の挿絵では騎士の甲冑や武器がバイキングの様なスタ

イルで一貫している。
次に［fig. 09］である。中央で木の枝を手にした口髭に長髪の人物がいる。この人物が誰かわかるだろうか？　円卓の騎士・ラーンスロットである。更に付け加えるならばこの翻訳では円卓の騎士を含む成人男性のほとんどが口髭に長髪の人物として描かれるのである。左側の女性の服装は先の箕作訳を思わせる。古代ギリシャ・ローマに東洋的なテイストを加えたものだ。
［fig. 10］はアーサー王がラーンスロットの為に催した盛大な宴を描いたものである。奥にはアーサー王、手前のふたりは円卓の騎士・パーシヴァルとラーンスロットである。口髭に長髪の人物達が横長のテーブルに座っていてシュールな絵である。ビール瓶に質素な料理がぽつりと並ぶ会席の構図は王の宴にしては

［fig. 08］
バリンとバラン
（福永渙『アーサー王物語（科外教育叢書第27）』1917年［大正6］）

［fig. 09］
ランスロット（中央）
（福永渙『アーサー王物語（科外教育叢書第27）』1917年［大正6］）

［fig. 10］
アーサー王宮廷の宴
（福永渙『アーサー王物語（科外教育叢書第27）』1917年［大正6］）

ちょっとさびしい。

［fig. 11］はラーンスロットとギネヴィアが謀反を企てていると考えた騎士・モードレッドが、仲間たちと大挙して押し寄せた場面を描いている。左からギネヴィア、モードレッド、ラーンスロットである。口髭に長髪の騎士たちがひしめきあう廊下が暑苦しい。

［fig. 12］は物語の終盤、モードレッドとアーサー王の一騎打ちを描いた挿絵である。左の剣を構えるのがモードレッド、右側の槍を手にするのがアーサー王である。周囲はどうかというと……おびただしい口髭に長髪の男達の死体の山！　暑苦しくもむさくるしい一騎打ちである。

挿絵を見て感じられたと思うが、アーサー王、ラーンスロット、モードレッド等多彩な円卓の騎士が描かれた挿絵なのだが、全員口髭と長髪でほとんど区別がつかない。冠とか武器とかテキストの描写から、誰なのかを推測するしかない。

筆者がカトラーのロンドン発行一九一二年版テキストを入手した際、中身を見て非常に驚いた。これだけ日本語訳の挿絵が滅茶苦茶であるから、カトラーの単行本には挿絵が全くないと予想していた。しかし、このテキストは絵画や写真、挿絵等を豊富に用いていたからだ。ここに載っている図版を手本にしていれば、ここまでかっ飛んだ挿絵にはならなかったはずである。しかしその後の調査で、カトラーのテキストは様々な版がでており、一九〇四年版のように挿絵がほとんどない版も発行されていた事が判明した。福

［fig. 11］
ギネヴィアとランスロットの部屋に乱入するモードレッド
（福永渙『アーサー王物語（科外教育叢書第27）』1917年［大正6］）

［fig. 12］
一騎打ち
（福永渙『アーサー王物語（科外教育叢書第27）』1917年［大正6］）

永訳ではこのような挿絵がないテキストを参考にしたのかもしれない。

翻訳百花繚乱大正時代

アーサー王にまつわるその他の翻訳

その他のアーサー王関連の翻訳を紹介したい。現在、野上弥生子の翻訳で知られるブルフィンチの『中世騎士物語』（一八五三年）は大正期に二種の翻訳が出版されている。松村武雄訳『欧州の伝説』（一九一四年）、栗原古城訳『西洋武士道譚』（一九一五年）がそれである。

フランス語圏からのアーサー王物語では、ベディエの『トリスタン・イズー物語』（一九〇〇年）の翻訳である後藤末雄『恋と死　トリスタンとイゾルデ』（一九一七年）が発行されている。

大正六年に教文館から発行された『騎士物語』（一九一七年）は訳者不明だが、アームストロングの聖杯探索の戯曲を翻訳した珍しい作品である。

円卓の騎士像の登場

大正八年大日本雄弁会から刊行された矢口達訳の『騎士物語』（一九一九年）は、アンドリュー・ラングの『中世騎士物語』（一九〇二年）よりアーサー王物語の部分を中心に翻訳したものである。挿絵の騎士のイメージが現代の我々の感覚に近いこと、テキストでは通常改変されやすいギネヴィアの不貞が描かれていること、本のタイトルに「騎士」とあること等を考慮すると、アーサー王物語翻訳作品としてのひとつの到達点と見てよいであろう。

ようやく現代の目から違和感のない洗練されたイメージを持つテキストが現れたのである。細木原青起による挿絵はカラー口絵を入れて七点あまりである。

[fig. 13]は中表紙である。何故か中身と関係のないスフィンクスが描かれている。

[fig. 14]は馬上の円卓の騎士・ガレスである。鎧、盾と違和感のない騎士像である。

[fig. 15]はアーサー王（矢口訳ではアーサア）とギネヴィア（矢口訳ではギネヴィヤ）を描いている。

矢口の翻訳は、ガウェイン（矢口訳ではガエーヌ）たち円卓の騎士兄弟の末っ子であるガレスを、長兄と訳す間違いがある。マロリーの『アーサー王の死』における「ガレス卿の物語」では様々な試練を経験したガレスが、最後に実の兄であり円卓の騎士最強のひとりであるガウェインと死闘をくりひろげた挙句引き分ける。その場面は矢口訳では以下のように書かれていた。

サー・ガエーヌは立ち上って、嬉しく微笑んで、「私はあなたの弟です！ アーサア朝（原文ママ）に

[fig. 13]
中表紙（細木原青起画／アンドルウ・ラング／矢口達訳『騎士物語』1919年［大正8］）

[fig. 14]
騎士（細木原青起画／アンドルウ・ラング／矢口達訳『騎士物語』1919年［大正8］）

[fig. 15]
アーサー王とギネヴィア（細木原青起画／アンドルウ・ラング／矢口達訳『騎士物語』1919年［大正8］）

仕へるサー・ガエーヌです！」といった。サー・ガレスはそれと知ると兜を脱棄て、サー・ガエーヌをしっかと抱いて歓んだ。（一三四）

西洋の物語では『三匹の子豚』や『狼と七匹の子山羊』に代表されるように末っ子が最も優秀である場合が多い。一方、日本では長兄が優遇されるため、英語の「ブラザー」の解釈に差が生じたのかもしれない。

しかし、矢口版の最大の特徴は、先に述べたように、それまでの和訳では敬遠されてきたギネヴィアの不貞が、きちんと描写されている点であった。

アーサア王自ら馬を進めて、ギネヴィヤ姫を迎に出た。ややうろたえ気味ながら、姫は王の顔をちらりと見て、冷かな寂しい感じを受け取った。姫の心はいよいよ勇ましいランスロットへ傾いた。（二七三）

騎士の誕生

ここまで駆け足で明治・大正期のアーサー王物語の受容を翻訳と挿絵の変遷から見てきたが、少なくとも「騎士」の視覚的なイメージは大正期まで正しく理解されていなかった。またそのイメージもテキストにより、違和感の程度が様々であった。しかし徐々に現代の騎士像に変化してゆく。

本章の最後では、言葉としての「騎士」の成立について述べたい。

先に述べたが、「騎士」とは、馬に乗って戦う者である。現代では西洋文化の印象が強いのだが、日本でも『騎士用本』(一八一三年)という書物が江戸時代に出版されていた。「騎士」とは西洋文化が日本に伝わった際に生まれた語彙ではなく、既に日本にあったのである。

現代の日本語では英単語の「ナイト」に対して「騎士」と訳すのだが、明治・大正期は必ずしもそうではなかった。「騎士」も使われたが、「武士」「騎手」などが用いられることもあったのだ。

辞典では「武士」とは平安時代に発生した戦闘を中心にした者を指すという。現在「武士」は「騎士」と違い日本の侍に使う言葉である。しかし先ほど、栗原古城訳の『西洋武士道譚』を紹介したように、明治・大正は「武士」と「騎士」の区分は実にあいまいだった。

また、現代では競馬や馬術などで馬を操る人物を「騎手」と呼ぶが、これも明治・大正期には「騎士」との使い分けが定まっていない語だった。

それでは「武士」と「騎士」と「騎手」が使い分けられるのはいつ頃なのか。国会図書館や日本の古本屋のデータベース等で検証してみると、どうも大正期の終わりあたりなのである。今まで述べてきた円卓の騎士のイメージの定着時期とほぼ重なるのだ。

「騎士」の視覚的なイメージが定着した段階で、「ナイト」の訳語は「騎士」となった。日本的な文化の馬に乗る戦闘者は「武士」となり、戦闘以外で馬を操る者が「騎手」となり、「騎士」とは区別されたと考えられるだろう。

明治・大正期のアーサー王物語の受容については、今後も調査を続ける所存である。本章で述べた以外の文献情報をお持ちの方は、ご連絡いただけると幸いである。

この章の最後は矢口訳『騎士物語』でラーンスロット(矢口訳ではランスロット)の死を悼む騎士・エクターの言葉で締めくくろう。

ああ、ランスロット。汝は名誉ある騎士団の頭であった! 汝は苟くも剣をとった騎士中の最も慇懃任侠の士であった！　汝は苟くも馬に跨った騎士中最も忠実勇敢の士であった！　汝は苟くも婦人を愛した騎士中最も真実な恋人であった。（三五七―五八）

＊ここでは、引用文や文献、著者名等は現代の表記に改めた。

【参考文献】

〈明治・大正期のアーサー王文学翻訳史など〉

江藤淳『漱石とアーサー王傳説（講談社学術文庫）』（講談社、一九九一年）。

笠原勝朗『英米文学翻訳書目　各作家研究書目付』（沖積社、一九九一年）。

川戸道昭、榊原貴教『イギリス詩集2　明治翻訳文学全集《新聞雑誌編》一六巻』（ナダ出版センター、一九九八年）。

川戸道昭、中林良雄、榊原貴教『明治期翻訳文学総合年表（明治翻訳文学全集《新聞雑誌編》別巻Ⅰ）』（ナダ出版センター、二〇〇一年）。

紅野敏郎『大正期の文芸叢書』（雄松堂、一九九八年）。

佐藤輝夫ほか編『近代日本における西洋文学紹介文献書目・雑誌篇（一八八五―一八九八）』（悠久出版、一九七〇年）。

高宮利行「シャロットの妖姫」（『ユリイカ』二三巻一〇（通巻三一二、九月）号、青土社、一九九一年、一一九―一三四頁）。

高宮利行『アーサー王伝説万華鏡』（中央公論社、一九九五年）。

高宮利行『アーサー王物語の魅力　ケルトから漱石へ』（秀文インターナショナル、一九九九年）。

玉木雄三「明治後期とアーサー王物語――ハーン、ロレンスとマロリー」（『堺女子短期大学紀要』三三、堺女子短期大学、一九九八年、六一―七四頁）。

日本の英学一〇〇年編集部『日本の英学一〇〇年　明治・大正・昭和編』（研究社、一九六八年）。

飛ケ谷美穂子『漱石の源泉　創造への階梯』（慶應義塾大学出版会、二〇〇二年）。

久松定弘「独逸小説の沿革」（『女学雑誌』一〇五号、女学雑誌社、一八八八年、八五―八七頁）。

山田攻（高宮利行主査、髙橋勇副査）『明治・大正アーサー王浪漫――円卓騎士物語の日本における受容と展開（卒業論文）』（二〇〇八年）。

山田攻「明治・大正期におけるアーサー王物語翻訳文献（大会発表要旨）」（『国際アーサー王学会日本支部会報』二三、国際アーサー王学会日本支部、二〇一〇年、三―四頁）。

山田攻「明治・大正期におけるMaloryの*Le Morte Darthr*翻訳作品の研究（抄録）」（『Studies in Medieval English Language and Literature』二五、日本中世英語英文学会、二〇一〇年、一二八―一二九頁）。

山田攻「明治・大正期の日本におけるアーサー王物語「ガレス卿の話」の翻訳作品群についての一考察（抄録）」（『Studies in Medieval English Language and Literature』二五、日本中世英語英文学会、二〇一〇年、一一九―一二〇頁）。

山田攻「明治・大正期の英文学史概説書に見るSir Thomas Maloryの*Le Morte Darthr*（抄録）」（『Studies in Medieval English Language and Literature』二六、日本中世英語英文学会、二〇一一年、一五八―一五九頁）。

若松しづ「いへのとも荅の部」（『女学雑誌』三九号、女学雑誌社、一八八六年、一六八頁）。

〈アーサー王翻訳文学など〉

森林太郎「現代諸家の小説論を読む」（『志がらみ草紙』Ⅱ巻、新声社、一八八九年、四―二二頁）。

アルフレッド、テニソン／坪内雄蔵訳「英文アルフレッド、テニソンの作　シャロットの妖姫」（『国学院雑誌』Ⅱ巻、三―五号、一八九六年、四一―五九、四七―六二頁）。

高橋五郎『あーさー王英雄物語（再版）』（増子屋書店、一八九八年）。

テニスン／高田梨雨訳「シャーロット姫」（『明星』明治三七年一〇月号、東京新詩社、一九〇四年、二七―二九頁）。

テニソン／片上天弦訳、坪内逍遥監修「妖姫」（『テニソンの詩』秀英舎、一九〇五年）。

夏目漱石「薤露行」（『中央公論』一一月号、中央公論社、一九〇五年、一五五―一八六頁）。

テニソン／中島孤島訳「聖杯」（『早稲田文学』明治三九年四月号、金尾文淵堂、一九〇六年、五五―六七頁）。

テニソン／菅野徳助、奈倉次郎訳『アーサー王物語（青年英文学叢書第8編）』（三省堂、一九〇七年）。

箕作元八「アーサー王物語」（『少年世界』一三巻一〇・一二号、博文館、一九〇七年、二四―二七、四八―五一頁）。

箕作元八「アーサー王物語　ジェレイントとイーニッドとの話」（『少年世界』一四巻四・六・八・九・一一・一三号、博文館、一九〇八年、四七―五二、五二―五八、四一―四七、六一―六七、六五―六八、六二―六五、九四―九九、六二―六七頁）。

「英語研究」記者校訂『キングアーサ』（英語研究社、一九一三年）。

松村武雄『欧州の伝説』（金尾文淵堂、一九一四年）。

トーマス・ブルフィンチ／栗原古城訳『西洋武士道譚』（北星堂書店、一九一五年）。

エム、イー、アームストロング『騎士物語』（『クリスマス対話集』教文館、一九一七年）。

福永渙『アーサー王物語（科外教育叢書第二七）』（科外教育叢書刊行会、一九一七年）。

ベチエ／後藤末雄訳『恋と死　トリスタンとイゾルデ（エルテル叢書）』（新潮社、一九一七年）。

テニスン／石橋朝花訳「シャーロット姫」（『紅き血の渦巻』別所萬金堂、一九一八年）。

アンドルウ・ラング／矢口達訳『騎士物語』（大日本雄弁会、一九一九年）。

テニスン／百済半人訳「シャロットの島姫」（『女学校物語』培風館、一九一九年）。

内山舜／森鷗外、島村抱月監修『アーサー物語（世界名著物語第四編［四版］）』（河野書店、一九二〇年）。

小西重直、石川蓉年『アーサー王物語』（木村書店、一九二〇年）。

テニスン／馬場直美訳「アーサー王物語」（『通俗泰西文芸名作集』帝国講学会、一九二五年）。

トマス・マロリー／課外読物刊行会編集部訳『アーサー王物語（名作叢書第一編）』（課外読物刊行会、一九二五年）。

テニスン／井口正名訳「シアロットの姫」（『テニスン詩集（泰西詩人双書第十八編）』聚英閣、一九二六年）。

テニスン／瀧内秀綱訳『皇后の告白』（青生書院、一九二六年）。

T・マロリー／厨川文夫・厨川圭子訳『アーサー王の死　中世文学集I（ちくま文庫）』（筑摩書房、一九八六年）。

サー・トマス・マロリー／中島邦男、小川睦子、遠藤幸子訳『完訳アーサー王物語　上・下』（青山社、一九九五年）。

アルフレッド・テニスン／清水阿や訳『全訳　王の牧歌』（ドルフィンプレス、一九九九年）。

テニスン／西前美巳訳『テニスン詩集（岩波文庫　イギリス詩人選五）』（岩波書店、二〇〇三年）。

トマス・マロリー／井村君江訳『アーサー王物語I—V』（筑摩書房、二〇〇四—七年）。

日本初のアーサー王物語

夏目漱石「薤露行」とシャロットの女

Yuri Fuwa
不破有理

夏目漱石（一八六七―一九一六）は日本近代文学を代表する小説家である。『吾輩は猫である』の作者といえば、現在は野口英世にその座を譲ったとはいえ、千円札に登場した肖像画を思い浮かべる人も多いだろう。しかも『吾輩は猫である』は発表された一九〇五年（明治三八）の翌年には、国語の教科書に採用され、明治以降も漱石の作品は『坊ちゃん』や『こころ』、『夢十夜』などの小説の他、「文学論」などの評論も採録されている。[01] しかしながら、残念なことに、採録リストの中に「薤露行（かいろこう）」（一九〇五年）は見当たらない。「薤露行」こそ、夏目漱石によって執筆された日本初となるアーサー王物語である。『吾輩は猫である』とほぼ同時期に発表された作品でありながら、存外、その知名度は限られ、国語の教科書に採録もされていないのはなぜか。

まず、題材に問題がある。発表当時、まだアーサー王伝説は認知度が低く、加えて、アーサー王物語には「不道徳」な逸話が欠かせない。アーサーの誕生には略奪婚が関わり、王への忠誠を誓いつつも王妃ギニヴィアに心を捕らわれる騎士ランスロットの不義の愛は物語展開の要である。[02]「薤露行」は、ギニヴィアとランスロットが人目を忍んで逢引きをする場面から始まるので、学校の教科書としては少々まずいと判断され、敬遠されても致し方なかったのかもしれない。

さらに、その文体の難解さがある。「薤露行」は『中央公論』（一九〇五年（明治三八）一一月）に初めて発表された。同誌に掲載された他の作品は、言文一致体、つまり現代の口語体に近い文体で執筆されている。しかし「薤露行」は趣が異なり、江藤淳のことばを借りれば、「すでに反時代的になりつつあった雅文体」[03]であった。むしろ漢文調と呼んでもよいかもしれない。「薤露行」は『中央公論』上に発表後、『漾虚集』として一九〇六年（明治三九年五月）、さらに訂正版が一九〇七年（明治四〇）に刊行された[fig. 01]。『漾虚集』に収録された「倫敦塔」や「カーライル博物館」など英国留学の体験を素材にした作品名に比べると、「薤露行」というタイトルは、たしかに難解な印象を与える。当時の読者も戸惑ったようで、漱石への問い合わせが残されている。

作品の評判について、漱石は小宮豊隆宛てに次のように語っている。「薤露行を大変面白がってくれる青年が往々」におり、「聖書より尊し」とまで言ってくれる。「文士の名誉もこれに至って極まるわけだ。しかしあんなものは発句を重ねていくような心持で骨が折れて行かない」（一九〇六年（明治三九年）七月一八日）[04]。好意的な反応を寄せてくれる「青年」読者が「往々」にいるということは、若い読者がおり、反応は悪くなかったことになる。むしろ、大好評を博したと、内田百閒は一九〇六年に証言している。『中央公論』一二月号でも「「薤露行」のみ獨り異彩を放つ」や「詩の如き小説」と評されており、発表早々脚光を浴びたことがわかる。「発句を重ねていくような心持で骨が折れ」たとのことばからは、漱石が和歌をひねり出すように言葉選びに

[fig. 01]
『漾虚集』の題扉

01——橋本暢夫『中等学校国語科教材史研究』（渓水社、二〇〇二年）。
02——本章における固有名詞は「薤露行」における表記に従う。
03——江藤淳『漱石とアーサー王傳説』（東京大學出版会、一九七五年、一三頁）。
04——古川久編『夏目漱石辞典』（東京堂出版、一九八二年、三八頁）。

時間を要した様子が伺える。高浜虚子宛ての書簡でも『吾輩は猫である』に比べると、「薤露行」はその五倍の労力がかかったと訴えている。[05]

江藤は「薤露行」の特異性として、難解な擬古体に加え、題材がアーサー王伝説に取材している点、さらに「薤露行」というタイトルが「謎めいている」ことを挙げている。[06] 漱石は作品の命名にはこだわりがあったことで知られ、書名を生かして執筆する傾向があったという。[07] となれば、漱石が選んだ「薤露行」という表題を読み解くことは、このように「謎めいた」タイトルをつけ、擬古体で書いたアーサー王物語執筆の意図の深層に近づくことになるはずである。[08]

薤露行の意味

薤露とは「中国の古楽府の題名」であると漱石は述べ、「人生は薤上の露の如く晞き易し」と説明している。薤とはニラとも考えられるが、中国ではらっきょうのこと。

薤上露、	薤の上の露の
何易晞。	何ぞ晞き易き、
露晞明朝更複落、	露は晞けども明朝　更に復た落ちん
人死一去何時帰。	人は死して一たび去らば　何れの時にか帰らん

葉幅が狭くとどまりにくい薤の葉にある露は、晞きやすいことを指し示している。つまり、詩の前半は「はかない命が、住みにくい世に生きていることのたとえ」となる。[09] もともと、中国の故事における薤露は漢の田横（秦の末期、項羽と劉邦が活躍した戦国時代に、項羽に反撃し斉の国の宰相・王として活躍した人物）が自

害し、その門人がその死を悼んで作った挽歌という。王侯貴人の喪に薤露を用いたという。[10] さらに後半の詩行では、「翌朝になればまた露が積もるのに、人はいったん死去してしまうといつ帰ってくるのだろうか」と、自然の循環に対比して人の命の直線性を語っている。薤露には幾重もの意味が込められているのである。このように三通りの意味、すなわち、まず、住みにくい世にはかない命が生きていることのたとえ、そして自ら命を絶った人への挽歌、最後に自然の再生する力を薤露は示唆するのである。

Ⅱ 漱石の「薤露行」の構成

「薤露行」は序文と五部からなる。

一 夢

アーサー王が円卓の騎士と共に、「北の方なる」馬上槍試合に向かい、城に残るは、病を口実のランスロットとアーサー王の妃ギニヴィアのみ。ランスロットはギニヴィアの不安をよそに、城から出発しよう

05 明治三八年一二月四日高浜虚子宛て、三好行雄編『漱石書簡集』（岩波文庫、一三八頁）。

06 江藤淳、前掲書、一三頁。

07 解瑛「「薤露」から『薤露行』へ——夏目漱石における詩と散文」（『早稲田大学大学院文学研究科紀要』第三分冊、二〇〇九年五五号、二五頁）。

08 「薤露行」のテーマをめぐり、嫂登世への挽歌と解釈した江藤淳と、江藤説を批判した大岡昇平の論争はよく知られている。

09 解瑛、前掲論文、二九頁。郭茂倩『楽府詩集』（中華書局、一九七九年）。

10 「薤露行」、古今注—音楽「薤露・蒿里、並喪歌也、出田横門人、横自殺、門人傷之、為之悲歌、言人命如薤上之露易晞滅也」（『日本国語大辞典』JapanKnowledge）より。

としない。しかしギニヴィアから不吉な夢、すなわち王冠を飾る黄金の蛇が動きだしギニヴィアとランスロットを捕え、燃え尽きたという夢の顛末を聞き、ランスロットは宮廷を後にし、試合へ向かう。

二　鏡

シャロットの女が鏡に映る影の世を朝に夕に眺めている。女は塔にこもり、さまざまな絹布を織り続けている。窓の外を直接眺めると呪いがかかり、死が訪れるという。しかし、ランスロットが通りかかると、シャロットの女はランスロットと叫んで窓のそばに駆け寄り、蒼い顔を突きだす。呪いがふりかかり、鏡は微塵に割れ飛び、シャロットの女はどうと斃れる。

三　袖

エレーンはアストラットの古城に年老いた父親と兄ふたりとともに、ひっそりと暮らしている。そこへ、ランスロットが一夜の宿を求め立ち寄る。ランスロットは身分を隠すために長男チアーの盾を借り受け、次男ラヴェンを試合に同行することを約束する。ランスロットに恋をしたエレーンは、夜中に鮮やかな紅色の袖を片手にランスロットを訪れ、試合で身に着けてくれるように託す。ランスロットは迷うが受け取り、盾をエレーンに預ける。

四　罪

北の試合から騎士たちが館に戻るものの、ランスロットが帰還せず、ギニヴィアは気を揉む。傍らのアーサーから「美しき少女」のもとに留め置かれているのであろうと聞き、驚天動地、取り乱すギニヴィア。アーサーはいぶかしむものの、ギニヴィアに出会った頃の思い出を懐かしく語る。その場にモードレッドを先頭に一三人の騎士が乗り込み、ギニヴィアの不貞を糾弾する。

五　舟

アストラットに戻ったラヴェンはランスロットが試合で傷を受け、シャロットの石橋近くの庵室で治療を受けたが、その後姿を消したと語る。エレーンは預かったランスロットの盾を眺めて暮らし、ランスロットへの思いを募らせ思いつめ、食を断つ。今わの際（きわ）にランスロットへの文を認め、自分の死後、文を握らせ、美しき衣と白き薔薇と百合で飾った小舟に乗せ、流してほしいと父と兄へ頼む。白鳥に先導されエレーンをのせた小舟はアーサーとギニヴィア、城の人々の前に現れる。文に気づいたギニヴィアが読み上げ、「美しき少女」とつぶやき、涙を注ぐ。一三人の騎士は目を見合わせる。

「薤露行」の序文で漱石が明かしている種本は、テニスンの『国王牧歌』（*Idylls of the King*、一八五九—一八八五年）とサー・トマス・マロリーの『アーサー王の死』（*Morte Darthur*、一四八五年）である。しかし奇妙なことに、「二　鏡」や「五　舟」に登場する「シャロットの女」については言及していない。若きテニスンが発表したアーサー王物語詩のひとつが「シャロットの女」（"The Lady of Shalott"、一八三二年、一八四二年）である。坪内逍遥がすでに明治二九年に「シャロットの妖姫」の題名で、高田梨雨は明治三七年の『明星』に「シャーロットの姫」というタイトルで翻訳を発表しているが、漱石はシャロットの女という呼び名を選択したことになる。[二]

シャロットの女が登場する「二　鏡」は、その中心に鏡と機（はた）の梭（ひ）がある。鏡の材質は黒い鋼でできた一五〇センチ余りの高さを持つ鏡で、材質、大きさは漱石の独創である。機の梭が機を往復する音は、とどまることを知らぬ時計の振り子のように振動を続ける。その音を耳にする村人は恐れをなし、耳をふさ

二——『明星』は与謝野鉄幹が一九〇〇年（明治三三）に創刊した文芸誌で、日本におけるロマン主義運動を牽引すべく西洋文学の紹介にも努めていた。

ぎ、逃げ去る。またシャロットの女も、農夫や農婦が農作業中に口ずさむ声が彼女の耳に届く時、その声を遮断する。外界の声は「他界の声の如く糸と細りて響く」のであり、シャロットの女は「傾けたる耳を掩（おお）うてまた鏡に向う」。音という侵入者に耳を覆い外界には背を向けているのである。シャロットの女が棲む「塔」を台（うてな）と漱石は表記する。[12] 台とは四方を見晴らせる高い建物で、あたかも新しい時代に「ただ一人取り残され」、しかも、家族に先立たれた「恨み顔なる年寄」の如き趣である。世間からの疎外感と肉親から切り離された孤独感がにじむ始まりである。

呪いはどのように降りかかるのか
——テニスンの場合

テニスンにおける「シャロットの女」は、機織りをやめ、窓の外を見て、キャメロットを見続けると呪いがかかるだろうとのささやきが聞こえる。シャロットの女は第八スタンザで、結ばれたばかりの恋人たちの姿を見て、「半ば影の世界が嫌になった」（"Half sick of the shadows"）とつぶやく。影の世界に厭いたと気づくのは明らかに異性への覚醒がきっかけである。

テニスンのシャロットの女は塔にこもり、鏡に映る影を毎日織り続ける。そこへ一転、宝石がちりばめられた鎧姿のランスロットが満身に太陽を浴び、影の世界に登場する。眼がくらむようなランスロットの登場場面である。灰色の塔に囲まれた一隅で、朝となく夕となく鏡に映る影のみを見つめていたシャロットの女にとって、ランスロットの輝きは衝撃である。天空の星座群があたかも「金色（こんじき）の天の川（golden Galaxy）」に掛けられ輝くようだ、と評する。テニスンの言語の魔術が、一気に視線を天空に向けさせ、開放する。乳白色であるはずの天の川を金色とよび、夜に見えるはずの天の川を真昼に現出させる言語の衝突が、空間の閉塞感から読者を開放し、力強く揺さぶるのである。この相反が生む、強靭かつしなやかな描写が漱石の創作の筆も動かしたのか、「薤露行」のランスロット登場の描写はあたかも漱石とテニスンの一騎打ちである。「詩のような小説」と称せられた「薤露行」において、漱石はテニスンの詩を翻訳するのではなく、独自の読みによって作品を織りあげていくのである。

テニスンは、ランスロットが徐々にシャロットの女の視界に入る様子を、シャロットの塔から数百メートル程の地点から描き始める（“A bow-shot from her bower-eaves”）。麦束が並ぶ麦畑を横切り、馬を走らせてくるランスロットの姿でまず目に付くのは、光が反射するランスロットの足のすね当てであり、次に盾である。盾には赤十字の騎士が貴婦人の前に跪く図柄が見える。テニスンはランスロットのすね当て、盾、宝石がちりばめられた馬具、鎧、兜と炎のように揺らめく兜の羽飾り、広い額、漆黒の巻き毛を順繰りに描き、遠景から近景に、ランスロットの下半身から上半身へと、シャロットの女の視線が辿ったであろう鏡に映るランスロットの像を追っていく。そして、ヒバリの鳴き声の擬声語「ティラ・リラ」と歌うランスロットの声が響くのである。[13]

From the bank and from the river
He flashed into the crystal mirror,
'Tirra lirra,' by the river

川の岸辺から、そして川の水面から
卿の姿が水晶のように澄んだ鏡の中に
光り輝き突然姿を現した。
「ティラ・リラ」と川のほとりで

12——「塔」という語は漱石自身、『漾虚集』の中で倫敦塔には用いているが、日本語には仏塔の連想がありそれを避けたのかもしれない。

13——“tirra lirra”はシェイクスピアの「冬物語」四幕三場九行より。

Sang Sir Lancelot.

ランスロット卿は歌うのだった。[14]

この声と鏡の像に魅かれ、シャロットの女は機を離れ、三歩、窓に向かって進み、外を見る。

She left the web, she left the loom,
She made three paces through the room,
She saw the water-lily bloom,
She saw the helmet and the plume,
She looked down to Camelot.
Out flew the web and floated wide;
The mirror cracked from side to side;
'The curse is come upon me, cried
The Lady of Shalott.

女は織物の手をとめ、機から離れた。
部屋を横切り三歩進んだ。
睡蓮が咲いているのが見えた。
兜と羽飾りが見えた。
女はキャメロットの方を見下ろした。
織物は飛び散り、宙を舞い、
鏡は端から端までひび割れた。
「あの呪いが我に降りかかったのだ」と叫んだ、
シャロットの女。[15]

彼女が最初に目にするのは、咲き誇る睡蓮、次に見るのは兜と羽飾り、次に見据えるのがキャメロットである。と同時に、織物（web）は飛び散り宙に舞い、鏡は横一文字に割れ、シャロットの女は「呪いが我に降りかかった」と叫ぶのである。シャロットの女が初めて外界で目にした睡蓮は、第一スタンザでシャロット島の塔の周りを縁取る花として言及されており、ゆえにシャロットの女が最初に見た風景は、塔の真下である。この近景から、ランスロットの姿を追って兜と羽飾り、そしてアーサー王の居城であるキャメロットへと視線が移動していく。シャロットの女を言及することなしに、女が見つめていたであろう対象物を描くことで、テニスンは女の視線の動きを示す。読者はシャロットの女と視線を重ね、視線のかなたへといざなわれ、彼女の視線と共にランスロットへと引き寄せられるのである。

はたして、テニスンのシャロットの女はランスロットと目をあわせたのだろうか。テニスンは語らない。しかし、川の堤を駆けるランスロットの姿、そして川の水面に反射したランスロットの姿が鏡に映り、鏡像から実像に変換され、水晶のように清澄な鏡にランスロットは閃光を放って現れるのである。シャロットの女が立ち上がるのは、鏡像から脱却し、空間を貫く声と反射が実像を結んでシャロットの女の鏡に立ち現れたからである。世界の影しか映さなかった鏡が実像を結んだことで、鏡は割れ、シャロットの女の知覚は射抜かれるのである。

呪いはどのように降りかかるのか
——漱石の場合

漱石のシャロットの女は外界への関心が動機で、異性への言及は皆無である。シャロットの女は自問する。

活ける世の影なれば斯く果敢なきか、あるひは活ける世が影なるかとシャロットの女は折々疑ふ事が

14——西前美巳編訳『対訳テニスン詩集』（岩波文庫、二〇〇三年、三七—三九頁）。一部筆者改訳。*The Poems of Alfred Tennyson in Three Volumes*, ed. Christopher Ricks, (Longman, 1987), vol.1, p.392. テクストはRicks版に準ずる。以下、*Poems* と省略。

15——西前美巳編訳、前掲書、三九頁。筆者改訳。*Poems*, p.393.

> ある。明らさまに見ぬ世なれば影とももまことども断じ難い。影なれば果敢なき姿を鏡にのみ見て不足はなかろう。影ならずば？――時にはむら〲と起る一念に窓際に駆けよりて思ふさま鏡の外なる世を見んと思ひ立つ事もある。[16]

鏡に映る像がはたして影ゆえにとりとめがなく、移りすぎるのか、外の世界を見ていない女には判断しがたく、「時にはむら〲と」鏡の外の世を見ようという衝動が起こるのである。しかし、シャロットの女の心情に疑問を呈する作者の地声が聞こえてくる。外界は濁りけがれた世の中であるなら、影の世界のほうがましだろう、外界の喧騒で右も左もわからず十字路に立ち、「頭をも、手をも、足をも攫はれ」る位なら、小宇宙であっても鏡に凝縮された世界を五色で描くのも悪くはない、とシャロットの女の生き方を是とするのである。

それでは、「鏡」と名付けた第二部で漱石は、ランスロットの登場をどのように描いているのか。

> 鏡の中なる遠柳の枝が風に靡いて動く間に、忽ち銀の光がさして、熱き埃りを薄く揚げ出す。銀の光りは南より北に向つて真一文字にシャロットに近付いてくる。女は小羊を覘ふ鷲の如くに、影とは知りながら瞬きもせず鏡の裏を見詰る。十丁にして尽きた柳の木立を風の如くに駈け抜けたものを見ると、鍛へ上げた鋼の鎧に満身の日光を浴びて、同じ兜の鉢金よりは尺に余る白き毛を、飛び散れとのみ毿々と靡かして居る。栗毛の駒の逞しきを、頭も胸も革に裹みて飾れる鋲の数は篩い落せし秋の夜の星宿を一度に集めたるが如き心地である。女は息を凝らして眼を据える。（傍線筆者）

シャロットの女が見つめる鏡は、まず柳の揺らめきと「薄く」巻き上がる「熱き埃」によって「動」が生まれ、遠景からランスロットの登場の予感を示す。「銀の光り」のランスロットは「真一文字に」シャロットに近付いてくる。テニスンのランスロットの動きはすべて過去形で語られているが、漱石は現在形で語る。漱石の女は可憐なエレーンとは程遠い「眼深く顔広く、唇さえも」[17]女には似つかわしくない容姿である。「小羊を覘う鷲の如くに」ランスロットの姿を「影とは知りながら瞬きもせず鏡の裏」をみつめている。テニスンではさほど急ぐふうでもなかったランスロットは、「薤露行」ではかなりの速度をもって疾走しており、「風の如く」駆け抜け、「鋼の鎧」に満身の日光を浴びて、」「兜の飾り毛を飛び散らんばかりに「靡かしている」。ぎっしり打たれた馬具の鋲は「篩い落せし秋の夜の星宿を一度に集めたるが如き心地である」。テニスンが夜空の流れ星と天の川を謳ったように、漱石も秋の夜空に浮かぶ星座の星すべてを集めたような輝きにランスロットを喩えているわけである。さらに、漱石はテニスンの第六スタンザにあるキャメロットへの道が曲がりくねる描写を踏まえ、ランスロットは蛇行する土手にそって「馬の首を向き直す」と、今度はシャロットの「真正面に鏡にむかつて進んでくる」。ランスロットは太い槍をレストに支え持ち、「何の会釈もなく此鉄鏡を突き破つて通り抜ける勢で、愈目の前に近づいた時、女は思わず梭を抛げて、鏡に向つて高くランスロツトと叫んだ」。ここで時制が変化し現在形からシャロットの女の叫び声は過去形となる。ランスロットはシャロットの女が室内から叫んだ声に気付いたのか、「シヤロツトの高き台を見上げる」。そして、「爛々たる騎士の眼と、針を束ねたる如き女の鋭どき眼とは鏡の裡にてはたと出合つた」。と、次の瞬間、シャロットの女は立ち上がる。

鏡の表裏で対峙するランスロットとシャロットの女は、まるで鋼の盾をもち、双方で槍を構える戦士である。両者に遜色はない。シャロットの女が叫び、ランスロットが見上げ、両者の眼が鏡の一点で結ばれ

16———「薤露行」のテクストは以下に従う。『定本漱石全集』(第二巻、岩波書店、二〇一七年)。

17———「額」から「顔」への修正は二〇一七年岩波版の定本に準じる。

たのである。漱石はその時点までの現在形から過去形に転じる。この時制の変化によって「叫んだ」声は完了に向かう起点として機能し、ランスロットの視線が導かれる経過を経て、鏡の表裏で確かに交わったという行為の完了への流れが生まれる。時間の継続性と行為の完了が強化されるのである。[18]

シャロットの女は再び「サー、ランスロット」と叫んで、「忽ち窓の傍に馳け寄って蒼き顔を半ば世の中に突き出す」が、その時すでに人馬は駆け抜けた後である。鏡はひび割れるのみならず、「氷を砕くが如く」粉々になり、未完成の絹布は鏡の鉄片と共に舞い上がり、ほつれて、糸は「千切れ、解け、もつれて土蜘蛛の張る網の如くにシャロットの女の顔に、手に、袖に、長き髪毛にまつはる」（傍線筆者）。再び漱石は現在形を連続させ、この章をしめくくる。一瞬の出来事であるにもかかわらず、あたかもスローモーションを見ているかのように、その瞬間が引き伸ばされ、映像が一コマずつ送り出され場面が変化する。その動きにつれて、場面の登場人物の心理状態に読者の心理が重なり、コマ送りとともに読者は観客の如く、眼前の舞台の成り行きを息をひそめてみつめる。描写の妙は、読者を舞台に引き上げ、役者の共犯者となる錯覚を抱かせる。「薤露行」は五部構成、それぞれ並行しつつも絡まりながら最終部に収斂され、読者は五幕の舞台を見ているような感覚を抱く。テニスンの「シャロットの女」は韻律の美しさで知られるが、漱石は英詩の妙を漢文の妙に移し変えているのである。「薤露行」の漢文調はおもわず音読を誘うリズム感を湛えた文体で、「詩のような小説」ともいわれるが、「薤露行」は劇場文学でもある。

なぜ「土蜘蛛」なのか

テニスンの詩において最も劇的な場面は上記の呪いが発動する瞬間で、その前後の緊迫感に想を得た作品は実に多い。ジョン・ウォーターハウス（John Waterhouse）やウィリアム・ホルマン・ハント（William Holman Hunt）など一九世紀英国のラファエル前派の絵画のみならず [fig. 02.03]、アガサ・クリスティの推理小説には『鏡は横にひび割れて』(*The Mirror Crack'd from Side to Side*) がある。[19] 呪いによって織物の糸が飛び散る様を描く作品は多々あるが、その中でも蜘蛛の糸のように織り糸がシャロットの女に絡まる描写はホルマン・ハントの図像が最も近い。ハントはほぼ半世紀もの間、「シャロットの女」を描き続け、何度も描き直した。漱石は英国留学中、美術館を何度か訪れているが、ハントの著名な一連の油彩画を観る機会はなかったといわれている。ただし、テニスン詩集にはシャロットの女の髪が蜘蛛の糸のように舞い上がる挿絵があるので、このハントの図像が漱石の着想源となった可能性もある。またテニスンの第五スタンザには華やかな色合いの不思議な織物が詠われており、機織物 (web) は蜘蛛の糸 (cobweb) への連想を呼び、漱石が原詩から創作をしたことも十分考えられる。

There she weaves by night and day
A magic web with colours gay.
She has heard a whisper say,
A curse is on her if she stay
To look down to Camelot.

館にて夜となく昼となく女の織るは
色鮮やかな摩訶不思議な織物。
女はあるささやきを耳にしたのだ、
ある呪いが降りかかるだろうと、
もしキャメロットを見据えるならば。[20]

しかしながら、漱石は女にまとわりつくのは「土蜘蛛の張る網の如くに」と評している。なぜ蜘蛛では

18――完了形に関する質問に答えてくださった同僚の言語学者星浩司氏に謝意を表したい。

19――二〇一八年三月二五日、テレビ朝日系でアガサ・クリスティ二夜連続ドラマスペシャルとして、『大女優殺人事件――鏡は横にひび割れて』が放映された。出演は沢村一樹と黒木瞳である。

20――西前美巳編訳、前掲書、三九頁。一部拙訳。*Poems*, p.390.

なく土蜘蛛なのか。そもそも土蜘蛛は地蜘蛛の異名で、袋状の巣を土に近い位置に造るので、巣を空中に網目状に張る、通常の蜘蛛とは異なる。漱石の「土蜘蛛の張る網」という表現が惹起するイメージとは明らかに異なるのである。

土蜘蛛という言葉から明治の読者が連想したイメージは、その名の通り「土蜘」、「土蜘蛛」である。「土蜘」とはその原曲は能《土蜘蛛》で、源頼光の妖怪退治に材をとる歌舞伎舞踊のことで、蜘蛛の糸（千筋の糸）を次々と鮮やかに繰り出す演出が人気の演目だった。頼光といえば、怪物退治で名高い日本の英雄である。作詩は河竹黙阿弥（一八一六―一八九三）、五代目尾上菊五郎（一八四四―一九〇三）が主演という組み合わせである。河竹黙阿弥といえば、生涯に書いた演目は三百余、坪内逍遥が「明治の近松」「我国の沙翁［シェイクスピア］」と絶賛した歌舞伎狂言作者であり、尾上菊五郎は明治を代表する名優で「近代歌舞伎を確立した明治期の大立者」といわれた。[21] 錚々たる布陣の初演は一八八一年、漱石が学校へは行かず、「途中で道草を食って遊んで居た」[22]頃、東京府第一中学校を退学し、漢学の私塾二松学舎に通った時期にあたる。異母姉妹の長姉の佐和と次姉の房は歌舞伎通いに熱を上げ、幕間には役者から絵を描いてもらっていたそうである。漱石はさほど歌舞伎を好まなかったといわれるが、「土蜘蛛」が当時の流行ものにも敏感であった夏目家の話題に挙がらなかったとは考えにくい。さらに、「薤露行」を発表する前年一九〇四年（明治三七）の『歌舞伎』に、連載で談話筆記「英国現今の劇況」を掲載していることから、歌舞伎との縁は少なからず存在したようだ。[23]

シャロットの女との類似性は蜘蛛の糸（千筋の糸）を次々と鮮やかに繰り出す演出のみならず、主人公頼光をめぐる人物と舞台設定にもみられる。まず、「薤露行」のシャロットの鏡の表に霧や雲がかかる凶兆の描写は漱石に特有だが、その描写は能・歌舞伎いずれの「土蜘蛛」でも、物の怪の土蜘蛛が登場する

[fig. 02]
ジョン・ウォーターハウス、*The Lady of Shalott*（1894年頃）

場面に相当する。月の澄んだ秋の夜半に、とつぜん雲霧がかかり頼光を苦しめるのである。[24] シャロットの鏡が曇り露を含んで、「芙蓉に滴る音を聴く」と身に危険が降りかかる時との予言も、漱石流の言い換えである。芙蓉の学名は mutabilis で、名詞 mutability とは人の世のうつろいやすさを表す中世英文学の概念である。しかも芙蓉の季語は秋で、かつ蓮の花の古名でもある。シャロットの女が唄う「うつつ」の変奏曲は「この世の現」であり、「はかなさ」であり、シャロットの女の住まう塔を縁取るのは蓮、呪いを得て初めて「うつつの世界」で目にするものも蓮である。古今東西を縦横無尽に駆けめぐる漱石の知の連想ゲームのように、「薤露行」は重層化し、ことばが共鳴し合っているのである。

[fig. 03]
ウィリアム・ホルマン・ハント、
The Lady of Shalott（1857年）
モクソン版テニスン詩集の挿絵

胡蝶のエレーン

「土蜘」の主人公頼光は思い人の元からの帰途、萩の露を愛でた折に病を得て、以来、悪寒と発熱に侵され伏せっている。その頼光を看病し薬を煎じるのが胡蝶である。「薤露

21——尾上菊五郎については「音羽屋尾上菊五郎菊之助」公式ホームページより。

22——江藤淳『漱石とその時代』（新潮社、一九七〇年、第一部、八八頁）。

23——江藤淳、注3前掲書、一四九頁。

24——竹本幹夫『対訳でたのしむ土蜘蛛』（檜書店、一一頁）。河北黙阿弥『土蜘』（朝田祥次注釈郎、日本近代文学大系四九『近代戯曲集』角川書店、一九七四年、五〇頁）。

行」にも「胡蝶」が登場する。

エレーンは父の後ろに少さき身を隠して、此アストラットに、如何なる風の誘ひてか、かく凛々しき壮夫を吹き寄せたると、折々は鶴と瘠せたる老人の肩をすかして、恥かしの睫の下よりランスロットを見る。……偃蹇として澗底に嘯く松が枝には舞ひ寄る路のとてもなければ、白き胡蝶は薄き翼を収めて身動きもせぬ。

白き胡蝶こそ、ランスロットに一目で恋するエレーンである。胡蝶への言及によって「薤露行」は「土蜘蛛」の設定に一層近似していく。ランスロットは頼光のような英雄であり、頼光と同様、思い人ギネヴィアとの密会のあと、北の試合に向かう途中、シャロットを通り過ぎた際に「秋の水を浴びたる心地して」なぜか悪寒を覚える。アストラットに到着した際には顔色が青白い。土蜘蛛の網に捕らわれたシャロットの女の呪いを負い、病を得ているのである。その後、試合で負傷、隠者の庵に庇護されるが、ランスロットは頼光と同様、発熱し「草の香りも、煮えたる頭には一点の涼気を吹かず」、罪罪と叫び、王妃、ギネヴィア、シャロットとあらぬことを口走る。漱石の「薤露行」ではランスロットを看護する場面はないが、病に伏したランスロットの話を聞いて「枕辺にわれあらば」とエレーンは思う。トマス・マロリーの『アーサー王の死』においても、テニスンの『国王牧歌』においても、彼女は負傷したランスロットを甲斐甲斐しく看護する役回りである。そのエレーンを胡蝶に喩える漱石は、「土蜘蛛」から連想を得て、源頼光とランスロットという東西の英雄を配し、英雄頼光に仕える胡蝶の存在をさりげなく、「薤露行」の中に忍ばせているのである。アーサー王物語の伝統において、純潔の表象の百合を冠して「百合の乙女」エレーンとは呼ばれるものの、蝶に喩える伝統は寡聞にして知らない。また、シャロットの女とエレーンが別人格として同一作品に登場することはアーサー王物語において稀有といってよい。その点だけでも特筆すべき作品である。

胡蝶と露、そして夢

「薤露行」ではさらに「土蜘蛛」の胡蝶から漢文学の「胡蝶の夢」へと、古典の連想が飛翔する。胡蝶の夢とは、中国戦国時代の思想家荘子が蝶となった夢を見て、目覚めた後、「自分が夢のなかで胡蝶に変身したのか、胡蝶がいま夢のなかで自分になっているのかと疑った」という『荘子』「斉物論」のよく知られた故事に由来する。[25] 胡蝶に喩えられたエレーンはランスロットを想い乱れるうちに、夢と現実の間を行き交い自問する。いつの間にかエレーンは「ランスロットと変りて常の心はいづこへか喪（うしな）へる。エレーンと吾名を呼ぶに、応うるはエレーンならず、……ランスロットである」「再びエレーンと呼ぶにエレーンはランスロットぢゃと答へる」のである（三部「袖」）。「胡蝶の夢」は現実と夢とが区別できないことの喩えでもあり、さらに自己と他者が入れ替わり混乱する意味でもある。「胡蝶の夢」は転じて人生のはかなさ、死期がせまることにも用いられることから、エレーンの命は長くはもたないことを読者は知るのである。

「薤露行」の最終章「舟」では、ランスロットへの思いが高じて食を断つに至るエレーンの心情が、蝶と露の表象によって描かれていく。

花に戯むるゝ蝶のひるがへるを見れば、春に憂ありとは天下を挙げて知らぬ。去れど冷やかに日落ちて、月さへ闇に隠るゝ宵を思へ。――ふる露のしげきを思へ。――薄き翼のいかばかり薄きかを思へ。

25 田所義行「胡蝶の夢」（『日本大百科全書』ニッポニカ）。

――広き野の草の陰に、琴の爪程小きものゝ潜むを思へ。――畳む羽に置く露の重きに過ぎて、夢さへ苦しかるべし。果知らぬ原の底に、あるに甲斐なき身を縮めて、誘ふ風にも砕くる危うきを恐るゝは淋しかろう。エレーンは長くは持たぬ。

「ふる露のしげき」、「畳む羽に置く露」と重ねられているように、蝶の薄羽は露が積もればその重さで今にも壊れてしまいそうだ。はかなさをまとう胡蝶のエレーンには、夢をみるのも苦しい。エレーンは語る。

死ぬ事の恐しきにあらず、死したる後にランスロットに逢ひ難きを恐るゝ。去れど此世にての逢ひ難きに比ぶれば、未来に逢ふの却(かえ)つて易きかとも思ふ。罌粟(けし)散るを憂しとのみ眺むべからず、散ればこそ又咲く夏もあり。エレーンは食を断った。

芥子(けし)の種も土に戻ればまた芽が出てくるように、芥子粒のように小さいエレーンは散ることによって、咲く夏を迎えることができると信じた。漢詩「薤露」の最後の意味、すなわち自然の再生力がエレーンの死に示唆されているのである。薤露の露は幅の狭い韮に積もる露であることから、とかく生きにくいこの世の辛さを示す漢詩の一義を示すが、漱石は胡蝶の薄羽に露を積もらせることによって、堪えがたい重さを与え、蝶のはかなさを詠い、さらに死してこそ生きる瀬もあると、謳うのである。

最終章「舟」では、露への言及が増す。露は涙の比喩であり、秋の季語でもある。漱石は漢詩「薤露」に基軸を置きつつ、テニスンの季節を踏襲し、季語をちりばめ、秋の趣と人のはかなさを加味した。しかしその一方で、単なるはかなさだけでなく、薤露という語が発する最後のメッセージ、露は朝になればまた降るという自然の循環をも示してみせる。それは「夢十夜」で百年待ってくださいと言って死ぬ女との再会を待つ男が、墓から立ち上がる白い百合を見て遺言の成就に気づく幻想譚をも思わせる。

テニスンのシャロットの女は唄いながら死出の旅に出るが、その声は川の柳が耳を傾ける以外に聞く者もなく、アーサー王宮廷に着く前に息絶えてしまう。あまりに寂しい最期である。しかし、「薤露行」ではシャロットの女の歌声は漱石によって、詞（ことば）を与えられ、シャロットの女とエレーン、そして漱石自身のメッセージを届けるのである。

シャロットの歌

うつせみの世を、
うつゝに住めば、
住みうからまし、
むかしも今も。」

うつくしき恋、
うつす鏡に、
色やうつろふ、
朝な夕なに。」

歌詞の内容は「うつつの変奏曲」である。シャロットの女自身への、そしてエレーンへの送葬の歌でもある。「うつせみ」は「この世、現世、人の世」が当初の意味だが、空蝉と表記したことから無常観と結びつき「はかないこの世」との意味が生じた。『源氏物語』の「空蝉」には「はかない蝉の羽の上において、はかない露のようなわが身」に喩える歌もあり、[26]エレーンの姿と重なっていく。蝉より蝶の羽の方がはるかに繊細、はかなさを表現するにはふさわしい。漱石の感性と漢学・国学の賜物である。

「うつつ」にも同様に相反する意味が後代に追加された。「うつつ」はもともと覚醒した意識のもとに知覚される現実を意味するが、「夢うつつ」という組み合わせで使用されることにより、中世に本来は対義であった「夢心地」や「夢か現実かはっきりしないような状態」を表すようになる。[27]漱石はあえて空蝉という漢字を用いず、ひらがなの「うつせみ」とし、「う」「うつ」の音を重ねていく。音を連ねることによって、連想を広げていくのである。後代のうつつやうつせみの意味は胡蝶の夢のように、エレーンが夢と現実を彷徨い心を乱し、はかない命を散らす様態と呼応するだろう。その一方、うつつの原義は鏡に映る影を現実か否か自問するシャロットの女の姿にもつながる。となるとこの詩行は単にエレーンのはかなさを歌うばかりではない。エレーンの亡骸がシャロットを過ぎるときに「うつせみの世を、うつつに住めば」と前半の詞が響くが、テニスンの詩と同じく、聞く者は死者と耳の聞こえぬ翁のみ。シャロットの女の孤独感とひとりの営為を締めくくるが、そこでとどまらずアーサー宮廷へと運ぶのである。「このはかなくもつらい現実の世で、身をおいて暮らすならばどんなに生きづらいことでしょう」[28]と歌いつつも、生きる。その生きづらさはアーサー王時代の昔のことではなく、漱石の「今」の現実をも詠っているのである。

エレーンの亡骸を送る歌は、シャロットの歌の後半の二行「うつくしき……恋、色や……うつろう」のみである。「うつろう」のは色であり恋、鏡に映り移る影である。ひらがなの持つ意味の広がりと音を存分に漱石は響かせ、呻吟しつつも楽しんでいるようだ。エレーンの舟が「睡蓮の睡(ねむ)れる中」を進むとき、「押し分けられた葉」は再び浮き上り、その表面には、「時ならぬ露が珠を走らす」。静かに進むエレーンの舟に睡蓮の花は散ることはなく、葉はあたかも葬送の舟を涙で見送る如く、珠のような露を湛えてしなやかに再び浮き上がるのだ。ここにおいても漢語「薤露」が示唆する自然の命の循環が成就されているようだ。エレーンの顔は死者の者とは思えず、浄化され、霊的な存在となり、「土に帰る人とは見え」ない。シャロットの女のうつつの歌は、前半のこの世の辛さやはかなさを語る「うつつ」から、後半の詞「うつくしき……恋、色や……うつろう」へと移る。シャロットの女の声は蜘蛛の糸を繰りだすように「細き糸ふって」、その場の人々の耳を「貫き」、届くのである。

最後に

テニスンの作品“The Lady of Shalott”の解釈をめぐっては今なお諸説あるが、[29] シャロットの女を若き詩人テニスン自身と捉える解釈は代表例で、すでに坪内逍遥が詩の解説で紹介している。テニスンの苦悩の軌跡をシャロットの女に読み取った漱石は、倫敦時代に英文学史をまとめるべく独り室にこもり格闘した自らの記憶を投影させたのではないか。「うつゝに住めば　住みうからまし」との漱石によるシャロットの詞は、「薤露行」の解題の補助線となる。影の世界であっても濁世に背を向け塔の中で織物という創作を続けるシャロットの女の孤高の生き方に不足はないと述べる。テニスンのシャロットの女とは異なり、「薤露行」で女が織り出す絹布はシェイクスピアのリアや聖書に登場する

26――「うつせみ【空蝉】」片桐洋一『歌枕歌ことば辞典増訂版』（笠間書院、一九九九年）。

27――「うつつ」『日本国語大辞典』、小学館、JapanKnowledgeより。第一義は「(観念世界に対して) 目ざめた意識に知覚される現実」とある。

28――うつつの歌解釈について、ご助言いただいた同僚の日本文学者津田真弓氏に謝意を表したい。

29――シャロットの女にヴィクトリア朝の女性の立場を読むフェミニズム的視点の研究が多い。

マリアに材をとる西洋古典のテーマである。

エレーンのアストラット Astolat とシャロットの女のシャロット Shalott はそもそも同語源であり、同一人物と考えられている。[30] さらに地名のシャロット Shalott とエシャロット（シャロット）を意味する shallot から中国の薤との掛詞を思いつき、エレーンの悲恋に重ね薤露行と命名したのであろう。うつせみ（空蝉）と「蝶」が作品の天地を占める『漾虚集』の目次の装丁は、「余の思ふ様な體裁」であり、漱石の遊び心を込めた中国古典から日本の古典までの引喩が可視化された縮図である[fig. 04]。[31]

薤露行という題名を冠したことによって、漱石はアーサー王文学において最も人気の高いヒロイン、エレーンとシャロットの女、それぞれに東洋の息吹を吹き込んだ。創作者の苦悩を投影した「シャロットの女」"The Lady of Shalott" は、テニスンが初めて、アーサー王物語が一九世紀英国の文学題材として世に問う価値があることを示した作品である。その影響は文学にとどまらず、絵画や音楽分野の作品を創出し、洋の東西を問わず、いまなお想像力に訴える力をもつ。[32] 近代日本を代表する作家による出色の出来栄えの「薤露行」によって、夏目漱石は初めて、明治三九年、近代日本の文壇に西洋の題材を東洋の素材に接ぎ木できることを見事に示したのである。

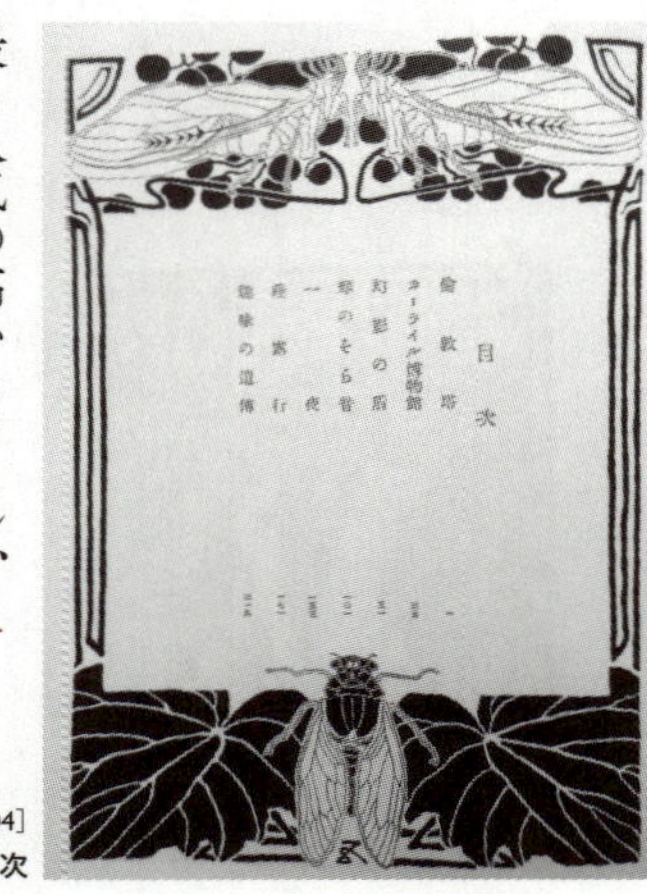

[fig. 04]
『漾虚集』の目次

30 "*KAIRO-KO: A Dirge*," trans. Toshiyuki Takamiya and Andrew Armour, *Arthurian Literature*, 2 (1985), pp.99-101.

31 蝶と見まがう天に配した図柄は、二匹の蝉が見合う姿である。蝶と「空蝉」を同化させているようで意味深長である。

32 日本発の作品には以下の作品がある。葛生千夏、*The Lady of Shalott*（さるすべり、一九九二年、CD）、ひかわ玲子『アーサー王宮廷物語』（三巻本、筑摩書房、二〇〇六年）。「シャロット城のエレイン」としてシャロットの女とエレーンが明確に同一人物として登場する。

愛か忠誠か
『こころ』に見るランスロット像

Mari Kotani
小谷真理

序

今から二〇年ほど前、二〇世紀も押し詰まった一九九八年に、ファンタジーの歴史をざっくり俯瞰する新書『ファンタジーの冒険』（筑摩書房）を上梓した。その中で、現代のアーサリアン・ポップ、つまり大衆向け読み物としてのアーサー王伝説関連のファンタジー本も、一章分をさいて整理整頓したのだが、英語圏のアーサー王伝説を扱ったファンタジーがそれこそ百花繚乱、膨大な量に上り、人気のほどが窺われるのに比べて、日本のそれは驚くほど少なかった。

例をあげると、上原尚子&杉山東夜美『虚空の剣』（一九八九年）、ひかわ玲子『銀色のシャヌーン』（一九九〇年）、藤本ひとみ『愛と剣のキャメロット』（一九九〇年）くらいが目立つところだろうか。

エクスカリバーという名剣自体はオタクカルチュアでは知られていたものの、一般的にはそれほど浸透しておらず、伝説そのものがうまく伝えられていないという印象だった。しかしながら、二一世紀も最初の五分の一が過ぎようとしている現代では、エクスカリバーがアーサー王と関わりの深い名刀であること、アーサー王伝説にはランスロットという騎士が出てくること、宮廷の名前はキャメロットで、そこに円卓の騎士がいたこと、魔法使いの名前がマーリンであること……あたりまでは比較的よく知られるようになった。

評者も大学生向けのファンタジー講義では、必ずアーサー王伝説を紹介するのを怠らない。アーサー王伝説の集積自体が、ファンタジーのジャンルと不可分の要素に満ち溢れているためである。しかし、その際、アーサー王の父親ウーサーがどのようにしてイグレインと結ばれたのかとか、アーサー王の親友のランスロットがアーサー王の妻ギネヴィアと恋仲になり、貴婦人と騎士の間の敬愛や純愛といった枠組みから逸脱した、肉体関係を交えた、いわゆる不倫関係であること、アーサー王と腹違いの姉との間にできた息子が王に反旗を翻すこと、などなど、所謂恋愛関係を含む複雑な人間関係性について解説すると、学生諸氏は「そんなドロドロとした人間模様が繰り広げられていたなんて」との驚きをコメントシートに記してくる。石に刺さった剣を抜いて王位継承するエピソードや、貴婦人のために戦う宮廷風ロマンスに満ちたジェントルマン的騎士の冒険は、ディズニーのアニメなどの影響もあってイメージとして定着しているが、一方人物相関自体はあまり知られていないんだな、という手応えであった。騎士という高潔なイメージと、情欲に塗れた恋愛模様というイメージがミスマッチであるせいだと悟ったわけである。現代の騎士道への理解は、明治以来の武士道と同じく、近代の、つまりは一九世紀の英国のジェントルマン的解釈を経て醸成されているからこれは致し方のないことなのだろう。

ところで授業で紹介して間違いなく驚かれることのひとつは、日本のモダン・ファンタジーのルーツを遡ると、アーサー王伝説に行きあたるというトピックである。明治時代の終わりころ、リライト作品が日本近代文学の巨匠によって書かれているのだ。著者は夏目漱石、タイトルは「薤露行」ならびに「幻影の盾」。双方ともに明治三九年（一九〇五）に発表されている。

「幻影の盾」は当時連載していた『吾輩は猫である』と同じ『ホトトギス』誌四月号に同時掲載され、それから半年後「薤露行」が『中央公論』誌一一月号にお目見えした。

夏目漱石といえば、日本人の場合、中高生の頃、猫の一人称で書かれた『我輩は猫である』や新米教師が松山に赴任する『坊ちゃん』がいまでも広く人気を博している国民的作家であり、日本の紙幣に印刷されているほど著名な日本の顔であり、その文学的スタイルは、ファンタジーからはほど遠い印象だ。ストレートに言えばリアリズム小説の高祖である。しかしながら彼は、小説を書き始める数年前に、英国留学から帰国した英文学者であった。彼の地で英文学をはじめとする英国事情を詳細に見聞し、モダン・ファンタジーのルーツたるラファエル前派などの文化運動についても報告を怠っていない。

そこで、現代日本でアーサー王物語がどのように展開しているか、という趣旨で編まれる本書においては、女体化した可愛いアーサー王が活躍するゲーム操作をちょっと休めて、現代の日本のファンタジー文化にそもそもアーサー王伝説がどのように関わってきたのかを、そのルーツたる漱石を例に考察したい。

日本のモダン・ファンタジー、ふたつの風景

具体的に漱石の書いたファンタジーについて検証する前に、日本における西洋風のファンタジーの始まりをまずは確認しておこう。

ファンタジー移入は明治維新以後の西洋文化の流入とともに始まっており、当時泉鏡花や夏目漱石が対照的な方法論でそれぞれファンタジー作品を書いていた。

夏目漱石が『吾輩が猫である』の連載を開始し、「薤露行」という作品を発表する五年前、一九〇〇年（明治三三）の二月『新小説』誌に掲載されたのが、泉鏡花「高野聖」だった。作者は当時二八歳。「高野聖」は、高野山に属するお坊さんが、若いとき飛騨山中で出会った女怪のことを話すという妖怪譚である。深い山中に迷い込んだ彼は、白痴の幼児を連れた美貌の女に出会う。彼女に案内されて山中の滝で体を清め、そこで一夜を明かした僧は彼女の虜になってしまう。しかしこの女は、元は人間でありながら、後に男を引き入れては飽きると動物に変える妖怪変化の類であった。命からがら逃げた僧だったが、老いた身になってもその女のことが忘れられない、と、そういうお話である。

舞台は飛騨山中、登場するのはお坊さんと妖怪変化の女。筋立ては、いかにも日本の土俗的な幻想譚である。しかもお坊さんは、高野山に連なる徳たかき僧。そんな僧をすら魅了する美貌の妖怪変化。それもまた、日本の古層に潜む伝統的美学探究という感じがする。飛騨といえば、現代でも爆発的人気のゲーム『ひぐらしのなくころに』やアニメ『君の名は。』に見られるように、確かに日本の古層に繋がるような地方のエキゾチシズムの権化として扱われる舞台であるが、明治時代にはすでにこの方向性が泉鏡花によって探求されていた。

しかし、お話自体をよく吟味すると、ここで登場する女怪はギリシャ神話に登場するキルケーを彷彿とさせる。しかも、その描き方は、ラファエル前派に見られるような、一九世紀を席巻したファム・ファタール（運命の女）的な構図である。

キルケーは、ホメロスが書いたとされる『オデュッセイア』に登場する魔女。トロイア戦争に勝利したものの英雄オデュッセウスが故郷に帰り着くまでには厄介ごとが重なり、延々十年もの歳月がかかってしまう。船旅の中でアイアイエー島に流れ着いたオデュッセウスと仲間は、島に住む魔女キルケーの罠にはまり、船員は豚に変えられる。そんなエピソードが登場するのだ。キルケーは男を性的魅力でたらしこみ、飽きると動物に変える女怪物なのである。

一九世紀のヨーロッパでは、近代人（近代の男性を指し、女性は含まれなかった）の運命を性的に惑わす宿命の女（ファム・ファタール）のステレオタイプが席巻しており、そのイメージは、古代の神話や伝説に登場する魔女や女神として描かれることがしばしばだった。キルケーも例外ではない。例えば、ラファエル前派の画家として知られるウォーターハウスは、透明感漂う美しく誘惑的なキルケーを描いている。くだんのお話では、魔法が通じないオデュッセウスに降参したキルケーは従順な女として一年ほどオデュッセウスと暮らし、別れに際して次なる冒険を乗り切るためのヒントすら教える。恐ろしい怪物のくせに、男に甘い、可愛い女という理解なのである。

日本の伝統的な世界観の残存する（と想定される）地方をエキゾチックに幻想化してみせた泉鏡花だが、なぜそんなにも欧州のファム・ファタール的な女怪物にそっくりなものを描いたのだろうか。偶然にしても、ちょっと出来過ぎの感じがする。が、実はこれは意外なことでもなさそうだ。鏡花は一二歳から一六歳まで金沢の英和学校に通学し、英語が堪能であったばかりか、宣教師ポートルの妹に可愛がられていた、という経歴があるからだ。ほかならぬ彼女に、西洋の神話や伝説世界、文学などを教わっていたというから、一九世紀的に編纂されたギリシャ神話などの西洋古典世界の情報に通じていたことは十分考えられる。ただし、ここで重要なのは、泉鏡花がそうした西洋産のファンタジーを見聞していても、それを西洋のものとして描かず、その物語を一旦飲み込んで、あくまで日本語を使って日本の伝統的な舞台設定の中へ埋め込んでいるように見えることなのだ。西洋と日本という構図に、都会と地方という図式が重なっているように見えるではないか。このへんは、果たして意図的なものだったのか、無意識にそうなってしまったのかは議論があるだろうが、この文化移植の形は秀逸で、感嘆せざるを得ない。

一方、一九〇〇年（明治三三）から一九〇二年（明治三五）の間ロンドンに留学していた夏目漱石は、同地で目の当たりにしたアーサー王伝説を、帰国してから、西洋風のファンタジー短編として日本語で書き上げた。

泉鏡花と夏目漱石は、ファンタジー移入に関しては、対照的な方法論を採ったというべきだろう。泉鏡花が西洋のモティーフ（に近い存在）を日本的風景の一部として描き出したのに対して、夏目漱石は、西洋の伝説をそのまま西洋の話として日本語の散文で書いているからである。このふたつの文化接続の方法論は現代に至るも変わらない戦略ではあるまいか。

「薤露行」とランスロット

それでは、夏目漱石の書いたアーサー王伝説とはどのようなものだったのだろう? 「薤露行」については故・江藤淳の比較文学的に詳細な学術研究があり、文学博士号の学位請求論文にまとめられ、それは『漱石とアーサー王傳説』(講談社学術文庫、一九九一年)として出版されている。かの書籍には、夏目漱石が英国留学中に、何から学んで、どのようにかの短編「薤露行」を書いたのかについて詳細なリサーチと考察が記されている。したがって、まずはその並外れて重厚な論考を手がかりに、話を進めよう。

まず表題の「薤露行」とは、どういう意味であろうか?

「薤露」とは、日本国語大辞典によれば、

薤は「にら」で、その上におく露が乾きやすく落ちやすいところから、人の世や命のはかないこと、人の死、またはそれを悲しむ涙などにいう。中国、漢代の田横が自殺したとき、その門人たちの悲しみの歌の中にこの語があったところから、葬送の時にうたう歌、すなわち挽歌の意にもいう。

とあり、挽歌に関する行(くだり)を指している。

江藤によると、「薤露行」を漱石が書くにあたって参考にしたのは、アーサー王伝説の集成といえる中世ロマンスのサー・トマス・マロリー『アーサー王の死』(一四八五年)と、一九世紀の桂冠詩人テニスンの「シャロットの妖姫」と呼ばれる長詩と、当時英国で上演されていた戯曲『キング・アーサー』であるという。なるほどこれらを振り返ると、当時のアーサー王伝説概略が理解される。アーサー王伝説自体は英国、愛蘭、仏国、独逸などヨーロッパの伝説を長い時間をかけて集合してきた伝説集成であるから、矛盾や異話が多いし、時代ごとに解釈上の異動が存在する。したがって、創造者はその矛盾をどう解釈しどう再構築するかに手腕を発揮しなければならない。

夏目漱石が選び取ったのは、騎士ランスロットだった。そして彼と恋愛関係にあったエレーン、シャロットの妖姫、ギネヴィア妃との関係性を、独自のストーリーテリングで再構築することになった。この点について、漱石は前書きで次のように記す。

世に伝うるマロリーのアーサー物語は簡浄素樸と云う点に於て珍重すべき書物ではあるが古代のものだから一部の小説として見ると散漫の譏は免れぬ。況して材をその一局部に取って纏まったものを書こうとすると到底万事原著による訳には行かぬ。従ってこの篇の如きも作者の随意に事実を前後したり、場合を創造したり、性格を書き直したりして可成小説に近いものに改めてしもうた（後略）

（一二四頁）

原著とどのくらい違うかについては、江藤の検証を読んでいただくとして、注目したいのは、中心的位置にある騎士ランスロットという人物である。

ランスロットはおそらくアーサー王伝説の中では、最も強く美しい、騎士の中の騎士である。彼は実力においてはアーサー王を始めとする誰よりも強く、そして眉目秀麗の騎士であった。当然人気があるが、彼の場合は、男にも女にも慕われる騎士の花形なのである。王位についてもおかしくないような人物だったが、しかし、にも関わらず、王剣エクスカリバーはランスロットを王として選ばなかった、そういう設定なのである。

アーサー王が開いた宮廷キャメロット以前の、蛮勇に満ちた、猛々しい世界であったなら、アーサーの父ウーサーのように、欲望の赴くまま、邪を肯定する魔法やら剣やらで、とにかく力にものを言わせて王位も姫も奪い取ってしまうだろう。あるいは、アーサー王伝説の中では著名なエピソードである「トリスタンとイゾルデ」のような構図だったら、読者には、イゾルデ姫の夫たる王みたいな年寄りより、ずっと若く素敵な騎士に肩入れすることだろう。

しかし、アーサー王自身は若く、凛々しく、そして正しく存在していた。実力ではランスロットにかなわないアーサー王の王たる所以は、名剣エクスカリバーによって立証されるという展開になる。

エクスカリバーは、石に突きたてられ、湖の妖精によってその神性を保証されている神秘の剣である。石や湖のような大地と縁深いという前提により、何より読者や観客には、国土を支配する権利の象徴と映るに相違ない。王が国土を奪い取るのではなく、国土が王を選ぶという構図は、暴力や略奪の世界から別のコンセプトの社会へと変貌した、と読者に訴えかけてくる。かくして、エクスカリバーは神秘の剣であるだけではなく、法の象徴に見えてくる。剣もまた、人殺しの道具から、法と権威の象徴へと変わろうとするのだ。

そして、まさにその剣が、ランスロットを選ばない。かくしてランスロットをめぐる物語学は、己の欲望に身を任せるのか、それとも法のもと、社会のルールに従うのか、という葛藤の物語を内包することになる。

夏目漱石が、男の中の男としてのランスロットに深い憧憬を抱いていたのは間違いない。「薤露行」では、ランスロットをめぐる三人の女性が登場し、女たちはいずれもランスロットに熱いまなざしを注ぐのだが、夏目自らが女性目線に乗っかって、ランスロットを熱く見つめているかのような書き振りが際立っているのである。

「薤露行」のストーリーは五部に分かれている。

一の「夢」の章は、アーサー王の妃ギニヴィアとランスロットとの逢引の場面から始まる。アーサー王と一三名の騎士は早朝剣の試合のため北部へ向かった。仮病を使って同行しなかったランスロットはその間にギニヴィアと逢引。泥棒猫みたいな真似をしているが、美しいふたりの逢引は、世にもロマンチックな切実感に満ち溢れ、ランスロットがひとり遅れて北を目指すため、ギニヴィアに別れを告げるところも、胸に詰まる場面となる。

二、「鏡」の章では、シャロットの女が登場し、北へ馬を走らせるランスロットを見て恋に落ちる。彼女は城の一室に魔法で閉じ込められ、鏡に映った外の景色をひたすら機織る作業に従事しているが、魔法が破れて鏡が割れ、シャロットの女は死ぬ。だが亡くなる前に、彼女はランスロットに呪いをかける。

三の「袖」の章では、ランスロットが一夜の宿を求めた家の娘エレーンが登場する。ランスロットは試合に遅延するのを誤魔化すため、別の騎士に成りすまそうと家の主に盾を借りるのだが、その盾は、主の長男のものだった。次男はランスロットの従者として連れていかれることになり、エレーンは貴婦人として、騎士のために自らの袖を捧げる。ランスロットはそれを受け取り、袖を兜に飾って、正体を隠したまま、騎士の試合に臨む。

四、「罪」の章では、アーサー王とギニヴィアの様子が描かれ、ランスロットの兜に飾られた袖の持ち主にギニヴィアは嫉妬するが、アーサーは妻の心中に気がつかない。だがついにモードレッドら騎士たちがギニヴィアの不倫を暴きだす。

五、「舟」の章では、ランスロットがシャロットの城の近くで失踪し、その知らせを聞いたエレーンが死を選ぶ。エレーンの亡骸を乗せた船はキャメロットに流れ着き、ギニヴィアは美しい亡骸が誰であるのかを悟る。

このように、「薤露行」には徹頭徹尾片恋が描かれていた。誰しもが恋に身を焦がすが、全員が想いを成就できない。性的欲望の方向性は明確なのに、それらは一向に満足させられることなく、運命的に押さえつけられているがゆえに、ますます激しく印象深い恋に見えてくる仕掛けだ。

ランスロットに袖を捧げながらも愛されないエレーン。アーサー王という立派な大君を夫とし、自ら宮廷の中心にいながら、ランスロットへの恋に身を焦がしエレーンに嫉妬する王妃ギニヴィア。だが彼女たちよりも、史上最大の片恋の女は「シャロットの女」という名もなき乙女であろう。一目惚れしたランスロットに出会うことなく、その恋によって破滅する。

江藤の調査によると、夏目漱石は、アルフレッド・テニスンの詩「シャロットの妖姫」に親しんでいた。テニスンのバージョンでは、外界へ出、魔法が破れて屍となった乙女の遺体が川を下りキャメロットに流れ着く。宮廷の人々の見守る中、ランスロットだけが美しい乙女の死を悼み、祈りを捧げる。

「薤露行」では、実際にランスロットとの間に息子ギャラハッドを儲けながらも愛されない妻エレーンと同じ名前の乙女を、シャロットの女のエピソードを中途から引き継ぐ形で登場させている。さらに「薤露行」では、シャロットの女の呪いによってランスロットの身に不吉なことが起こり、彼は行方知れずになる、というかたちでストーリーが展開していく。

「薤露行」は、三人の女性を描きながら、その対象であるランスロットの魅力を逆説的に浮かび上がらせているわけだが、それにしてもなぜ夏目漱石にとってランスロットがそれほど魅力的に映ったのだろうか。

そのヒントがもうひとつの騎士物語である「幻影の盾」に秘められている。

「幻影の盾」のウィリアム

江藤は、『漱石とアーサー王傳説』の中で次のように語る。

『幻影の盾』でも、彼は時代を「アーサー大王の御代」に設定し、「所謂『愛の廳』の憲法」によって規定された宮廷風戀愛を描こうとしているが、その典據はかならずしもアーサー王傳説のみには限定しがたく、『オシアン』や『ニーベルンゲンの指輪』が斷片的に投影しているように思われる。私の知見の及ぶかぎり、明治以来今日までの日本近代文学のなかで、直接アーサー王傳説に取材した作品は、『薤露行』一篇のほかには存在しないのである。(二六頁)

確かに「幻影の盾」にはアーサー王伝説から取り上げたと思しき事物は見当たらない。お話は次のような展開である。

白城の君主ルーファスに仕えるウィリアムは、夜鴉城のクララと、騎士による恋愛の憲法を口にするほどの相思相愛の間柄である。しかしながら、白城の主とクララの父である夜鴉城主は、諍いを起こし、白城主は夜鴉城を攻め滅ぼすことになった。戦は七日にわたって行われた。主君への忠誠と、姫との愛の板ばさみとなったウィリアムは苦悶し、城に攻め込むまさにその前夜、ひとり部屋に籠る。ウィリアムには、先祖から伝えられた秘密の盾があった。

部屋で盾とともに伝わっていた書付を、ウィリアムは読む。書付によると、その盾は、ウィリアムの先祖が北欧神話の主神オーディンに仕える巨人と戦った際、得たものであった。巨人は死に際に盾の秘密を明かし、盾を残して身体は消滅した。巨人によれば、その盾は願い事を叶えることができるが、願い事は呪いを引き寄せるというのであった。

盾には、髪が蛇であるゴルゴン、あるいはメデューサと考えられる彫り物が施してあり、蛇が蠢く女怪物の顔はおそろしかった。悩むウィリアムの元を訪れた騎士シーワルドは、クララに伝令を使わすことを提案。無事に脱出用の船に乗り込めたら赤い旗を、そうでなかったら白い旗を立てることを約束する。だが約束の日、船には白い旗が立ち、焼け落ちる城にクララの姿があった。絶望するウィリアムの前に城から馬が現れ彼を乗せて天空を飛ぶ。行き着いた先で、不思議な女が盾を凝視するように言う。女の言うとおりにしたところ盾の中にクララの幻影が現れ赤い旗が見えた。こうしてウィリアムはクララと再会するが、やがてウィリアム自身が盾に変貌し、彼らふたりは盾内部の幻想世界に消える。

このように、「幻影の盾」は、アーサー王伝説よりどちらかと言うと、シェイクスピアの著名な悲劇『ロミオとジュリエット』や、オイディプス神話の要素が並び、確かに江藤が指摘するように、あまりアーサー王伝説とは関係がないように見える。

しかしながら、大きな主題として登場するのは、主君への忠誠心と激しい恋愛との狭間で苦悩する騎士の姿である。ウィリアムの苦悩は、ランスロットの抱えていた問題と共鳴しているではないか。

またその描き方も興味深い。西洋の伝説世界を、日本語の散文で書くのに、文体に工夫があり、『我が輩は猫である』のような口語体（言文一致体）ではない。

古典作品を思い起こさせるような、少し読みにくい文語体に似せた文章で書かれている。そういえば、坪内逍遥も「シャロットの妖姫」を擬古文を使って訳していた。してみると、まるで夏目と坪内は、日本の古典のどこかに、この英国伝説が存在したかのように演出していたように見える。その方法論は、のちに英国のファンタジー作家として世界的に有名になったJ・R・R・トールキンの手法に近い。トールキンは、ミドルアースという魔法が可能な異世界を構築するのに、風俗・地図・年表のほか、登場する幾多の種族の使っている言語まで人工的に作り上げた。そして、その異世界がヨーロッパの古代のどこかにひっそりと紛れ込んでいるかのように作り込んでいったのである。夏目や坪内も、アーサー王伝説という世界が、近代文学一般とは違って、中世的な世界であるかのように見せかけるためにそのようなギミックを考案したとは考えられないだろうか。

さて、「薤露行」と「幻影の盾」に共通するのは、不可能な恋愛、許されない愛という題材である。主君への忠誠という、騎士が守らなければならない社会のルール（法）と、女への愛情。両者が共存できない空間に、主人公は立たされる。彼は果たしてどちらを選ぶのか。主君か、それとも、愛する女なのだろうか。

「薤露行」ではランスロットの身に不吉が起き彼は行方知れずとなっている。一方「幻影の盾」では、ウィリアムは呪いの盾そのものと化し、盾の中に構築された幻想世界の中でようやくクララと再会する。法の律する現世では叶わぬ恋だが、幻想世界ではそれは可能になるのである。

このような主題を持つ二作品が書かれた後の漱石の文学的軌跡を辿ってみると、漱石にとってランスロット的な苦悩は、継続していることが窺われる。

それも、不倫という題材の中で、近代国家の根幹である一夫一婦制を侵す性的欲望の心理として探究されている。つまり、ランスロットの苦悩は、近代人として生きることの苦悩として描かれるようになっていったのではないか。

「薤露行」の後、漱石は異世界ファンタジーを書くことをやめてしまった。むしろ泉鏡花のように、そのモティーフを飲み込んで、やがて日本を舞台にした小説世界の内部で展開していったように見えるのだ。

本論考の前半で、私は、西洋のファンタジーが日本に移入された時、日本の文豪はふたつの形式でもってファンタジーを書いた、と記した。

擬古文でファンタジーを描いた夏目漱石が、「薤露行」や「幻影の盾」の後、むしろ泉鏡花「高野聖」の方法論に近づいていったのは、興味深い。そして、両ファンタジー作品で顕著な「主君か、愛人か」という二者択一に悩む騎士という主題は、言文一致体で書かれた、日本の近代を舞台にしたリアリズム小説に引き継がれていったと考えられる。

では、それはどのようなものに結実したのだろうか？

夏目漱石の熱心な読者であるならば、ここですぐに著名な作品が思い浮かぶだろう。そう。夏目漱石が晩年近くなってから書いた名作『こころ』である。あの物語がまさしくアーサー王とランスロットとギネヴィアの三角関係にまつわる変奏曲に見えてこないだろうか。

『こころ』における先生

『こころ』（一九一四年）は現代でも人気のある、後期夏目漱石の代表的作品である。なぜ、そんなにも人気があるのか。

ひとつには、ミステリー仕立てになっているからかもしれない。『こころ』は、語り手である「私」がまだ若い頃に出会った「先生」との思い出を綴ったものである。

この「先生」は実に謎めいた魅力的な人物として描かれる。生活に不自由がない知的な好人物であるのは確かなのだが、どこかに暗い影のような何かを抱えていることが暗示され、のちに自殺することが示唆されている。一見穏やかで知的な人物が、後ろに何をかくしていたのか？ それは確かに興味深い点であろう。

そこで、物語はこの先生の自殺の原因を探りながら、先生の過去を明らかにしていく、という筋立てになっている。展開は推理小説的といっても良いが、先生というキャラクターの特徴は、どこか虚無的でデカダンス（退廃）があり、その点はエリス・ハウソンの指摘する典型的なゴシック・ヒーローの構図に嵌っている。つまり、『こころ』はゴシック・ロマンス的なのである。

というのも、ハウソンは次のように説明しているからだ。

> 典型的なデカダンスのヒーローとは、上流階級ですぐれた教育を受け、身体的な美しさにも恵まれている、ただし彼の男性性は、両性具有、ホモセクシュアリティ、マゾヒズム、神秘主義、神経症といった性的傾向に犯されている。

どこを取っても申し分のない長所に恵まれながら、何かしら病的なものを抱え込んでいる性格、それはまさに先生のことである。

ストーリーを振り返ってみよう。全体は三部に分かれていて、第一部では、語り手と先生の邂逅が書かれており、第二部では語り手が、故郷に帰り父の死に立ち会う展開だ。第三部は、語り手が実家に戻っている間に、先生が自殺し、その理由が遺書によって明かされる、という流れである。

遺書で明かされる先生の生い立ちでは、先生にはまず身内に財産を使い込まれたという過去があった。親族である叔父夫婦によって騙され危うく政略結婚に陥りかけたのである。しかしながら、先生は叔父夫婦の娘との縁談を拒絶し、上京して下宿先のお嬢さんを妻にする。しかし、幼馴染のKもまた、お嬢さんを好いていた。先生はそれを言い出せず、やがて恋の鞘当てからKは自ら命を立つ。Kを死に追いやったと考える先生は、お嬢さんと結婚するもKを裏切ったことに悩み苦しみ、ついには明治天皇崩御後の乃木大将夫妻の殉死をきっかけに、自ら死を選び取る。

してみると、先生とは、身内に裏切られ財産を失った人間であり、同時に幼馴染であり親友でもあったKを裏切った男だったのだ。この三角関係の設定はまさしく先生がランスロット的な位置にある人物であることを示している。

王国を治める王になるということに挫折し、王の妻と恋仲になったランスロット。王は彼の親友であったにも関わらず、彼は王を裏切ることになったのだ。

アーサー王伝説では、ランスロットとギネヴィアの関係はアーサー王の知るところとなり、ランスロットを打ち取りに騎士らが次々と攻めていくが、ランスロットがあまりにも強いがために、宮廷の騎士らは次々討ち取られていく。これがきっかけでキャメロットは崩壊していくのだが、一方『こころ』の方は、仮にランスロットがギネヴィアと結ばれてしまった場合はどうなるかというもうひとつの世界を描いているように見える。アーサー王の位置にあったKは自殺し、先生とお嬢さんは結婚する。しかしながら、先生は、Kのことを忘れることができなかった。Kは大きな傷として常に忘れ得ない存在と化す。

『こころ』の中での一番不思議な部分は先生の自殺への動機である。しかも、きっかけが乃木准将夫妻の殉死となっている。Kを自殺に追い込んだことと、明治天皇のために殉死するのといったいどういう関係があるのか。

この点について先生がランスロット的な性格を内包していると考えると、案外ロジカルな答えを得られるのではないだろうか。

ランスロットは、男性にも女性にも愛されるポリセクシュアルな人物と考えられるからである。彼はアーサー王とギネヴィアの双方に愛されていたと考えるべきであり、両性愛的な人物と考えた方が不自然ではない。もし仮にキャメロットが異性愛を当然とするキリスト教的一夫一婦制の王国でない異世界だったら、三者関係は特に問題にもされないだろう。しかし、王国はヨーロッパの異性愛的な結婚制度に緊縛されており、アーサー王とランスロットは、極めてホモソーシャルな騎士団で結ばれ、ギネヴィアとランスロットは婚姻制度を逸脱する不倫関係との烙印を押される。

中世世界の騎士らが、ホモセクシュアルな関係性を維持していたのか、それともホモソーシャルな関係性を結んでいたのか、それは例えばテンプル騎士団という歴史的事物ひとつをとっても、単純ではないし、一筋縄では行かない。

しかしながら、アーサー王伝説が席巻した一九世紀英国は、イブ・セジウィックが指摘するように、同性愛を疎外し、それを社会的に抹消する、極めてホモソーシャルな社会であった。そんな近代化社会でもてはやされていたアーサー王伝説では、騎士は英国紳士と重ね合わされていた。アーサー王伝説は、英国が最初に国としてのまとまりを見せた時代設定の、王の伝説である。大英帝国として繁栄する英国の創始を妄想させ誇りをくすぐる伝説なのである。だからこそ、世界的に君臨していた一九世紀英国社会では、アーサー王宮廷に集まる円卓の騎士の物語は、一九世紀英国を支配する紳士（ジェントルマン）の行動規範となっていた。

騎士らは、礼儀正しく、女子供を守り、貴婦人のために戦う、勇猛果敢な男たちというイメージで紳士らを魅了する。いわば近代化のなかでの成功者が身につけるべき嗜みが騎士というイメージなのだ。その行動規範は主君というより、法を守る英国紳士のモラルを保証するものだった。だからこそ、それはセジウィックが指摘するようにホモソーシャルな主体を強化し、同性愛的関係性や不倫を抑圧する異性愛社会の根幹に関わる概念だったに違いない。

結果、不倫と同性愛はホモソーシャルな社会共同体には極めて危険なセクシュアリティの象徴的事象に他ならなかった。そして、騎士の中の騎士ランスロットこそ、そうしたホモソーシャルな騎士的メンタリティを逸脱しかねない、極めてセクシュアルな魅力をたたえた存在だったのではないか。

そう考えて行くと、夏目漱石が、ランスロットに、社会的なルールと横溢するセクシュアリティとの狭間で苦悶する姿を見出し、近代という制度の枷をはめられた近代男性心理の象徴と重ね合わせていったのは、決して不自然なことではなかったと思う。

『こころ』の先生は、あくせくと働く労働者ではなかった。叔父に吸い取られたとはいえ、それでも財産を持ち、特に労働もせずにやっていける男である。この設定は、当時の英国でのジェントルマンの階級の特質と共有するところであった。英国紳士は、貴族と労働者の間に位置する新興の階級で、イメージとしての騎士同様、特にあくせくとした労働に就かなくてもよかったのである。

先生は、社会的な経済状態から見ると安定しており、それゆえ浅ましい人物ではない。同時に、教養高き人物であり、騎士としてジェントルマンとして、申し分のない境遇だったといえる。そんな騎士としての彼が、双子のように似通ったもうひとりの騎士に対して、残酷な裏切りを働かざるを得なかった。その様子は、堕天使的であり、間違いなくゴシック・ヒーローとしての相貌に重なる。そして、彼は裏切られた後自ら命を絶ったKを、なぜか忘れることができなかった。

『こころ』が興味深いのは、全編同性愛的な雰囲気が濃厚に見られることである。海水浴場で外人と水泳する先生の様子。語り手の先生に対する熱い眼差し。先生自身のKとの交友関係など、彼ら男同士の関係性は明治以降浸透した近代社会における同志関係というよりは、もう少し深い、何かそこからは逸脱する、どこか恋にも似た高揚感に包まれている。にも関わらず、一方で異性愛は当然であるとする意識が自然化された近代国家の雰囲気に呑まれているのである。

やがて明治天皇が崩御し、乃木大将の殉死のニュースが入る。乃木の殉死は謎に包まれ、その遺書からは、若き日の雪辱を晴らす機会を待っていたという真相が明かされるが、それは少なくとも表層上では日本の武士道的なコンセプトで受け止められそうな経緯であった。そして、そのニュースが先生の心を天啓のように打つ。さて、近代日本のランスロットならどう判断するのだろうか？

ストーリーでは、語り手に遺書が残され、先生の自殺がほのめかされている。乃木大将のように明治天皇に殉じたと解釈するなら、先生は、アーサー王に忠実な騎士の道を選択した、といえるだろう。「主か、それとも愛人か」の選択に悩む騎士が、主を選択したように見える。

だが、それだと、ランスロット自身の持つ横溢したセクシュアリティの問題は解決されない。アーサー王は、中世には主君として描かれ、それは王国とも騎士団とも法とも一体化したコンセプトであったが、近代のランスロットの前にあるのは、制度の規範の中に巧妙に隠された王個人に対する欲望、すなわちセクシュアリティの問題だったのではなかろうか。

もし仮に、ランスロットがアーサー王に恋する男だったなら、話は変わってくる。またギネヴィアとランスロットの不倫に際してのアーサー王の心模様は、いつも極めて曖昧であり、アーサーもまた、ランスロットもギネヴィアも、どちらも愛していたのではないかとすら思えてくる。

それは、ひょっとすると、アーサーとランスロットの関係自体が、もともとキャメロットに集うホモソーシャルな騎士団らの国家的なつながりからも逸脱した、禁断の同性愛的関係を内包するものだったかもしれない、との想像をすら可能にする。

だったら、彼らは「幻影の盾」の主人公たちのように、ふたりして幻想の王国へ、すなわちあの世へと逃げ延びることになっても不思議はない。

先生の心のうちがどうだったのか、その真相は『こころ』には書かれていない。只々、Kと先生、そして語り手はホモソーシャリティとホモセクシュアリティとの間に引かれた境界線上で揺れ動く騎士のように見えるだけなのだ。

近代人としてのランスロット

夏目漱石は、擬古文調の異世界ファンタジー短編「薤露行」と「幻影の盾」の中で、ランスロットの苦悩という主題を明確にした。彼の造形したランスロットはマロリーのランスロットではなかった。またテニスンの「シャロットの妖姫」に記されているような、キャメロットを崩壊させる古代人のような騎士でもなかった。『アーサー王の死』に登場する騎士の中の騎士というロマンチックな存在でもなかった。

どちらかというと、非常に日本的な問題を背負って性格造形されている。彼は、主君か愛人か、という選択に悩む騎士なのである。それは、明治の西欧列強の帝国的支配の雰囲気が濃厚な中で、帝国的思想に屈服を強いられながら近代化を進めていた当時の日本と、そこでアイデンティティーを構築しなければならなかった日本近代人男性の苦悩を表象する存在として、性格造形されていたのではないだろうか。自らの性的欲望と、国家的な規範の間で苦悩する（日本の）近代人を再考するための人物像であり、のちにそこには、主君への忠誠以上に、主君への愛情の問題が潜んでいたことが明らかになる。かくしてランスロットは、実にリアリスティックな悩みを映し出す近代人像へと変貌したのだ。

そんなランスロット的なキャラクターが、ランスロットであることを明かされないまま、つまり仮面をかぶったまま、日本近代文学の雄夏目漱石の作品の中で、その性質を吟味されていたというのは、アーサー王伝説の日本への同化の構図を振り返る上で、なかなか貴重な出来事である。アーサー王伝説は日本には馴染みにくいファンタジーと思われがちだが、実際にはこのように、日本独自の解釈を経て造形され、広く深く静かに今も読まれ浸透し続けているのではないだろうか。かつて、アーサー王伝説ほど、時代ごとに時の政治学の解釈を施されて長くサバイバルしてきた物語はない、と指摘したことがあるのだが、日本においてもそのことは例外ではなかった。

【参考文献】


泉鏡花『高野聖・眉かくしの霊』（岩波文庫、一九九二年）。

江藤淳『漱石とアーサー王傳説』（講談社学術文庫、一九九一年）。

小谷真理『ファンタジーの冒険』（ちくま新書、一九九九年）。

小谷真理『テクノゴシック』（ホーム社、二〇〇五年）。

マーク・ジルアード／高宮利行、不破有理訳『騎士道とジェントルマン——ヴィクトリア朝社会精神史』（三省堂、（原著一九八一年）一九八九年）。

イブ・コゾフスキー・セジウィック／上原早苗、亀澤美由紀訳『男同士の絆』（名古屋大学出版局、二〇〇一年）。

イブ・コゾフスキー・セジウィック／外岡尚美訳『クローゼットの認識論』（青土社、一九九九年）。

巽豊彦『人生の風景』（彩流社、二〇一八年）。

アルフレッド・テニスン／坪内逍遥訳「シャロットの妖姫」（『ユリイカ』一九九一年九月号、一一九—一三四頁）。

夏目漱石『倫敦塔・幻影の盾』（新潮文庫、一九五二年）。

夏目漱石『こころ』（新潮文庫、二〇〇四年）。

Hauson, Ellis. *Decadance and Catholicism*. Cambridge: Harvard University Press,1988.

「アストラット」から「アスコラット」へ

日本から発信された中世の再発見

高宮利行
Toshiyuki Takamiya

英国における研究発表

英国のオクスフォードやケンブリッジの英文科では、大学院生のために外部の講師を招待して、学期中の隔週に一時間ずつの講演と質疑応答からなる中世セミナーが行われる。また院生の間であらかじめ新刊書を読んで、担当者のまとめの後延々と議論する場合もある。出版されたばかりのDerek Pearsall, *Old and Middle English Poetry* (London: RKP, 1977) を俎上に上げて、院生たちが辛辣に批判する場面に遭遇する機会もあった。私がウェールズ大学やシェフィールド大学で招待講演をした経験からも、おそらく他の大学でも実施されていると思われる。

一九七五―七八年のケンブリッジ留学時代や、一九九三―九四年、二〇〇八年秋の研究休暇中には、こういった貴重な体験をしたことを今も鮮烈に思い出す。研究休暇に出かける前に、留学時代に彼の地で培ったネットワークを利用して訪英の予定を伝えたところ、一九九三―九四年には一一の大学から、また二〇〇八年秋には三大学から、講演の招待を受けた。ひょっとすると中世の修道院に端を発する大学が、訪問してくる学僧や学者を受け入れた習慣が続いていたのでは、と考えることもあった。「君も今や中世英文学のギルド加入を認められたということではないか」と分析した鈴木孝夫教授のような先輩もいたほどだ。

一九九三—九四年の一一回の講演は、ロンドン、ケンブリッジ、オクスフォードで各三回、ほかにウェールズ大学バンガー校とシェフィールド大学で一度行った。こちらのレパートリーはわずか三本の英語発表しかない、とケンブリッジのランチで実情を吐露すると、「心配するな、マイケル・ジャクソンだって一曲だけでワールド・ツアーを敢行しているんだから」と慰めてくれる老教授もいた。

「シャロットの女の図像学」と江藤・大岡論争

中世写本の編纂の諸問題を含む三本の講演題目の中で、どこでも好評を得たのは「シャロットの女の図像学」だった。専門のマロリーを初めとする英仏伊のアーサー王ロマンスの「アストラット (Escalot, Scalotta, Ascolat, Astolat, Shalott) の乙女」の主題比較、漱石の「薤露行」との比較、写本や刊本の挿絵分析、図像 (William Holman Hunt, John William Waterhouse らの油彩、若き Walter Crane の水彩画シリーズ、Sheila Horvitz のペンとインク画など)、音楽化された楽曲 (Olivier Messiaen のピアノ曲、Sir Arthur Bliss のバレエ曲、葛生千夏、Loreena McKennitt など)、写真 (Henry Peach Robinson, Julia Margaret Cameron)、映画 (Robert Bresson の *Lancelot du Lac*, Ian Sellar の *Venus Peter*) などを脱領域的に取り扱うことができ、マロリーやテニスンの古典作品で親しんできた英国人相手には格好の主題となった。講演後の反応もよく、特に多くの若い志願兵が第一次世界大戦で倒れた悲惨な結末と、「シャロットの女」への関心喪失が軌を一にしているという社会的な分析にも関心が集まった。二〇一八年一一月一一日はこの世界大戦終結を記念する式典が英国はじめ欧州各地で開催されたが、果たしてこの作品は復活するだろうか。もちろん、『オデュッセイア』に現れる機を織るペネロピーとの対比を考える聴衆もいた。

私が一九七〇年代初めから取り組んだ「シャロットの女の図像学」への関心は、一〇年ほどして一応の研究終結をみた。研究生活の最初の果実のひとつだった。その背景には、一九七四年に文芸評論家の江藤淳が母校慶應義塾大学に博士論文『漱石とアーサー王傳説――「薤露行」の比較文学的研究』（主査：池田弥三郎、副査：厨川文夫・白井浩司）を提出、翌年東京大学出版会から単行本として出版されるという出来事があった。その直後から、「薤露行」の創作意図を巡る博士論文の中で、早世した嫂登世への思慕から漱石が禁忌の主題をアーサー王伝説に依拠して短篇小説を書いた、それゆえメッセージ性もタブーの中に秘められていると主張した江藤淳と、それを真っ向から否定する小説家大岡昇平との間に、文壇を二分するような大論争が起こり、朝日新聞紙上で二度にわたる議論が展開されたのである。週刊誌にも取り上げられた。学問的な論争は次第に感情的な争いになってしまったことが惜しまれる。それまで大岡と江藤は、互いの業績を高く評価していたからだ。

一九七五年夏から三年間ケンブリッジに留学した私のもとにも、論争に関する情報は届けられた。ワープロはあっても、まだPCを駆使する時代ではなかった。実は、江藤氏が博士論文執筆に脂が乗った一九七四年夏、論文審査で副査を務める厨川教授のアドバイスに従って、三田の私の研究室に二、三度来られた。私はその都度研究資料を提供したことがあった。その後軽井沢の別荘で論文執筆に勤しんでいた江藤氏から、提供資料を引用できるように出版して欲しいという依頼がきたので、私は『英語青年』一九七五年二月号の巻頭論文として「『薤露行』の系譜」を発表した。これはその後同誌に度々寄稿したわがエッセイの嚆矢となった。大岡氏が批評の中で「江藤論文のよい点は高宮論文に尽きている」と言明したので、私は大いに恐縮した。大岡氏は共通の知人を介して、留学中の私に江藤批判の文章を送ってこられた。同氏の要望で、漱石がロンドンで観たことがあるかもしれない John William Waterhouse, *The Lady of Shalott* の油彩（一八八八年）の資料を Tate Gallery の図書室で調査したこともある。レイテ戦役で戦死した厨川教授の令弟と戦友だった大岡氏は、江藤氏と私が厨川のいわば同門に当たるところから、私の立場を心配してくれた。

この大岡・江藤による漱石論争を、戦々恐々と遠巻きして見る文壇スズメの中には「なぜ文芸評論家にいまさら文学博士の称号が必要か」といった類の意見も多かった。一方、「現代では物書きだけで生きてはいけない」と嘯き、既に東京工業大学の教授職にあった江藤淳は、「学問研究の確かな手ごたえが欲しかった」と述懐している。博士号は、まもなく慶應義塾大学教授になる彼には必須でなくとも相応しい資格だったかもしれない。

シャロットの女の遡及学

「シャロットの女」に関して私が口頭発表したり、出版した英文・邦文の論文はかなりの数に上る。議論の繰り返しというよりは、新たな証拠を基に発展させたものと考えてよい。和文のうち主なものは後に『アーサー王物語の魅力』(東京・秀文インターナショナル、一九九九年)にまとめることができたが、その初出を発行順に掲げる。

『薤露行』の系譜」(『英語青年』一九七五年二月号、研究社)

「中世英文学と漱石」(『國文学』一九八三年一一月号、學燈社)

「シャロットの女の図像学・序説」(『言語文化』三号、一九八五年三月、明治学院大学言語文化研究所)

「テニスンの『シャロットの女』」(『日本経済新聞』連載「永遠のロマン・アーサー王伝説」一九九六年九月)

こういったエッセイを回顧すると、アーサー王伝説の伝播に関して「シャロットの女」はひとつの挿話に留まらず、伝説の中枢を走る根幹をなしていることが了解されよう。例えば、テニスンがイタリア語の Scalotta を英語化して案出した Shalott の地名は、Astolat, Ascolat, Escalot と遡って最後はアーサー王伝説の原点、ラテン語のNennius, *Historia Britonum*（c.800-820）に言及される地名Altclutに行き着く。これはGlasgowの北に位置する太古の砦Damburtonの古名に該当する。江藤淳が博士論文で遡及学と呼んだこの研究方法は、とりわけアーサー王伝説の固有名詞の変容を分析するのに有効で、アーサー王固有名詞学Arthurian onomasticsという研究分野があるほどだ。散文・韻文ロマンスの詳しい固有名詞索引などが出版されており、これらは研究者のみならず、現代に再話するアニメ作家にも極めて有益だと考えられる。

Vinaver教授と会う

さて、WikipediaはShalottに関して次のように述べる。

It is also named Ascolat in the Winchester Manuscript and Escalot in the French Arthurian romances. Chapter nine of Sir Thomas Malory's book *Le Morte d'Arthur* identifies Guildford in Surrey with the legendary Astolat. [https://en.wikipedia.org/wiki/Astolat（閲覧日：二〇一八年一二月一〇日）]

（これはまたウィンチェスター写本ではAscolat、フランス語アーサー王ロマンスではEscalotと名付けられている。サー・トマス・マロリーの『アーサー王の死』の第九章では、サリー州のギルフォード（Guildford）が伝説上のアストラットだと同一視される）

Caxton版*Morte Darthur*（一四八五年）でAstolatと綴られるこの地名は、Maloryの現存する唯一のWinchester写本（British Library, Additional MS, 59678）ではAscolatであり、これは著者Malory自身が一四世紀末のStanzaic *Morte Arthur*から採用した綴りだと考えられる。Winchester MSに基づいて編纂されたVinaver版*The Works of Sir Thomas Malory*（1947; second revised ed., 1967）ではAstolatとなっていた読みを批

判したのは、私のノート'Ascolat in the Winchester Malory,' (Toshiyuki Takamiya and Derek Brewer, eds., *Aspects of Malory*, Cambridge: Brewer, 1981; reprinted 1986, pp. 125-126) においてであり、Vinaver の改訂第三版（一九九〇年）を手掛けたP. J. C. Field は私見に従って、すべてAscolat とそのヴァリアントの綴りに変更した。Field 自身による二巻本でもAscolat を採用している（P. J. C. Field, ed., Sir Thomas Malory, *Le Morte Darthur*, Woodbridge: Boydell & Brewer, 2015）。

このあたりの展開については説明が必要かもしれない。三年余りの留学生活が終わりに近づいた一九七八年夏に、私はCanterbury 郊外で引退生活を送っていたVinaver 教授を訪ねたことがあった。二日間にわたってさまざまな話題、例えば教授が師事したJoseph Bédier のこと、日本におけるマロリー研究の現状、加藤知己編集のマロリー・コンコーダンス（一九七四年）など、で盛り上がった。ロシアからフランス、イギリスに亡命したユダヤ人学者のヴィナーヴァはいわばエトランジェだったから、外国から来た若い研究者にはとりわけ親切にしてくれたように感じた。しかし、いよいよ話の核心に近づいた時、私はウィンチェスター写本のstとscの連字の用例を拡大写真で示しながら、Vinaver 編纂の『マロリー著作集』で採用されたAstolat はAscolat とすべきではないかと迫った。写本が一九三四年に発見されて以来、一九四七年の初版、一九六七年の再版を手掛けて、当時第三版を準備中だった教授は、「そんなはずはない」と自説を強調していたが、三〇分経過した時「トシ、君の指摘する通りだ。第三版ではAscolat を採用しよう」というではないか。私はいささか躊躇して「お申し出はありがたいのですが、それではキャクストン版に従ってこの五〇〇年間Astolat の乙女を愛してきた英国人読者にはさぞショックでしょう」と述べると、教授は「何人も事実を曲げることはできない」と断言した。

こうして私にとっては些細な部分であったが、学界に寄与することができた。湧き上がる感動を胸にヴィナーヴァ家を辞して、車を駆ってケンブリッジに戻ったのを昨日のことのように覚えている。

散文ロマンス『アルチュ王の死』の「エスカロットの乙女」

スコットランドで西暦四五〇年に設立されたStrathclyde王国は、ブリトン語の別名Alt Clutと呼ばれた。ダンバートン砦（Damburton Castle）の古名である。Alt Clutは破裂子音tとc[k]の同化作用（assimilation）によってNennius, *Historia Britonum*でAlclutとなり、これに準拠したGeoffrey of Monmouth, *Historia Regum Britanniae* (c.1136) に受け継がれた。一二世紀ルネサンスと呼ばれるこの段階でアーサー王伝説が最も重要な発展過程に入ったことは周知の事実だ。ジェフリーが他の種本も用いて、『ブリテン列王史』全体の三分の一を費やして描いたラテン語によるアーサー王の事績は、若きE.K. Chambersが「中世文学上最大の偽作」（一八九一年）と呼んだが、中世のヨーロッパでは人口に膾炙していった。一二世紀後半になるとフランス語のWace, *Le Roman de Brut*（一一五五年）、英語のLayamon, *Brut* (c.1190) などの歴史物に引き継がれ、物語は次第に中世ロマンスの様相を強く示すようになった。アーサー王は作品の主役の座を降りて、Chrétien de TroyesによるLancelotやPercevalといった円卓の騎士が主人公として活躍するフランス語ロマンスは、一三世紀になると膨大な散文ロマンス「流布本大系」Vulgate Cycleに変容していった。その掉尾を飾る*La Mort le Roi Artu* (1230-35) では、Escalotという地名が現れる。Alclut>Escalotへの変容は、母音の変化と、ゴシック体の小文字lと長いs"ſ"の混同によって起こったと説明できる。

次にご紹介するのは『アルチュ王の死』に見られる「エスカロットの乙女」の粗筋である。便宜上、固有名詞は英語式に表記した。

聖杯探求が終わって、円卓の騎士たちはキャメロットに戻ってきた。アーサー王は武技の鍛錬がおろそかにならぬよう、ウィンチェスターでの槍試合の開催を宣言し、みな試合場へと向かった。ランスロットは昔の誓いを忘れてギネヴィアとの愛に耽っていたが、トーナメントには素性を隠して参加しようと宮廷に残っていた。これを目撃したアグラヴェインは、ランスロットが人目を避けて王妃と逢瀬を楽しむのではないかと怪しみ、王に注進する。王はふたりの仲を試すため、王妃にはキャメロットに留まるように命じた。

ランスロットは夜中に出立し、途中エスカロットの城に逗留しようとして、前夜からそこに泊まっていたアーサーには見つけられてしまう。エスカロットの領主は、ランスロットの振舞から彼が立派な騎士であることを見抜く。ランスロットは正体を隠すため、領主の息子の武具を借り受ける。領主の娘（エスカロットの乙女）がランスロットに、試合場で彼女の袖を身に着けるよう懇願する。彼はギネヴィアのことを思い出して躊躇するが、素性を隠したまま戦うよい作戦になると考えて、好意を受ける。

ランスロットは、領主の息子とともにエスカロットを出立し、息子の叔母の家に一泊してから試合に臨む。彼はアーサーの敵側と組んで大活躍するが、ひどい傷を受けて、試合場を抜け出し、叔母の家へ戻って治療する。ガウェインらは、大奮闘した騎士の正体を知ろうとするが、アーサーにはその見当がついている。

王はランスロットが試合場に再び姿を現すように、タネボークでの槍試合を宣言する。王の一行がエスカロットへやってきた時、乙女はガウェインからランスロットの戦いぶりを聞く。また、ガウェインは乙女が預かっていた楯を見てランスロットの正体を知る。ギネヴィアはこの顛末を聞いて嫉妬に狂った。エスカロットの乙女はランスロットの傷が完治するまで、叔母の家で看病を続ける。彼女は、ランスロットに熱烈な恋心を抱くが、自分の心は他にある、という彼の言葉に衝撃を受ける。

やがて、乙女はランスロットへの思慕のあまり、ついには死に絶え、遺言通り遺骸は舟に乗せられ、書状を手にキャメロットへと漂っていく。

宮廷では、ガウェインと一緒にアーサーが小舟のもとへ行って、乙女の手紙を読み、この世の最もすばらしい騎士（ランスロット）に対する誠実な、しかし報われない愛が、彼女の死の原因であったことを知る。王は、聖ステファン教会に乙女を埋葬し、死に至った様子を碑文とした。

マロリーの読者なら、これが *Morte Darthur* で英語に翻案された挿話と基本的に変わらないことが分かるだろう。二〇世紀フランスの映画監督の鬼才ロベール・ブレッソン Robert Bresson が、一九七四年に『湖のランスロ』を製作する際にその材源として用いたこの散文ロマンス『アルチュ王の死』（日本版ウィキペディア［https://ja.wikipedia.org/wiki/湖のランスロ（閲覧日：二〇一八年一二月一〇日）］はクレチアン・ド・トロワ原作としているが誤り）の挿話は、散文『ランスロ』と呼ばれる二〇〇を超える現存写本で分かるように人気を博した長大な散文作品の最終巻に当たり、英語や大陸の各国語に翻訳された。イタリアではヘブライ語写本（Cod. Vat. Herbr. Urbino 48, 1279）さえ作られた。イタリア語の短編集『古譚百種』*Cento Novelle Antiche* (before 1321) の 'La Damigiella di Scalot' の Scalot あるいは Scalotta では、語頭母音消失（aphesis）によって説明できる。この現象は Hispania> España>> Spain, あるいは history と story の類似性（ジェフリーが好例）などの例で理解できよう。一方、*Mort Artu* の挿話を短くした英語韻文ロマンス Stanzaic *Morte Arthur* (c.1400) では Ascalot となった。マロリーがこの作品とフランス語 *Mort Artu* を英語に散文化した『アーサーの死』に従って Ascolat としたが、他方これを英国最初の印刷業者 William Caxton が Astolat と印刷したのは、連字 ligature の sc (long s+c) を st (long s +t) と混同したためである。文法機能をもつ単語であれば、目にする者は文章の脈絡で解釈できるが、人名、地名の場合には躓く場合もあり、キャクストンはこのミスを Brascias など他の固有名詞の綴りでも犯している。現存するただひとつの写本、Winchester MS（マロリーの自筆原稿ではない）では Ascolat であった。

写本の転写による作品本文の伝播の場合は、上述のようなケースがかなり頻繁に起こりうるが、一旦印刷化された形態は、再版される場合もそのまま踏襲されるのが普通である。一四八五年のキャクストン版の Astolat は、『アーサー王の死』出版史の Wynkyn de Worde, Richard Pynson, William Copland, Thomas East, William Stansby などの印刷出版業者による後版でも同一の綴りが採用されたのは、それぞれの版の直前の出版物に従ったためである。その結果、マロリーの読者が愛読してやまない、ランスロットに片思いの挙句焦がれ死ぬ乙女エレインは、「アストラットの乙女（Maid of Astolat）」として不滅の名前を確立してきたのである。

一六三四年の Stansby 版 Malory から、一八一六年にポケット版によるこの再版がふたつ、一八一七年に Caxton 版の再版が現れるまでの二〇〇年近くの間、アーサー王物語は読まれることはなく、忘れ去られた時代となった。これは理性の時代とほぼ一致する。要するに、超自然的な魔術や呪いなど、理知主義の文学思潮には受容されなかったのだ。これが蘇ってくるのと、ロマン主義の復活とは軌を一にした。そこで一九世紀の桂冠詩人 Alfred Lord Tennyson が果たした役割が極めて大きい。出版の統計から言えば、一九世紀末の英国家庭では少なくとも一冊のテニスン詩集があって愛読されていたという計算になるからだ。

さて、ここで拙稿「『薤露行』の系譜」（『アーサー王物語の魅力 ケルトから漱石へ』収録）から引用してみよう。

テニスンは、一八三〇年にすでに「サー・ランスロットとギネヴィア王妃」という四五行から成る、彼にとって最初のアーサー王詩を作っているから、マロリーには親しんでいたと思われるが、一八三二年に「シャロットの女」を書いた時、マロリーが美しくうたい上げた「アストラットの乙女」の挿話は読んでいなかったか、あるいは、読んでいたとしてもほとんど記憶に残っていなかったに違いない。そのため、彼が書き上げた「シャロットの女」はマロリーとは似ても似つかぬものとなってしまった。私見によれば、テニスンは「シャロットの女」の枠組みとして、一八二五年に出版されたトマス・ロスコーによる「スカロットの乙女」の英訳版（『イタリアの物語作家』所収）と、スペンサーの『妖精の女王』中のマーリンの鏡についての記述からヒントを得、それに詩人自身の想像力と、当時相次いで刊行された、超自然的なフォークロアに関する書物からの描写を加えて、佳作をものした……。

ロスコーは、「スカロットの乙女」'La Damigiella di Scalot' の題を 'The Lady of Scalott' と誤訳しており、テニスンはこれから逆に『スカロッタの女』*La Donna de Scalot* という作品名を案出したに違いない。……なお、テニスンの用いたシャロット（Shalott）は Scalot を英語化した形である。（230—31頁）

この場合の英語化（anglicization）とは、sc [sk] を sh [ʃ] に変化させることを指す。

近代の復活から現代へ
——絵画、映画、そしてファンタジーへ

一九世紀におけるアーサー王伝説の復活には、中世作品の写本からの新たな編纂と、折からのロマン主義の潮流に乗った再話のふたつの方向があった。特に後者は詩という伝統的な方法のみならず、ラファエル前派の画家たちによる視覚的な展開や、リヒアルト・ワーグナーが中世ドイツ語の原典と現代語訳に依拠して作曲した『トリスタンとイゾルデ』（一八六五年）や『パルジファル』（一八八二年）の楽劇に結実した。

また、一九世紀末にジョゼフ・ベディエが、中世フランス語などのトリスタン・ロマンスの断片から再構成した珠玉の『トリスタン・イズー物語』を発表すると、西欧における愛の誕生をこのロマンスに求める論争が起きた。とりわけ第一次世界大戦の前には、世紀末芸術の影響もあって、これに触発されて多くの劇や音楽作品が生まれた。

しかし、二〇世紀は何といっても映像の世紀だった。無声映画の時代から、アーサー王物語はその素材として用いられてきた。ハリウッドが生み出した五〇本以上のアーサー王映画を、製作当時のアメリカの社会状況や政治状況と絡めて論じる研究動向が、国際アーサー王学会での一特徴となった時期もあった。

二〇世紀は同時にファンタジー文学を生み出した。不可知と思われていた人間の心の動きを明らかにする精神分析学と、悲惨な災禍をもたらしたふたつの大戦は、リアリズム小説に終焉をもたらした。「事実は小説より奇なり」が現実のものになったからだ。その代わりに登場したのが、ファンタジー文学といってよいだろう。若者を中心に爆発的に支持されてきた『指輪物語』、『ナルニア国物語』を著したトールキンやC・S・ルイスは、ともにオクスフォード大学でアーサー王伝説を講じる研究者だったし、ハリー・ポッターの物語にアーサー伝説の基本構造が見られることは既に指摘されている。また、不滅の映画『スター・ウォーズ』も、若い頃アーサー王伝説に夢中になったルーカスやスピルバーグによって製作された。TVゲームに用いられる騎士道物も、この伝説のモチーフに依拠したものが多いのは、驚くべきことではない。

日本人作家のファンタジー『アーサー王宮廷物語』（二〇〇六年）

こういった状況の中から、我が国の人気ファンタジー作家、ひかわ玲子（一九五八―）による三部作

『アーサー王宮廷物語』（筑摩書房）が生まれたことは重要である。これは著者が、少女時代から耽読したマロリーの『アーサー王の死』の後半部分をもとに、一〇年以上の推敲の上、自由に創作した作品である。原典に関心ある読者は、ウィンチェスター写本のヴィナーヴァ校訂版第七―八話に基づく中島邦男他訳『完訳アーサー王物語』二巻（青山社）、キャクストン版第一八―二一巻に基づく井村君江訳『アーサー王物語』五巻（筑摩書房）を参照されたい。

従来のアーサー王物語にはない新機軸として、ひかわは魔法の力で好きな時に鳥に姿を変えることのできる双子の若い兄妹を設定した。妖精の島アヴァロンで、ニニアンの弟妹として生まれたふたりは、魔術師マーリンによってアーサー王の宮廷に送られ、アーサー王とギネヴィア妃のお供として仕えている。兄のフリンは鷹に、妹のメイウェルは鷦鷯（みそさざい）に姿を変えて、空を飛べる。もっとも、自由に飛べるかといえば、時には敵の魔法に邪魔されたり、追撃される場面もあり、読者はハラハラさせられる。

物語全体はこのメイウェルの視点、つまり若い女性の登場人物の目から描写される。正義感もあり、人並みに素敵な騎士に恋心を抱き、さまざまな状況で板挟みになって苦しむ女性だ。

「徳川の女たち」など、我が国でも女性の観点から見た日本史の側面が取り上げられるようになって久しい。こういったフェミニズムの視点からのアーサー王ファンタジーといえば、マリオン・ジマー・ブラッドリーの『アヴァロンの霧』(Marion Zimmer Bradley, *The Mists of Avalon*, 1993)が知られている。ドルイド教を基盤とする大母神信仰と偏狭なキリスト教の相克を、アヴァロンの島にいる女性たち――ゴルロイスの妻イグレイン、その娘モーゲン、イグレインの妹で後のロト王妃モルゴース、イグレインの異父姉妹で湖の女王ヴィヴィアン――がギネヴィアを巻き込んで、アーサー王宮廷に揺さぶりをかけるという趣向だ。これら四名の女性たちを、ケルトの妖精の女王を同根とするという研究もある。

『アーサー王宮廷物語』第一巻の「キャメロットの鷹」でも、これらの登場人物は入れ代わり立ち代わり登場する。そして、アーサー王を憎むモーゲンの謀が最後に失敗に終わる。

マーク・ジルアード(Mark Girouard)が『騎士道とジェントルマン』(*The Return to Camelot*, New Haven: Yale U.P., 1981)で明らかにしたように、一九世紀ではテニスンが描いた純潔の騎士サー・ガラハッド(Sir Galahad)がパブリックスクールを中心に、また第一次世界大戦の戦場で、英雄視されたが、二〇世紀になると、魔術師マーリンと、アーサー王の近親相姦による甥で息子でもある負の英雄モードレッドが檜舞台に躍り出たといってよい。「キャメロットの鷹」に現れるモードレッドは、メイウェルがはじめこそ警戒するが、好意を寄せる騎士として描かれる。原典を知る読者にとっては、この性格描写が最終巻の大団円で彼がアーサーと一騎打ちする時、どう変化するのかわくわくするであろう。

第二巻「聖杯の王」では、ランスロットとエレインの関係に聖杯伝説が絡み合う。ひかわは、エレインの悲恋物語をマロリーの『アーサー王の死』から採りながら、テニスンに従ってシャロットの女とし、塔に閉じこもってこれからアーサー王宮廷で起こる事件をタピストリーの題材として織るという設定で成功した。なお、エレインとシャロットの女を重層的に扱った作品は、漱石の「薤露行」を嚆矢とする。

最終巻「最後の戦い」では、ランスロットとギネヴィア王妃の不義密通の関係が、聖杯探求からキャメロット宮廷に戻った騎士たちの知るところとなって、さしもの強固な団結を誇った円卓騎士団に亀裂が入る。ふたりの関係を快く思わないモードレッドが、メイウェルに言い寄ってくる。メイウェルも彼のことを愛し始めていた……。

このように、主人公の力ではどうにもできない運命の糸にがんじがらめにされた不条理の世界を、ひかわは日本人のもつ「もののあはれ」を意識しながら、精魂込めて描いた。筆致の柔らかさ、心理描写の細やかさや自然描写の美しさも特筆すべきであろう。

聖杯探求の失敗、白日の下に晒しだされたランスロットとギネヴィアの不倫、ランスロットとガウェインの諍い、そしてアーサー王宮廷に訪れる黄昏——アーサー王伝説の本流のファンタジーとして位置する本書は、伝説の受容史上重要な作品である。

小学生時代からSF・ファンタジーの執筆に手を染めた女流作家の作品で、一流出版社による大作だったにもかかわらず、書評で取り上げられることが少ないのは予想外だった。おそらく本書が英語で出版されたとしたら、その展開はまったく違うものだっただろう。

二〇一六年に始まって、まだ何巻で完結するのか見通しもつかない斉藤洋の『アーサー王の世界』は、『ルドルフとイッパイアッテナ』（一九八六年）で大成功した児童物語作家によるシリーズである。本業はドイツ語の大学教授だが、ストーリー・テリングの醍醐味をアーサー王伝説に求めて、独自の解釈と人物造形をこなして若い読者を魅了してきた。二〇一八年一二月に開催された国際アーサー王学会の日本支部大会での特別講演では、作家として伝説の再話に挑む姿勢の一端を紹介してみせた。会場には多くのファンもいて、今後のアーサー王ファンタジーの進むべき方向性に関心を示していた。

【付記】

これは研究論文として目論んで著したものではありません。むしろ私の長い研究生活の内側の一端を分かりやすく記述したものとお考え下さい。また、英語に疎い読者の便宜も考えて、詳述していない部分もあることをお許しください。注も付けていません。なお、漱石の難解な「薤露行」については、Andrew Armour and Toshiyuki Takamiya, '*Kairo-ko*: A Dirge,' *Arthurian Literature*, II (Cambridge: Brewer, 1982) の英訳テクストに序文を加えましたのでご参照ください。

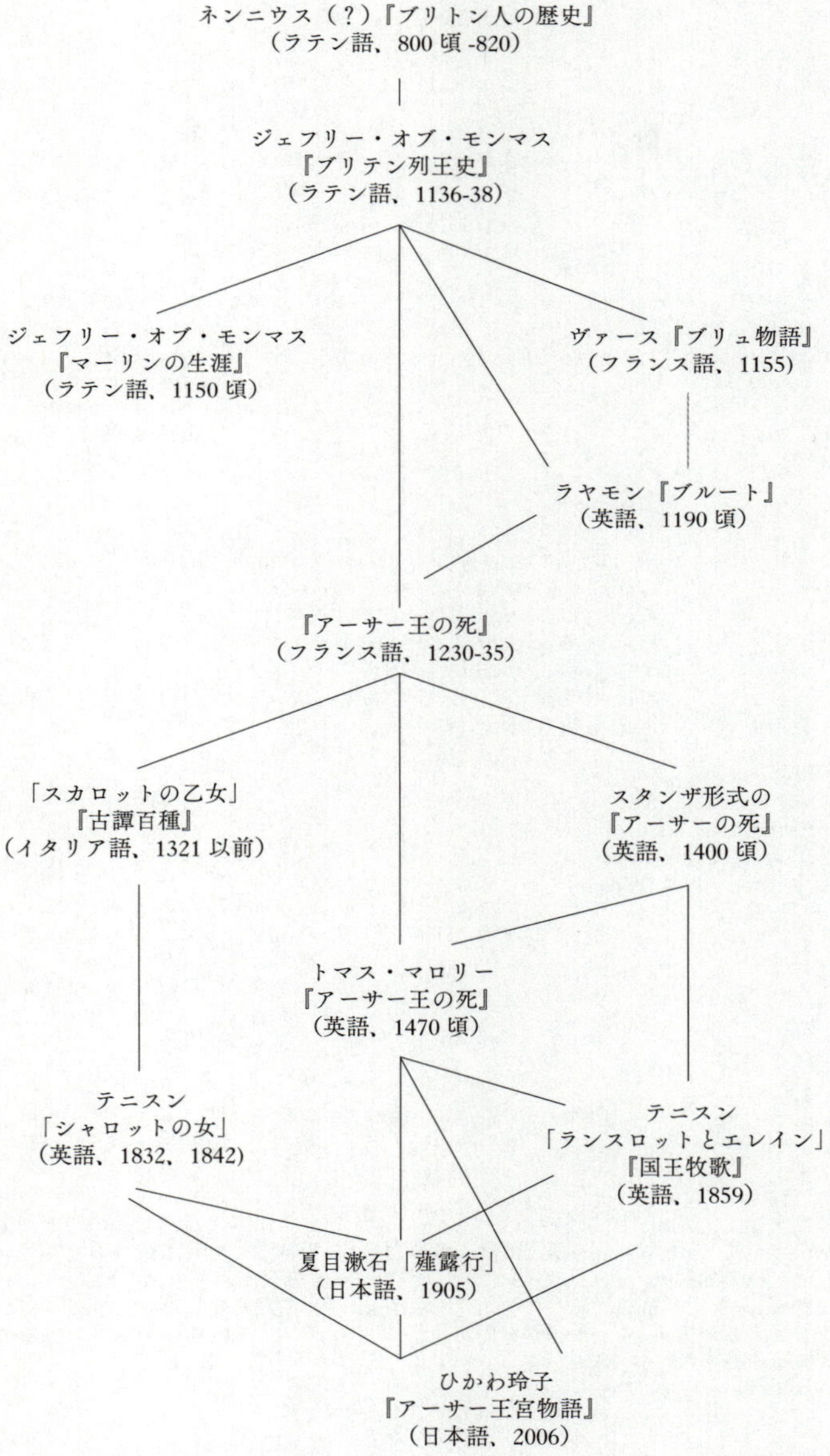

ネンニウス（？）『ブリトン人の歴史』
（ラテン語、800 頃 -820）

ジェフリー・オブ・モンマス
『ブリテン列王史』
（ラテン語、1136-38）

ジェフリー・オブ・モンマス
『マーリンの生涯』
（ラテン語、1150 頃）

ヴァース『ブリュ物語』
（フランス語、1155）

ラヤモン『ブルート』
（英語、1190 頃）

『アーサー王の死』
（フランス語、1230-35）

「スカロットの乙女」
『古譚百種』
（イタリア語、1321 以前）

スタンザ形式の
『アーサーの死』
（英語、1400 頃）

トマス・マロリー
『アーサー王の死』
（英語、1470 頃）

テニスン
「シャロットの女」
（英語、1832、1842）

テニスン
「ランスロットとエレイン」
『国王牧歌』
（英語、1859）

夏目漱石「薤露行」
（日本語、1905）

ひかわ玲子
『アーサー王宮物語』
（日本語、2006）

『薤露行』の系譜

La Mort le Roi Artu (*MRA:* Escalot)
(French, 1230-35)
Ed. J. Frappier (Geneva, 1964)

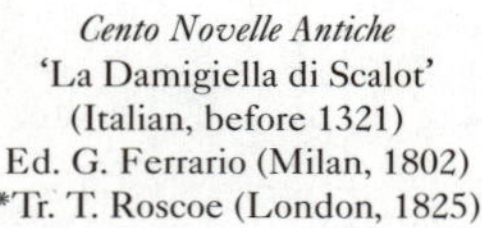

Cento Novelle Antiche
'La Damigiella di Scalot'
(Italian, before 1321)
Ed. G. Ferrario (Milan, 1802)
*Tr. T. Roscoe (London, 1825)

Stanzaic *Morte Arthur*
(Ascalot)(English, c.1400)
Ed. J.D. Bruce (EETS 1903)
*G. Ellis, *Speciments of Early English Metrical Romances*
(London, 1811)

Sir Thomas Malory, *Le Morte Darthur*, Book XVIII,
Chapters 8-20 (Astolat) (English, c.1470)
Ed. H.O. Sommer (London, 1889-1891)
*Ed. Walker's British Classics (London, 1816, given to Tennyson by L. Hunt in 1835)
**Ed. Library of English Classics (London, 1900, bought by Soseki in London)

Alfred Lord Tennyson, 'The Lady of Shalott'
(published in 1832, revised 1842)
**Ed. E. J. Rowe and W.T. Webb
(London, 1896)

Tennyson, *Idylls of the King*:
'Lancelot and Elaine' (Astolat)
(published in 1859) **Ed. The People's Edition, vol.IV (London, 1896) **Ed. F.J. Rowe (London)

夏目漱石「薤露行」夢・鏡・袖・罪・舟
(明治38年)　シャロット　(アストラット)

各項は作者、作品名、アストラットとシャロットの地名に至る作品ごとの綴り、言語、推定制作年代（Tennyson の場合は出版された年）、現時点における最良の校訂版（ただし、'La Damigiella di Scalot' については Tennyson の入手可能な版、Malory については Caxton 版）の順で記述してある。* は Tennyson の蔵書中にあって実際に用いられたと考えられるもの、** は漱石山房蔵書中にあって漱石自身による書き込みあるいは傍線が施されたものである。

沈め!
アーサー王物語の沼

Column 2

一途なところが可愛いランスロット

TSUBAKI Wabisuke

椿侘助

戦闘では圧倒的な力を誇り恐れられる屈強な男が、愛する女性には従順で、彼女に「もう顔を見せないで」と冷たく言われれば、正気を失うほど取り乱す……。そう、円卓最強と名高く、アーサー王の王妃ギネヴィアとの不倫で有名な騎士ランスロットのことです。

ランスロットはさぁ～、ギネヴィアと不倫して、それがアーサー王の世の終わりに繋がったし、態度がでかいし、ガウェインより有名な気がするし、ガウェインファンとしてはちょっとイラっとする時もあるんだけど、でも……魅力的なんだよな～～魔性だよ魔性。

まず、最強ってずるいじゃん? ランスロットは、試合で華々しい活躍を見せるのはもちろんなんだけど、マロリーの『アーサーの死』ではお世話になっていた人を助けるために鉄の鎖を引きちぎったり、『流布本ランスロ』ではモルガンに監禁された際に、外に咲く美しいバラにギネヴィアの面影を見て、外に出たがって鉄格子を破壊したり、同じく『流布本ランスロ』ではドラゴンの首を手でへし折って倒したりと、人間という設定が疑わしくなるくらい強いんですよ(まあ鎖の破壊ならガウェインだってできますけどね!)。そんな強い男がですよ、恋愛になると時に情けないくらいに純情で一途なのがたまらない！ は〜〜ずるい！[01]

私がランスロットのエピソードで激推しなのは『流布本ランスロ』という物語で描かれている、彼の純情っぷりですね！ ギネヴィアの美しさに目を奪われて、彼女に夢中になったランスロットは、彼女の手が自分の手に触れるだけで感激したり、彼女に見とれているうちに乗っていた馬が川にダイブし、溺れかけたりします。いや、お前……川に落ちるのは面白すぎるだろ……。彼女への募る思いに塞ぎ込むランスロットに友人のガラホールトが、ギネヴィアと話す機会を彼に作ってくれるんですけど、ランスロットは緊張のためかひどく震えてうつむいたり、ギネヴィアの意地悪な質問（わかる〜〜ランスロットって少し意地悪したくなるよね）に耐えきれなくなって倒れそうになったりするんですね。戦場では鎧をまとった戦士たちを相手に、大胆に剣を振るう青年が、力では何も恐れる必要がない相手に、どぎまぎしながら切々と思いを伝える様子……これはもうギャップ萌えで[02]すよ。こんなに可愛かったら王国のひとつやふたつダメにしない方が無理ってもんだよな。しかもこの時にランスロットはギネヴィアからキスしてもらえるんですけど、それもギネヴィアに頼んだのはランスロット自身ではなくガラホールト。ガラホールトも過保護すぎると思うけど、親友のガウェインやいとこのボールスもランスロットの世話を焼くところを見ると、ランスロットは周りの人間を過保護にする才能があると思われる。

ギネヴィアに気持ちを受け入れてもらってからも、ランスロットのギネヴィア一途っぷりは変わらない。ランスロットは円卓の騎士のなかでも特に女性に惚れられることが多いんですけど（まあガウェインだってモテますけどね！）、ギネヴィアに献身的な愛を捧げるランスロットは、女性に言い寄られても、その気持ちに応えないどこ

01—**ずるい** ❦そんな設定好きになる以外に選択肢がないじゃないか！ という意味。

02—**ギャップ萌え** ❦ひとりのキャラクターに、相反するようなふたつの要素が備わっており、その意外性によって感じる萌えのこと。例：乙女のように淑やかだが戦場においては勇猛なガウェイン（参考文献：境田進訳「カーライルのカルル」『パーシィ 古英詩拾遺（下巻）』開文社出版株式会社、二〇〇七年、二九八—三〇九頁）。情けないシーンも多いケイが、戦場でかっこよく戦っているのを見た時に、ときめいてしまったらそれもギャップ萌え。

ろか時に力強く拒絶する。他にもランスロットは、クレチアン・ド・トロワの『荷車の騎士』などで、ギネヴィアを助けに行くために、不名誉な乗り物とされていた荷車に乗ったり、ギネヴィアを目で追って窓から落ちそうになったり（ガウェインが助けました）、『流布本ランスロ』では監禁されている時に壁に自分とギネヴィアの絵を描いて、絵のギネヴィアに口付けて心を慰めたりするエピソードがあったりと、彼のギネヴィアへの愛の強さは様々な場面からわかる。暴走しがちな性格のために、どちらかというと「かっこいい」というよりは「笑える」エピソードが多い気がするけど、それもまたランスロットの魅力を増しているんだね。マロリーの『アーサーの死』では女装してギネヴィアの笑いをとったりするし、彼は円卓の騎士の中でも特に体を張るタイプの芸人だと思います。……ランスロットの魅力を語ろうとすると、なんでいつも「ランスロットの面白エピソード紹介」になってしまうんだ……？

【参考文献】

トマス・マロリー／井村君江訳『アーサー王物語（I）―（V）』（筑摩書房、二〇〇四―二〇〇七年）。

Lancelot-Grail: The Old French Arthurian Vulgate and Post-Vulgate in Translation. Norris J. Lacy, gen. ed. Vol. 3, 4, 5. Cambridge: D. S. Brewer, 2010.

クレチアン・ド・トロワ／神沢栄三訳「ランスロまたは荷車の騎士」（『フランス中世文学集2――愛と剣と』白水社、一九九一年、七一―一四〇頁）。

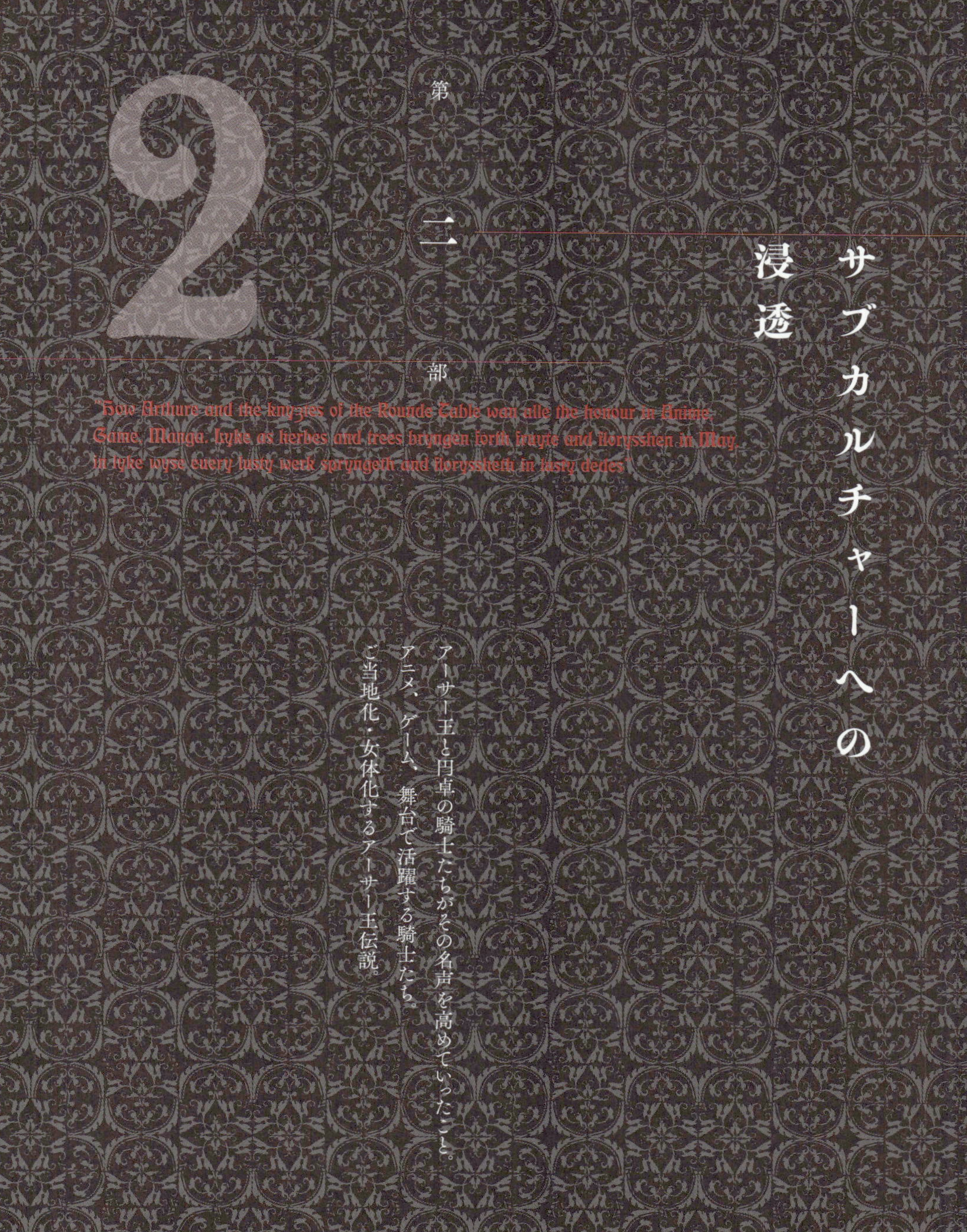

2

第二部

サブカルチャーへの浸透

"How Arthure and the knyȝtes of the Rounde Table wan alle the honour in Anime, Game, Manga. Lyke as herbes and trees bryngen forth fruyte and florysshen in May, in lyke wyse every lusty werk sprynGeth and floryssheth in lusty dedes"

アーサー王と円卓の騎士たちがその名声を高めていったこと。
アニメ、ゲーム、舞台で活躍する騎士たち。
ご当地化・女体化するアーサー王伝説。

テレビアニメーション『円卓の騎士物語 燃えろアーサー』における日本のアーサー王原像

Nobuyuki Shioda
塩田信之

一般的知識となる前のアーサー王伝説

アーサー王の伝説は、「いつしか」日本人の間にも浸透していた。そんな印象を持っている方は多いのではないでしょうか。例えば一九〇五年に夏目漱石がテニスンの作品を元にランスロットの女性関係に注目した「薤露行」が発表されたことや、一九四二年に岩波文庫からトマス・ブルフィンチがアーサー王伝説をまとめた『中世騎士物語』が発行され、一九五二年には『哀愁』や『クォ・ヴァディス』といった映画で知られるロバート・テイラー演じるランスロットと、『ショウ・ボート』のエヴァ・ガードナーによるグィネヴィアを主役としたアメリカ映画『円卓の騎士』が日本で公開されたことなど、知名度が上がっていくきっかけはいくつもありました。昭和の戦後から高度経済成長期の日本は社会的風潮として海外の文化に対する憧れが強かったので、『アーサー王伝説』も輸入品目のひとつに数えられたはずですが、いまひとつ日本の文化に馴染みにくい特質があったようにも思えます。その理由はいくつか考えられますが、やはり具体的には主君の妃であるグィネヴィアとランスロットの不倫描写などが、読者にとって興味深くはあったとしても倫理観上それを良しとすることが難しかったものと思われます。

特にナイーブに受け止めたのは児童向けのメディアです。教科書に掲載する昔話や偉人伝などはもちろんのこと、絵本や童話の書籍など出版物においても「子供の教育によろしくない要素」は改変もしくは削除した上で出版されることは現在でも往々にして行われています。そうしたメディアにおいて、不倫描写が好ましいものでなかったことは明白です。早い時期に日本で出版された児童向けのアーサー王伝説の読み物としては、岩波少年文庫が一九五七年に発行した『アーサー王物語』や、福音館書店の古典童話シリーズとして一九七二年に発行された『アーサー王と円卓の騎士』などがあって、それぞれの変更点を比べてみるのも面白いのですが、本章の趣旨からは外れてしまうので他の機会に譲りたいと思います。それらの書籍がアーサー王伝説の周知に貢献したことも間違いありませんが、ここでは公共のテレビ番組として毎週放送されることで人口に膾炙したと思われるテレビアニメーション『円卓の騎士物語　燃えろアーサー』（一九七九—八〇年）と、その後継番組『燃えろアーサー　白馬の王子』（一九八〇年）を取り上げます。この作品が、アーサー王伝説が「いつしか」日本で知られるようになった一因かもしれない。そんな観点を提案することが、本章の意図となります。

子供向け番組としてのアーサー王伝説

まずは、作品の基本情報を押さえておきましょう。『円卓の騎士物語　燃えろアーサー』（以降『燃えろアーサー』と略します）は番組のタイトル表示のすぐ後に「原作　トーマス・マロリーより　御厨さと美」と表示される通り、サー・トマス・マロリーが一五世紀後半に執筆した騎士道物語、いわゆる『アーサー王の死』を元に東映動画（現・東映アニメーション）が制作したテレビアニメーションです。一九七九年九月から翌年三月までの三〇回、フジテレビジョン系列局で日曜日の夜七時というゴールデンタイムに放送されました。その翌週から続編『燃えろアーサー　白馬の王子』（以降『白馬の王子』）が二二回、九月まで放送されています。

当時のテレビアニメ番組は現在と異なり、主におもちゃメーカーなどをスポンサーとした「子供番組」として作られていました。「テレビまんが」と呼ばれることが多く、男の子向けには巨大なロボットが怪獣などと戦う「ロボットアニメ」、女の子向けには魔法で変身ができる主人公の「魔女っ子アニメ」が目立っていた時代です。視聴者の性別や年齢を問わない「名作アニメ」と呼ばれる国内外の童話などに材を採った作品もありました。『燃えろアーサー』は甲冑姿の騎士たちが戦うシーンも多く、男の子向けの体裁を持っていますが、連続ドラマ形式で大きなスケールの物語が進んでいく「名作アニメ」に近い性格も持ち合わせた作品です。当時は同じフジテレビ系列の直後の時間帯には名作アニメの代表格、日本アニメーション制作の『世界名作劇場』が放送されていました。『燃えろアーサー』の放送が始まった頃は、直後に『赤毛のアン』が続けて放送されていたのです（一九八〇年一月からは『トム・ソーヤーの冒険』）。

しかしながら、『燃えろアーサー』並びに『白馬の王子』は「ヒット作」ではありませんでした。今でこそ一二・三話という短い期間で終わってしまうテレビアニメも多くなりましたが、当時は一年単位（約五〇話）で制作されることが多く、特にゴールデンタイムの人気作品はさらに長期に渡ることも珍しくありませんでした。『燃えろアーサー』とその続編は合わせて一年の放送期間がありますが、三〇回で最終回を迎えたのは事実上の「打ち切り」扱いで、残りの話数分で方針を転換した『白馬の王子』で巻き返しを図ったものと考えられます。しかし結果としては、それまで長年続いてきた東映アニメ作品の枠が失われてしまいます。そうした背景から、『燃えろアーサー』は制作会社にとって「失敗作」として記憶されており、単純に年代が古いせいもありますが、現在の東映アニメーション本社に問い合わせを行っても資料は現存していないとのことでした。

『燃えろアーサー』の物語

かのような境遇にある作品のため、『燃えろアーサー』と『白馬の王子』は現在までDVDやブルーレイ等のメディアパッケージがないので、インターネットの動画配信等、ごく限られた場合を除き作品を鑑賞できる機会がありません。大まかにストーリーを紹介しておくことにしましょう。なお、細かい内容の多くはアニメの放送終了後に発行されたノヴェライゼーション（参考文献）の記述に基づいています。アニメの脚本を元に執筆されているものと思われますが、必ずしもアニメ版と同じではない部分が含まれます。また、作品中に「原作　トーマス・マロリーより」と表示されていますが、基本的に『アーサー王の死』の筋を追う物語にはなっていません。あくまでも「児童向けの翻案作品」であることを前提に制作されています。

物語はキャメロット城に周辺国の諸王が集い、アーサー王子三歳の誕生日を祝う場面から始まります。アーサーがいずれ全ログレスの王となることを期待されていることや、左肩に王家の証となる「ユリの花の痣」があることが示されます。集まっている諸王はほとんどがアーサーの父で平和主義のユーゼル王を支持していますが、中にひとりアストラット王ラビック[01]だけは他国侵略も含む野望を抱いています。ログレスの西（現在のウェールズ）にあるウェストヘル山に住む魔女メデッサが、そんなラビックに目を

01――ノヴェライゼーションでの表記は「ラヴィック」。アストラットという国名だが、原作のランスロットを慕う悲劇の乙女エレインは登場しない。

付けます。居城へと戻ったラビックに、ユーゼルとアーサーを殺害し、親ユーゼルのバン王に罪を着せて殺してしまえば全ログレスの王になれると唆します。実は、ユーゼルは四年前にマーリンと出会っており、アーサー三歳の誕生日に何かが起こると警告されていました。それを思い出し不安を覚えたユーゼルと妃イグレインでしたが、ラビックの夜襲によって殺害されてしまいます。幼いアーサー王子はマーリンによって救出されました。

一二年の月日が流れ、元騎士のエクターに育てられたアーサーがカンタベリー大寺院で鉄床に刺さった聖なる剣を抜くくだりは原作に近い形で進行します。剣が抜かれた後エクターが出生の秘密を明かし、左肩の痣も確認されたことから、キャメロットの王となるところまではトントン拍子で進みます。

ここまでがアニメの第一話で描かれ、その後は一五歳のアーサー王子が円卓の騎士たちと出会いながらさまざまな冒険を繰り広げることになります。悪王ラビックと、その背後にいる魔女メデッサを仇役とし、ラビックの手下で力自慢の悪辣な騎士ガスターやずる賢く「黒い狐」と呼ばれるペリノア[02]が、黒騎士たちとともに毎度のように襲ってきます。それらを退けつつマーリンの住むノースウッドの森まで旅をし、湖の妖精ビビアンから神剣エクスカリバーを得た後、メデッサを倒すために必要な聖なる盾ビショップを探してログレス各地を巡るというストーリーの流れになります。

仲間となる騎士たちは、まずユーゼル殺害の罪を着せられたベニック国バン[03]王の息子ランスロット。最初はアーサーも敵愾心を抱きますが、手合わせをした後で意気投合します。アーサーとともにマーリンに会いに行く途中で出会うのが、「世を拗ねてひとり旅をしている」コンウォール[04]の王子トリスタン。竪琴を弾きながら歩き、それを武器に転用し弓代わりに矢を放つこともできます。クールで軍師的な役割も持ったキャラクターになっています。

さらに母エレイン[05]がラビックの人質になっている、まだ幼い少年ガラハット[06]が加わり、一行はマーリンのいるノースウッドの森へ。そこでユーゼル殺害の真相が明らかとなり、仇敵としてのラビックとメデッサがクローズアップされます。
カンタベリー大寺院で剣を抜いた際に出会って以来、アーサーが密かに思いを寄せているギネビアが黒騎士たちに攫われたという報せが入り、アーサーたちはアストラットへ向かうことになります。その途中でロンジノース国の郷士パーシバル[07]が合流し、アストラットでギネビアを救出します。ラビック軍との戦いは熾烈なものでしたが、マーリン[08]の娘フィーネの助力も得て勝利し、ようやくキャメロットに帰還することになります。

戦いがひと段落し、それからは聖なる盾の所持者ナーシアンスの捜索に物語の主題が移ります。円卓の騎士たちで手分けして各地を探しますが、なかなか見つかりません。さまざまな捜索先で事件が起こり、[09]

02——アーサー王伝説のペリノア王とは別人で、第二話でラビックに復讐しようとしたバン王の元家来たちから助けられた後、第九話以降ラビックの陰謀に加担するようになる。

03——原作ではベンウィック。『燃えろアーサー』ではフランスではなくログレスの一国。

04——面に映る地図からは「CONWALL」のスペルが確認できる。ノヴェライゼーションでの表記は「コーンウォール」としているが、まれに「コンウォール」の場合がある（『燃えろアーサー・円卓の騎士物語』九二頁）。

05——ガラハッドの母親という立ち位置からカーボネック城のエレインに相当する。夫でガラハッドの父はグラストン王。

06——第五話から登場。ノヴェライゼーションでの表記は「ガラハッド」。

07——他の主要キャラクターが王子ばかりの中、パーシバルは投げ槍の名手だが庶民の子。ペリノアの立場が変わっていたり、ガウェインが登場しないことから導き出された設定と思われる。またマリーネという妹がおり、トリスタンに想いを寄せる立場となる。

08——甲冑姿に赤いマントをつけ、「紅の騎士」とも呼ばれる女性。マーリンに代わりさまざまな場面で現れアーサーに助力する。また当初男性と勘違いしていたランスロットとは言い争うことも多いが互いに好意を持つようになる。

怪物退治なども行いながら、やがてナーシアンスの元へとたどり着きます。聖なる盾を得た後、魔女メデッサ、悪王ラビックと戦う物語のクライマックスへ向かうというわけです。

10 『燃えろアーサー』物語の成立

この物語はアーサーがカンタベリーで聖剣を抜いた直後からそのまま経過するため、一般的なアーサー王伝説とは異なる「若き日」を描く内容になっています。そのため円卓の騎士たちと出会いともに行動しますが、騎士たちの設定や出会い方、また遭遇する出来事についても原作とは異なっています。とはいえ、まったくオリジナルの展開ばかりではなく、原作に由来する出来事をあちこちに少しずつ散りばめていることについては日本におけるアーサー王物語の受容を見ていく上で注目すべき点ではないでしょうか。

それでは、この物語がどのような経緯で成立したのかを考えてみることにしましょう。もっとも重要なポイントは、やはり「原作」の存在です。「トーマス・マロリーより」という表記は原作から一部を取り出していると受け取ることができます。その「一部」がどこなのかは作品を見て感じ取る以外ありませんが、言い換えれば「一部以外」は併記されている「御厨さと美」によって作られたという表示でもあるわけです。御厨さと美氏はアニメの制作者というよりも「漫画家」として知られている人物で、いわゆる「劇画」調の絵柄でシリアスなストーリーを描くことの多い作家です。代表作は一九七七年からさまざまな雑誌で短編を描き継いでいた『ノーラ』シリーズと、一九八〇年から一九八三年まで『ビッグコミックオリジナル』（小学館）で連載された『裂けた旅券（パスポート）』、どちらもメカニックの描画や、男女ともに美しい登場人物が大人っぽいストーリーと相まって人気を博していました。年代が重なっていることからわかる通り、漫画家としての活動とアニメ関係の仕事を並行して行っており、他にも一九八〇年公開の手塚治虫原作劇場用アニメ『火の鳥二七七二　愛のコスモゾーン』ではメカデザインを担当しています。『燃えろアーサー』も『冒険王』（秋田書店）一九七九年九月号からマンガ版を連載しましたが、三回まで担当し四回目からは原作担当となり作画は川西淳一氏に交代しました。『燃えろアーサー』のように原作の翻案といった形の仕事は他にありませんが、一九八五年のテレビアニメ『オーディーン　光子帆船スターライト』で設定ブレーンのひとりとなり、自身のマンガ代表作『ノーラ』を一九八五年にオリジナルビデオアニメ（ＯＶＡ）化した際には制作プロダクションを設立し、監督、脚本のみならず絵コンテや各種デザインもこなしています。漫画家へ転身する以前は編集者だった過去もあり、幅広い知見を持ち、メディアの性格を見越した柔軟な思考を持つ人物として『燃えろアーサー』の翻案を手掛けることになったものと思われます。実際の作品からも、原作を読みこんだ上で対象年齢層に合わせて換骨奪胎を行った丁寧な仕事ぶりが窺えます。

典拠となる原作については、一九七一年に発行された『筑摩世界文学大系一〇』（筑摩書房）に収録されたものと考えられます。カンタベリー大寺院で聖剣を抜く際に「エクスカリバー」の名を出さず構成している点など、当該書籍から反映された要素はあちこちに散見できます。ただし、現在手に入りやすいちくま文庫版『アーサー王の死』を手に取ってみてもわかる通り、抄訳なので「トリスタンとイゾルデ（『燃えろアーサー』ではイゾール）」と「聖杯の探求」部分は含まれていません。そうした部分については、他の資料で補ったものと考えられます。前者についてはトリスタンが故郷コンウォールに戻る第一九・二〇話である程度描かれますが、マルク王にあたるトリスタンの父フィリップ王は年老いておりイゾールと結婚

09――例えば第一一話ではナーシアンスがいるという情報を受けレッドストーン山へ行き、そこでサー・ブラッドの一族とドン・ガーナム一味の対立問題を解決する。この回のサブタイトルは「花咲ける騎士道の丘」となっており、ストーリーは異なるがフランス民謡を元に作られた一九五二年の映画『花咲ける騎士道』の影響が窺える。

はしていません。イゾールとの悲恋要素はほぼなくなっていますが、ラビックによって派遣されているハワードという代官が立場を笠に着てイゾールに結婚を迫っており、トリスタンへの想いを捨てきれず断っているという表現になりました。後者の「聖杯の探求」については、聖なる盾ビショップの探索としてアニメにも取り入れています。ビショップの所持者である隠者ナーシアンスは『アーサー王の死』には名前すら登場していません。これらについては、先にタイトルを挙げた岩波少年文庫『アーサー王物語』を下敷きにしている可能性が高いと考えられます。ロジャー・ランスリン・グリーンによって編集された児童向けの一巻本ですが、竪琴を奏でる「吟遊楽人」トリスタン[10]の物語やガラハッドが聖杯の司祭をナーシアンスから受け継ぐ場面にも紙数を割いています。児童向け書籍なので翻案の素材としても扱いやすかったことが考えられますし、『アーサー王の死』と同じ翻訳者だったため訳語等の共有もしやすかったはずです。

とはいえ、原作からの改変が目立つ点はそれこそ多々あります。中でもガウェインがまったく登場しない点は物議を醸すアレンジでしょう。それが影響したのか、アニメ序盤にアーサーを助けるキャラクターとして「緑の騎士」[11]が登場したり、ガウェインに殺害されるという因縁が失われたペリノア王が小悪党風のキャラクターに変わるなどの変化に繋がったようです。

『燃えろアーサー』の物語の大筋として、カンタベリーで聖剣を抜いた後ラビックを倒して全ログレスの王になるという流れは、アーサーの即位を認めないひとりひとりの王たちとの戦いを児童にもわかりやすい「悪王との戦い」へアレンジしたものといえます。悪者は原作からは採らずオリジナルキャラクターを用意した形になりますが、キャメロットに夜襲をかけるラビックには、奥方を得るためマーリンの魔法の力を借りたウーゼル・ペンドラゴンのイメージが重ねられていますし、それを唆した魔女メデッサにはマーリンやモルガンが投影されています。しかしながら、『燃えろアーサー』のユーゼル王はイグレインをゴルロイスから奪ったわけではない（そう描かれてはいない）平和主義の善き王なので、マーリンの存在感も必然的に薄くなっています。ノースウッドの森に住み、外には出てこない神秘的な存在で、カンタベリー大司教からは聖なる予言者（預言者ではなく）と呼ばれています。若いアーサーをサポートする軍師的な立場については、トリスタンや娘フィーネがその役割を担う形に変わりました。原作との違いは挙げていくときりがないのですが、名前や人物の役割などあっちこっち入れ替わっている割にはわかりやすくまとまっているように思えます。

『燃えろアーサー』制作の背景

原作者以外のスタッフについても見てみることにしましょう。『燃えろアーサー』が放送されたフジテレビ日曜一九時の枠は、フジテレビジョンのプロデューサーとして数多くのアニメ・特撮番組を企画・プロデュースした別所孝治氏（故人）[12]と、制作会社である旭通信社のプロデューサー、春日東氏のふたりが長期に渡って担当していました。『燃えろアーサー』、『白馬の王子』にも「企画」としてふたりともクレジットされています。このふたりが『燃えろアーサー』以前に同じ時間帯で扱っていたタイトルは、円谷プロダクションの特撮番組『ミラーマン』（一九七一年放送開始）、東映動画のアニメ番組に変わり『マジンガーZ』（一九七二年）、『グレートマジンガー』（一九七四年）、『UFO

10 『アーサー王の死』ではトリストラム、『アーサー王物語』ではトリスタンの表記。

11 アーサーたちがマーリンを訪ねるところまで。それ以降はマーリンの娘であるフィーナに立場が引き継がれる。緑の騎士は謎の存在のまま退場したが、マーリンと同じ声優（久保保夫）が声を演じていたことからマーリンが姿を変えていたものと思われる。なお、原作で選定の剣（聖なる剣）を折るペリノア王の役どころも緑の騎士が担っている。

12 二〇〇六年二月四日、肺がんにより死去。

ロボ　グレンダイザー』（一九七五年）、『惑星ロボ　ダンガードA』（一九七七年）、『SF西遊記スタージンガー』（一九七八年）とヒット作が並びます。『燃えろアーサー』は放送枠自体の視聴率が低下しつつあった中で企画された新機軸となる作品で、当時一般には馴染みのない中世ヨーロッパ風の世界観を持つ「剣と魔法」のファンタジーでした。特に関連性が強いのはフランスやイタリアをはじめ海外で驚異的なヒット作となった『UFOロボ　グレンダイザー』で、同じようなヒットを期待したことが窺える企画となっています。従来のロボットアニメが一話完結で「敵の襲撃～戦って倒す」一連のパターンを繰り返すのに対し、連続ドラマとして回を追うことで物語が進行する方式を取り入れています。また主人公デューク・フリードがデュークの称号とゲルマン伝承の英雄ジークフリートを思わせる名前を持つ亡国の王子（異星人）で、騎士道物語に通じる要素を持っていたことも影響しています。

　また、別所は木曜二〇時半の枠も担当していて、そちらは『燃えろアーサー』スタッフにも名を連ねる東映の演出家からプロデューサーとなった勝田稔男氏と企画者として並んでいました。こちらの時間帯もヒット作が多く、特撮番組『ロボット刑事』（一九七三年）、『ドロロンえん魔くん』（一九七三年）、『ゲッターロボ』（一九七四年）、『ゲッターロボG』（一九七六年）、『大空魔竜ガイキング』（一九七七年）、『ジェッターマルス』（一九七七年）、『アローエンブレム　グランプリの鷹』（一九七七年）、『銀河鉄道999』（一九八八年）と続きます。勝田は演出家時代に『マジンガーZ』の序盤をレギュラーで担当していました。『燃えろアーサー』の主要スタッフとして、チーフディレクターの明比正行氏、脚本の馬嶋満氏、キャラクターデザインの野田卓雄氏はこの二本のラインに連なる作品に参加しています。『マジンガーZ』の終盤演出に加わった明比は引き続き『グレートマジンガー』、『ダンガードA』、木曜の『グランプリの鷹』でも一部担当していました。『ゲッターロボG』の後半から加わった馬嶋は日曜に移って『グレンダイザー』の中盤以降、『ダンガードA』と『スタージンガー』もレギュラーで脚本を担当しています。野田は『えん魔くん』、『ゲッターロボ』、『ゲッターロボG』、『ガイキング』、『ダンガードA』で作画監督を務めた後、『グランプリの鷹』でキャラクターデザインを共同で担当しています。日曜枠で演出を数多く手がけた明比に、木曜枠から脚本の馬嶋とキャラクターデザインの野田が加わったスタッフ編成です。キャラクターによるドラマが物語の軸となり、情緒的なキャラクターやストーリー描写を得意とする人選であったことが窺えます。

そんな主要スタッフにとっても、中世ヨーロッパのファンタジー作品は初体験です。巨大ロボットの戦闘と甲冑姿の騎士たちの戦いには共通する部分もありそうですが、それまで手掛けてきた作品にはない要素ばかりで、同じ時間帯で放送されてきたロボットアニメに親しんでいた子供たちに受け入れられるためにさまざまな苦労が伴ったことでしょう。

剣と魔法の時代

作品の受け取り手である子供たちの意識に目を向けてみることにしましょう。自分自身を例として挙げるなら、放送されていた当時の私は小学校高学年で、意識はやはりロボットアニメの方を向いていました。興味を持って見てはいたためアーサー王伝説に関する知識は『燃えろアーサー』で得たものが多く、それを後に思い返すことにもなるのですが、放送されていた当時は同時期放送の『サイボーグ009』や『宇宙空母ブルーノア』、『機動戦士ガンダム』、そして『白馬の王子』の放送期間も含めるなら『伝説巨神イデオン』といった作品により強く惹かれていたことを記憶しています。その後、ファンタジーを題材とした小説などに触れるようになりますが、テレビアニメで「中世」や「ファンタジー」という言葉を強く意識するようになったのは、一九八三年にロボットアニメにファンタジー要素を加えた『聖戦士ダンバイン』が放送されてからのことです。この作品は人間の魂が死後、あるいは生まれる前にいた場所「バイストン・ウェル」という架空の世界を舞台とし、現実世界から召喚された人間がロボットに乗って戦う物語です。架空世界は本来的には妖精の世界で、マブやティターニアといった存在を思わせる女王が君臨していることが描写されています。言ってみれば、「アヴァロン」にも近い印象の「妖精の国」で、大型生物の死骸を加工して作られた昆虫的フォルムのロボットたちが飛翔しながら剣や銃器で戦う作品というわけですが、ロボットの操縦者が「騎士道」に近い精神を持っていたことも印象的でした。

『燃えろアーサー』から『聖戦士ダンバイン』までわずか二年間ですが、エンタテインメントの世界では変革が進んでいました。それまでファンタジーと呼ばれるジャンルはディズニーのアニメ作品やグリム、アンデルセン、日本でもテレビアニメが作られた『ムーミン』といった童話作品が主流でした。そもそも「ファンタジー」という言葉自体一般的に使われてはいなかったのです。変化は一九七九年に当時全一〇〇巻の予定で刊行がスタートした栗本薫氏（故人）[13]の小説シリーズ『グイン・サーガ』が、エドガー・ライス・バロウズの『火星シリーズ』やロバート・Ｅ・ハワードの『英雄コナン』といった作品に連なる「ヒロイック・ファンタジー」を標榜したころから始まったと記憶しています。当時日本の若者に絶大な人気を誇った作家の新井素子氏も、『ナルニア国物語』のような異世界訪問型のファンタジー長編『扉を開けて』を一九八一年六月に雑誌『奇想天外』に発表しています。もちろん海外の小説を好む読者にはすでにファンタジー小説はお馴染みの存在ではありましたが、『グイン・サーガ』の版元で海外ミステリやＳＦ作品も数多く翻訳出版する早川書房がファンタジー小説の新しい文庫レーベルとして「ハヤカワ文庫ＦＴ」を一九七九年にスタートさせていたことも当時のムーブメントを象徴する出来事です。以降「剣と魔法」に象徴される新たな「ファンタジー・ブーム」はゲームやアニメに波及していくことになり、一九八四年にゲームブック『火吹き山の魔法使い』（社会思想社）が日本で出版され、翌年にテーブルトークＲＰＧの『ダンジョンズ＆ドラゴンズ』の日本語版が新和から発売されました。コンピュータゲームでも同時期の『ウルティマ』（オリジン）や『ウィザードリィ』（サーテック）のパソコン版（日本語移植）

を起爆剤に、一九八六年に『ゼルダの伝説』（任天堂）と『ドラゴンクエスト』（エニックス／現スクウェア・エニックス）、翌年『ファイナルファンタジー』（スクウェア／現スクウェア・エニックス）がファミコンソフトとして発売され社会現象化していったのは説明するまでもないかと思います。これらゲーム作品の多くには、例えば武器としてエクスカリバーが登場したり、石に刺さった剣を抜く演出などが含まれていますから、『燃えろアーサー』の放送時期が二・三年遅ければ人気や視聴率の面でも違う結果になっていたかもしれません。

『白馬の王子』について

ここまでほとんどの紙数を『燃えろアーサー』に費やしてしまいましたが、その続編『白馬の王子』についても触れておかなければなりません。事実上「打ち切り」となった『燃えろアーサー』は、より「子供に受ける」路線への変更が必要でした。恐らく当初は全五〇回前後の話数で完結する『燃えろアーサー』の物語が用意されていたはずですが、予定を前倒しにしていったん物語を終結させた形になります。すでに制作の進んでいる個所を活かし、終結させるまでの物語は脚本から作り直したと考えられます。現在はあまり聞かなくなりましたが、かつてはスポンサー企業のおもちゃの売れ行きなどが悪かった場合など、テレビアニメが「打ち切り」となる例は少なくありませんでした。『機動戦士ガンダム』ですら、全四三回という中途半端な放送期間は当初の全五二話予定だったものが「打ち切り」となったという話が、制作スタッフや声優インタビューで度々語られています。『燃えろアーサー』の物語を三〇話でいったん終結させ、残りの二二回分を続編として新たな展開とした

13——二〇〇九年五月二六日、膵臓がんにより死去。

ことは、短期間で脚本から作り直す現場が大変な状況にあったものと思われます。そして、児童にとってより「分かりやすい」方針の向かった先は、本来のアーサー王伝説から離れることでした。アーサー王子が主人公であることは変わりませんが、キャメロットを離れ、円卓の仲間たちとも別行動となって物語の舞台は北欧方面へと移動していきます。倒したはずのラビックが生きていて、そちらで悪事を働いているという報せをアーサーが受け取ったためです。アーサーは大柄でぶっきらぼうなボスマンと、対照的に身体の小さなピート、オウムのサンデーとむく犬のバロンという新たな仲間と一緒に旅をすることになりますが、王子という身分を明かさず悪人を見つけたら指笛を吹いて白馬ペガサスを呼び、荷として積んでいる甲冑を身に着けた「白馬の王子」となって成敗します。アニメというよりは、特撮番組の変身ヒーロー的な要素を加えることで年少の児童にも親しみやすい形になったわけです。忍者や人魚を登場させ、シリアスな展開を抑えコミカルな場面を増やすことで賑やかになった『白馬の王子』は、一定の新しい視聴者を増やすことに成功したようですが、前の方がよかったという視聴者が離れていく原因ともなったようです。どちらにしても、ゴールデンタイムの番組としては振るわない結果に終わってしまったことは前述した通りです。

おわりに

まだ子供向けの番組しかなかったテレビアニメの歴史において、『燃えろアーサー』の登場が早すぎたとはいえるでしょう。『聖戦士ダンバイン』の後には、アーサー王伝説の「選定の剣」の機能をロボットが果たし亡国の王子が主人公となる『機甲界ガリアン』といったロボットアニメも一九八四年に作られています（ただし、ダンバインは途中で現実世界に舞台を移す方針転換を行っていますし、ガリアンも全二五話で終わっています）。前述した「ファンタジー・ブーム」も考えれば、『燃えろアーサー』が二・三年後に放送されていれば日本のアーサー王観、ひいてはファンタジー観すら変える作品になっていた可能性もありそうですが、しょせんは仮定のお話です。それよりも、『燃えろアーサー』があったことで日本のテレビアニメでも中世ヨーロッパを舞台にできるという前例が作られ、「ファンタジー・ブーム」が拡大していく一助になったのだと考えるべきではないかと思います。

そもそも日本には、「王権を象徴する剣」の概念が古くからありました。日本神話の二大英雄スサノオとヤマトタケルが用いた「クサナギノツルギ」は、天皇が神の子孫で日本の正当な支配者であることを示す「三種の神器」のひとつです。『燃えろアーサー』から遡ること一七年前に公開された東映動画の劇場用アニメ作品『わんぱく王子の大蛇退治』は、スサノオを主人公とした和製ファンタジー作品でした。東映動画は一九六八年にアイヌの英雄物語をベースに北欧神話に近い味付けをほどこした劇場用アニメ『太陽の王子ホルスの大冒険』も制作しています。こちらには岩でできた巨人「モーグ」の肩に刺さった「太陽の剣」[14]を主人公が引き抜く描写があります。太陽の剣は鍛え直すことで魔を退けるまばゆい輝きを放つようになり、エクスカリバーにも似た性質が持たされています。モーグのアイディアは「場面設定／原画」として制作に参加していた宮崎駿氏[15]が持ち込んだもので、学生時代に児童文学サークルで活動し世界

14　作品の北欧的な雰囲気を鑑みれば、北欧神話の英雄シグルズ（ゲルマン伝承のジークフリート）の持つ名剣グラムをモチーフとしたとも考えられる。グラムには「選定の剣」の機能を持つとする伝承もあり、試されたのはシグルズではなく父親のシグムンド。剣はオーディンに折られ、鍛冶師でもある妖精レギンが鍛え直し、シグルズの竜退治（ファーヴニル）に使用される。

15　『もののけ姫』や『千と千尋の神隠し』で世界的に評価される存在となったが、一九八二年から後に劇場用アニメ化された『風の谷のナウシカ』の漫画連載を行っており、「ファンタジー・ブーム」の牽引役のひとりでもあった。

の童話にも詳しく、一九八〇年代初期には『ゲド戦記』アニメ化の許諾を得ようと動いていた氏らしいエピソードといえます。また魔法的な力を持つ剣といえば、名匠と刀剣の国である日本には「妖刀」伝説にも事欠きません。英雄と剣の組み合わせは日本人にとって親しみやすい題材で、エクスカリバーを持つアーサー王もそんな日本人の精神と非常に相性のいいモチーフだったのでしょう。アーサー王の物語が「いつしか」広く知られていった背景には、そんな理由があったのかもしれません。きっと、初めて触れた時から「どこかで聞いたことがある」古馴染みのような物語だと感じられたのではないでしょうか。

【参考文献】


若桜木虔『燃えろアーサー・円卓の騎士物語』(文化出版局、一九八〇年)。

若桜木虔『燃えろアーサー・円卓の騎士物語Ⅱ』(文化出版局、一九八一年)。

若桜木虔『燃えろアーサー・白馬の王子Ⅰ』(文化出版局、一九八一年)。

若桜木虔『燃えろアーサー・円卓の騎士物語Ⅱ』(文化出版局、一九八一年)。

赤星政尚、高橋和光、早川優『懐かしのTVアニメ　九九の謎〈東映動画編〉』(二見書房、一九九五年)。

赤星政尚、たるかす、早川優、山本元樹、原口正宏『懐かしのTVアニメ　ベストエピソード九九〈東映動画編〉』(二見書房、一九九五年)。

MEGAROMANIA、ロンデマンド編『聖戦士ダンバイン　ノスタルジア』(ソフトバンクパブリッシング、二〇〇〇年)。

尾形英夫他編『ロマンアルバム　太陽の王子ホルスの大冒険』(徳間書店、一九八四年)。

サー・トマス・マロリー／厨川文夫、厨川圭子編訳『アーサー王の死――中世文学集Ⅰ』(筑摩書房、一九八六年)。

R・L・グリーン編／厨川文夫、厨川圭子訳『アーサー王物語』(岩波書店、一九五七年)。

ブルフィンチ／野上弥生子訳『中世騎士物語』(岩波書店、一九四二年)。

石川栄作『ジークフリート伝説　ワーグナー『指輪』の源流』(講談社、二〇〇四年)。

一九八〇年代アキバ系サブカルチャーにおける「アーサー王物語」の受容

Ryo Morise
森瀬　繚

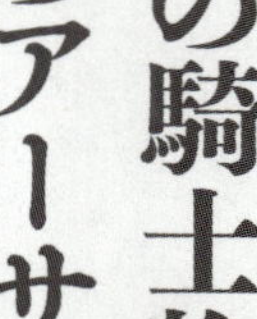

I 『円卓の騎士物語　燃えろアーサー』以前

本邦のコミック、アニメ、ゲームといった（どちらかといえば男性向けの）サブカルチャーを包括するものとしての「アキバ系」の文脈において、アーサー王物語の基本的な筋立てが広く知られることになった起点が、一九七九年から翌年にかけて放送されたTVアニメ『円卓の騎士物語　燃えろアーサー』であったことについては別の章で説かれているので、ここでは軽く触れるに留める。

騎士という存在がTVアニメにおいてクローズアップされ始めたのが、まさにこの一九七〇年代だった。『燃えろアーサー』に先立ち、『宇宙の騎士テッカマン』『UFOロボ　グレンダイザー』（一九七五年）、『SF西遊記スタージンガー』（一九七八年）など、中世の騎士を意識したデザインや設定が盛り込まれた作品が集中的に現れている。一九八〇年に放送の始まった『太陽の使者　鉄人28号』の主役ロボットのデザインが、騎士の全身鎧風にリファインされていたことも特筆に値する。

アニメ業界におけるこうした流れは、トマス・ブルフィンチの『完訳　中世騎士物語』の新訳が、一九七四年に角川文庫から刊行されたことと無関係ではないのだろう。

ところで、米国発の「ヒロイックファンタジー」の日本への紹介は、これに先立つ一九六〇年代後期に始まっていた。その中心的な人物が、当時は慶應義塾大学の学生だった荒俣宏で、同じく日本大学の学生だった野村芳夫と共に同人誌『リトル・ウィアード』を創刊、ロバート・E・ハワードの「英雄コナン」シリーズの邦訳を掲載してジャンル普及に努めたのみならず、一九七〇年からは早川書房の「英雄コナン」シリーズの翻訳に参加した。これが人気を博したことで、早川書房や東京創元社などの翻訳出版社は、競うように同系統の作品を刊行し、ジョン・ジェイクスの「戦士ブラク」シリーズ、フリッツ・ライバーの「ファファード&グレイ・マウザー」シリーズなどが次々と邦訳された。無論、これらの作品に触発された日本人作家も現れ、高千穂遥が『美獣』（一九七八年）、栗本薫が『グイン・サーガ』（一九七九年）をそれぞれ『S―Fマガジン』に発表している。

なお、六〇〜七〇年代の米国で、このジャンルの王者として君臨したJ・R・R・トールキンの *Lord of the Rings* 三部作は、日本では『指輪物語』のタイトルで一九七二年から七五年にかけて評論社から刊行された。ラルフ・バクシ監督のアニメ映画（一九七八年）の公開の前年に文庫版も刊行されている。しかし、児童文学の体裁で刊行されたこともあるのか、アダルト・ファンタジー作品であるにもかかわらず、前述のヒロイックファンタジー作品とは別物との受け止められ方をされていた。

一九七〇年代が剣と魔法のファンタジーの揺籃期であったとすれば、一九八〇年代はその勃興期だった（「剣と魔法」という表現自体については、『戦士ブラク対謎の神殿』の書評が載った一九七三年の『文藝春秋』、映画『指輪物語』が載った一九七九年の『キネマ旬報』などに使用されているのが確認でき、広く人口に膾炙していたことが窺える）。

従来のコミックやアニメに、アニメやコミックのノベライズ（たとえば、最初期の作品である鳥山明『Dr.スランプ』のノベライズは、一九八一年に集英社文庫コバルトシリーズから刊行された）に源流のひとつがあるヤングアダルト向けのライトノベルや、コンピュータゲームといった新しい媒体が加わったのみならず、八〇年代の中頃からは徳間書店や角川書店がメディアミックス展開を強力に推進したこともあって、それ以前はSFのサブジャンル的な扱いだった「ファンタジー」が、俄に主舞台に躍り出たのである。

しかし、その一九八〇年代において、ジャンルの古典的なランドマークであり、本邦ではTVアニメが放映もされたアーサー王物語の存在感はといえば、それほど大きなものではなかったという印象がある。

実際、ヤングアダルト向けのジュヴナイル小説と、アニメや映画、コミックのノベライズの文脈が合流する形で出現したライトノベル・ジャンルにおいて、「アーサー王もの」と呼べる一九八〇年代の作品は、上原尚子（原案は杉山東夜美）による『虚空の剣——真・エクスカリバー伝説』（一九八九年一二月、富士見ファンタジア文庫）と、『まんが家マリナ タイムスリップ事件 愛と剣のキャメロット』（一九九〇年六月、集英社コバルト文庫）くらいのものだった（なお、一九九〇年代に刊行された小学館スーパークエスト文庫の『聖剣エクスカリバー』シリーズと併せて、これらのライトノベル作品の主人公が全て、異なる時代からの転移者であるという、マーク・トウェイン『アーサー王宮廷のヤンキー』を想起させる設定であることを特記しておく）。

ただし、ゲームジャンルに目を向ければ、わずかではあるが「アーサー王物語」をモチーフにした、あるいはその要素が存在する作品が存在した。

コンピュータゲームにおけるファンタジージャンルの勃興

厳密な説明をすると煩雑になるので、本章では米アタリの『ポン』の模倣作品が発売された一九七三年をもって日本のアーケードゲームの歴史が、シャープのMZ-80K、日立のベーシックマスターMB-6880が発売された一九七八年から、NECのPC-8001が発売された一九七九年にかけてコンピュータゲームの歴史が始まったものとしておく。

さて、パーソナルコンピュータのゲームとして発売された「アーサー王もの」として、最初にして最大の知名度を有するのが、T&E SOFT発売の「スターアーサー伝説」シリーズだろう。一九八三年七月に発売された『惑星メフィウス』に始まるアドベンチャーゲームの三部作で、第一作については数多くのプラットフォームに移植された[fig. 01]。

タイトルに「スター」が入っていることから想像がつくだろうが、このシリーズは舞台を宇宙に置き換えたSFゲームである。「宇宙暦三八二六年、侵略者ジャミルに故郷である惑星シークロンが滅ぼされたスターアーサーが、伝説の剣レイソードを探すべく惑星メフィウスに旅立つ」というのが『惑星メフィウス』のストーリーで、「アーサー王もの」としては主人公の名前（強いて言えば、顔の造形がTVアニメ『燃えろアーサー』に似ていなくもないが、メイキング本『惑星メフィウスはこうして作られた』（東京書籍）によれば、デザインコンセプトは『キャプテン・ハーロック』とのことである）と「台座に固定された伝説の剣」が出てくる程度。どちらかといえば、同時期に人気を博していたSF映画『スター・ウォーズ』の影響が色濃い作品だった。

「アーサー王もの」としては変則的な作品だが、翌八四年にかけてパソコンゲームのトップセールスを記録し続けた作品であり、今もなお世代によっては、「アーサー王もの」のゲームといえば、この作品のことを真っ先に思い出す人間が多いかもしれない。

では、ファンタジージャンルに目を転じると、少し間が空いた一九八四年七月、ナムコのアーケードゲーム『ドルアーガの塔』に、古代メソポタミアの英雄ギルガメシュをモチーフとする主人公ギルガメスの用いる最強の剣として、アーサー王物語とは無関係に、エクスカリバーが登場する。また、一九八五年に発売されたパソコン用アクションロールプレイングゲーム（以下、RPG）『ザナドゥ』（同社の「ドラゴン

[fig. 01]
「スターアーサー伝説」シリーズ『惑星メフィウス』

スレイヤー』シリーズの第二弾)に、モンスターとして「Sir Gawaine(サーグウェン)」が登場する。

ここで論を進める前に、まずは本邦のコンピュータゲームの草創期における、「ファンタジー」要素の流入にまつわる特殊事情について、説明をしておく必要があるだろう。

一九八三年にパソコン雑誌『アスキー』に投稿されたテキストRPG『アルフガルド』、同じ年にスタークラフトから発売されたアメリカ製アドベンチャーゲームの日本語ローカライズ版『ウィザード&プリンセス』などの先行作がわずかに存在してはいるが、日本のファンタジーゲームの歴史は一般に、一九八四年に花開いたとされている。

この年、前述の『ドルアーガの塔』は元より、BPSの『ザ・ブラックオニキス』、日本ファルコムの『ドラゴンスレイヤー』、T&Eソフトの『ハイドライド』、クリスタルソフトの『夢幻の心臓』といったファンタジーRPGが日本製のパソコン各機種に向けて発表され、その後、パソコン雑誌の人気ランキングの上位をこれらの作品が長らく占拠することになるのだが、ここに並べた作品の全てが、アメリカで生まれたあるゲームの強い影響下にあった。一九七四年にアメリカのTSR社から発売された、会話型のテーブルトークRPG(以下、TRPG)*Dungeons & Dragons*(以下、D&D)である。

二〇一八年現在、ファンタジー世界の神々やクリーチャー、武器や魔道具などについて、各社から豊富な解説資料が刊行されているが、当時のゲームクリエイターたちが参考にできる資料といえば、D&Dの関連製品くらいしか存在していなかった。こうした状況は海の向こうでも同様で、ファンタジーコンピュータRPGの双璧として知られる*Wizardry*、*Ultima*シリーズをはじめ、大多数のファンタジーゲームがD&Dの影響下にあった。

実のところ、ファンタジー世界を舞台にした商用ボードゲームはD&Dが最初ではない。D&Dのゲームデザイナーであるゲイリー・ガイギャックスは、アメリカのファンタジー・SF作家であるフリッツ・ライバーと、その友人ハリー・オットー・フィッシャーが一九三七年にデザインした、ライバーの「ファファード&グレイ・マウザー」シリーズの作品世界を舞台とする*Lankhmar*の熱心なプレイヤーだったのだ（トールキン作品からの影響ばかりが強調されることの多いD&Dだが、ガイギャックス自身は「ファファード&グレイ・マウザー」シリーズの熱烈な愛読者であったものの、『指輪物語』は好みではなかったということである）。

しかし、一九三〇年代に遡る剣と魔法のヒロイックファンタジー、そして『指輪物語』に代表される中世風ファンタジーの世界を盤上に現出させるべく、世界各地の神話や伝承、民話に登場する英雄や怪物たちをキャラクター化し、実在非実在を問わず様々な種類の武器や防具ともどもカテゴリ分けし、カタログ化してみせたことにD&Dの独自性と先駆性があった。その影響は大きく、『ドルアーガの塔』のラスボスである悪魔ドルアーガなどは、一九八〇年刊行のD&D（正確には拡張版*Advanced Dungeons & Dragons*向け）のソースブック*Deities & Demigods*から採られているが[fig. 02]、本来、ドラウガあるいはドローガ（欧文表記はDruaga）が正しいペルシャの悪魔の名が、誤って「ドルアーガ Druaga」と表記され、そのまま誰に疑いを抱かれることもなく定着してしまったという疑惑がある。

なお、同書には「Arthurian Heroes」と題する章があり、アーサー王以下の円卓の騎士たちについてのデータも掲載されていて、前述の『ザナドゥ』におけるモンスター「Sir Gawaine」（ゲーム内での設定は高名な騎士の偽物とされる）もこの本から採られたものらしい。

このように、初期のコンピュータゲームの業界における「ファンタジー」の要素は、「アーサー王もの」のような物語や世界観の形ではなく、モンスターや武器・防具といった「素材」のパッケージがまず導入されたのである。初期のゲームクリエイターたちの多くが、日本にも輸入されていたアメリカ製パソコンAppleIIのゲーム（日本に先立ってD&Dの洗礼を受けていた）で遊んでいて、英語の文章に抵抗を覚えなかったことも大きいだろう。

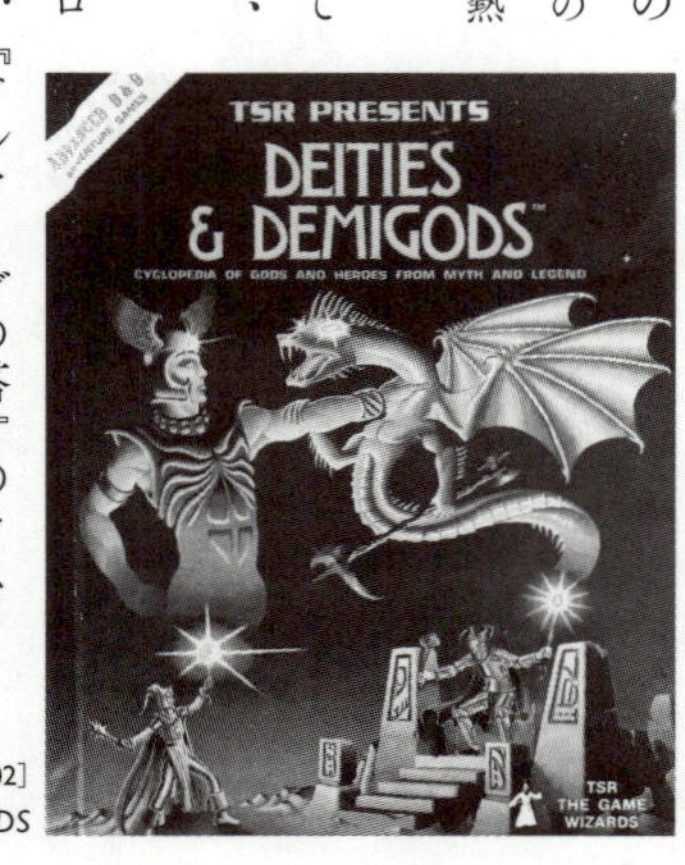

[fig. 02]
DEITIES & DEMIGODS

コンピュータゲームの情報を扱う雑誌メディアに目を向けると、海外の小説やゲームの紹介者・翻訳者として活躍していた安田均（現・グループSNE代表）がライター参加していたアスキーの『LOGiN』誌を皮切りに、一九八四年頃から時折、ファンタジー特集が組まれていた。しかし、記事中の主だった話題として取り上げられるのはD&Dや*Wizardry*、あるいは「英雄コナン」シリーズや『指輪物語』のようなファンタジー小説であって、アーサー王物語についての言及はごくわずかに留まっていた。紀田順一郎など、幻想文学のプロパーが少なからずライター参加していた日本マイコン教育センター刊行の『遊撃手』の創刊号に囲みコラムがあるのが、数少ない例外である。

この分野での「アーサー王物語」への冷遇は、一九八〇年代を通して継続した。

関連作品が皆無だったわけではない。一九八八年四月に呉ソフトウェア工房から発売されたロールプレイングシミュレーションゲーム（現在のリアルタイムストラテジーSLGに近い）『シルバー・ゴースト』の世界観が、「アーサー王物語」をベースにしていたのである。ただし、キャラクターの配置などは大胆に変更され、オリジナル色の強い作品ではあった。「所は中世が始まったばかりのイングランド。キャメロットの王子ランスロットは貧しい家に育てられていた。が、ある日亡き父王（筆者注：アスロットという名前）の霊が彼の枕元に立ち、彼の生い立ちを語り、キャメロット城の奪還を命ずる」——こうした筋立てが広告に示されているのにもかかわらず、小学館の『popcom』誌を始め、紹介記事中で「アーサー王物語」への言及はほとんど見当たらない。なお、八八年九月に発売された本作の続編『ファーストクィーン』については、攻略記事が『popcom』で連載されているのだが、その時には流石に「アーサー王物語」に軽く触れていた。『ファーストクィーン』はシリーズ化されていて、後に家庭用ゲーム機にも移植されている[fig. 03]。

この「ファーストクィーン」シリーズを除くと、国産のコンピュータゲーム

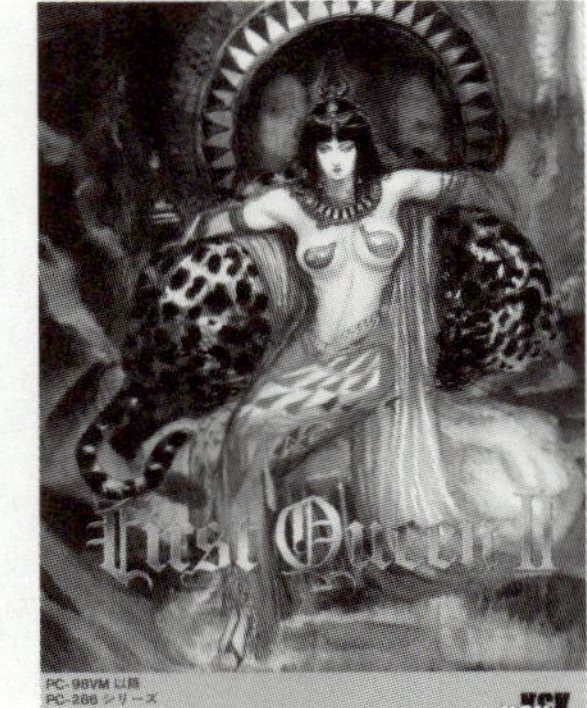

First Queen II
PC-98VM 以降
PC-286 シリーズ
5"2HD 3枚組
8,800円
Presented by K.S.K.
KSK

[fig. 03]
「ファーストクィーン」シリーズ『First Queen II』

における「アーサー王物語」にまつわる要素は、主だったところでは以下のものになる。
いずれも、「アーサー王もの」とは言い難く、素材にとどまっている。
・『ファイナルファンタジー』（スクウェア、一九八七年）：エクスカリバーが存在。
・『リバイバー』（アルシスソフトウェア、一九八七年）：正気を失ったアーサー帝王（名前のみ）に光の剣を使って回復するというイベントが。英雄の盾をくれる。
・『BURAI』上巻（リバーヒルソフト、一九八九年）：リリアン・ランスロット登場。
・『ウィザードリィⅢ　ダイヤモンドの騎士』（アスキー、一九九〇年）：FC版ローカライズにあたり、「ロングソード＋5」が「エクスカリバー」に変更。

ファンタジーゲーム、もうひとつの潮流

日本のアキバ系サブカルチャーへの「ファンタジー」の導入が、実のところモンスターや武器・防具といった「素材」のパッケージ――ストレートに言えば、D&Dのつまみ食いから始まったことについては既に述べた。では、D&Dに始まるファンタジーTRPGと、そこから派生したゲームブックにおいては、どのような状況だったろうか。

これら、「アナログゲーム」と総称される紙媒体のファンタジーゲームの展開は、日本では一九八四年頃に始まった。雑誌媒体についても、一九八一年創刊のウォーゲーム情報雑誌『タクテクス』においてTRPG関連記事が徐々に取り上げられるようになり、一九八六年には英国のファンタジーゲーム情報雑誌『ウォーロック』の日本語版が社会思想社から刊行を始めている。「アーサー王もの」関連の作品とし

ては、J・H・ブレナンによるゲームブック『暗黒城の魔術師』[fig. 04]を皮切りに、一九八六年六月に刊行の始まった「ドラゴン・ファンタジー」シリーズが、アーサー王の時代のアバロン王国を舞台とする作品で、原題も「グレイルクエスト *Grailquest*」だった（このシリーズには根強い人気があり、創土社にて二〇一二年より改めて刊行されている）。

『ウォーロック』誌には、近藤功司、わきあかつぐみ（藤浪智之）といったゲームデザイナーによるこの「ドラゴン・ファンタジー」シリーズの紹介記事が幾度か掲載された他、ロジャー・ゼラズニイの短編（表題作）を収録した小説作品集『キャメロット最後の守護者』や、「アーサー王もの」のTRPGである『ペンドラゴン』が紹介されたこともあった。

『ペンドラゴン』は、アメリカのケイオシアム社から一九八五年に発売された、アーサー王の時代・世界を舞台とする冒険を楽しむためのTRPGである。当時、『ルーンクエスト』『クトゥルフの呼び声』などのケイオシアム製品を日本展開していたのはホビージャパンだったが、同社の『タクテクス』とその後継誌である『RPGマガジン』において『ペンドラゴン』がしっかりと取り上げられたのは、後者の一九九一年五月号から始まった佐藤俊之のリプレイ連載「三つの槍の探索」が最初のものとなる（リプレイというのは、TRPGのプレイ中のゲームマスターとプレイヤーたちのやりとりを、戯曲風の会話ログに編集した読み物のことである）。とはいえ、本国でのリリースから佐藤の連載まで多少時間が経っている上に、『ペンドラゴン』のルールブックそのものは結局、翻訳されなかった。なお、マイケル・ムアコックの「エターナル・チャンピオン」シリーズが題材のケイオシアム社のTRPG『ストームブリンガー』は、『ペンドラゴン』とは異なり『タクテクス』時代から幾度も取り上げられ、日本語版も発売されている。

他に、一九八七年一〇月の秋に、大日本絵画のホビー雑誌『Game

[fig. 04]
J・H・ブレナン『暗黒城の魔術師』

Graphix』の別冊としてTRPGをテーマとする『Excalibur（エクスカリバー）』が発売されているが、アーサー王物語への言及はタイトルとコラム一本にとどまっている。

　ここで、コンピュータゲームの関連出版物として登場し、アナログゲームの関連製品や雑誌媒体で活躍していたライターの活躍の場となったある種独特な文化――ファンタジー解説本について触れておこう。

　パソコンソフトの流通会社として起業した日本ソフトバンク（現・ソフトバンク）は、数多くのパソコン情報雑誌を刊行するIT系中心の出版社でもあった。その日本ソフトバンクが一九八四年末に創刊した『Beep』は最初期のゲーム総合情報誌であり、そのバックナンバーがYahoo!オークションなどで高額で取引されているなど、今なお根強い人気を集める「伝説の雑誌」である。その創刊三号にあたる一九八五年三月号に、「ある戦士からの伝言」と題する奇妙な記事が掲載された。ウツロという名の町のはずれ、酒場で交わされる謎めいた会話に続き、迷宮に巣食うモンスターとその簡単な紹介文が三ページにわたって続いている。どうやら、『ブラック・オニキス』というゲームの紹介記事らしいのだが――記事の隅々をひっくり返してみても、その『ブラック・オニキス』というゲームの発売元がどこで、発売時期がいつなのか。対応プラットフォームは何なのか。そうした情報が一切書かれていないのだった。

　にもかかわらず、当時の小中学生の男子たちはこの記事に熱狂し、コボルドやゴブリン、オーク、オグルといった見慣れぬモンスターの名前を覚え、どうやら「コボルド＜ゴブリン＜オーク＜オグル＜ホブゴブ（リン）」であるらしい強さの序列といったものを記憶に強く焼き付けたのだった。この頃の小中学校の男子といえば、ウルトラ怪獣やドラえもんのひみつ道具、妖怪などの百科本に夢中になったり、仮面ライダーのカードを集めたり、ウルトラ怪獣やキン肉マンの消しゴムを集めるのが大好きな生き物だったので、そうしたカタログ的な記事にはめっぽう弱かったのである。

　実のところ、この記事は一九八四年に発売されたBPSのパソコン用RPG『ザ・ブラックオニキス』の紹介記事だったのだが、肝心な情報が抜けていたのは演出なのか、それともただの編集ミスだったのか、今となってはわからない。重要なのは、この記事が読者の熱狂的な支持を受けたという事実である。翌々月、一九八五年五月号に掲載された、『ザ・ブラックオニキス』の続編『ファイヤークリスタル』のモンスター紹介記事を経て、一九八五年八月号から、ファンタジーRPGの世界の解説記事の連載が始まった。同誌ライターの早川浩による「R.P.G. 幻想辞典」である。基本的には、アーケードゲームやコンピュータRPGなどに登場するモンスターや武器・防具の数々を解説する内容で、「広く浅く」ではあったが、軽妙な筆致で読者の興味をうまく引き、ファンタジー物語の背景設定に関心を向けさせるものだった。必ずしも、この連載の人気に触発されたということでもないだろうが、他のパソコン雑誌にもそうした雑学記事が続々と掲載され始めた。

角川書店の『コンプティーク』では、月刊化した一九八六年一月号から、ゲームデザイナー集団レックカンパニーの黒田幸弘による「クロちゃんのRPG講座」(後に「クロちゃんのRPG千夜一夜」に改題)の連載が開始。小学館の『popcom』でも、一九八六年三月号掲載の「RPGモンスター大事典」を皮切りに、何と著名な挿絵画家である柳柊二によるカラーイラストを用いた特集記事を不定期に掲載し始めた。

早川の「R.P.G. 幻想辞典」は、一九八六年一二月に『RPG幻想事典』のタイトルで書籍版が刊行(このタイミングで連載の方も「事典」に改題)され、ベストセラーになっている。これに先立ち、一九八五年一二月にはライター集団ゲーム・アーツの竹内誠による『ウィザードリィ・モンスターズマニュアル』(アスキー)が、一九八六年一〇月には安田均による『モンスター・コレクション――ファンタジーRPGの世界』(富士見書房)も刊行されているのだが、そのいずれもD&Dの影響下にあるのが興味深い。なお、小学館も一九八六年一〇月に『RPGモンスター大事典』の書籍版を刊行したのだが、イラストの構図上の剽窃が発覚したため自主回収され、『popcom』に謝罪が掲載された。

こうした各社のファンタジー解説本が人気を集める中、一九八八年一〇月、当時は『PCマガジン』というパソコン雑誌を刊行していた新紀元社が、『幻想世界の住人たち』を刊行した。二〇一八年一二

月現在、八九冊に及ぶ長期シリーズとして今なお続いているファンタジー解説本の代名詞、「Truth In Fantasy」シリーズの誕生した瞬間である。

と、ここまで書き進めたところで、ちゃぶ台を返すようで申し訳ないが、初期のファンタジー解説本や関連記事における「アーサー王物語」絡みの記述は、それほど多くない。

ファンタジー特集中の映画紹介コラムなどで、『モンティ・パイソン・アンド・ホーリー・グレイル』（一九七四年）や『エクスカリバー』（一九八一年）が取り上げられたこともあるが、「アーサー王物語」そのものに誌面が割かれたことは滅多になかった。

「R.P.G. 幻想辞典」では、有名な魔法使いの名前としてマーリンの名前が挙がったくらいで、「Truth In Fantasy」シリーズでは、一九八九年三月刊行のシリーズ第三段、ライター集団怪兵隊の山北篤による『魔術師の饗宴』のドルイド項目中、囲み記事の形でマーリンに触れたのが、最初の言及と思われる。しかし、八〇年代前期のクリエイターたちがD&Dのソースブックを参照したのと同様、八〇年代後期にゲーム文化の洗礼を受けたクリエイターの卵に、「Truth In Fantasy」が与えた影響は大きい。たとえば、日本のゲームやコミック、小説において、魔法使いマーリンがガリアの祭司ドルイドと同一視されるようになったのは、山北の創意ではないにせよ（一九八五年刊行のアーサー王研究者ニコライ・トルストイによる *The Quest for Merlin* という本に、そうした記述がある）、『魔術師の饗宴』を通して広まったところがある。

「Truth In Fantasy」シリーズの解説本がアーサー王伝説を大きく扱い始めたのは一九九〇年代以降で、鏡たか子の『英雄列伝』（一九九二年）、前述のリプレイ記事のライターである佐藤俊之の『聖剣伝説』（一九九七年）を経て、「アーサー王物語」そのものを扱ったのはようやく二〇〇二年、佐藤俊之の『アーサー王』を待たねばならなかった。

なお、『聖剣伝説』は何かと毀誉褒貶喧しい解説本で、「アーサー王物語」関連に限定すれば、ガウェイン卿の愛剣ガラティンが「エクスカリバーと同じ妖精が鍛えた魔剣」だとか（ただし、英語圏でも同種の記述のある解説書があるようだ）、ランスロットの愛剣アロンダイトが「ガウェインの三人の弟、ガレス卿、ガヘリス卿、アグラヴェイン卿をこの剣で殺してしまった」ものだといった情報が、日本ではこの本を起点に広まっている。少なくとも、同書巻末に掲げられていた参考文献の中にはそうした記述が見当たらないので、あるいは『ペンドラゴン』及びその周辺資料がソースであったのかもしれない。

一九八〇年代に参照可能だった、比較的手に入れやすい日本語の「アーサー王物語」関連資料といえば、以下のものとなる。

〈原典〉

・トマス・マロリー『アーサー王の死（抄訳）』（ちくま文庫、一九八六年）

（『パルチヴァール』（郁文堂）、『トリスタン伝説――流布本系の研究』（中央公論社）などは、ネット書店登場以前は手に入りやすいものではなかったため除外している）

〈再話〉

・トマス・ブルフィンチ『中世騎士物語』（岩波文庫、角川文庫（角川版、一九七四年））

・ベディエ『トリスタン・イズー物語』（岩波文庫、一九五三年）

〈小説〉

・R・L・グリーン『アーサー王物語（抄訳）』（岩波少年文庫、一九五七年）

・M・Z・ブラッドリー「アヴァロンの霧」シリーズ全4巻（ハヤカワ文庫、一九八八年―八九年）

〈解説〉

・青山吉信『アーサー伝説――歴史とロマンスの交錯』（岩波書店、一九八五年）

〈映画〉

・リチャード・キャヴェンディッシュ『アーサー王伝説』（晶文社、一九八三年）

・ジョン・ブアマン監督『エクスカリバー』（VHS）（一九八一年公開）

この中で、原典と呼べるのはちくま文庫の『アーサー王の死』くらいのものだが、半分も訳されていない抄訳である上、聖杯探索が割愛されるなど、物足りないこと夥しい。

ようやく二〇〇四年になって、マロリーの『アーサー王物語』の全訳がちくま書房より刊行されている。しかし、アーサー王伝説において重要な位置を占めるフランス流布本サイクルの『ランスロ本伝』（湖のランスロットの生い立ちを物語る）などは未訳のままになっており、カジュアルな読者たちの大半は、新紀元社などの解説本や再話物語にどうしても頼らざるを得ない部分があった。

そうした原典不在の結果、日本のサブカルチャーに根強く定着してしまった「アーサー王物語」にまつわる誤解――というよりも設定改変がひとつ、存在する。どういうわけか、英米の再話物語や「アーサー王もの」の物語作家には、アーサー王の命を奪ったモードレッドの母親を、マロリーやそれ以前の物語におけるモルゴース（マーゴース）ではなく、アーサーのもうひとりの姉である妖姫モルガンに設定する傾向があり、そうした作品を通して日本にもその傾向が引き継がれているのである。

上に挙げた作品のうち、R・L・グリーンの『アーサー王物語』、M・Z・ブラッドリーの「アヴァロンの霧」シリーズ、そして映画『エクスカリバー』の実に三作品がモルガンをモードレッドの母親としている。原典準拠を謳いながら、この設定に準拠してしまった今世紀刊行の解説本もあるなど、すっかり定着していることが窺える。

カタリ派の聖杯伝説

もうひとつ。一九八〇年代当時は「アーサー王物語」との関連性があまり意識されていなかったオカルトジャンルの定番的なテーマとして、「ナチスと聖杯伝説」がある。

一〇世紀中頃、南欧に広まったグノーシス主義的な二元論の異端宗派カタリ派（アルビ派とも）が、磔にかかったナザレのイエスの血を受けたという聖杯の秘密を握っており、その秘密がドイツの吟遊詩人（ミンネジンガー）に受け継がれていて、ヴォルフラム・フォン・エッシェンバハによる聖杯が題材の物語『パルチヴァール』の中に暗号が隠しこまれている——というのがその概要だ。日本で広く知られるようになったのは、一九八九年公開の映画『インディ・ジョーンズ／最後の聖戦』からと思しく、学習研究社のオカルト雑誌『ムー』では、この映画に先立つ一九八七年一〇月号掲載の「魔術師ヒトラーの転生」という記事でこれを取り上げ、その後も幾度か関連記事が掲載されている。元々は、一九〇四年生まれのドイツ人素人考古学者オットー・ラーンによる主張で、彼の著書『聖杯十字軍』（一九三四年）が、NSDAP（国家社会主義ドイツ労働者党）の親衛隊全国指導者だったオカルトかぶれのハインリヒ・ヒムラーと、親衛隊の外郭団体である祖国遺産協会（アーネンエルベ）に注目され、ラーンが親衛隊にスカウトされたことそのものは歴史的な事実である。

ただし、一九八〇年当時のオカルト関連媒体における「ナチスもの」は、概ねジャック・ベルジェ＆ルイ・ポーウェルの『神秘学大全』ないしはトレヴァ・レヴンズクロフトの『運命の槍』（共にサイマル出版会）を種本としていたのだが、ラーンと聖杯伝説のエピソードはそのどちらにも取り上げられておらず、日本語で読める文献に乏しかった。

そのためか、『週刊少年サンデー』連載の皆川亮二（たかしげ宙・原作）のコミック『スプリガン』を除いて（原作者によれば、『インディ・ジョーンズ／最後の聖戦』にインスパイアされたとのこと。なお、『スプリガン』の登場人物のひとりは、マーリンの弟子という設定である）、小説やコミック、ゲームなどには今ひとつ浸透していない。のみならず、今世紀に入ってからの様々な作品においてアーサー王の聖杯探索が取り上げられる際も、オットー・ラーンや『パルチヴァール』についてはあまり掘り下げられていないのが実情である。

なお、モーリス・ルブランによる「アルセーヌ・リュパン」シリーズの『三十棺桶島』は、『パルチヴァール』の聖石をモチーフにしたと思しい作品である。

おわりに

ここまでに見てきた通り、『ロードス島戦記』『スレイヤーズ』などのファンタジー・ジャンルにおけるヒット作を生み出した一九八〇年代のアキバ系サブカルチャーにおいて、「アーサー王物語」の存在感は、「聞いたことはある」「時折見かける」ものではあったかもしれないが、メインストリームからは大分離れた状態にあった。

一九九〇年代に入ると、天沢退二郎らによる『フランス中世文学集』シリーズ（白水社、一九九一年―）や井村君江による『アーサー王ロマンス』（ちくま書房、一九九二年）を筆頭に、「アーサー王物語」の原典ないしはその概要を確認できる日本語文献が多少増えたこともあり、児童向けトレーディングカード玩具カードダスで展開された『SDガンダム外伝 円卓の騎士編』（バンダイ、一九九一年～）、SFC用のシミュレーションRPG『伝説のオウガバトル』（クエスト、一九九三年）をはじめ、登場人物の名前や武器などに採用される機会も増えていった。

現在、「アーサー王もの」の『七つの大罪』を連載中の鈴木央も、これに先立つゴルフ漫画『ライジング・インパクト』（一九九四年）において、アーサー王や円卓の騎士の関係性を背景設定に取り入れている。

しかし、そうした作品についても、外国語文献の参照を厭わなかったわずかなケースを除いては、事典的・概説的な二次・三次資料を参考にした、原典の参照を欠いた状態のものにならざるをえなかったところがある。トマス・マロリーの『アーサー王物語』が手に入りやすい形で全訳されたのはようやく今世紀に入ってからで（青山社刊行の上下巻本が一九九〇年代に刊行されてはいたが、当時のエンターテインメント業界ではあまりその存在が知られておらず、発行部数も少なかったようですぐに入手困難になった）、「アーサー王物語」の知名度が十分にあがった二〇一八年現在、版元品切れで入手困難になっている。その他、各社から刊行されている原典作品の多くも、決して手に入れやすいものではない。

数多く残っている未訳作品の一刻も早い翻訳刊行はもとより、安価な普及版、電子版などの刊行。それ以上に、「アーサー王物語」に連なる数多の原典作品の関係性や相違を示す包括的なガイドブックが今、求められているのかもしれない。

宝塚のアーサー王物語

バウ・ミュージカル『ランスロット』

Kuniko Shoji

小路邦子

はじめに

二〇一四年に創立一〇〇周年を迎えた宝塚歌劇団は、洋の東西を問わず様々なテーマの作品を上演して来ているが、その中にはアーサー王ものをテーマにした舞台もいくつか含まれている（表1）。

一見してわかる通り、一九九〇年代と二〇一〇年代に集中している。外的要因と何か関係があるのか、この時期の前後に公開されたアーサーものの映画・演劇・ミュージカルを見てみよう（表2）。

このように、九〇年代に世界的ブームを引き起こすような作品があったわけではなく、宝塚ミュージカルとの相関関係があるとは言えそうもない。

しかしながら、世界的に二一世紀、特に二〇一〇年代になってからは、視覚芸術におけるアーサー王伝説への関心が高まっている傾向はある。映画に限らず、二〇〇五年には『モンティ・パイソン・アンド・ホーリー・グレイル』をミュージカル化した『スパマロット』、二〇一〇年には英国のロイヤル・シェイクスピア・カンパニーによる一五世紀のマロリー『アーサー王の死』を基にした演劇、一四年には世界的なミュージカル作曲家ワイルドホーンによるミュージカル *Artus Excalibur*（ドイツ語）、一五年には

表1　宝塚で上演されたアーサーもの作品（上演パンフレット、および宝塚歌劇団公式サイトによる）

タイトル	副題	上演年	上演組	主演	作／演出
トリスタンとイゾルデ	ミュージカル・ロマンス	１９６８	雪組	トリスタン：真帆志ぶき イゾルデ：加茂さくら マルク王：打吹美砂	作・演出／白井鐵造
ル・ポアゾン　愛の媚薬	ミュージカル・レビュー	１９９０	月組	トリスタン：剣幸 イゾルデ：こだま愛 ※第二章が「愛の戯れ（トリスタンとイゾルデ）」	作・演出／岡田敬二
アロー・アロー・キャメロット――マーク・トウェイン作『アーサー王宮廷のヤンキー』より	バウ・ミュージカル・ファンタジー	１９９４	花組	ハンク・モーガン：海峡ひろき サー・ランスロット：匠ひびき	脚本・演出／太田哲則
エクスカリバー――美しき騎士たち	ミュージカル	１９９８	宙組旗揚げ公演	ジェイムズ：姿月あさと ロザライン：花總まり	作・演出／小池修一郎
Elegy 哀歌――ジョゼフ・ベディエ編「トリスタン・イズー物語」より	バウ・ミュージカル・ロマン	１９９８	星組	トリスタン：稔幸 イゾルデ：秋園美緒 マルク：千秋慎	作・演出／太田哲則
ランスロット――*Lancelot*	バウ・ミュージカル	２０１１	星組	ランスロット：真風涼帆 グウィネヴィア：早乙女わかば アーサー：天寿光希	作・演出／生田大和
アーサー王伝説	ミュージカル	２０１６	月組	アーサー：珠城りょう グィネヴィア：愛希れいか	潤色・演出／石田昌也

表2　宝塚のアーサーもの上演前後における世界でのアーサーもの作品

タイトル	公開・初演年	種別	制作国	監督・演出ほか
エクスカリバー *Excalibur*	1981	映画	英	ジョン・ブアマン
トゥルーナイト *First Knight*	1995	映画	米・英	ジェリー・ザッカー
キング・アーサー *King Arthur*	2004	映画	米・英・アイルランド	アントワーン・フークア
スパマロット *Spamalot*	2005	ミュージカル	米	曲／ジョン・デュプレ、脚本・歌詞・曲／エリック・アイドル、演出／マイク・ニコルズ
トリスタンとイゾルデ *Tristan + Isolde*	2006	映画	米・英・独・チェコ	ケヴィン・レイノルズ
Morte d'Arthur	2010	演劇	英	ロイヤル・シェイクスピア・カンパニー／グレゴリー・ドーラン
Artus Excalibur	2014	ミュージカル	スイス	曲／フランク・ワイルドホーン、歌詞／ロビン・ラーナー、脚本／アイヴァン・メンチェル
La Légende du Roi Arthur	2015	ミュージカル	仏	ドーヴ・アチア
キング・アーサー *King Arthur : Legend of the Sword*	2017	映画	英・米・豪	ガイ・リッチー

ロック調の曲を用いたミュージカル *La Légende du Roi Arthur*（フランス語）などが上演された。表1のうち二〇一六年の『アーサー王伝説』はこのフランスのミュージカルを移植したものであるが、他は宝塚独自の作品である。やはり、こうした文脈で捉えることの意味はあるだろう。

宝塚の舞台『ランスロット』概要

これらの宝塚作品中から、本稿では二〇一一年星組の『ランスロット』を取り上げる。[01] アーサーの死後数百年の時代を舞台とする一九九八年に上演の『エクスカリバー』、あるいはアーサーが一切登場しない『Elegy 哀歌』に対し、本作は真正面からアーサー王の物語に取り組んだ意欲作である。中世のアーサー王伝説といえば、聖杯の探求や、王妃とランスロットとの愛、魔法の剣エクスカリバーの逸話で有名であるが、宝塚の『ランスロット』はこの他にも、運命と自由意志、復讐、紡がれる物語といったモチーフを取り込んで複雑に展開していく。本作の劇評をした宮辻政夫は「事前に粗筋を読んでいない限り、これらを全て即座に理解できるわけではないと思うのは、私だけであろうか」と述べている。[02] 本章ではそれらのモチーフをひとつずつ分析して、ミュージカル『ランスロット』がどのように中世のアーサー王伝説を受容し、変容させた

[fig. 01]
『ランスロット』ちらし

01———二〇一一年九月三日午後の部観劇。チケットの手配に尽力してくださった、日本ケルト学会の平島直一郎氏に感謝いたします。二〇一一年九月五日千秋楽の舞台放映を、スカイステージで二〇一六年一〇月二八日録画。

02———『歌劇』（二〇一一年一〇月号、五二頁）。

のかを日本における受容の一例として見ていきたい。
本公演は、二五〇〇席余りの宝塚大劇場ではなく隣接するバウ・ホールという五〇〇人規模の小劇場で、主に歌劇団の若手によって二〇一一年八月二六日—九月五日まで一六回上演された。作・演出はこれも若手の生田大和（ひろかず）で、バウ・ホール二作目であった。

〈主な配役〉
ランスロット：真風涼帆（まかぜすずほ）
ヴィヴィアン：美穂圭子（専科）
ヨセフ：美稀千種
モルゴース：花愛瑞穂
モルガン：夢妃杏瑠
マーリン：如月蓮
アーサー：天寿光希
モルドレッド：芹香斗亜（せりかとあ）
グウィネヴィア：早乙女わかば
幼ランスロット：妃海風
幼グウィネヴィア：綺咲愛里
ガウェイン：麻央侑希
レオデグランス／マリアガンス：碧海りま

登場人物の中に入っている「ヨセフ」とは、聖杯の守護者アリマタヤのヨセフ[03]である。彼は物語を説明する狂言回しの役を負っており、冒頭第一幕第一場A「誰の物語か」では、ヨセフによる回想として登場人物たちが紹介される。ヨセフはシトー派[04]を思わせる白い修道士服で、腰にはフランチェスコ会のように綱を巻いている。中世ヨーロッパ文化に馴染みのない観客は、この人物が何者なのか戸惑ったのではないだろうか。

舞台中央には客席に向かって斜めに傾斜した白い大きな円盤が置かれ、これが前後に分かれ、さらに前半分は四半分になり、セットとして左右に移動する。室内、広場や円卓、戦場などの役割も果たしている。アーサーが、皆が平等に話し合う世界を目指して騎士団を設立すると、一二人の騎士たちがそれぞれ自分の席が描かれた円卓の部分（あの有名なウィンチェスターの円卓と同じデザイン）を持ち寄り、舞台中央の白い円盤の上に置く。最後にアーサーが、席に就くと、円卓の出来上がりとなる。ただし、一番手前の席は空席である。同時に、舞台背後にもウィンチェスターの円卓が下りてくる［fig. 02］。新たに騎士団に受け入れられたランスロットを含めて、円卓の騎士は総勢一二人である。

［fig. 02］
中央がアーサー、右がランスロット、左に立つのはマーリン

03――アリマタヤのヨセフは、聖書にも登場する人物で、十字架に架けられたイエスの血を最後の晩餐で使われた器に受け、亡骸を引き取り、自分のために用意してあった墓に収めた。後にそのことで投獄されるが、聖杯が彼を養ってくれた。エルサレム陥落後、一族を伴って聖杯を西方へと運ぶ。一族は聖杯の守護者となった。ランスロットは、このヨセフの血筋である。横山安由美『中世アーサー王物語群におけるアリマタヤのヨセフ像の形成――フランスの聖杯物語』（渓水社、二〇〇二年）。

04――シトー派は、ベネディクト会修道院の規律の緩みを嫌って、一〇九八年にフランスのシトーに設立された。清貧・質素な生活の中で、祈りと労働で神に仕えることを目的とする。その白い修道服から、「白衣の修道士」や「白い修道士」と呼ばれる。一三世紀にフランスで発展した流布本大系のうち、『聖杯の探索』に大きな影響を与えている。

この後円卓の騎士たちは「弱きを助け、強きを裁き」「どんな困難に遭っても、臆することなく、愛する人守れ、気高き心、輝く魂、ノブレス・オブリージュを胸に」と歌う（第三場）[05]。Noblesse oblige とは、高貴な身分に伴う道義的な義務のことである。これは、弱き者を助け守る円卓の騎士の誓いを一言で表したものであろう。

III 『ランスロット』における人物関係

騎士道物語では、宮廷の侍女たちの動静が語られることはほとんどないが、女性だけの歌劇団という特性から、宝塚の『ランスロット』には侍女たちのために第一幕と第二幕にそれぞれ一場面が与えられている。彼女たちは、円卓の騎士たちの恋人として登場し、幸せなキャメロットと、円卓の騎士が分裂し不幸へと向かいつつあるキャメロットとを端的に表す存在となっている。ガウェインにはノーマ、ボールスにはセリア、ライオネルにはエミリーという恋人たちがいる。他の侍女たちにも、それぞれに相手がいるようだ。彼女たちは、自分たちの恋がちっとも進展しないことを嘆き、アーサーとランスロットのふたりから思われる王妃のことを噂している。ガウェインに特定の恋人がいて、そこそこ仲が続いていることは、中世フランスの作品で彼がすっかり色男にされて、次々と浮名を流すことを知っていると、ちょっと微笑ましくなる。

娘たちは、「今の生活に不満はないけれど、夢を描いてみたくはなる。それは、生きる楽しみ」（第一幕第八場A）と気楽に歌っていたが、第二幕で王妃に火刑が宣告され、円卓

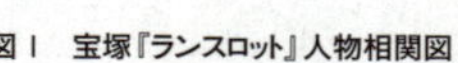
図1　宝塚『ランスロット』人物相関図

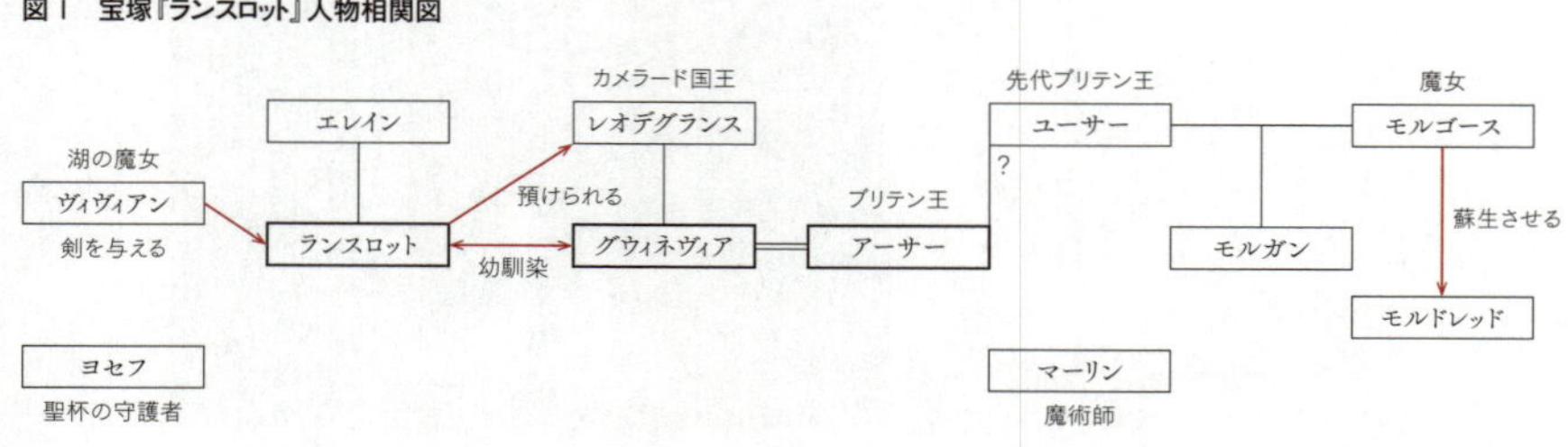

の騎士団が崩壊すると、恋人である騎士たちの分裂に伴って、自分たちも敵と味方に分かれてしまう、と嘆き合う。そして、「そんな生活は嫌！　今の生活に自由はないけれど、生きていれば夢は見られる。王妃様は、命奪われ、夢を描くことも許されぬ」（第二幕第六場B）と、王妃を憐れみ、「せめて今は、良き日の戻ることを願って、祈りましょう！」と心を合わせている。

次に、物語の中心となる人物関係を見てみよう（図1）。

アーサー王伝説を知っている者には混乱を招く改変がなされている。パンフレットの登場人物解説によると、モルガンは「アーサーの異父姉」[06]ということだが、彼女はユーサーとモルゴースの娘なので、すなわちユーサーとアーサーは他人ということになる。しかし、ストーリーの説明には「アーサーの父、先王のユーサー」[07]と書いてあるので、すっかりわけがわからない。ユーサーがアーサーの父であるには、モルガンはアーサーの「異母姉」でなくてはならない。おそらく中世における人間関係をそのまま書き写したために生じた混乱だろう。この図を一五世紀のマロリーの『アーサー王の死』の人物関係と比べてみよう（図2）。

05——残念なことに、iTunesやCDではこの円卓の騎士たちの誓いの部分は省かれている。『星組バウホール「ランスロット」』（宝塚歌劇団・真風涼帆、二〇一一年）。

06——スカイステージの映像の登場人物解説にも同様に「異父姉」となっている。

07——『ランスロット』パンフレット、Story解説。二〇一一年。

図2　マロリーの人物相関図

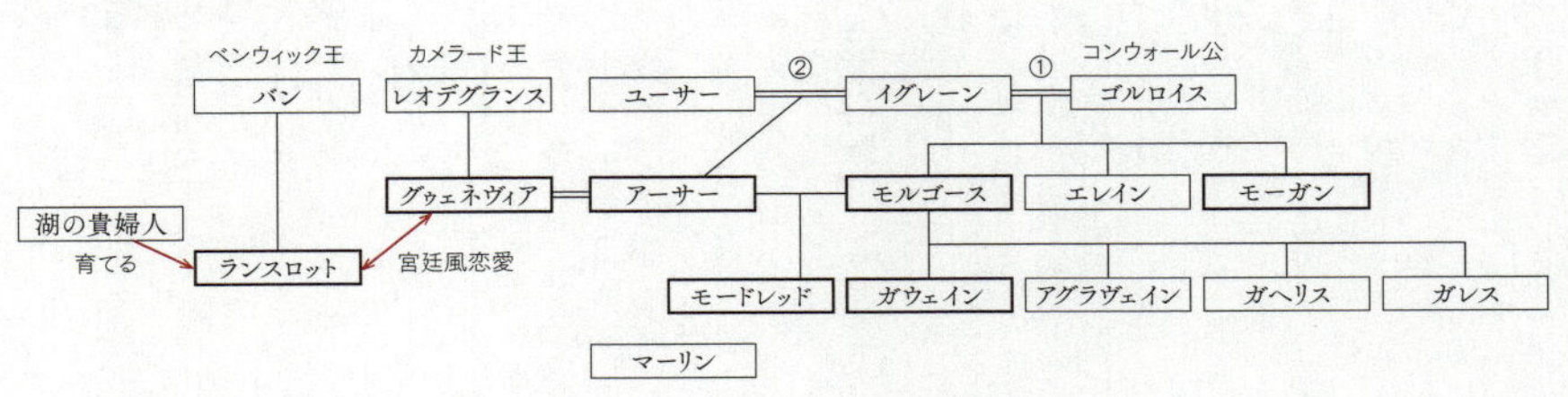

モルゴースとモーガン、モードレッドの箇所が一番異なっていることに注目していただきたい。マロリーではモーガンはユーサーとは全く血縁関係はなかったのが、宝塚版では親子になっている。そして、ユーサーが契約を守らず、自分たちを城に迎え入れなかったことを恨んでモルゴースは復讐の念を燃やし、娘にアーサーの王妃になれと言い聞かせて育てた。

そんな母子と対になる形で描かれるのが、カメラードのレオデグランス王と娘グウィネヴィアである。[80]父は娘に、王族は自分の望むように自由には生きられない、どこへ行こうと自らの運命と向き合うのだ、と言い聞かせている。この場面は、舞台中央に設置された客席に向かって傾斜した円形のセットの下半分が分かれて、左右で同時に対照的に演じられる。そして、グウィネヴィアが王妃の座についたことで、一層モルゴース母子のアーサーへの恨みは深くなり、ブロセリアンドの森の奥深くで屍を蘇らせ、ホムンクルスを作り眷属とする。そして後に、モルガンに王妃を攫わせることになる（第一幕第一場A）。

また、一般に「湖の貴婦人」として知られるヴィヴィアンは、ここでは「湖の魔女」でありモルゴースの師である。しかし、その性質は正反対であることが、双方の魔女が手にしている白と黒のチェス盤の駒で象徴的に示される（第六場A）。

タイトルにもなっている主人公のランスロットは、第一場Bにおいて少年姿で登場する。母エレインに物語を読んでもらいながら寝入ってしまう幼いランスロット。しかし、敵の来襲により、母は魔女として十字架に架けられ火炙りにされてしまう。ヴィヴィアンに救われたランスロットは強い力を欲し、彼女から剣を与えられる。その後、カメラード国のレオデグランス王に預けられ、即座に王の娘グウィネヴィアの騎士となることを誓うランスロット。ここでグウィネヴィアと共に姉と弟のように育つ。そして、幼いランスロットと成長したランスロットが、舞台上で重なり合ってヴィヴィアンから与えられた剣をかざす、という形で時の経過を表わす。ランスロットはグウィネヴィア姫を守る騎士として常に彼女の傍らにいた。そして、姫がブリテン王アーサーの許に嫁ぐことになると、護衛として付き従って行く。このように、グウィネヴィアとランスロットとは、アーサーと出会うよりも先に幼馴染として互いに信頼関係を築いていた。

キャラクター名に基づく演出

キャメロットの王宮へ向かう途上、城下で民衆は王の結婚を祝って、輿入れしてくる姫を「ガリアの白き薔薇」と讃える（第二場A）。それを耳にして喜び、おきゃんに跳ね回るグウィネヴィアは、庶民に扮していたアーサーの足を偶然踏んでしまう。このとき、アーサーは、王はどんな人なのかしらというグウィネヴィアに、熊のように恐ろしい男だ、と脅かす。もちろん、互いを知りはしないのだが、ランスロットの言葉からこれが自分の妃となる姫であると知ったアーサーは、ふたりが去った後、あんな明るい可愛い人が来てくれたら、キャメロットは変わるだろうと喜ぶ。このときアーサーはグウィネヴィアに恋したのだろう。この場は、ミュージカル映画『キャメロット』（一九六七年）でのふたりの出会いの場面を思い起こさせる。

また熊云々の場面で、背後でウロウロしている着ぐるみの熊がハッと振り返るのは笑いを誘う。もちろんこれは、アーサーの名が古代ケルト語では熊を意味する「アルトス」artos、アイルランド語の「アルト」art、ウェールズ語の「アルス」arth に由来するという解釈を踏まえた場面である。九世紀にネンニウスが編纂した『ブリトン人史』の欄外注記に「アーサーはラテン語に翻訳されると、恐ろしい熊を意味する」[09]とあることもそれを裏付けていよう。そして、熊はゲルマン＝ケルト系のヨーロッパにおいては、今

08――グウィネヴィアが結婚以前の王女時代に何度か「国妃」という変わった言葉で呼ばれているため、王妃なのか？　とさらに混乱させられる羽目になった。

も昔も動物の最高位にある。[10]

この熊とアーサーとの繋がりは、アーサーの宮廷に下がっている紋章旗にも見られる。白地に白線の入った赤十字の紋の上に、左向きで両脚で立ち上がった（紋章学ではサリエント salient / saillant という）[11]熊が描かれ、七つの星が描かれている。ひとつは熊の左肩もしくは胸のあたりに、残りの六つは熊を取り囲むように散らばっている。まるで、アーサーを取り囲む円卓の騎士といった趣である［fig. 03］（第二場B）。一般的に知られる中世後期のアーサーの紋章は、［fig. 04］のように青または赤地に金の王冠三つ、もしくは一三ついているものなので、これは宝塚独自のものである。

そして、劇中で何度か歌われる"Stargazer"の曲中の「白い幻」「グェニファー」はグウィネヴィアのウェールズ語名「グウェンフイヴァル」Gwenhwyfar のことで、意味は「白い幽霊」である。[12] このように、登場人物の名前の語源を意識した仕掛けが施されているのだ。

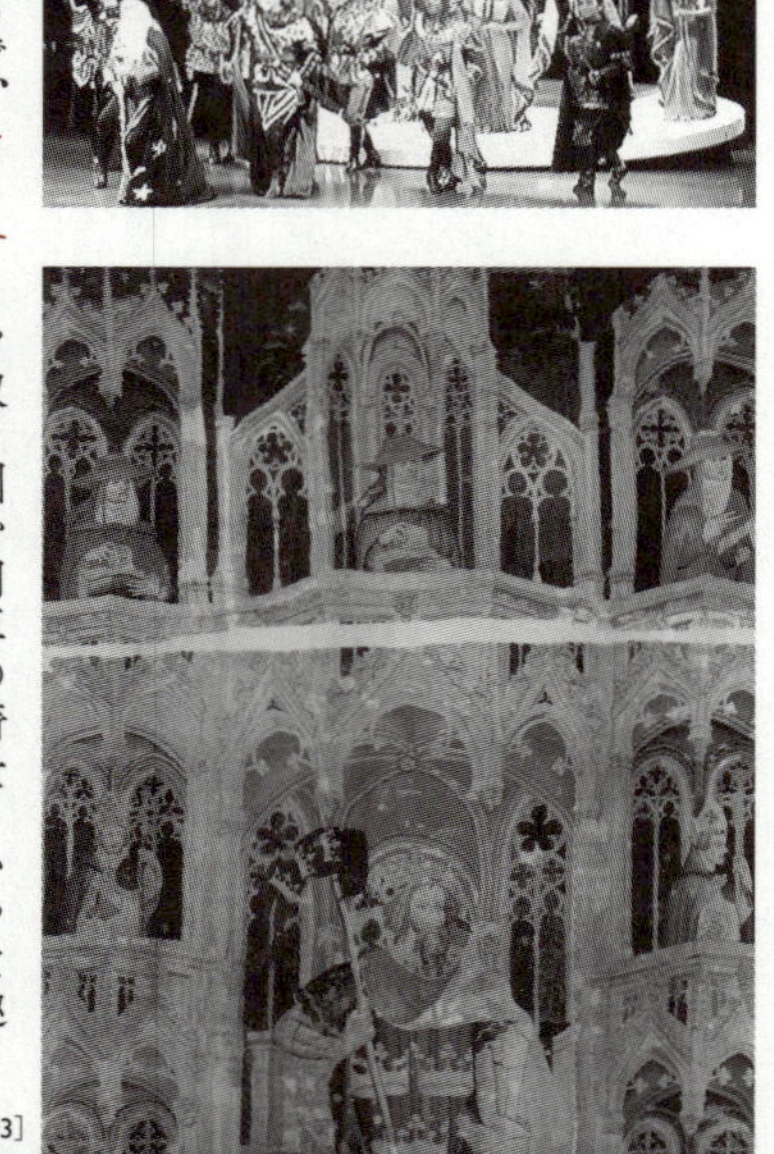

［fig. 03］
キャメロットに下がる熊の紋章

［fig. 04］
1385 年頃の、「九偉人の一人としてのアーサー」のタペストリーより。九偉人の一人としてのアーサーは常に三つの王冠の紋で示される。

紡ぐ行為としての物語

宙組旗揚げ公演の『エクスカリバー』が吟遊詩人の昔語りで始まるのと似て、この作品もヨセフの昔語りから始まる。物語の冒頭、幼ランスロット[13]が母エレインに本を読んで、とせがむその前で、ヨセフの「誰のため生きるのか、誰のこと愛するのか。誰もが見失い、本を閉じた」

という言葉で幼ランスロットは寝入ってしまう。「これは誰の書いた物語なのか」とヨセフが問いかける背後では、亡霊の騎士たちが戦い、全員が倒れる。

また、アーサーは婚礼の後で[14]「命を投げ出しても」王と王妃に仕えると言うランスロットに、争いの中で騎士たちが命を落とすことにはもう耐えられないと言い返す。続けて、

運命は私の意思に関係なく私を王にしたんだ。私が聖剣エクスカリバーを引き抜いたのではない。エクスカリバーの方で私を選んだのだ。そして、気がつけばこの国の王になっていた。

私が王であることなど、ただそれだけのことだ。しかし、だからこそ、私には夢がある。

（中略）

愛しき人を自由に愛し、自由を愛して、光満つ。剣（つるぎ）を置き、物語を紡いでいく。（第一幕第三場）

09――フィリップ・ヴァルテール／渡邉浩司、渡邉裕美子訳『アーサー王神話大事典』（原書房、二〇一八年、三五頁）。
10――ミシェル・パストゥロー／篠田勝英訳『ヨーロッパ中世象徴史〈新装復刊〉』（白水社、二〇一八年、六三頁）。
11――森護『紋章学辞典』（大修館書店、一九九八年）。
12――『アーサー王神話大事典』一五六頁。
13――「幼ランスロット」および「幼グウィネヴィア」の名称は役名である。
14――グウィネヴィアが婚礼に着用している白いウエディングドレスは、一九世紀にヴィクトリア女王が初めて着用して広まったもので、中世の時代には白い衣装で結婚するという概念はなかった。

と言い、歌う。言葉を並べて語られる物語はテクスト‘text’から成る。テクストという言葉は、オックスフォード英語辞典によれば‘that which is woven, web, texture’である。つまり、織られたり、編まれたりした言葉の連なりであり、‘texture’「織物」と仲間の言葉である。だからこそ、物語は「紡いで」いくものなのだ。宝塚の舞台の『ランスロット』は、そのことを繰り返し強調する。

そして、物語の中で運命に翻弄されるランスロットは、自らが物語の主人公になることを促される。聖杯探求に出たものの、聖杯を見出せずにいるランスロットに、ヴィヴィアンは「自身で考え、行動しなくてはなりません」「定めとは、流されるものではなく、越えるもの。物語とは、語られるものではなく、紡ぐもの。これはあなたの物語」と励ます（第二幕第四場）。

さらにアーサーは、ランスロットにこう語りかける。

アーサー：人は法の下に平等となり、皆が同じテーブルに就き、話し合い、罪と争いとを相応に裁く。誰もが自分の意思を持ち、そこには本当の自由がある。
ランスロット：本当の自由？
アーサー：ランスロット、そんな世界を共に描いていかないか？　そのために君の力を使わないか？
ランスロット：すべて、陛下の仰せのままに。
アーサー：違う、違う、自分の意思で決めるんだ。君だけではない。君達は自分の意思で、同志として、私と共に物語を描くんだ。私は君たちを、円卓の騎士と名付けよう！（第一幕第三場）

自分の意思で決めるということは、「すべて、陛下の仰せのままに」と無条件で王に仕えることを常としてきたランスロットにとっては、全く新しい考えであった。[15]

幼い頃母から語ってもらった物語や、グウィネヴィアと共に浸ったギリシア神話の物語世界に夢を馳せたランスロットは、今は自らの意思で己の物語を紡いでいかなくてはならないのだ。

運命と自由意志

マーリンが「人である前に王であれ」と歌ったとき、アーサーは「王である前に、人として生きたい。愛する心持たぬ王にはなりたくない。たとえ我が身を滅ぼす運命でも、真の王なら打ち勝てるだろう」（第一幕第一場A）と応えた。この「王である前に、人として生きたい」と言

15——ここでアーサーが述べる「人は法の下に平等」という考え方は、中世にあっては画期的な思想であるが、決して無縁のものではなかった。それは、一二一五年に貴族たちがジョン王に突きつけたマグナ・カルタ（大憲章）に見られる人権意識に繋がる。現在に至るまで継承されているこの内容は、第三九条によるものである。

いかなる者も、同輩の法に則った裁きや国法によらずして、逮捕や投獄をされたり、権利や所有物を没収されたり、無法者や追放者とされたり、他のいかなる方法によっても地位を奪われたりすることはなく、また朕はその者の意に反して力づくで進めることも、他者を送ってそのようにさせることもない。（小路訳）

たとえ王といえども、法を逃れることはできないのである。そして、その王としての法に則った決断は、二幕でモルドレッドに利用され、物語を悲劇へと押し進めていく。

Claire Breay and Julian Harrison, 'Magna Carta', 二〇一四年七月二八日、大英図書館。Web. 二〇一六年一二月五日、最終アクセス二〇一八年九月二五日。https://www.bl.uk/magna-carta/articles/magna-carta-an-introduction; David Starkey, *Magna Carta: The True Story behind the Charter*, London: Hodder & Stoughton, 2015, p.206. この項の「朕」と訳した語は、ラテン語から we と訳されていて、神や王が自身に使う一人称の royal we であろう。

う言葉もまた、本作品の中心軸となる言葉である。マーリンは、「王」というひとつの機関であることをアーサーに求めているが、アーサーはあくまでも「人」であることを願う。

モルゴースもまた、娘モルガンを道具のようにみなしている。自分たちを捨てたユーサーへの恨みをその息子のアーサーに向け、復讐をすることを宿願とするよう教え込むのだ。そして、モルゴースの魔力と森の霊気を集めて作った「マリアガンス」を使って、五月祭の場からグウィネヴィアを攫わせる。これは、アーサー王伝説ではよく知られた「荷車の騎士」の話を下敷きにしている。[16]

本作ではランスロットは荷車に乗ることはないが、無事に王妃を救う。その際ランスロットが誘拐の下手人モルガンにその理由を尋ねる。彼女は「王家の罪ゆえ。そしてそれが私の運命だから」と答える。ランスロットが「ここで切られることまでもお前の運命と言うならば、私がそれに逆らってやろう」と彼女を放免すると、モルガンは「私は必ず運命に勝つぞ！」と反発する（第一幕第六場B）。しかし後に、ヴィヴィアンに励まされて先へ進んで行くランスロットの姿から、彼女は復讐という呪縛、母に刷り込まれた自分の運命を自らの意思で変えることができるのだろうか、そのためにはどうしたらいいのか、と考え始める。

モルガン：運命……私にも越えられるのか？
ヴィヴィアン：あなたの中に流れる人の血。血の声に耳を傾け、考えると良いでしょう。
モルガン：幼き日の呪縛が、私を締め付けていた。その役目を果たすのが、逃れられぬ運命。逃れたい、逃れられぬ。そのため今、私に何ができる？（第二幕第四場）

同様にグウィネヴィアも、自分の宿命と自由意志について考える。父の戒めを胸に刻み、アーサーの王妃として生きる運命から逃れられないと思っていた彼女だが、救出にやって来たランスロットに、ついに気づいた自分の愛情を告白する（第一幕第六場B）。宮廷に戻ったふたりは関係を持つが（第八場B）、このままでは不幸になると気がつき、彼女はアーサーの王妃として生きる運命を受け入れる決心をする。しかし、婚礼の夜、アーサーと部屋に下がるグウィネヴィアを見送るランスロットの表情は、すでに禁断の恋に苦しむものだった。ようやく彼女の愛を得たランスロットは、「あらゆる至福をもたらす」聖杯を手に入れたなら、どうにかなると思っていたのだ（第一幕第一〇場）。

この定められた運命と自由意志の問題も、本作を貫くテーマのひとつとなっているが、また古代から中世にかけての神学・哲学上の大問題でもあった。特に五世紀の、人間の原罪を否定して自由意志を擁護するペラギウスと、それに反駁するアウグスティヌスの見解は有名である。[17] 一三世紀には、この神学と哲学の問題についての考察が一層盛んであった。奇しくもこの世紀の初めの数十年間は、フランスにおいて、それまで韻文で書かれてきたアーサー王物語が散文で書かれ、膨大な作品群「ランスロ＝聖杯物語群」通称「流布本大系」が編まれた時期でもある。

アウグスティヌスは『神の国』第五巻第八章において、「その力がすべてのものにうちかちがたくおよぶような最高神の意思そのものを、とくに運命と呼ぶ」と述べて、セネカの次の言葉を引用している。

16——クレチアン・ド・トロワ／神沢栄三訳「ランスロまたは荷車の騎士」（『フランス中世文学集二　愛と剣と』白水社、一九九一年）。トマス・マロリー／厨川文夫、圭子訳『アーサー王の死——中世文学集1』（筑摩書房、一九八六年、二九八—三二六頁）。

17——ヘンリー・ベッテンソン編／聖書図書刊行会編集部訳『キリスト教文書資料集』（聖書図書刊行会、一九六二年、五刷、一九八八年、第六部）。エミール・ブレイエ／渡辺義雄訳『中世・ルネサンスの哲学——哲学の歴史3』（筑摩書房、一九八六年）。ちなみに、二〇〇四年の映画『キング・アーサー』では、子供のアーサーがペラギウスの教えを受けたことになっている。現実には、四四〇年頃には亡くなっているペラギウスが四五二年に登場しているので、時代設定がずれている。

「運命は、欲するところのものを導き、欲しないところのものをひきずっていく」[18] グウィネヴィアもモルガンも「欲しないところのもの」であり、運命から逃げようとする。

モルガンは、ヴィヴィアンの忠告を入れ、自分にできることを考えた。その結論は、火刑に処されようとしている王妃を救いに来たランスロットとモルドレッドの間に割って入り、ランスロットを援護するという形で実行に移される。「お前、何を？」と驚くモルドレッドに彼女は「借りを返しに」と答えるが、その胸に矢が突き刺さる。それでも、彼女はランスロットと王妃を逃す。「あの女狐に唆されたな！」と怒る母に、「いいえ、母上。これが私の生き方。悲しみも苦しみも抱きしめて死ぬ」と言って、息を引き取る。

一方、アーサーは妻がランスロットと関係を持ったことに気づきながらも優しい言葉と手を差し伸べる。

アーサー：王である前に人として、生きたい。愛する人を守り、慰め、笑い合う。いかなる障壁立ちふさがろうとも、真の愛なら乗り越えられる。
王と王妃である前に、私は夫で君は妻なんだ。だから、もし話せる時が来たら頼って欲しい。いつでも良い！　いつまでも待っている！（第一幕第八場）

アーサーの去った後、罪に苦しむグウィネヴィアの背後に、「自らの運命と向き合うのだ」と諭す父の戒めを受ける幼グウィネヴィアが、仮面をつけた姿で現れる。彼女がグウィネヴィアの左手を引っ張ると、王妃は「左手を締め付ける糸を断てず、右手の愛零れ落ちていく。片手には重すぎる罪は、いずれ私の体を引き裂くだろう」と、王妃としての運命の糸を断ち切れないことに苦しむ。幼グウィネヴィアが王妃に「あなたはだあれ？」と尋ねると、彼女は「私は……王妃」と答えた。そして、幼グウィネヴィアの差し出す仮面を着ける。

このように、運命に逆らい自らの意思で行動し落命したモルガンとは対照的に、グウィネヴィアは自分の罪深さを自覚し、かつて父に言われたように運命を受け入れ、王妃としての仮面をまとって生きる覚悟を決めたのである。ここでグウィネヴィアが着ている赤いドレスに白いレースの上着[fig. 05-06]は、W・モリスの「麗しのイズールト」[19]の衣装である[fig. 07]。清らかな娘時代、不義の時、運命に従うと覚悟した場面で同じ衣装を纏っていることから、この服が彼女にとっての運命そのものに見える。

[fig. 05]
幼グウィネヴィアと王妃
[fig. 06]
王妃の寝室のランスロットとグウィネヴィア
[fig. 07]
W・モリス「麗しのイズールト」

18――アウグスティヌス/服部英次郎訳『神の国(二)』(岩波文庫、一九八二年、第三版、一九九一年、三六六―三六七頁)。

19――ウイリアム・モリス、'La Belle Iseult'、テート・ブリテン。本作は以前は'Queen Guenevere'とされていたが、現在はマルク王により宮廷から追放されたトリスタンのことを悲しむイズールトとされている。最終アクセス二〇一八年九月二六日。https://www.tate.org.uk/art/artworks/morris-la-belle-iseult-n04999

聖杯

グウィネヴィアの部屋を出たアーサーは円卓会議に臨む。その議題は、西方のカルボネックに出現して、所有者を求めて飛び去った聖杯を探求するか否かであった。アーサーは「聖杯は持つものを選び、永久（とこしえ）の平和と秩序をもたらすという。聖杯を探す。円卓にその秘蹟と恩寵を、主の御加護をもたらすのだ」と歌う。異教の国々を通って探してまでも手に入れる価値はあるのか、と議論する騎士達に異教徒のパラメデスは「キリスト教徒は臆したか」と嘲り、これで意見は割れる。マーリンは「聖杯は主の御心のままに現れる。それ自身にも意思がある」と述べる。探求に出かけるのかどうかで紛糾する最中、光が差し込み聖杯とヨセフが出現するが、それはランスロットにしか見えない。どうすれば手に入るか、と問うランスロットに、「聖杯は手に入れるものにあらず。聖杯が選ぶのだ。手にするにふさわしい者を。そして、選ばれし者のみ、至福の秘密を享受できる」と告げる。聖杯とヨセフは消え、幻視は終わる。相変わらず円卓の騎士たちは揉めていたが、ランスロットは聖杯探求に行くと宣言する。すると、騎士たちは次々に自分たちも行くと言い出し、翌朝の出発が決まった。

マロリーでは、聖杯探求に行くと最初に言い出すのはガウェインである。そして次々とそれに続く騎士たちに、アーサーは「世界のいかなる国にも見られない優れた忠実な騎士団を失うことになった」（小路訳）と嘆く。[20] しかし、この作品のアーサーは、ランスロットのおかげで意見がまとまった、と感謝する。そのアーサーにランスロットは「理想の世界とは何なのでしょうか」と問いかける。王は「私にとって、今ここが理想だ。王妃が平和に暮らし、君のような勇気溢れる騎士が仕え、そして、円卓だ」「そうだ。まさにこのキャメロットだ」と答える。ランスロットが去った後、アーサーはマーリンに「グウィネヴィアは彼を愛している。そして、グウィネヴィアが愛しているからこそ余計に、私も彼を愛している」と言う。それでも王は、今の均衡を保ちたいのだ（第一幕第九場）。

モルドレッド

円卓の騎士たちは、「弱き者を助け、強きを裁く」「ノブレス・オブリージュを胸に！」と勇んで聖杯探求に出発する。しかし聖杯は見つからぬまま、彼らは行く先々で民衆を襲い、多くの血を流す。その様は、「高貴なる義務」とはかけ離れたものであった。逃げ惑う人々の中に、幼き頃のランスロットとグウィネヴィアの姿があった。本来は回想場面に現れるふたりがここに登場することで、観客はまたかなり混乱する。これは、本来弱き者を助けるべき円卓の騎士、とりわけランスロットが彼らの血を流し、義務に反していることへの罪の意識が具現化しているのであろう。

秩序の失われた舞台にヨセフが再び登場し、「これは誰の望んだ物語なのか」と問いかける。こんなはずではなかったと罪悪感に苦しむランスロットは、自分の名を呼ぶ声に頭を抱え、転んだ少女姿のグウィネヴィアを助けようとするランスロット少年に切りかかる（第二幕第一場）。宮辻政夫はこれを、アーサーへの背信・裏切りから「ランスロットの内部に生まれた罪悪感が、幼い自分の片腕を自ら切り落とす」という深層意識でのイメージを生む」と捉えている。[21] さらに、こう述べている。

> 深層意識での出来事が外部に形を取って現れる展開は面白い。しかし、片腕を切り落とされるのが幼い少年であるより、アーサー王への背信をしたのは大人のランスロットだから、もう一人の大人のランスロットが片腕を切り落とされる方が分かり易いだろう。幼いランスロットと幼いグウィネヴィア

20——*The Works of Sir Thomas Malory*, ed. E. Vinaver, rev. P. J. C. Field, vol.2 in 3 vols., Oxford: Clarendon Press, 1967, revised ed. 1990, p.866. 以下 *The Works*.

21——『歌劇』二〇一一年一〇月号、五二頁。

（綺咲愛里）は単なる過去の姿ではなく、二人の心の奥の純粋な魂の象徴でもある。[22]

しかし、それだけではないだろう。騎士としての義務に反した行為を行なっている自分への戸惑い、幼い頃に抱いていたはずの「気高き心、輝く魂」も理想も失った自分への幻滅などがない交ぜになってランスロットは己の罪の意識に切り掛かったのだ。さらに、グウィネヴィアが左手を幼グウィネヴィアという形の運命の糸に絡め取られていたことを思い起こすなら、幼ランスロットの左腕が切り落とされたことは、彼が己の運命そのものを切り捨てたように見える。

第二場は森の中で、モルゴースの前に左腕を切り落とされた幼ランスロットが倒れている。その少年に、モルゴースは自分の寿命から一五年を与え、腕を切り落とした青年ランスロットへの復讐と憎しみを力に生まれ変わらせる。そして生まれたのがモルドレッドである。彼は、聖杯探求の失敗に揉める円卓に雷鳴と共に姿を現し、「坐す者を業火で焼き尽くす一三番目の席」に坐り、まんまと円卓の一員となる（第二幕第三場A）。これはもちろんユダの暗喩である。

一二世紀の書物では、モードレッドはアーサーの甥であり、一三世紀以降は片姉との間にもうけた不義の子である。マロリーの『アーサー王の死』によると、資格の無い者が坐すと大地に飲み込まれる円卓の危険な席に就くのは、ランスロットの息子で聖なる騎士ガラハドである。[23]

聖騎士ガラハドの鏡像にしてユダたるモルドレッドは、ランスロットと王妃を嵌めようと奸計をめぐらし、探求から戻ったランスロットに、王は狩に出ていて不在であると言う。これは中世ではモードレッドの兄アグラヴェインの役であるが、宝塚の舞台『ランスロット』では悪事はモルドレッドに集約されている。彼は、ランスロットの罪の意識が具現化したものだ。彼の謀によりランスロットは王妃の部屋で捕えられるが、どうにか逃げる。アーサーはモルドレッドに嵌められたことに気づき愕然とするが、王として円卓の騎士団の評決と法に従う道を選ぶ。モルドレッドは意気揚々と王妃に火刑を宣告する。しかし、アーサーは夫として、彼女を救って欲しいとランスロットに依頼する（王による救出依頼は、この舞台独自のものである）。見事王妃を救い出したランスロットに、アーサーはひとりの男として礼を言う。と、同時に、アーサー対ランスロットの戦いの火蓋は切って落とされることになった。

戦場でしつこく自分をつけ狙うモルドレッドに、ランスロットは「お前は何者だ」と問う。モルドレッドの「私はお前だ」との答えに、ようやくランスロットはそれが自分が切りつけた子供だと気がついた。そして、アーサーを庇ったランスロットは、恨みを晴らさんとかかってきたモルドレッドに刺され、「我が最後の罪！　すまなかった！　許してくれ！」と叫ぶと己が身体にその剣を突き立て、「一緒に死んでくれ！」と体から引き抜いた剣でモルドレッドを刺した。この場面は、アーサーが不義の子モードレッドに槍を突き刺して殺すと同時に、彼から頭に致命傷を受ける中世の場面を思わせる。こうして、自分の罪を討つと同時に、ランスロットはアーサーの腕の中で事切れる（第二幕第八場）。

するとそこに聖杯が出現し、光と共に様々な過去の声が響き、ランスロットと呼ぶ声が何度も聞こえる。さらに赤ん坊の泣き声と共にヨセフが現れる。

聖杯によりその魂を認められたランスロットは目覚める。ヨセフに望みを聞かれた彼は「愛する者たちが作る理想の世界」と答えた。子供の頃にグウィネヴィアから、亡くなった妻を冥界に迎えに行き、冥王から課された「決して振り返ってはならぬ」という禁忌を破ってしまったばかりに妻を失ったオルフェの話を聞いたランスロットは、彼女と一緒に、振り返らなかったオルフェの話を考えていた。そんなランスロットは、物語の語り直しを願う。そして舞台は、アーサーとグウィネヴィアの結婚の場面まで巻き戻るが、彼女に付き添ってくる騎士団長は五体満足なモルドレッドである。また、幼きランスロットは騎士志

22――同前。

23――*The Works,* p.860.

願者としてキャメロットにやって来た。こうして、満足したランスロットはヨセフと共に去って行く。

おわりに

このように、宝塚による舞台『ランスロット』は、アーサーとグウィネヴィアとランスロットの愛、物語、王と人、運命と自由意志、聖杯、復讐などのテーマが盛りだくさんな作品である。舞台を見ていると混乱するが、このようにモチーフを整理してみると、作者の伝えたいことははっきりしてくる。それは、人はいかによく生きるか、ということではないだろうか。

本作品では、幼い時に親をなくし、禁断の恋に罪の意識を感じ苦悩するランスロットを主人公とし、アーサーは理想を目指す善き王、善き人、善き夫として脇に退いている。また、グウィネヴィアとモルガンという運命に翻弄されながらも、自分の生きる道を見出そうとする女性の姿を描き出した。それぞれがどう生きるかを模索する姿を描くミュージカルなのである。

女性アーサー王受容之試論

『Fate』シリーズを中心に

「この聖杯戦争は、終焉なき物語」
(『Fate/Grand Order 公式ホームページ』より)

Hideto Takiguchi
滝口秀人

はじめに

剣を持つ、すらりとした体躯。騎士の格好をしているが、華奢な感じをうける。女性のような顔立ちの美しい人物……。

古今東西、「男性として育てられた女性」というキャラクターは、人の心をとらえるようです。最近の日本では、TYPE-MOON社『Fate』シリーズの中心人物のひとり「セイバー」(作品中ではアルトリア・ペンドラゴン。以下「セイバー」)が、「男性として育てられた女性」で、非常に人気があります。

このセイバーというキャラクターは、設定上、アーサー王の英霊[01]とされています。

ただし、その人物は女性です。

彼女は外では少年として振る舞っていた。いや、生まれてから今まで、ずっと、〝男〟として育てられてきた。[02]

アーサー王物語は、中世ヨーロッパから多くの聞き手・読者を魅了し、さまざまな改編を加えられながら語り継がれてきました。しかし、アーサー王自身が女性として描かれることが主流となった地域・時代は、現代日本までなかったようです。なぜ、日本においてこのような事態になったのでしょうか。

本章は、最初に中世におけるアーサー王の描写と現代日本のアーサー王の描写を参照した後、女性としてのアーサー王がなぜ現代日本において受け入れられているのかを、考察する試みです。

中世ヨーロッパのアーサー王

中世ヨーロッパにおいてアーサー王物語は、主に宮廷人の間で広く楽しまれていました。

たとえば、一二世紀後半のフランスでアーサー王伝説を集大成した詩人のクレチアン・ド・トロワは、『ペルスヴァルまたは聖杯の物語』*Le Roman de Perceval ou le conte du Graal* 冒頭部分で、以下のように語ります。

Dont avra bien salve sa paine
CRETÏENS, qui entent et paine
Par le comandement le conte
A rimoier le meillor conte
Qui soit contez a cort roial :
Ce est li CONTES DEL GRAAL,

Dont li quens li bailla le livre.
Oëz coment il s'en delivre.

というわけで、クレチアンは、しっかりと苦労をするでしょう
彼は努力し、頑張ります
伯（フランドル伯フィリップ）の命令によって
もっとも良い物語に韻を踏むことを
これまで宮廷で語られた中で。
それは、聖杯の物語です、
伯がクレチアンにその本を渡してくれたのです、
お聞きなさい、どのようにその物語が始まるかを。[03]（傍線部訳者）

物語を書き留める写本は大変高価なものであり、富裕層しか注文できませんでした。注文者が書き留める物語を依頼すると、原本となる親写本を手本にしながら、写字生と呼ばれる人々が羊皮紙に文字を書き写し、写本を制作したのです。[04]羊皮紙とは、羊や牛、山羊から作られるため高額であり、容易には入手で

01——『Fate』シリーズの用語。「魔術世界における最上級の使い魔。聖杯戦争に際して召喚される特殊な存在」（『Fate/complete material III』、エンターブレイン、二〇一〇年、一六頁）。

02——奈須きのこ『Garden of Avalon』（ufotable版『Fate/stay night [Unlimited Blade Works]』Blu-ray BOX I特典、TYPE-MOON、二〇一五年、二一—二二頁）。

03——Chrétien de Troyes, *Le Roman de Perceval ou le conte du Graal*, éd. Par William Roach, Genève, Droz, 1959, ll. 61-68.

きません。こうした事情から、写本に書き留める物語は、価値があると見なされたものと推定されます。アーサー王物語群は多くの写本に残されていますから、高価な本に残す価値がある魅力的な物語と判断されたことが伺えます。

中世人のアーサー王に対するイメージの一端は、それら写本の装飾画や、彫刻・壁画から読み取ることができます。ほとんどの人間が文字を読めない中世において、教会の彫刻や絵は、民衆に様々な情報を伝える伝達ツールでした。[05] たとえば、一二世紀初頭のイタリア・モデナ大聖堂の北側面入り口上部には、アーサー王が勇敢に戦っている姿が彫刻されています［fig. 01］。ヨーロッパ中世当時の最新の情報伝達媒体で、アーサー王は生き生きと描写されています。

これらの絵や彫刻または写本を見たい場合、本来ならばヨーロッパに出向き、壁画を見たり、お目当ての写本を読ませてもらうことが、対象物に触れる手段です。しかし、ヨーロッパ全土にわたるアーサー王関連の壁画や写本を、すべからく見たり読んだりすることは難しいですから、ここでは先人の本を参照することにしましょう。

Roger Sherman Loomis と Laura Hibbard Loomis による *Arthurian Legends in Medieval Art* は多くの図版が入っている楽しい本です。

一三世紀から一五世紀にかけてのアーサー王の画像を見てみましょう［fig. 02-04］。モノクロではわかりにくいのですが、顔の形態は写本により異なっています。また同じ絵をカラーで見ると、髪の色も異なっていることがわかります。つまり、アーサー王を描く際に、装飾画家が守るべき統一的な肉体的特徴はなかったことが伺えます。

中世人の創作技法は絵画も文章も同じで、中世において語られたアーサー王物語の中では、アーサー王自身を説明する場合に、性格など内面的な形容はされても、髪の色や目の色を詳細に形容することはほぼないようです。例えば、前述のクレチアン・ド・トロワのアーサー王関連五作品（『エレックとエニッド』

［fig. 01］
イタリア・モデナ大聖堂　北側門
(Porta della Pescheria)

『クリジェス』『ランスロまたは荷車の騎士』『イヴァンまたは獅子の騎士』『ペルスヴァルまたは聖杯の物語』）を調べても、アーサー王の肉体的特徴を詳しく描写する場面はありません。[06]

また、フランス国立図書館のデジタルデーターベース「Gallica」を利用して、同システムが公開している写本を参照しても、アーサー王の描写について統一的な特徴を見つけることはできません。[07]

[fig. 02] Arthurian Legends in Medieval Art, fig.208, 13 世紀
[fig. 03] Arthurian Legends in Medieval Art, fig.305, 14 世紀
[fig. 04] Arthurian Legends in Medieval Art, fig.297, 15 世紀
Loomis, Roger Sherman, and Loomis, Laura Hibbard. *Arthurian Legends in Medieval Art*. 1938. New York: Kraus Reprint, 1975.

04 アンドルー・ペディグリー／桑木野幸司訳『印刷という革命』（白水社、二〇一七年、第一章「印刷時代以前の書物」）。

05 拙稿「ロマネスク教会」「ゴシック教会」（『フランス文化事典』丸善、二〇一三年）を参照。

06 検索には *Erec et Enide*, éd. par Jean-Marie Fritz, Livre de poche / LettresGothiques, 1992 ; *Cligès*, éd. par Charles Méla Olivier Collet, Livre de poche / Lettres Gothiques, 1994 ; *Le Chevalier de la charrette*, éd. par Charles Méla, Livre de poche / Lettres Gothiques, 1992 ; *Le Chevalier au Lion*, éd. par David F. Hult, Livre de poche / Lettres Gothiques, 1994 ; *Le Conte du Graal*, éd. par Charles Méla, Livre de poche / LettresGothiques, 1990 を使用。また本文検索には、電子コンコーダンス・閲覧ソフト Halteclere（http://www.conet.ne.jp/~ogurisu/japonais/sect0019.html）を使用した。

中世の画家は、彼らが聞き及んだ、あるいは読んだアーサー王の物語から想像し、王を表す王冠というアイテムを使用さえすれば、他の部分は自由にアーサー王を描いたのです。

表1

	『エレック』	『クリジェス』	『イヴァン』	『ランスロ』	『ペルスヴァル』
アーサー王への言及数	18	9	10	11	25
身体的特徴への言及数	0	0	0	0	0

二〇世紀日本アニメにおけるアーサー王

日本において、アニメーションとしてアーサー王が最初に紹介されたのは、一九七九年から第一期が放映された『円卓の騎士物語　燃えろアーサー』です[fig. 05]。東映動画が作成し、フジテレビ系で放映されました。第一期は全三〇話で放送され、独自キャラクターの追加など改編があるものの、アーサー王だけでなくランスロットやトリスタン、パーシバルまで出演し、トマス・マロリーのアーサー王物語に準拠する内容で放映されました。また、関連書籍が出版されており、当時の子供たちに影響を与えるには十分な環境が整っていました。

この作品では、アーサー王は金髪黒目の容姿端麗な若者として描かれています。

一九九〇年には、映画『漫画家マリナ　タイムスリップ大事件』（東宝、一九九〇年八月二五日公開）にアーサー王が金髪の美しき青年として出てきます。この映画は、藤本ひとみの小説「漫画家マリナ」シリーズをもとに特別版として製作されました。また映画と合わせて、同年に小説版『まんが家マリナ　タイムスリップ事件　愛と剣のキャメロット』がコバルト文庫（集英社）から刊行されています。小説には映画と同じキャラクターデザインをされた挿絵が入っており、アーサー王は若く美しい男性として表現されています[08][fig. 06]。

[fig. 05]
「アニメージュ」1979年9月号　p.47　イラスト／野田卓雄

[fig. 06]
アーサー王とマリナ（文庫版「愛と剣のキャメロット」p.57）

07——参照した作品と写本は以下の通り（作品名ののちに写本番号を明記した。尚、すべてフランス語写本MFである）。

Erec et Enide, MF 375, 794, 1420 ,1450, 1736.

Cligès, MF 375, 794, 1420, 1450, 12560.

Le Chevalier de la charrette, MF 794, 1450, 12560.

Le Chevalier au lion, MF 794, 1433, 1450, 12560, 12603.

Le Conte du Graal, MF 794, 1429, 1450, 1453, 12576.

08——詳しくは拙稿「アニメーションやゲームに登場するアーサー王物語と円卓の騎士について」（『国際アーサー王学会日本支部オフィシャルサイト　アーサー王伝説解説』（http://arthuriana.jp/legend/anime_game.php）国際アーサー王学会日本支部、二〇一八年）を参照。

『Fate』シリーズの影響

——女性の肉体を持つアーサー王

しかし、二一世紀より状況は変わっていきます。

二〇〇四年、同人サークルとして活動していたTYPE-MOONより、初めての商業作品『Fate/stay night』が発売されます。シナリオがプレーヤーを魅了し「『Fate』は文学」との表現がネットで流行するほど人気を博しました。この作品で、アーサー王は、若い女性として表現されたのです。そしてさらにその二年後、ゲームはアニメ化され、人気を博します。二〇一七年には、シリーズ中最もヒットしているスマートフォンゲームアプリ『Fate/Grand Order』が、一五〇〇万を超えてダウンロードされ[09]、関連売り上げは九八二億円にも達し、世界で六番目に収入のあるモバイルゲームとなっています（表2）[10]。『燃えろアーサー』から始まり、ゲームキャラクターや小説なども対象に含めれば、これまで多くのアーサー王をモチーフにしたキャラクターがいました。その中で、なぜアーサー王について、「セイバー」という女性キャラクターが受け入れられているのでしょうか。

この興味深い現象について、三つの視点から考えてみましょう。(一)「戦う少女」、(二)「男性として育てられた女性」、そして(三)「キャラクターの商品展開」の三点です。

第一に、「戦う少女」という視点です。斎藤環は著書において、以下のように現状を言い表しています。

> かりに『戦う少女』の系譜ともいうべき、わが国固有の表現ジャンルが存在する。それもマイナーな領域に留まるものではなく、むしろ極めて広範囲に、メディアの至るところに、その表現が浸透して

いる。それらはすでに、あまりにもありふれたイメージであるため、その特異さに気づかされることは少ない。我々は甲冑に身を固め、あるいは重火器をたずさえた可憐な少女のイメージに、もはや何の異様さも感じない。[11]

手塚治虫の『リボンの騎士』(漫画一九五三年—、アニメ一九六七年—)以降、日本のアニメには「戦う少女」という伝統があります。ヒット作品は多数存在し、多くの人気のキャラクターが存在してきました。[12]『Fate』シリーズの第一作であるPCゲーム『Fate/stay night』が発表された二〇〇四年に近い同系統のヒット作品としては、『美少女戦士セーラームーン』シリーズ(一九九二年—)、『カードキャプターさくら』(一九九六年—)、『リリカルなのは』(二〇〇四年—)、『ふたりはプリキュア』シリーズ(二〇〇四年—)などがあります。

表2　**Top mobile games by revenue, 2017**

Rank	Title	Publisher	Revenue
1	*Arena of Valor*	Tencent	$1.9B
2	*Fantasy Westward Journey*	NetEase	$1.5B
3	*Monster Strike*	Mixi	$1.3B
4	*Clash Royale*	Supercell	$1.2B
5	*Clash of Clans*	Supercell	$1.2B
6	*Fate/Grand Order*	Aniplex, Inc.	$982M
7	*Lineage 2: Revolution*	Netmarble Games	$980M
8	*Candy Crush Saga*	KING	$910M
9	*Pokémon GO*	Niantic, Inc.	$890M
10	*Ghost Story*	NetEase	$860M

09——『Fate/Grand Order 公式ホームページ』、TYPE-MOON社、(https://www.fate-go.jp/) 2018,10.

10——SuperData: Digital Games and Interactive Media Intelligence. PC, Console, Mobile, VR, Esports, Gaming Video ; SuperData Research Holdings, (https://www.superdataresearch.com/market-data/market-brief-year-in-review/) 2018,11.

11——斎藤環『戦闘美少女の精神分析』(太田出版、二〇〇〇年、九頁)。

12——同書、第5章「戦闘美少女の系譜」。

セイバーは、これらの作品の主人公と同じで、「戦う少女」系の一キャラクターです。しかし、『Fate/stay night』という作品が持つ独特の設定が、彼女を特別な存在にしています。

「伝奇活劇ビジュアルノベル」である本作は、他の「戦う少女」系とは作中の雰囲気が異なっています。望みをかなえる「聖杯」をめぐって、七人の魔術師がそれぞれのペアとなる七人の使い魔(サーバント)と共闘してライバルを殺し合う物語であり、作品には冷酷なシーンが散見されます。アニメ版第一話の冒頭シーンは舞台である地名「冬木市」が四秒間明示された後、突如燃えさかる廃墟の中での戦闘シーンが三〇秒間継続されます。全編を通して継続される緊張感は、他の「戦う少女」系にはなく、この作品に独特な魅力を与えています。

その物語の中で、セイバーは「戦う少女」として奮闘します。英霊であり、アーサー王としての記憶を持っているため、王として国をまとめ上げることのできなかった悔恨の情を精神的に内包しています。彼女＝彼の魂はアーサー王であり、国を治めた経験を持つ成人なのです。

またその一方で、肉体的には一五歳の少女です。英霊として宿っているアーサー王は「もともとは女性だったが、女性では王となることができないため、男性として育てられた」「剣を岩から抜いた時に成長が止まったため、肉体的には一五歳の少女のままである」という設定です。セイバーは、一五歳という若き女性の肉体と、成人男性の精神を併せ持っているのです。

これらの設定は、他の戦う少女キャラクターに比べて、セイバーを特異な存在にしています。また、同時に公開された作品群と比較すれば、年齢設定が比較的高く[13]、男として育てられている一方で、金髪碧眼で美しい顔立ちをしている女性的な魅力も兼ね備えているのです[14]。

第二に、「男性的特性を兼ね備えた女性」という視点です。

「戦う少女」系の作品には、主人公が「女性として魅力的なヒロインであり、女性として戦う」という作品群（『キューティハニー』、『セーラームーン』、『プリキュア』など）と、「女性だが、男性的特性を兼ね備え、勇ましく戦う」という作品群（『リボンの騎士』、『ベルサイユのばら』など）があります。セイバーは後者に属します。男性的特性を持つ女性が活躍する他の代表的な主人公と、相違点を比較しセイバーの魅力を探ってみましょう。

『リボンの騎士』のサファイアは、シルバーランド国王の子供として生まれます。王位に就くには男性でなければばならないため、女性であることを周囲に公表せず、男の子の心を持たされて育ちます。男女どちらにもとれる顔立ちをしており、「男の子の心」を持っている時は男性的で堂々とした立ち振る舞いをし、「女の子の心」を持っている時には女性的でおしとやかな行動をします。

『リボンの騎士』は一九五三年から『少女クラブ』、一九六三年からは『なかよし』、一九六七年からは『少女フレンド』（いずれも講談社）に掲載されていますから、読者対象としてイメージされているのはおおよそ小学生の女児です。「女の子だからおとなしくしなさい」などと性別による制限をされはじめる女児にとって、男性にもなり活躍するサファイアの姿は、性による制限を打ち砕く、爽快なものであったことでしょう。掲載年月の長さが、人気の高さを証明しています。『リボンの騎士』は一九六七年にはフジテレビ系でアニメ化され、その後一九八三年には舞台化、二〇〇八年には『サファイア　リボンの騎士』としてリメイクされました。

13　セイバー（『Fate』シリーズ）十五歳、月野うさぎ（『セーラームーン』シリーズ）一四歳、木之本桜（『カードキャプターさくら』シリーズ）一〇歳、高町なのは（『リリカルなのは』シリーズ）九歳。

14　ピクシブ百科事典「アルトリア顔」には、以下のような記述がある。「『女剣士』『姫騎士』といったジャンルのキャラ性（処女性、高潔さ、乙女っぽさ、戦士らしさなどの混在）を備えた顔である」（二〇一八年一一月）。https://dic.pixiv.net/a/%E3%82%A2%E3%83%AB%E3%83%88%E3%83%AA%E3%82%A2%E9%A1%94

手塚治虫は、サファイアのモデルは宝塚歌劇団の淡島千景だと言っています。[15] 宝塚歌劇団は、初期の例外を除いては女性のみで構成されている歌劇団ですから、男性の役を女性が演じます。このことが、男性と女性を兼ね備えたキャラクターの着想を与えたのです。

宝塚歌劇団で最も人気の演目といえば、『ベルサイユのばら』（池田理代子原作、漫画一九七二年—七三年『マーガレット』（集英社）、宝塚歌劇一九七四年—、テレビアニメ一九七九年—八〇年日本テレビ系列）です。そして『ベルサイユのばら』の主人公は、男装の麗人オスカル・フランソワ・ド・ジャルジェです。

オスカルは、フランス革命直前、フランスの貴族ジャルジェ伯爵家のレニエ・ド・ジャルジェ将軍の子供として生まれます。元気な産声を聞いた将軍は、跡を継ぐ男の子供がいなかったことから、オスカルと名付け男の子として育てます。オスカルは男装の麗人として、マリー・アントワネットの近衛連隊長となります。近衛連隊は王家を守る部隊ですから、武術的な技術力と、強い忠誠心を求められるエリート部隊です。女性がその中に入ることは、現実的には厳しいことでしたが、物語であれば現実的な垣根を越えて設定することができます。サファイアと同じように、女性であっても男性のように活躍するオスカルは、現在でも人気のあるキャラクターです。

オスカルには、サファイアにはない魅力があります。そのうちのひとつは、フランス革命という歴史的事実が物語の社会的背景として存在しており、王党派であるオスカルに悲劇的結末が訪れるだろうという悲しみの予感があることです。マリー・アントワネットに関する出来事を知識として持っていれば、その後訪れる悲劇的結末は、美しく華麗な物語の根底に常に存在しています（表3）。

また、オスカルとアンドレの関係は、双方が男性の外見を有していることから、現在人気を博しているBL（Boys Love）系漫画の先駆的な表現となっているかもしれません。[16] 男性は男性的、女性は女性的でなければならないという視点からの解放がすでに始まっています。

表3

	主な外観	背後の物語（社会的）	背後の物語（個人的）
サファイア	男装（軍服）	なし	なし
オスカル	男装（軍服）	フランス革命	なし
セイバー	男装（鎧）	アーサー王物語群	アーサー王

では、サファイアやオスカルと比べて、セイバーにはどのような魅力があるのでしょうか。英霊という設定が、セイバーに特異な存在感を与えます。セイバーは、ウーサー・ペンドラゴンの子供としてエクターに「男として育てられた」アーサー王の英霊であり、アーサー王物語を内包する存在として現前しています。

問題は生まれた子の性別だ。結果として、彼女は男として育てられた。

多くの領土を治め、騎士たちを統べる身は男でなくてはならなかったからだ。

彼女の正体を知る者は先王ウーサーと養父エクター、そして魔術師しかいなかった。

彼女は文字通り鉄で自身を覆い、生涯、その事実を封印した。[17]

セイバーは、家臣と妻の関係に気づかず、遠征すると国を乗っ取られ、謀反人となった親類と戦い瀕死

15——『テレビ探偵団』第四十七回（TBS、一九八八年一月一〇日放送）。

16——同時代には、BL系の先駆的な作品である『風と木の詩』（竹宮恵子、小学館、一九七六年—一九八四年）がある。

17——奈須きのこ、前掲書、七四頁。

の重傷を負った王なのです。その物語は、セイバーの人格に影響を与えています。ただの男装の麗人ではなく、国を失った王という悲哀を背景に持っているため、単なる「戦う少女」を超え、キャラクターとしての多層的な深みを持っています。

セイバーは、キャラクターの中に、女性（一五歳の少女）、男性（アーサー王）、戦う少女（使い魔（サーバント）として）、男性として育てられた女性（「女性」という社会規範からの解放）という複数の要素を持っています。セイバーというキャラクターを形成する多様な構成要素が、彼女＝彼の魅力のひとつとなっているのではないでしょうか。

第三は、作品展開とキャラクターという視点です。

どれだけ魅力的なキャラクターや作品を作っても、ヒットするとは限りません。ＰＣゲームとして発売された『Fate』シリーズは、アニメや映画だけでなく、『Fate/Grand Order』というスマホゲームとしても成功をおさめています。[18]『Fate』シリーズの作品展開を確認してみましょう。（表4参照）

表4には、『Fate』シリーズと関連作品のうち、主にセイバーが登場するものをまとめました。二〇〇四年に最初の作品が発売されて以降、途切れることなく様々な作品が出されています。ＰＣゲームに限らず、スマホゲームにも進出し、商業的な視点から見れば大成功をおさめているようです。

作品内容については、外伝や続編、前日譚が次々と書かれ、今も新しい話が作られ続けています。また、そのシリーズすべてを、「生みの親」であるシナリオライター奈須きのこ氏ひとりが書いているわけではありません。様々な人の手が加わって、現在の『Fate』ワールドを形成しているのです。

とはいえ、奈須きのこ氏とイラストレーターである武内崇氏は、日本におけるアーサー王のイメージを変えたといえます。二一世紀に入ってから、『アーサー王大百科』（メディア・テック出版）、『萌える！アーサー王と円卓の騎士事典』（ＴＥＡＳ事務所）など、出版される書籍において突然アーサー王を女性とした

表4　TYPE-MOON社　Fateシリーズの商品展開（一部・発売順）[19]

作品名	発売年	発売されたデバイス等	シナリオ	展開・備考
Fate/stay night	2004	PC（R-18）、PS2、PSvita、android、iOS	奈須きのこ	漫画（SN、HF）、TVアニメ（SN、UBW）、映画（UBW、HF）
Fate/hollow ataraxia	2005	PC（R-18）、PSvita	奈須きのこ 外部ライター	漫画
Fate/stay night[RealtaNua]	2007	PS2		ゲーム
Fate/Zero	2007	小説	虚淵玄	ドラマCD、TVアニメ、漫画
フェイト/タイガーころしあむ	2007	PSP	奈須きのこ、ハラオ、春野友矢、磨伸映一郎、武梨えり、ホネ	ゲーム タイガーコロシアムアッパー（2018）
Fate/unlimited codes	2008	アーケードゲーム、PS2、PSP	奈須きのこ	アーケードゲーム
Fate/EXTRA	2010	PSP（※PSvitaでのダウンロード購入も可能）	奈須きのこ	ドラマCD、漫画、TVアニメ
Fate/Prototype	2011	設定集、PV	奈須きのこ	Carnival Phantasm 3rd Season特典映像
カーニバル・ファンタズム	2011	OVA	武梨えり	アニメ
Fate/Apocrypha	2012	小説	東出祐一郎	漫画、TVアニメ
Fate/EXTRA CCC	2013	PSP	奈須きのこ	
Fate/Prototype 蒼銀のフラグメンツ	2013	小説	桜井光	コンプティーク連載、ドラマCD
Fate/kaleid liner プリズマ☆イリヤ	2014	漫画	ひろやまひろし	TVアニメ、3DS、映画
ロード・エルメロイⅡ世の事件簿	2014	小説	三田誠	漫画
TYPE-MOON学園ちびちゅき！	2014	漫画	華々つぼみ	漫画
Fate/strange Fake	2015	小説	成田良悟	同時発売のコミカライズもあり
Fate/Labyrinth	2015	小説	桜井光	コンプティーク連載 書籍（2016）
Fate/Grand Order	2015	android、iOS	奈須きのこ、東出祐一郎、桜井光、星空めてお、水瀬葉月	特番アニメ、TVアニメ、映画、舞台、漫画
Fate/EXTELLA	2016	PSvita、PS4、Nintendo Switch	奈須きのこ 桜井光	
衛宮さんちの今日のごはん	2016	漫画	作画：TAa、料理監修：只野まこと	WEBアニメ
Fate/EXTELLA LINK	2018	PSvita、PS4	東出祐一郎、小太刀右京、チーム・バレルロール	

認識が増えたのは、『Fate』シリーズが影響していると想定できるからです。

「使い魔としてのアーサー王が女性になる」という発想には、①使い魔はアーサー王とされる、②使い魔は女性で表現される、③使い魔としての女性がアーサー王とされる、という三つの段階があります。

①について、使い魔は魔術師に代わって戦う存在ですから、アーサー王など歴史上の武将をモデルとすることは、想像しやすいことです。『Fate/Prototype』では、アーサー王は男性として表現されていますから、この段階でとどまった表現といえるでしょう。

②について、日本には戦う少女という伝統がありますから、使い魔が若い女性であることは、社会的な許容が用意されていたと思われます。

③使い魔が女性であるにも関わらず、性別を意に介さずそのキャラクターが「アーサー王の英霊」だと設定された。この点に新しさがあります。そして、このキャラクターが人気を得たということは、このような設定を受け入れる文化的素地が現代日本にはあるということです。

近年日本のポップ・カルチャーの動きのひとつに、歴史上の人物や、時には国家や戦艦[20]といった命の宿らないものについて、性別の存在や違いを意に介さず、自由な発想で擬人化しキャラクターとして表現する傾向があります。アーサー王を女性で表すという、性別のずれを許容してあえてそのままキャラクターとして成立させる一見無謀ともいえる設定を、「戦う少女」や「男性として育てられた女性」という既存のキャラクター構成に当てはめ、セイバーというキャラクターを生み出したのがTYPE-MOONです。そしてそのキャラクター表象とキャラクターの背景設定のズレを許容し、その差を楽しむという現代日本のキャラクター受容状況が、セイバー＝アルトリア・ペンドラゴンの人気を支えているのではないでしょう

[fig. 07]
「アーサー王大百科」（メディア・テック出版）、
「萌える!アーサー王と円卓の騎士事典」
（TEAS 事務所）

か。

おわりに

アーサー王物語の登場人物に設定を追加したり、自由な発想でイメージをして詳細に描いたりする傾向は、現代日本に独特なものではありません。中世におけるアーサー王物語群の伝播も同じです。みなアーサー王物語の登場人物の魅力に取りつかれ、様々なキャラクターについて色々な作品が書かれました。

少々長いですが、『Fate』シリーズや、現在の日本の状況と同じように展開していく、類書乱立の状態をまとめた一文があるので紹介します。

アーサー王大全

一三世紀は知のあらゆる分野において、世界の多様性をあますところなく全体的にとらえようとす

18 「千四百万ダウンロード突破」『Fate/Grand Order 公式ホームページ』(https://www.fate-go.jp/)二〇一八年一〇月。また「スマホゲーム　無間地獄」『産経新聞』(二〇一七年八月一七日)一面トップ記事として、スマホゲームに課金しすぎる問題についての記事が掲載され、実例として『Fate/Grand Order』が取り上げられている。

19 『TYPE-MOON 公式ホームページ』(http://typemoon.com/)および『ピクシブ百科事典』(https://dic.pixiv.net/)「フェイトシリーズ」項目参照(二〇一八年一一月)。

20 艦隊の擬人化は『艦隊これくしょん』(DMM.com、二〇一三年)、国家の擬人化は『Axis Powers ヘタリア』(日丸屋秀和、二〇〇六年―)。

> る、膨大な努力がなされた時代である。あるテーマについての人間の全知識を一巻にまとめたものが、「○○大鑑（ミロワール）」の題名のもと次々書かれた。これは一種の百科事典であるが、騎士物語の構想も同様の発展をとげた。すなわち、単独の人物のいくつかの大冒険を語る比較的短い物語から、何十人もの英雄たちの冒険を数十年の長さにわたって描く、多声的（ポリフォニック）な巨大な物語へと移行したのである。いくつもの語りの糸を交替・交錯させた物語は、もはや平均6～7千行からなる韻文ではなく、何百ページ単位の散文で書かれるようになった。そしてそれだけではまだ不足だというかのように、これらの物語が集まって、全体として一時代もしくは一人物の生涯を描く、物語群が形成された。そしてこの時期の終わりには、膨大な物語大全となって現れた。傑作もあれば駄作もあった。年代記的物語作家の手にかかると、些細なエピソードもいちいち記され、二流の騎士の冒険行の一日のスケジュールが事細かに語られることさえあった。[21]

様々な『Fate』＝アーサー王の作品、多様な展開を見せるTYPE-MOONの作品、様々な立場の人々が表現する多彩なアーサー王。それらはみな、中世から続くアーサー王物語の子孫です。物語やキャラクターが持つ魅力は、国や時代を超えて引き継がれるという事実を、これらのアーサー王の姿は示しているのではないでしょうか。

21——アンヌ・ベルトゥロ／松村剛訳『アーサー王伝説』（創元社、一九九七年、一〇二―一〇三頁）。

『ドラゴンクエストXI』における騎士道とアーサー王

Makiko Komiya
小宮真樹子

はじめに

——日本のデジタルゲームにおけるアーサー王

現代日本のスマホアプリにおいては、さまざまな円卓の騎士たちが登場する。昨今では「アーサー」「ランスロット」「ガウェイン」「トリスタン」という名前を目にした場合、その大半が『Fate/Grand Order』（二〇一五年）や『グランブルーファンタジー』（二〇一四年）、『モンスターストライク』（二〇一三年）といった作品のキャラクターに関する言及である。

ただし、日本では数十年前からアーサー王伝説がコンピュータゲームのモチーフとなっていた。たとえばカプコン社が一九八五年に制作したアーケード・アクションゲーム『魔界村』では、甲冑姿の騎士アーサーが雄々しく槍を構えて囚われの姫の救出へと向かう（ただし敵にぶつかると鎧は脱げ、パンツ一丁になってしまうが）。ちなみにカプコンは「アーサー」「ランスロット」「パーシバル」いずれかのキャラクターとなって戦うアクションゲーム『ナイツ・オブ・ザ・ラウンド』（一九九二年）や、ガウェインという名の老騎士が登場するロボット格闘ゲーム『サイバーボッツ』（一九九五年）も制作している。これらのゲームは、二〇世紀末の日本におけるアーサー王受容の一端を示している。

だが、日本のゲームとアーサー王を語るうえでもっとも重要なジャンルはロール・プレイング・ゲームだろう。特にスクウェア社[01]の『ファイナルファンタジー』（一九八七年）シリーズではエクスカリバーという武器が登場するのだ。同社は『聖剣伝説（ファイナルファンタジー外伝）』（一九九一年）シリーズや『半熟英雄　ああ、世界よ半熟なれ…!!』（一九九二年）でもエクスカリバーを扱い、この剣の日本における知名度を高めた。[02] また、任天堂の『ファイアーエムブレム』（一九九〇年）にもエクスカリバーが存在する。剣ではなく呪文名としての登場だが、同社はアーサー王伝説に無関心だったわけではなさそうで、翌年発売の『ゼルダの伝説　神々のトライフォース』では主人公が退魔の剣（マスターソード）を石から引き抜く演出を用いている。『ファイナルファンタジー』、『ファイアーエムブレム』、『ゼルダの伝説』はいずれも現代まで続く人気シリーズであり、日本におけるアーサー王受容に大きく関与したと言えよう。

こうした状況で異彩を放つのが、三〇年以上も人気を誇る『ドラゴンクエスト』（以下『ドラクエ』と表記）シリーズだ。このゲームは中世ヨーロッパ風の世界を舞台としており、一作目は聖ジョージの悪竜退治が、二作目では十字軍遠征がモチーフとなっているようである。ではアーサー王伝説との関連はどうかというと、シリーズ一作目から言及される伝説の勇者の名前が「ロト」（騎士ガウェインの父と同じ）ではある。[03] しかし、どちらかというとマンガのような表現でプレイヤーを楽しませることを意識しており、人物描写は中世文学の騎士よりもアニメのキャラクターに近い（さやわか　八四）。これまでのシリーズでアーサー王伝説が物語に深く関与したことはなかった。

だが最新作の『ドラゴンクエストXI　過ぎ去りし時を求めて』（二〇一七年）には、さまざまな形でアーサー王物語からの影響が見受けられる。過去を見る能力を備えた主人公が「悪魔の子」と呼ばれて国王に命を狙われる筋書きは、魔法使いマーリンの伝説を彷彿とさせる。一二世紀にジェフリー・オブ・モンマスが著した『ブリタニア列王史』によると、不思議な力を持つ少年マーリンは当時の君主ヴォーティガーンに命を狙われた。王はマーリンの血を使えば、強力な砦を建てられると助言されていたのである(Geoffrey, pp. 71-73)。さらに一三世紀初頭のロベール・ド・ボロンの作品によると、マーリンは父である悪魔から過去の知識を授かり、神から予言の力を与えられたという(Robert, pp. 49-51)。その後に執筆された『続メルラン』(一二三〇―四〇年頃)やトマス・マロリーの『アーサー王の死』(一四六九―七〇年に完成、一四八五年に出版)においては「悪魔の子」("fiex d'anemi" *Suite*, p. 330; "a devyls son" Malory, p. 126)と呼ばれているのだ。

そして、『ドラクエXI』では不思議な剣が物語の軸となる。選ばれし勇者だけが封印を解けるという、アーサー王物語の「石に刺さった剣」を連想させる設定である。エンディングで主人公たちは剣を返しに行くが、この描写も最後の戦いが終わった後のエクスカリバー返還を思わせる。

だが何よりも特筆すべきは、『ドラクエXI』における「アーサー王」の存在である。旅の途中で読むことができる『はるか遠き故郷　バンデルフォン』という本に、次のように記されているのだ。

かつての大国　バンデルフォンは

01――二〇〇三年にエニックス社と合併。現在のスクウェア・エニックス。

02――なお、『ファイナルファンタジーⅦ』(一九九七年)には「ナイツオブラウンド」という円卓の騎士たちをモチーフにした召喚獣もいる。

03――その他、アーサー王伝説と関連のある固有名詞を挙げると、『Ⅱ』でサマルトリアの王子の名前が「アーサー」になることがある。『Ⅳ』と『Ⅺ』には「ビビアン」という女魔法使いが登場し、『Ⅴ』の仲間モンスター「まほうつかい」の名前が「マーリン」で、「スライムナイト」の二匹目が「アーサー」だ。そして『Ⅹ』には聖杯に関する逸話がある。ただし、いずれもストーリーの根幹に関わるものではない。

黄金の獅子王と呼ばれた
若き名君　アーサーが治めていた。
アーサー王は　民の生活が守られるよう
優秀な兵士を育て　強力な騎士団を有するなど
民のことを　第一に考え　慕われる王であった。　……

アーサーは三〇年ほど前に滅んでしまった国の君主として紹介されるが、その描かれ方は独特である。主人公が誕生して間もない時期に「アーサー王率いる　バンデルフォン王国は／邪悪な魔物に襲われ　滅びたと聞いています。」と間接的に言及されたり、「この大陸にあった　バンデルフォン王国は／デルカダールの英雄　グレイグさまの／生まれ故郷だったらしいぞ。／「しかし　魔物に襲われて／30年ほど前に滅びてしまったという。／英雄を生んだ国……この目で見たかったな。」という話を聞かされるだけ。名声は残されているものの、その栄華は過去のものという、古来ヨーロッパで用いられた「あの者たち（ウビ）は今いずこ（スント）」（Bright p. 94）の手法で描かれているのだ。

謎めいたアーサー王に代わり、騎士らしい姿で登場するのがグレイグとホメロスだ。彼らはオープニングで黒と白の甲冑を纏い、威厳ある男性（ふたりが仕える国王）の左右に控えている。先ほどの引用にあるように、グレイグはアーサーが治めていた国の出身なのである。しかし、このふたりが騎士として活躍するかのような演出に反し、後に彼らの肩書きは「将軍」であることが判明する。そしてゲーム内で「きしどう」というスキルを身につけるのは、オープニングにおいて道化のような姿で曲芸を披露しているシルビアなのだ。

そこで本章は、『ドラクエXI』における独特の騎士道を考察する。三〇余年というロングセラーであり、日本で長年にわたって多大な影響を及ぼしてきた『ドラクエ』シリーズ最新作がどのように騎士たちを描き、なぜ二〇一七年に発売された作品で「アーサー」という名前の王を登場させているのか。その分析を通じて、現代日本におけるアーサー王受容を論じたい。

『ドラゴンクエストXI』における騎士道

『ドラクエXI』では、各キャラクターに「スキル」と呼ばれるパラメータが設定されているが、その中のひとつ「きしどう」は以下のように定義されている。

騎士道精神を持つものが　使えるスキル。
自らを犠牲にして　仲間の身を守り
奉仕する特技を　習得する。

この能力を駆使するシルビアには、円卓の騎士たちと共通する要素がいくつも見受けられる。ゴリアテという本名と世界最高の騎士である父を持ちながら、偽名を用い身分を隠して旅をする設定は、中世騎士道ロマンスにおける「フェア・アンノウン（名無しの美少年）」の類型を彷彿とさせる。[04]
また、明るく人を笑わせることが好きだという性格描写は「道化者の騎士」ディナダンを想起させる。

04——主人公が名前を知らない（あるいは隠した）状態で旅をし、冒険の末に真の名前を獲得する筋書きは、アーサー王伝説における騎士ガレスやラ・コート・マル・タイユの物語に当てはまる。

円卓の仲間であるトリストラムによると、ディナダンは「もっとも冗談が上手く、高貴な騎士であり、最高の仲間で、優れた騎士たちが一緒にいたがる人物」(Malory, p. 692) だという。

しかし同時に、シルビアは流浪の旅芸人にしてトランスジェンダーという特異な経歴を持つ。放浪芸人は中世ヨーロッパでは忌まれた職業であり、[05]中世において広く読まれた『騎士道指南書』(一二七四—七六年) の筆者であるラモン・リュリが痛烈に批判した身分でもあった (Fallows, p. 10)。さらに男性の肉体を持ちながら、女性の名前を用いてフェミニンな言葉遣いをするシルビアは、一般的な西洋中世騎士のイメージとは合致しないであろう。

過去作である『ドラクエⅧ』が史実の要素を比較的忠実に取り入れ、聖職売買や贖宥状の横行、それに権力闘争に揺れる聖堂騎士団を生々しく描いた一方で、『XI』ではあえて中世ヨーロッパから切り離すような設定が多く見受けられるのだ。以下で、その独特の騎士描写を詳しく論じてゆく。

宗教性の排除

> 若き騎士よ、神を愛することを学び、婦人たちを崇めよ。そうすれば自らの名誉となる。騎士道を実践し、戦いにおいて栄光を得る技術を学べ。(*The Longsword Teachings*, pp. 140-41)[06]

そう書いたのは一四世紀ドイツの剣術家ヨハンネス・リヒテナウアーであった。彼は信仰と愛こそが騎士にとっての名誉の糧だとしている。

言うまでもなく、キリスト教会は騎士階級の形成と維持に大きく関与している。リュリの『騎士道指南書』は聖職者と騎士を最も高貴な職業として並べ (Llull, p. 45)、騎士の剣を十字架の象徴だとしている (p. 66)。

アーサー王伝説においても騎士の信仰は重要であり、そのことは特に聖杯をめぐる物語で強調される。ロベール・ド・ボロンの三部作によると、聖杯は最後の晩餐でキリストが用いた杯であり、その数十年後に書かれたフランス流布本サイクルは、この聖遺物の獲得こそが円卓の騎士たちの究極目標だとした。聖なる探求においては武力や世俗の名誉、婦人の愛など何の役にも立たず、清らかに神を信じる者だけが聖杯へ近づくことを許される。そして信仰薄き騎士たちは、罪深い殺人者として扱われるのだ。

けれども『ドラクエXI』の騎士たちは宗教と無縁の存在で、神のために剣を振るうことはない。街や城に教会は存在するものの、そこでの祈りはゲームのデータを記録するためのもの。主人公たちの戦いには「世界のため」「平和のため」という大義が掲げられているが、それは神や信仰を守るためではないのだ。

さらに、シルビアは中世ヨーロッパにおいて悪魔と関連づけられた縞模様の服を身につけている[07]。彼は笑いを讃えるが、これも中世の神学者たちが罪深いと断じてきたものであった。彼とグレイグ、主人公の三人で連携する技名が「ナイトプライド」であるのも示唆的である。「高慢(プライド)」は中世における七つの大罪のひとつであった。マロリーは『アーサー王の死』で"pryde"を一八回用いているが、いずれもネガティブな用例であり、隠者の口を通じて「すべての罪の長」(Malory, p. 886)と言わしめている。「きしどう」スキルを持つシルビアは信仰の守り手というよりも、悪魔のような要素を付加されているのである[08]。

05 バッハフィッシャーの研究を参照。

06 外国語文献の日本語訳は、すべて筆者による。

07 パストゥローの著書を参照。

08 これらの設定は意図的だと思われる。派手な衣装のシルビアが悪魔と間違えられる場面があるからだ。

婦人崇拝の廃止

さらに興味深いのは、『ドラクエXI』が婦人への献身も取り除いたことである。というのは、騎士道は頻繁に女性と関連づけられるからだ。上述のリヒテナウアーは「婦人礼賛」を掲げていたし、マロリーの『アーサー王の死』も「優れた人々は、男性であれ女性であれ、恋人を自分以上に愛したのだ」(Malory, p. 1119) と記している。これらの記述からは、高貴な騎士は貴婦人に愛を捧げるべきだという考えが読み取れる。

一方、『ドラクエXI』では主人公の父親が「姫君を助けた結果、彼女の愛と領土を得た騎士」として描かれるが、過去の出来事として間接的に言及されるだけで、こうした恋愛はシルビアやグレイグの身には起こらない。グレイグは主君の娘であるマルティナ姫へ献身的に仕えるが、彼女は庇護の対象としては扱われていない。城で助けを待つ乙女ではなく、共に戦う仲間として描かれているからだ。[60]

さらにシルビアが自分を男性とも女性とも言及していることが、性別による役割分担をきわめて曖昧にする。とある港町で、シルビアは仲間の姉妹に「女だけで　ショッピングや　スイーツ巡りをして／コンテストを　待つことにしましょ♪」と声をかけるが、その直後に「海の男コンテストは　海を愛する男なら／誰でも　参加できるんですって！／アタシも　参加してみようかしら～！」と言う。このように、シルビアの性認識は流動的で、男性としても女性としても振る舞っている。彼は「きしどう」だけでなく、「おとめ」というスキルも備えている人物なのだ。

結果として、『ドラクエXI』では「男性の騎士が、か弱い女性を助ける」という図式は失われている。「愛する貴婦人のために命を賭して戦う」という行為は、この世界の騎士たちにとっての行動原理ではない。

民への献身

アーサー王伝説では、王に仕える騎士たちが円卓に集結する。それでは、『ドラクエXI』における主従関係はどう描写されているだろうか。

物語の序盤におけるグレイグは君主の命令を優先し、主人公たちと敵対する。けれど、彼の仕える国王は悪しき魔道士に操られていたことが判明する。つまりグレイグの忠誠は、敵に利用され主人公たちを妨害する盲目的な服従として描かれているのだ。

旅の途中で訪れる山里でも、指導者である巫女に深く心酔していたため、彼女を失った後で途方に暮れる村人たちの姿が否定的に描かれる。このように、『ドラクエXI』では特定の個人に捧げる忠義の危険性が仄めかされている。

代わりに尊重されているのが、一般大衆だ。とある雪国を訪れた一行は、魔女が化けた偽の女王と対面することになる。その時、正体を暴くことになったのが家宝に関する問いであった。本物の女王は、国民こそがもっとも大事な宝であると答え、それこそが先王より受け継いだ正しき教えだと認められるのである。

09――『ドラクエ』シリーズにおける姫たちの中には、『II』のムーンブルクの王女や『IV』のアリーナ、『X』のアンルシアなど、共に戦うアクティブな乙女もいる。しかし初代のローラや『VIII』のミーティアは、か弱く守るべき存在として描かれている。どちらのタイプの姫君がいても不自然ではないのに、『XI』には騎士たちが守るべきレディが登場しないのは注目に値する。なお、グレイグとマルティナと主人公が連携して放つ「忠義の鉄塊」という技は、姫がグレイグを振り回し、敵へ向かって放り投げるという逞しい演出である。

神や恋人、主君ではなく、名もなき人々へと奉仕せよ。その理念は、『ドラクエXI』における騎士たちの誓約にも含まれている。

信念を決して曲げず　国に忠節を尽くす。
弱きを助け　強きをくじく。
どんな逆境にあっても　正々堂々と立ち向かう。

これぞ　騎士道　三の誓い……。
真の騎士であるならば　いかなる時も
これらの誓いを　忘れてはいかんのじゃ。

これは騎士たちの修行地にいる老人の言葉だが、国家の構成員であり、特別な力を持たないであろう弱き民衆への庇護が掲げられている。その価値観は、騎士であるグレイグの言葉からも読み取れる。

しかも　黄金病を発症した者まで
まるで　物のように扱い　連れ去るとは
民を守る騎士として　許してはおけん！

無辜の民へと略奪行為を働くモンスターに、グレイグはこう言って憤る。さらに、自分のようになりたいと憧れの言葉を告げる王子ファーリスに対し、次のように答えるのだ。

我が隊に入らずとも　民を守ろうとする
その勇気があれば　お前は　立派な騎士だぞ。

シルビアも同様に、騎士とは人民の守護者だと考えている。彼は臆病な王子ファーリスへ騎士道を説くが、それは人々を守る生き様としてであった。保身のため嘘をつき続けてきた王子が、群衆のひしめく広場で魔物と対峙した際、シルビアは騎士の誓いを復唱させて檄を飛ばす。そしてファーリスは国民を守るために剣を取るのだ。一五世紀初頭にクリスティーヌ・ド・ピザンが「君主は必ずしも最前線に出る必要はない。玉座から領土を広げるのが最善」と書き記した一方で(Christine, pp. 21-23)、『ドラクエXI』は平民のために身を挺して戦った王族を「騎士の国の王子」と讃えるのである。

中世アーサー王伝説における騎士と民衆の関係としては、マロリーにおける「荷車の冒険」を挙げておこう。誘拐された王妃の救出に向かった騎士ランスロットは森で平民と遭遇し、彼らの荷車に乗せてもらえないかと頼む。断られると「ランスロットは荷車へ飛び乗り、金属の籠手をつけた手で後ろ向きに殴りつけたので、男は地面に倒れて死んでしまった。もうひとりの御者は同じ目に遭わされるのではないかと怯えた」(Malory, p. 1126)。自分の言うことを聞かなかった平民を、「騎士道の華」「この世で最高の騎士」ランスロットは殴り殺す。なお、彼はティンタジェル城を解放する際にも門番を殺害しており(p. 271)、庶民を動物か虫けらのように扱っている。『ドラクエXI』の騎士道とはきわめて対照的である。

騎士と誓約

神のためでも、愛する婦人のためでもなく、主君のためでもなく、名もなき人々のために剣を振るう。そんな『ドラクエXI』における騎士道の理念は、以下のようにまとめられている。

『騎士の精神論』という本だ。

騎士道とは　騎士と名乗る者が
何よりも　守りならうべき
精神を律する　規範のことである。
勝利につながる　日々の鍛錬をおこたるな。
あらゆる知識を身につけ　修羅場を超えろ。
いつ　いかなる時でも　礼儀だけは忘れるな。
そして　何よりも大事な信条は……。
一度　その胸にかかげた　こころざしは
何があっても　決して曲げてはならぬ！
騎士たる者に　二言などない。
もし　その教えに背くようなら　その時は
騎士の命　ついえる時だと　心得よ！

『騎士の精神論』は多くの興味深い問題を呈示しているが、本章では「騎士たる者に　二言などない」という表現に着目したい。作中で何度も繰り返されるこのフレーズは、武士道のもじりであると同時に誓約のモチーフを扱っているからである。

この部分の典拠となった「武士に二言はない」――言い換えるならば「武士の一言」――は、新渡戸稲造の『武士道』（一九〇〇年）において論じられている。

嘘や、誤解を招く物言いはともに臆病だと見なされた。武士は、自分たちの高い社会的地位には商人や農民よりも高尚な誠実さが求められると考えたのだ。「武士の一言」——侍の言葉、ドイツ語のリッターヴォルト（騎士の言葉、名誉の言葉）に相当する概念——は、この主張の正しさを十分に保証するものだ。侍の言葉はとても重みのあるものだったので、ほとんどの約束は証書なしに交わされ、守られた。ひどく体面に関わると見なされたからである。「二言」、つまり二枚舌を命で贖った人々については、多くの恐ろしい逸話が語られている。(Nitobe, p. 57)

ここで武士の言質と騎士の誓いが併置されているのは興味深い。新渡戸は一九〇九年に出版されたレオン・ゴーチエの著書*Chivalry*の翻訳監修者でもあったが、この本が『西洋武士道』と訳されている点からも、騎士と武士を重ねる傾向が伺える。なお山田攻の研究によると、両者の混同は明治期において珍しい現象ではなかった。武士とは異なる「騎士」という用語が定着したのは、大正期になってからだったという。

そして騎士と武士を同一視する描写は、現代でも東西を問わずに見受けられる。たとえば一九八二―八五年に連載されたマイク・W・バーとブライアン・ボランドの『キャメロット3000』では、円卓最高の騎士ガラハッドが日本の侍に転生している。またマーク・E・ロジャーズの『サムライ・キャットのさらなる冒険』（一九八六年）もこのカテゴリに含められよう。騎士たちのひしめくアーサー王宮廷へ、侍の姿をした猫トモカトが闖入するのだ。そして二〇〇四年の映画『キング・アーサー』（アントワン・フークア監督）は黒澤明の『七人の侍』の影響を受け、アーサーと騎士たちを浪人のように描いた（Haydock, pp. 167-74）。『ドラクエXI』における武士道と騎士道の融合は決して突飛なものではなく、この系譜上に位置していると言える。[10]

10——この点を掘り下げるきっかけをくださった「さよ」さんに感謝いたします。

次に、騎士と誓約について注意を向けたい。アーサー王物語においても多くの誓いが登場するが、必ずしも「命を賭して守るべきもの」と認識されているわけではない。むしろ軽率な約束により問題が発じ、それを解消するために冒険が始まる筋書きが常套手段となっている。この「性急な約束(rash boon)」と呼ばれるモチーフは、たとえばクレチアン・ド・トロワの『ランスロまたは荷車の騎士』に見受けられる。アーサー王が家令のケイに何でも望みを叶えると約束したところ、ケイは騎士メレアガーントの挑戦を受けて、自分が王妃の警護をしたいと願う。アーサーは激しく後悔するが、約束を反故にはできず、泣く泣く王妃をケイの手に託した(Chrétien, ll. 116-91)。この場面では言葉を守る重要性よりも、安易に誓うことの愚かさが強調されている。

フランス流布本サイクルの『散文ランスロ』においても、一二人の騎士たちが姫君のために誓いを立てる場面がある。しかし最初は「この一年、右足を馬の首に吊るして戦います」といった内容だったのが、次第に「騎士と旅をしている婦人に無理やりキスを迫ります」、「服を着ずに戦います」、「愛する女性の下着を身につけて戦います」と過激な方向にエスカレートしてゆく(*The Vulgate Version* IV, pp. 266-67)。これらの騎士のひとりと遭遇したランスロットが「愚かな誓いだな」(p. 295)と発言していることからも、誓約への皮肉な姿勢が読み取れる。行動を束縛するものとしてカリカチュア化されているのだ。

マロリーも騎士の誓いに強い関心を示しており、それは聖霊降臨祭(ペンテコステ)の習慣にもっとも顕著に表れている。毎年の宴で、円卓の騎士たちが同じ誓約を口にするのである。

そこで王はすべての騎士たちに位階を授けると、富と土地を与えた。そして彼らに、決して暴力を振るったり殺人を犯さないように、裏切りを避けて慈悲を請う者には与えるように、守らなければ永遠に名誉と王の庇護を失うと伝えた。そして貴婦人、乙女、身分の高い女性や未亡人を助けるように、彼らの権利を守るようにと命じたうえで、無理強いをする者は死罪だとした。また、愛のためであれ物欲のためであれ、間違った立場での戦いを引き受けてはいけないとも。老いも若きもすべての円卓の騎士たちがこの誓いを立て、毎年ペンテコステの高貴なる宴で繰り返したのである。(Malory, p. 120)

だが、すべての騎士たちが誓いを守ることなど不可能だった。その最たる例が、円卓を代表する騎士ランスロットだ。アーサーの妻グウィネヴィアを愛してしまった彼は、聖杯探求の途上で、自分はより王妃に愛されるためだけに戦ってきたと懺悔する (p. 897)。これは誓いの「愛のためであれ物欲のためであれ、間違った立場での戦いを引き受けてはいけない」という部分に反する。彼は王妃との関係を断とうと決心するものの、その意志を貫くことができない。宮廷へ戻った彼は再びグウィネヴィアの元へと通うようになり、ペンテコステの誓いは罪を隠すための詭弁へと変化してゆく。彼は王妃との仲を隠蔽するため、熱心に他の女性たちを助けるのだ (p. 1046)。

やがてふたりの関係は暴かれ、円卓は分裂する。だが、それでもランスロットは王妃の潔白を主張し続ける (pp. 1188-90, 1197, 1202)。マロリーの『アーサー王の死』は、騎士の偽証が引き起こした悲劇でもあるのだ。

さらにペンテコステの誓いは、時には両立しえない項目を含んでいる。騎士のトーは冒険の途中、とある乙女に卑怯者の騎士を殺すよう懇願される。しかし相手は膝をついて命乞いをしてくる。ここでは「乙女を助けよ」と「慈悲を与えろ」という要求がせめぎ合っているのだ (Armstrong, pp. 40-42)。[11]

一一――この騎士道のジレンマは、『ドラクエⅧ』がコミカルに取り上げている。不倶戴天の敵ドルマゲスを追い詰めた際、もしも命乞いをされたらどうするかという会話が聞けるのだ。聖堂騎士であるククールは慈悲を与えるべきかと困惑するが、魔法使いのゼシカはどんな手を使ってでも仇を討つと主張する。

当然ながら、理論と実践の間には齟齬が生じる。騎士として崇高な誓いを立てても、それを貫くのは至難の業であることを、さまざまなアーサー王作品が語っている。

それに対し、『ドラクエXI』ではこうした葛藤は描かれない。誓いを破った敵モンスター「あくまのきし」や軍師ホメロスは主人公たちが倒すべき相手として描写される一方で、騎士道を奉じ、「国に忠誠を尽くす」べきシルビアやグレイグが城や民家から金品を盗もうとも、「弱きを助け強きをくじく」ことをせずに自分よりレベルの低いモンスターを倒そうとも、「正々堂々」ではない多勢に無勢の卑怯な勝負を挑もうとも、彼らに偽証のペナルティが課されることはないのだ。

「アタシの騎士道」

これまでいくつかの例を見てきたが、『ドラクエXI』の騎士道を端的に示すのは以下のシルビアの台詞だ。騎士として修業を積んだものの、なぜ旅芸人として世界を巡ることになったのか、その理由としてシルビアは少年の時に出会ったサーカス団のことを告げる。彼らに魅せられ、旅芸人としての修行を望んだシルビアは、騎士である父と口論になったという。

そのとき　言ってやったのよ。
世界中の人たち　みんなを笑顔にできるような
アタシにしかできない　騎士道を極めてやる！

彼はすべての騎士たちが共有し遵守するべき規範を、きわめて個人的で特殊な「アタシにしかできない騎士道」へと置き換えてしまう。修辞的には矛盾した表現だが、これこそが『ドラクエXI』における騎士道描写の真髄だろう。

戦うだけでは人々を笑顔にできない。サーカスを目にし、それまで追求してきた理想の限界を悟ったシルビアだが、彼は騎士としての志を捨てはしなかった。代わりに「世界へ笑顔をもたらす」という新たな目標を書き加えることで、「アタシの騎士道」へと作り直してしまうのである。

騎士か旅芸人か、どちらか一方を選ぶのではなく、異質に思えるふたつを調和させて新たな道を生む。それまでの騎士としての修練を踏襲しつつ、旅芸人としての夢も加えて新たに作り直された「アタシの騎士道」は、騎士にして旅芸人、男性にして女性、ゴリアテにしてシルビアである人物の行動指針となり、多くの人々を救うこととなる。

古き伝統と独特の解釈を組み合わせ、新たなものを作り出す。このシルビアによる騎士道の改変は、『ドラクエXI』全体のテーマとも緊密に結びついている。旅の途中で勇者の剣は魔王によって破壊されてしまうが、主人公たちは必要な素材を集め、再び自分たちの手で作り直す。こうした「伝説の再生」が物語後半の目的となるからだ。

さらに、この「鍛え直し」行為は『ドラクエXI』というゲームがアーサー王伝説を踏襲しつつも、独特の修正を加えて語り直している点とも一致する。太古の伝説は現代日本人の手によって再び鍛えられ、新たな英雄のもとでさらなる輝きを放つのだ。

むすび

――『ドラクエXI』における「アーサー王の死」

元々は戦士であったアーサーが円卓を率いる王になったように、ゲームの騎士たちもさまざまな改良を加えられながら、新たな伝説を生み続けている。中世騎士物語をベースにしつつ独自の進化を遂げた『ドラクエXI』の騎士道も、そうした例のひとつだと言えよう。

以上の点を踏まえると、冒頭で紹介した「(バンデルフォン王国の)アーサー王の死」は、このゲームとアーサー王伝説の関係性を象徴しているように思える。『ドラクエXI』の舞台は「黄金の獅子王」が亡くなってから三〇年ほどが経過した世界だ。そして奇しくも、日本において最初の『ドラクエ』シリーズが発売されたのも約三〇年前なのである。

偶然かもしれないが、この奇妙な符合と大胆にアレンジされた騎士道により、『ドラクエXI』におけるアーサー王への言及は、過去の英雄へ敬意を表すと同時に、新たなる騎士たちへの快哉のように響くのである。

【参考文献】

〈一次資料〉

Barr, Mike W., and Brian Bolland, writer, co-creators and artist. *Camelot 3000*. Inks by Bruce D. Patterson, Terry Austin and Dick Giordano. Colors by Tatjana Wood. Letters by John Costanza. New York: DC Comics, 2008. Print.

Chrétien de Troyes. *Le Chevalier de la charrete*. Ed. Mario Roques. Paris: Champion, 1983. Print. Les Romans de Chrétien de Troyes III.

Christine de Pisan. *The Book of Deeds of Arms and of Chivalry*. Trans. Sumner Willard. Ed. Charity Cannon Willard. Pennsylvania: The Pennsylvania State UP, 1999. Print.

Geoffrey of Monmouth. *The Historia Regum Britannie of Geoffrey of Monmouth: I. Bern, Burgerbibliothek, MS. 568*. Ed. Neil Wright. Vol. 1. Cambridge: D. S. Brewer, 1985. Print.

The Longsword Teachings of Master Liechtenauer: The Early Sixteenth Century Swordmanship Comments in the Goliath Manuscript. Trans. Grzegorz Żabiński. Toruń: Wydawnictwo Adam Marszarek, 2010. Print.

Llull, Ramon. *The Book of the Order of Chivalry*. Trans. Noel Fallows. Woodbridge : Boydell, 2013. Print.

Malory, Thomas. *The Works of Sir Thomas Malory*. Ed. Eugène Vinaver. Rev. P. J. C. Field. 3rd ed. 3 vols. Oxford: Clarendon,

1990. Print.
Nitobe, Inazo. *Bushido: the Soul of Japan.* 13th ed. Tokyo: Teibi, 1908. *Project Gutenberg.* Web. 22 Mar. 2018.
Robert de Boron. *Merlin: Roman du XIIIe siècle.* Ed. Alexandre Micha. Genève: Droz, 1979. Print.
Rogers, Mark E. *More Adventures of Samurai Cat.* New York: Tom Doherty Associates, 1986. Print.
The Vulgate Version of the Arthurian Romances. Ed. H. Oskar Sommer. 7 vols. 1913. New York: AMS, 1969. Print.
『キング・アーサー』（アントワン・フークア監督、ブエナ・ビスタ・ホームエンタテインメント、二〇〇四年、DVD）。
『ドラゴンクエストXI　過ぎ去りし時を求めて』（スクウェア・エニックス、プレイステーション4用ゲームソフト、二〇一七年）。

〈二次資料〉

Armstrong, Dorsey. *Gender and the Chivalric Community in Malory's* Morte d'Arthur. Gainesville: U P of Florida, 2003. Print.
Bright, James W. "The 'ubi sunt' Formula." *Modern Language Notes* 8. 3 (1893): 94. *Internet Archive.* Web. 18 Sept. 2018.
Fallows, Noel. Introduction. Llull 1-29.
Haydock, Nickolas. *Movie Medievalism: The Imaginary Middle Ages.* Jefferson: McFarland, 2008. Print.
さやわか『文学としてのドラゴンクエスト——日本とドラクエの30年史』（コアマガジン、二〇一六年）。
ミシェル・パストゥロー／松村剛、松村恵理訳『縞模様の歴史——悪魔の布』（白水社、二〇〇四年）。
マルギット・バッハフィッシャー／森貴史、北原博、濱中春訳『中世ヨーロッパ放浪芸人の文化史——しいたげられし楽師たち』（明石書店、二〇〇六年）。
山田攻「明治・大正期におけるアーサー王物語翻訳文献」（国際アーサー王学会日本支部二〇〇九年度年次大会、二〇〇九年一二月一九日）。

沈め！

アーサー王物語の沼

Column 3

TSUBAKI Wabisuke

円卓一のプレイボーイ・ガウェイン

椿侘助

女ったらしキャラっていいよね〜！　ガウェインは性格が物語によって大きく変わるので一概にはいえないが、身分・戦闘力・礼節・見た目、どれも抜群な最上の騎士に「惚れっぽい」という短所設定をつけた人を私は一生尊敬する。

ガウェインが関係を持った女性は沢山いるんですけど、中世ネーデルランドの『ワルウェイン物語』に出てくる、ガウェインとイザベルの恋物語に最近ハマりました。まずこのふたりは馴れ初めが強烈で、ガウェインはイザベルの父の騎士を大勢殺して捕らえられてしまうんですけど、ガウェインを見たイザベルは父に、自分たちに災いをもたらしたこの男を痛めつけたいからと、彼を一晩貸してくれるようにお願いするんですよ！「えっ、美女に拷問されるガウェイン!?」ってちょっとドキドキしてしまうよね……でも実際は、イザベルはガウェインを見た瞬間に恋に落ちてしまっていて、痛めつけたいというのもガウェインを守るための嘘だったわけです。一方、イザベルの本心など知らないガウェインは、これから味わうであろう苦痛に身構えていた……かというとそうでもなく、彼も彼でイザベルに瞬時に惚れてしまったので、

「彼女はどんな花よりも美しい薔薇の花……」とかそんなことを思っていた。うん、あんたが美女に一目惚れするのは様々な物語で見てきたので今更全然驚かないわ！　たくましいね！　好き！　イザベルにさあ酷いことされるぞって時に、ガウェインが「あなたのお好きにどうぞ」って態度なのもやばいんだよな……こう……萌えが胃袋の下のあたりにずしっとこない？　この後互いの思いを知っていちゃいちゃしている現場をイザベルの父に押さえられるのだが、怯える彼女を腕に抱いてキスで元気付けるガウェインも恋人として完璧だ。ふたりは幽霊の助けを得て無事に父親のもとから逃げ出し、途中で狐に変えられたイケメンと合流して旅を続ける。旅の途中でふたりは枷をつけられて牢に入れられてしまうのだが、「俺のせいで君をこんな目に合わせてしまって……」と自分を責めるガウェインをイザベルが慰めたりと、相変わらずのいちゃいちゃっぷりを見せる。しかしここの看守が意地悪な奴で、ガウェインが枷に繋がれていて自分に危害を加えられないのをいいことに、ガウェインを打ち、そしてあろうことかイザベルまで打ったのだ！　ガウェインはブチギレた！　ガウェインは己の繋がれた鎖を手に持つと目一杯力をこめて引きちぎり、看守をとっ捕まえると全力でぶん殴った。看守は死んだ。……すごくない？　恋人が傷つけられたのを見て鎖を引きちぎるって、そんなことできる彼氏なかなかいないよ？　強くてハンサムで甘い言葉も囁けてこれでモテないはずがないんだよな。

そしてこのモテ男、なんと幼女との組み合わせもあるんだな～！　いや……さすがにいくら節操のないガウェインといっても、まだ結婚年齢に達していない少女に手をだしたりはしませんけど、おしゃまな幼女の願いを聞いて一時だけ彼女の騎士になってあげるんですよ！　おしゃまな幼いお姫様と強くてハンサムな騎士の恋愛ごっこ……これは老若男女みんなときめいちゃうでしょ……大好きですよね？ 作品はクレチアン・ド・トロワの『ペルスヴァルまたは聖杯の物語』。お姉ちゃんと喧嘩した小袖姫という子が、ガウェインに自分の恥を雪ぐために試合に出てくれと訴えて、ガウェインは試合に出てあげるんですね。パパに用意してもらった贈り物をガウェインに贈る、まだ恋愛ごとに不慣れな幼い小袖姫と、騎士としても恋人としてもベテランで、試合にも小袖姫との会話にも余裕が感じられるガウェインの対比が大変よい。しかも別れ際に小袖姫ちゃんはガウェインの足にキスをして、ガウェインがその理由を聞くのですが、すると彼女は「これからどこへ行っても私を思い出して欲しいから」って言うんですよ！ スゲー幼女だよ！ そしてこれに対するガウェインの返しがこれ。

「信じてほしい、神のご加護あるかぎり、かわいいひとよ、決してそなたを忘れることはない、この地を離れたあとも」（クレチアン・ド・トロワ／天沢退二郎訳、二四八頁）。

……こんなセリフを強くてハンサムで高貴な騎士に言われたら幼女も老婆も落ちますよ……小袖姫ちゃんは今後どんな男に惚れればいいんだ……。でもな、小袖姫、その男はそういうセリフをすぐに言う男だから気をつけた方がいいぞ。

【参考文献】

Johnson, David F. and Geert H. M. Claassens, editors, *Dutch Romances. Volume I: Roman van Walewein.* Cambridge: D.S. Brewer, 2012.

クレチアン・ド・トロワ／天沢退二郎訳「ペルスヴァルまたは聖杯の物語」（『フランス中世文学集2——愛と剣と』白水社、一九九一年）。

第三部

君臨とさらなる拡大

"Of dyuers aduentures of the knyȝtes of the Rounde Table &
How they conquerd the realmes of pop culture in Japan.
The Tales of Kyng Arthure recounted. Of "global" feates of the knyȝtes"

さまざまな冒険のすえ、
高貴なるアーサー王と円卓の騎士たちが
現代日本サブカルチャーにおける英雄となったこと。
語り直されるアーサー王伝説。
騎士たちのグローバルな活躍。

私の『アーサー王の世界』

リライトは楽し

斉藤 洋
Hiroshi Saito

ミッション・ポシブル

歴史学的には、アーサー王は〈いたかもしれない者〉らしい。アーサー王は実在したのか、しないのか？ あるいは、実在しないにしても、実在のモデルはいるのか？ いるとしたら、それは誰なのか？

ひょっとすると、そういうことを研究するとおもしろいのかもしれない。だが、私にとって、少なくとも現段階では興味がない。

たとえば、

〈孫悟空という猿だが、この猿は実在したのだろうか……？〉

と真顔で問題を提起したら、世の人々はどんな顔をするだろう。

いきなり話が横道にそれてしまったように思われるかもしれないが、じつは私にとって、アーサー王と孫悟空はとても近い存在なのだ。

リライトというジャンルがある。私はこのジャンルの本を書くのが好きだ。それで、これまでにいくつものリライトを出してきたが、ひとくちにリライトといっても、そのありようはすべてが同じというわけではない。

たとえば、『グリム童話』を例にすると、偕成社から、『グリムどうわ一年生』、『グリムどうわ二年生』、『グリム童話三年生』という本を二〇〇一年三月に同時に出版したが、この三冊の本では、ひとつひとつの話自体は原典と変えていない。もっとも、たとえば白雪姫の母親が実母であったか継母であったかは、すでに原典の版によって異なるから、そういうときは、日本で一般的と思われるほうに従った。

この三冊の本は、それぞれの話のあらすじはそのままに、各学年に応じて、小学生の少年少女が読みやすいようにリライトされている。すでに、本のタイトルからして、一年生と二年生のものは『グリムどうわ』なのに、三年生のものは『グリム童話』となっている。

この三冊の本の趣旨は、原典を少年少女に、わかりやすく、できるだけおもしろく伝えることだ。〈わかりやすさ〉が〈おもしろさ〉に優先する。わかりやすさを優先しつつ、できるだけおもしろく書くというのが私のミッションだった。

ところが、同じ出版社から出した『ほらふき男爵の冒険』(二〇〇七年)、『ほらふき男爵の大旅行』(二〇〇八年)、『ほらふき男爵どこまでも』(二〇〇九年)について言えば、これらの原典は一七八六年にドイツで出版された『ミュンヒハウゼン男爵の水陸にわたる不思議な旅と遠征と愉快な冒険』なのだが、私の三冊の本とは細部がだいぶちがう。これは、岩波書店から出ている原典の翻訳書の『ほらふき男爵の冒険』と読み比べてもわかる。

つまり、わたしの『ほらふき男爵』シリーズは翻訳ではなく、グリム童話よりさらにリライト要素が強い。原典にない話も出てくる。三冊のグリム童話の執筆趣旨は、〈わかりやすく、できるだけおもしろく。〉だったが、ほらふき男爵になると、〈わかりやすく〉は後退し、〈おもしろさ〉が優先されてくる。

わかりやすいという点では、岩波文庫の『ほらふき男爵の冒険』もわかりやすいし、わたしの三冊を読める読解力のある少年少女ならば、じゅうぶんに理解できるだろう。しかし、おもしろさという点では?

もし岩波文庫の『ほらふき男爵の冒険』がさほどおもしろくないとしたら、あるいは部分的につまらない所があるとしたら、それは翻訳者の責任ではない。原因は原典にあるのだ。原典が出版されたのはドイツで、しかも一八世紀の末だ。今は二一世紀だ。そこには、いったい何年のへだたりがあり、また、ドイツと日本では、どれだけ離れているだろうか。当時のドイツと現代の日本の文化的背景にはかなりの違いがあるだろう。

現代のドイツで人気のあるものが日本でも人気があるとはかぎらない。しかも、二百数十年前と今となると、まさに時空の差にいちじるしいものがある。

たとえば、『東海道膝栗毛』は一九世紀初頭に出たのだが、これを現代ドイツ語に翻訳したとしても、それを読んだドイツ在住のドイツ人がおもしろいと思うだろうか。この場合のおもしろさとは、興味深いという意味だけではなく、それと同時に、笑いをもたらすという意味である。もちろん、中にはおもしろいと思うドイツ人はいるかもしれない。また、部分的にはおもしろさがわかる人もいるだろう。しかし、『東海道膝栗毛』を現代日本語になおし、それをドイツ語に翻訳したものをドイツで、学術書ではなく、一般書として出版して、商業的に採算が合うだろうか。もっと言ってしまえば、『東海道膝栗毛』をそのまま現代日本語になおして日本で出版したら、どれだけの読者に受け入れられるのか、私には疑問である。

人がどういうときに悲しむかは、時空を超越している。しかし、笑いは文化であって、どういうときに笑い、どういうときにおもしろがるかは、時代と地域によってだいぶ異なる。

一八世紀のドイツでおもしろかったことがそのまま現代の日本で、すべておもしろいとはかぎらないのだ。とはいえ、原典の『ミュンヒハウゼン男爵の水陸にわたる不思議な旅と遠征と愉快な冒険』はけっしてつまらなくはない。それどころか、おおむねおもしろい。しかし、それはもっとおもしろくできる。原典のいわば中核的要素をそこなわずに、もっとおもしろく書き直す。それが、わたしの仕事だった。

三冊のグリム童話と三冊のほらふき男爵では、リライトの趣旨が違うのだ。

たぶん、孫悟空は実在しない

ここで、孫悟空に話をもどそう。

わたしは現在進行形で、『西遊記　天の巻』が出版されたのは二〇〇四年で、二〇一八年秋の時点で、第一巻、『西遊記』三巻が出ている。アーサー王に入るまえに、孫悟空について話をしよう。そこで、冒頭の疑問に立ち帰ってみる。

〈孫悟空という猿だが、この猿は実在したのだろうか……？〉

たぶん実在の猿ではない。ひょっとしたら、モデルの人物はいたかもしれないが、それはすでに猿ではなく、人だ。

孫悟空という猿はいなかった。しかし、いたとしたら？　孫悟空という猿がいて、それが玄奘三蔵といっしょに天竺に行ったとしたら？　猪八戒や沙悟浄も実在して、呉承恩が『西遊記』の中で書いているような事件、たとえば、金角銀角の事件や人参果の事件が起こり、苦難の末に天竺にたどりついたということがじっさいにあったとしたら？　そうしたら、その旅はいったいどのようなものであったろうか？

……という疑問から、わたしの『西遊記』は出発した。

まず、孫悟空の出自だが、孫悟空は石から生まれているから、いわゆるふつうの両親はいない。それはそれでよい。また、歴史上の玄奘三蔵にはきちんと両親がいて、天竺に出発するのは密出国であった。呉承恩の『西遊記』では、三蔵は孤児であり、唐の皇帝の命により、天竺に取経の旅に出る。私の『西遊記』では、それぞれの登場人物の出自や事情は史実ではなく、呉承恩のものにしたがった。したがって、観音菩薩も実在すれば、四天王もいる。それが前提なのだ。

しかし、そういう前提に立ったとしても、物語は呉承恩の『西遊記』の中でのようには展開しない。呉承恩の『西遊記』の中で起こる事件はすべて起こるとしても、その起こりようが違う。

あえて言わせてもらえば、呉承恩は、孫悟空をめぐっておこった出来事をそのまま書かず、歪めて表現したのだ。呉承恩の『西遊記』は孫悟空に対する誹謗中傷に満ちている！

たとえば、孫悟空は玄奘三蔵の弟子になる以前、それどころか天界で大暴れし、釈迦如来と対決する以前に、須菩提祖師という仙人の弟子になり、筋斗雲ほか、七十二の変化の術を習う。須菩提祖師は弟子たちの皆にこれを教えているのではない。須菩提祖師は弟子たちの中から、人間の弟子に先んじて、孫悟空にこれらの術を教えるのだ。須菩提祖師にとって、孫悟空はとりわけ優秀な弟子であった。孫悟空はそのような術を習う前に、学問、礼儀作法、書、香の焚き方まで習得している。ついでに言っておくと、孫悟空という名も、須菩提祖師がつけたのだ。須菩提祖師は孫悟空を人としてあつかい、人の名をつけている。孫悟空は須菩提祖のもとで、術も習いはしたが、それを習う以前に教養あるインテリになっているのだ。

ところが、呉承恩の『西遊記』の孫悟空はどうだろうか？　仙術が使える粗野な猿だ。それは違うだろう！

たとえば、天界との戦いもそうだ。あれは、貶められた名誉を回復すべく、孫悟空が挑んだ戦いなのだ。また、孫悟空が玄奘三蔵のもとを離れなかったのは、頭にはめられた緊箍のせいではない。たしかに最初はそうだったかもしれないが、次第にそうではなくなってくるのだ。

玄奘三蔵は若くしてすでに高僧であるにしても、経験知識において、孫悟空をしのぐものであったはずはない。しかも、かなりわがままなのだ。孫悟空は玄奘三蔵を師として仰ぐはずはない。ふたりの関係の本質は師弟関係ではない。

孫悟空と観音菩薩との関係も、呉承恩の『西遊記』の中に描かれているようなものであったはずはない。孫悟空は釈迦如来には一敗地にまみれても、観音菩薩には負けていない。呉承恩の『西遊記』の中でのように、孫悟空は観音菩薩に対して、心底から平伏するわけがない。いわば、観音菩薩は玄奘三蔵をめぐる孫悟空のライバルなのだ。

そのような視点で、玄奘三蔵らの天竺への取経の旅を、呉承恩のような色眼鏡で見ずに、きっとこうであったにちがいないという視点でリライトしたのが私の『西遊記』だ。

ここにきて、ようやくアーサー王の話ができる。

わたしにとって、孫悟空が実在したかどうかは重要ではなく、もし孫悟空が実在して、天界と戦ったり、玄奘三蔵とともに天竺へ取経の旅をしたとしたら、それはどのようなものであったかが問題なのだ。それを三人称ながら、孫悟空の視点で描いたのが私の『西遊記』だ。

そんなこともあるさ、ではとおらない

では、アーサーは？

すでに明らかなように、私にとって、アーサー王が実在したか否かはどうでもいい。

孫悟空と違い、アーサー王は〈いたかもしれない者〉なのだろうが、わたしにしてみれば、その実在性についての意味は、アーサー王は孫悟空と同じで、問題ではない。肝心なのは、もし、いろいろな物語で書かれているようなアーサー王が実在したとしたらどうだったろうか、である。

そういう意味で見ていくと、わたしが読んだ何種類ものアーサー王の物語はどれも、わたしにとって、つじつまの合わないものであった。いくつもの物語の間に齟齬があるだけではなく、ひとつの物語の中でも、〈そういう前提では、こうはならないだろう〉という箇所があるのだ。少なくとも、私にはそう思えた。だから、まず、アーサー王の物語をつじつまの合うものにする、というのが私の最初の課題だった。

西遊記の世界は仙術の世界であり、アーサー王の世界は魔法の世界である。仙術にしても魔法にしても、それは物理学的・合理的世界とは、いわばつじつまが合わない。それはもちろんかまわない。そんなことはまったく問題ではない。だが、ある登場人物がどうしてそこでその仙術なり、魔法を使ったか、あるいは使おうとしたかは、物語にとって非常に重要で、そこにはつじつまの重要性がある。

登場人物というのは、出自と生い立ちがある。ある出自と生い立ちを持った登場人物がどうして、そこでそういう魔法を使うのか、そこには説明が必要だ。

孫悟空なら、仙術を使う目的はほとんどすべて玄奘三蔵を守るためだ。孫悟空にとって、玄奘三蔵の生命と安全はすべてに優先する。あとで玄奘三蔵に破門にされようが、とにかく今、玄奘三蔵を守ることが大事なのだ。玄奘三蔵を守るためなら、あらゆる暴力は肯定される。その絶対警護の基盤にあるのは、孫悟空の玄奘三蔵への共感であり、愛だ。では、マーリンは？

中世に流布した年代記の中では、マーリンはまず、アーサーの伯父、アンブロシアス王に、次に王弟のユーサーに仕えた、とされている。

トーマス・マロリー著、ウィリアム・キャクストン編、厨川文夫訳の『アーサー王の死』（ちくま文庫、一九八六年）では、マーリンはすでにユーサー王に仕えていて、ユーサー王のコーンウォール攻めで始まる。コーンウォールのティンタジル公の妻は美しく、ユーサー王はその妻を横取りしたくて、戦を始める。

英国やヨーロッパでは、こういうことはよくあったのだろう。だからこそ、マキャベリは『君主論』の中で、家臣の妻を横取りすることをきびしく戒めているのだろう。ひょっとすると、このシーンについて、英国やヨーロッパの読者は、まあ、そんなこともあるさ、というふうに、すんなり受け入れて、先を読んでいくのかもしれない。

マキャベリは、君主が家臣の妻を奪うことについて、道徳的に悪いというよりは、統治上都合がはなはだよくないからいけないと言っているようだ。財産は没収しても、あとで返せばなんとかなるが、妻を奪ってはそうはいかないということだ。

ユーサー王のこの横恋慕について、多くの日本人はどう思うのだろう。ここで日本人と言ったのは、国籍や人種のことではない。日本語文化圏で育った者という意味だ。

たとえば、歌舞伎の『仮名手本忠臣蔵』では、高師直が塩冶判官高定の妻に横恋慕する。この場面で、観衆は高師直に卑劣な悪人の印象を持つ。この段階で、高師直は罰を受けるべき者になる。高師直は塩冶判官の主君ではないが、そこには身分上の上下がある。身分の上の者が下の者の妻に手を出すなど、もってのほかなのだ。そのようなシーンを、そんなこともあるさ、と見過ごすわけにはいかない。このシーンはそういうシーンなのだ。

だが、『アーサー王の死』ではどうだろうか。少なくとも、その第一章は、『仮名手本忠臣蔵』の高師直の横恋慕ほどには、センセーショナルに描かれてはいない。

第一章で、自分をさがしにきたウルフィウス卿にマーリンはこう言う。

もしウーゼル王がたっぷりわしにほうびをくれて、しかもわしの望みを叶えてくれると誓うなら、それは、わし自身の名誉や得になるというよりはむしろ、ウーゼル王の名誉とも利益ともなるのじゃ。なぜなら、わしは王の望まれることをぜんぶ叶えて進ぜるのじゃからな。（前掲書、二六頁。また、この書では、ユーサー王はウーゼル王と表記されている）

そして、第二章では、マーリンはユーサー王に、王とティンタジル公の妻イグレーヌとの同衾によって誕生する子を自分に引き渡すという条件で、ユーサー王にこう言う。

では、御用意なさいませ。今夜、ティンタジル城でイグレーヌさまと御一緒におやすみになれるようにして差しあげます。（前掲書、二八頁）

これを、日本の読者は、そんなこともあるさ、とすぐに受け入れるのだろうか。

たしかに、昔であろうが、今であろうが、それこそ古今東西、事実として、そういうこともあるだろう。

しかし、私は、そんなこともあるさと、これを看過することはできない。

そういうことがあるなら、そういうことがある理由があるはずだ。

なぜ、マーリンは不道徳なユーサー王に仕えていられるのだろうか。しかも、他人の妻を横取りする手助けをしたのだろうか。

そこで私はつまづき、その理由をさがしはじめる。マーリンがそうするには、そうするだけの理由があるはずだ。そうでなければ、つじつまが合わない！

では、つじつまを合わせよう……、ということで、私のアーサー王探索が始まる。

まず、孫悟空と同じで、〈アーサー王はいたかもしれない〉ではなく、〈アーサー王はいた〉を出発点にする。当然、アーサー王の父、ユーサー王もいたし、元ティンタジル公の妻で、ユーサー王の妻になり、アーサー王を生んだイグレーヌもいた。そして、アーサー王にも、その父のユーサー王にも大きな影響をあたえた重要人物、マーリンもいた。アーサー王を物語るなら、マーリンの誕生から書かねばならないだろう。わたしはそう思った。

よほどのことの理由

マーリンの出生から生育歴。そして、ユーサー王との出会い。それなしでは、アーサー王のことは語れない。

マーリンの出生からアーサー王の誕生までが、わたしのアーサー王物語、『アーサー王の世界第一巻大魔法師マーリンと王の誕生』である。

まず、『アーサー王の死』の最初の謎は、

「なぜなら、わしは王の望まれることをぜんぶ叶えて進ぜるのじゃからな。」

というマーリンの言葉だ。

なぜ、マーリンは、ユーサー王の望むことをすべてかなえようと思うのだろうか？　これが謎である。

ある者が他のある者の願いをすべてかなえようとすることは、いわば異常なことである。

「ぜんぶ叶えてやりたい。」

ではなく、

「ぜんぶ叶えて進ぜる。」

のだ。

このふたつの言葉の間には、大きな違いがある。

身近な例としてあげるなら、たとえば恋人に、

「あなたの望みをすべてかなえてあげたいと思う。」

と言う、あるいは言われることと、

「あなたの望みをすべてかなえてあげる。」

と言う、あるいは言われることの違いを考えればよくわかる。

前者なら、言われたほうは、

「あ、そうなの。」

と言って、へらへら笑っていられるかもしれないが、後者なら、言われたほうは言ったほうの正気を疑うだろうし、場合によっては、さっさと逃げたほうが身のためかと感じるかもしれない。

「なぜなら、わしは王の望まれることをぜんぶ叶えて進ぜるのじゃからな。」

と言うのは、よほどのことなのだ。そのよほどのことの理由はどこにあるのだろうか。

そこで私はあれこれ、アーサー王関係の本を読み、カンブリアの戦いを見つける。これは、ユーサー王がまだ王でなく、王弟として参戦した戦で、この戦でユーサーは自らの命をかえりみず、マーリンを助けにいく……ということがあった。否、あったはずだ。べつに、マーリンはユーサーの助けなど不用で、自分の命は自分で守れるのだが、命がけで救援にきたユーサーを見て、ユーサー将軍こそ、自分が生涯にわたってつくすべき主人だと思った……にちがいないのだ。

もしそうだとすれば、ユーサー王の願望はマーリンにとって、是非のほかであり、道徳的に良いとか悪いとかの問題の輪の外に出る。だからこそ、

「なぜなら、わしは王の望まれることをぜんぶ叶えて進ぜるのじゃからな。」

となり、

「では、御用意なさいませ。今夜、ティンタジェル城でイグレーヌさまと御一緒におやすみになれるようにして差しあげます。」

となっていくのだ。

こうして私の憶測が始まっていく。

そうはいっても、マーリンはユーサー王の願いが正しいものだとは思わなかっただろう。望みはすべてかなえるが、しかし、ある部分で、不道徳な主君を見かぎったにちがいない。そこで、マーリンは次代の

王に望みをかけて、ユーサー王の子、アーサーを引き取り、いわばきちんと教育できる環境に置き、真に自分が仕えるべき主君を育てようとするのだ。そうすれば、つじつまが合う……というふうに思いが至り、では、それをどのようにおもしろく書いていこうかという、執筆に向かう第二段階に入るのだ。

ともあれ、私の『アーサー王の世界第一巻　大魔法師マーリンと王の誕生』は書きあがって、二〇一六年一〇月に静山社から出版された。だが、この作品はアーサー王が誕生し、マーリンの手によってエクター卿に預けられるところで終わっている。まだ、アーサー王自身の話は、ほとんど始まっていない。

ないまぜになったふたつの出発点

ところで、作品が出版されるまでの流れを少し説明すると、私の場合、出発点はふたつある。

まず、私に書きたいことがあって、それを作品にして編集者に渡す、あるいは、書く前に編集者に相談し、これこれこういう作品を書きたいのだが、どんなものだろうかと相談する。それで、じゃあ、やってみて、おもしろかったら本にしようということになる。これがひとつの出発点だ。

もうひとつは、編集者が、これこれこういう本はどうだろうか？　書く気があるかどうかと、私にきいてきて、それならやってみようかと、私が書く気になるという出発点だ。

『アーサー王の世界』について言うと、出発点はこのふたつがないまぜになっている。この本の編集者は、かつてほかの出版社で、私の『西遊記』を編集した人というか今も編集している人で、私にギリシャ神話やシェイクスピアのリライトを依頼し、それを本にした人なのだが、この編集者がずいぶん前に私に、

「アーサー王とか、そういう中世の英雄の話なんかどう？」

と言ったのだ。

べつに私はアーサー王には興味はなかったし、どうも暗い話らしいので、

「まあ、そのうちね。」

くらいの返事しかしなかった。

ところが、それからだいぶたって、ある日、勤務先の大学で、フランス語の准教授と学生が、『アーサー王の死』の話をしていて、ずいぶんと盛り上がっていたのだ。私が、へえ、アーサー王って、そんなにおもしろいのかと思って聞いていると、どうやら、ふたりがおもしろいとしている箇所がかなり違うようなのだ。つまり、『アーサー王の死』は、人によって、おもしろい箇所がずいぶん違うということだ。

なにしろ、こちらはアーサー王についてはほとんど無知だし、黙って聞いているほかはないのだが、どうやらそれは魔法の世界であり、恋愛の世界であり、冒険の世界のようだ。それがわかった瞬間、私の食指が動いた。

まず、だいぶ以前に編集者に提案されたことがあり、それからかなり時間がたってから、ふたりの人間の対話を聞いて、私は書く気になったのだ。そういう意味で、『アーサー王の世界』について言うと、出発点はこのふたつがないまぜになっているということだ。

『西遊記』は魔法ではなく仙術の世界だが、仙術と魔法は、言ってしまえば、兄弟のようなものだ。そして、天竺への旅は冒険の旅だ。アーサー王の行き先がどこであれ、これをほうっておく手はない!

しかし、恋愛は?

『西遊記』では、玄奘三蔵が女性に言い寄られることはあっても、恋愛にはならない。だから、書き手はともあれ恋愛を表面上避けて通れる。しかし、アーサー王となると、恋愛は絶対的に避けて通れない要素だ。児童書でこれを出版するにはどうしたらいいだろうか……。それはひとつの課題であった。

しかも、その恋愛は不倫なのだ。

とはいえ、すぐにアーサー王の恋愛は出てこないだろう。アーサー王の父親の恋愛なら、マーリンの視

点で書いていけば、性描写まではしなくてすむ。一巻目は魔法と冒険がメインでいけるだろう……。

そのようなわけで、つまり一冊では終わらないだろうと予測した上で、あれこれ調べてから、私は書きはじめたのだ。そして、書き終わってみれば、やはり予測どおり一冊では終わらなかった。それで、しばらくして、第二巻を書き始めることになるのだが、第二巻はアーサーの視点で書かれているから、アーサーのしたことを伝聞として書くことはできない。恋愛描写や性描写は避けられなくなってくる。それをどのようにしたかということは、この場で解説することではないので、ここで論じはしないが、児童書として可能な範囲で書いたつもりである。

ふたつの呪い

ともあれ、アーサー王誕生の前に話を戻すと、わたしにはひとつ疑問があった。それは、ティンタジル公の妻イグレーヌはユーサー王と同衾したとき、相手が夫ではないことに気づいていただろうかということだ。私は気づいていたという結論に達した。だから、イグレーヌのしたことは不貞なのだ。しかも、イグレーヌは夫を死に追いやった男の妻になる。それはその男への復讐のためではないらしい。

いったい、イグレーヌという女はどういう女なのだろうか！　こうなってくると、まあ、そういうこともあるさ、の範囲を超えている。

イグレーヌは悪女ということで片づけてもいいが、ユーサー王はどうだろう？　知っていて不貞をなし、平然として自分の妻になっている女に対して、ユーサー王はどう思っていたのだろう。そういう女に信頼を置けるのだろうか。ユーサー王の死に、イグレーヌはかかわっていないようだが……。

魔法や媚薬による恋愛ということはありえるが、ユーサー王のイグレーヌへの愛はそういう種類のものでもないらしい。そうなると、答はひとつしかない。

ユーサー王はただ、イグレーヌの美しさに屈服してしまったのだ。ただ、そういう単純な理由なのだ。美は魔法ではなく、呪いだ。ユーサー王は美という呪いにかかってしまったのだ。

ユーサー王はそれでいい。では、アーサー王は？

ユーサー王の母親がどのような女性であったか、それはわからない。しかし、アーサー王の母親がどんな女かはわかる。アーサー王の母親は、姿は夫だが夫ではないと知りつつ、その男と寝てしまい、夫の死後、夫を死に追いやった男と結婚し、いわば王妃として安楽に暮らした女だ。だからこそ、マーリンはその女の手からアーサー王を奪い、貞淑な妻のいるエクター卿にアーサーの初期教育を託すのだ。しかし、そのアーサーはと言えば、青年期の始めに、ティンタジル公とイグレーヌの間の娘、アーサーから見れば異父の姉と寝てしまい、後には妻の不貞にあうのだ。

美という呪いは、そこまで影響するのだろうか。と、そう思ったとき、私はもうひとつの呪いに気づいた。

それは父性と母性という呪いだ。両親からかけられた呪いだ。現代風に言ってしまえば、遺伝子という呪いだ。

アーサーは生まれてすぐ申し分のない環境に移され、そこで成長する。育ての親は武勇にもたけ、人格的にも高尚な騎士とその貞淑で優しい妻だ。しかし、そのような義父母による良い環境は、実父母の遺伝子という呪いには歯が立たない。まさに氏より育ちの正反対で、美しくはあるが貞淑ではない女に、それと知りつつからめとられてしまうのは、まさしくアーサーにかけられた呪いなのだ。この呪いにはマーリンの魔法もかなわない。

〈雀百まで踊り忘れず〉という諺がある。幼いときに身についた習慣は年をとってもなおらないという意味で使われる。ある環境で幼少期に身についた習慣はなおらないということは、育ちの良し悪しに起因するものは終生変わらないという意味に拡大できる。悪い意味でとらえれば、育ちもまた呪いのひとつだろう。良い意味にとらえれば、育ちは氏という呪いを解く護符かもしれない。しかし、アーサーの場合、女性とのかかわりかたという点では、義父母の教育という護符は、実父母にかけられた呪いを解くことができなかった。

そして、マーリン自身にもその体内にはきわめて不穏な遺伝子が隠れている。マーリンの父親は人間ではないし、母親は、いわばマーリンを捨てて、遠隔地の修道院に身を隠す。マーリンの両親はそういう両親なのだ。

これを書いている二〇一八年の秋の段階で、私の『アーサー王の世界』は第三巻まで出版されており、第四巻の原稿はすでに出版社に渡っている。第二巻と第三巻はアーサー王の視点で書かれているが、第四巻はランスロットの視点で物語が進む。

第四巻では、ランスロットの苦悩はまだ始まったばかりだ。この先、アーサー王とランスロットはどうなっていくのか。そして、ほかの円卓の騎士たちは、どのような冒険をしていくのか。もちろん、それはまだ書いていないし、実を言うと、私自身、それがどのような展開をしていくのか、どのようにつじつまの合う物語になっていくのか、今のところまだわからない。

永遠の王アーサーと『金色のマビノギオン』

Nanpei Yamada
&
Makiko Komiya

山田南平

小宮真樹子

I アーサー王との出会い

中学生の頃に『花とゆめ』を読んでいた身としては、山田南平先生は、現代日本の少年少女を描くことに長けた作家さんだと思っていました。ですから『金色のマビノギオン』（以下『金マビ』）を見た時は、正直びっくりしました。
子供の頃からアーサー王伝説がお好きだったとのことですが、出会いはどのような形だったのでしょうか。

子どもの頃、母親が毎晩私と姉に、アンデルセン童話の全集や「ドリトル先生シリーズ」や「長靴下のピッピ」など、字の多めの児童書を少しずつ読み聞かせてくれていました。その中の一冊に子ども向けのアー

サー王伝説の本も入っていたのではないかと思います。

その後は見事な本好きの子になって、毎週末地元の図書館に入り浸る小学生時代を迎え、図書館でアーサー王伝説関連の児童書や絵本を見つけると「あ、これ知ってる」と手にとって補完していった覚えがあります。

「読み聞かせ」とは興味深いです。「目で読む」書物ではなく、まずは「耳で聞く」物語としてアーサー王伝説に親しまれたのですね。

でも子どもの頃はアーサーが石から剣を抜いて王様になるくだりだけが大好きで、それ以外の聖杯探求や他の騎士の冒険や円卓崩壊のストーリーにはあまり興味を持っていませんでした。

では、アーサーには「若く無垢な王」という印象が強いのでしょうか。

当時は確かにそうでした。あとは「普通の少年」というイメージも強かったです。ディズニー映画の『王様の剣』のようなイメージですね。
子どもの頃からケイも大好きだったのでケイの描かれ方が不満といえば不満でしたが、『王様の剣』は大好きな映画でした。アーサーが石から剣を抜くくだりだけを切り取って一本の映画にしたのは、さすが子ども心のわかってるディズニー、という感じで。

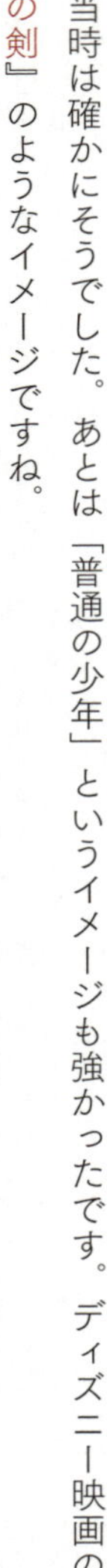

アーサー王伝説の魅力
——剣を引き抜き、聖杯を求める

『王様の剣』は、確かにアーサー王伝説の普及に大きく貢献したアニメ映画ですが、ケイの描写が残念すぎて……。ですから、山田先生が『金マビ』でケイを素敵なお兄ちゃんキャラとして描いてくださったのが、とっても嬉しかったです！
ところで先ほど、子供の頃に色々な児童書を読まれたと仰っていました。その中でなぜ、とりわけアーサー王伝説に惹かれたのだと思いますか？

ふつうの少年が石から剣を引き抜いて王様になる、というシンデレラストーリーに惹かれたのだと思います。
しかもシンデレラは王子様と結婚しておしまいのところがアーサー王伝説はそこから物語が始まるわけで、

わくわくするなというのが無理な話でした。とはいえ、剣を抜いた後の物語は難しすぎて子ども心にはヒットしてくれなかったわけですが……。

よくわからないお宝・聖杯を探したり、恋愛関係のドロドロが原因で仲間割れしたり、どう考えても子ども向けじゃない内容だらけですよね、アーサー王物語って（笑）

聖杯に関しては、私は幼稚園から小学校高学年くらいまで姉と日曜日に教会学校に通っていて（家は仏教徒でしたし、信仰のためではなく友達作りのために通っていました）聖書の話などもよく知っていた筈なんですが、子どもの頃は聖杯の存在意義がまったくわかっていませんでした。理解はしているけど納得ができないというか。

キリストの血を受けた盃ということはわかるけど、なんでそれがいきなり現れてみんなにごはんや飲み物をくれるの？　しかもみんなそれを探しに出かけて、見つけられなくてバタバタ死んだりしちゃう。手に入れたらいいことあるような書き方だけどガラハッドは結局見つけたせいで死んじゃうし、災厄の方が多くない？　と、本当に疑問でした。挙句、教会学校の牧師の先生に聖杯についてガンガン質問して、答えてもらってるのに納得できなくてしまいにはケンカになる、みたいな、厄介な子どもでした。

実は『金マビ』を描きたいと思うようになった時、聖杯の解釈や表現に関しては相変わらず自信がもてなくて、なんだったら聖杯のくだりは全部カットしてしまおうか、とまで思っていました。

でも途中から、「アーサー王伝説描きたいけど一番好きなのは剣を引き抜くとこだし、描けるか自信ない聖杯探求のとこはカットして円卓崩壊ネタまですっ飛ばそう」なんて、「桃太郎伝説描きたいけど一番好きなのは桃から爆誕のとこだし、描けるか自信ない犬猿キジのくだりはカットしてひとりで鬼退治いかせよう」ってことくらいやばくないかな？　と思い直して、考え方を変えました。

子どもの頃に教会学校に通っていたとはいえ、私は所詮キリスト教徒ではなく仏教や神道に慣れ親しんだ日本人でしかないのだから、西洋人の考える聖杯の存在意義をナチュラルに理解するのには限界がある。それは「神様がたたる」という概念を西洋人がすとんと理解できず、「たたるのならもう神ではなく悪魔なのでは？」と思ってしまうのと同じだ、それなら異教徒の日本人ならではの聖杯を描いてみよう、と思えるようになりました。

子どもの頃の私が引っかかってしまったように、現代の日本人には「なんだこれ？」と思ってしまう人も多いと思うので、アーサー王伝説に不慣れな現代人の読者にも納得してもらえるような解釈で聖杯を描けたらいいなと思っています。

読むことと描くこと

一方で、ある物語を「読む」のと「書く／描く」行為は別物だという意見もあります。山田先生も、「読者としてアーサー王作品を読むとき」と「作者として『金マビ』を描くとき」で、何か違いを感じることはありますか？

アーサー王伝説の原典には、理解できなかったり謎に思ってしまうような登場人物達の喜怒哀楽や展開が多々あります。それは読者の私たちがキリスト教の価値観から遠い場所にいる日本人であり、一二世紀の人々の理想や価値観と遠い場所にいる現代人であるためなのですが。

そして自分で読むときには、それを当時の人々の価値観で書かれた物語として楽しんでいます。逆に日本人や現代人の自分にも通じる価値観を見つけると、それはそれで嬉しくなります。

でも自分で描く時はそのあたりの差異は、現代人の価値観に寄せて焼き直して描いています。

『金マビ』においての具体例は、ガウェインがアーサーに忠誠を誓う理由とか、ベイリンが乙女の首を刎ねた時の動機とか、ケイが「石に刺さった剣は自分が抜いた」という嘘をついたことの動機とか。

現代人の価値観に寄せる理由は、『金マビ』の読者層は一般の少女漫画読者なので「登場人物の行動の意味がわからない。納得いかない」という障害のために物語に入り込んでもらえない可能性があるからです。また作家として「現代の読者に納得してもらえるストーリーにするためにどう整合性をつけるか?」を工夫する楽しさもあります。その素材に慣れている人以外にとって食べにくい素材を、どう万人受けに調理するか?　みたいな楽しさだと思います。

ただ同時に『金マビ』では「五世紀ブリテンと現代日本の価値観の違い」を描くという目的もあるので、受け入れてもらえそうな価値観の相違はそのまま描いて、現代人の主人公達と一緒に驚いたり感心したり、納得いかずに悩んだりしてもらいたいなと思っています。

10 タイムスリップものにした背景

時代、場所、宗教の違い。そうした問題を意識しているからこそ、『金マビ』はアーサーやガウェインではなく、現代日本からタイムスリップした高校生を主人公にしておられるのでしょうか?　この設定が生まれた背景を教えてください。

理由は色々あるのですが、一番は、国や時代や宗教の違い以前に「アーサー王伝説」そのものに対する一般読者の敷居が高かったせいです。
『金マビ』を描きたいと思い始めたのは一九九〇年代初頭でした。今はゲームやアニメなどの影響で日本でもアーサー王物語がそこそこメジャーになりましたが、当時はまだマイナーな伝説だったので、主人公を現代の女子高生にすれば読者が物語に入りやすいだろうと思ったんです。
あとは、マーク・トウェインの『アーサー王宮廷のコネチカット・ヤンキー』を主人公女子高生でやったら面白くない？　とも思っていました。
当時、ひかわきょうこ先生の『彼方から』や篠原千絵先生の『天は赤い河のほとり』がとても人気があって、自分もアーサー王伝説でこういうのやりたい！　早く描かないとこんなおいしいネタ絶対誰かが先にやってしまう！　と焦っていたのに、結局そこから二〇年以上、アーサー王宮廷への飛ばされ物を描いた長編少女漫画は登場しなかったのが、ほっとするやら納得いかないやらですが……。

実は今回のインタビューにあたり、中学生の時に読んでいた『オトナになる方法』を再び手に取ったのですが、巻末おまけ漫画を見たときは嬉しさのあまり叫びました……。
あの時点から、すでに『金マビ』の構想をお持ちだったのですね！

二五年以上前の作品を紐解かれてしまったことを知って、私も叫びました……。

『金マビ』は最初はタイムスリップものではなく、アーサーが主人公でした。アーサー王伝説は、「男の子向け」の印象が強かったため、何度プロット（漫画の企画のあらすじ）を提出しても許可が下りませんでした。

確かに、九〇年代の日本では、アーサー王の知名度はあまり高くなかったと思います。ゲームに「エクスカリバー」が登場していたくらいでしょうか。

そうした背景を考慮して、読者が親近感を抱きやすい高校生を主人公に選んだのですね。

『オトナになる方法』第1巻（白泉社、1994年、185・186頁）©山田南平／白泉社

担当編集者が代わる時に「定期的にアーサー王描きたいって言い出すから阻止するように」という申し送りまでされていたそうです（笑）。

そんな感じで担当編集者との攻防を続けながら、「確かに男子向けのゲームの題材としてしか認知されていないアーサー王伝説は、少女漫画読者には入り込みづらいかも？」と反省もし、女子高生がタイムスリップする物語に着目するようになりました。

でも、そう方向転換した時期に始めた作品の『紅茶王子』がそこそこ当たってしまい、他の物を描きたいなどとんでもないという空気になります。結局二五巻もの長期連載になった『紅茶王子』を完結させた時にまた「アーサー王描きたい」と切り出したんですが、「ヒット作の次は慎重にやらないといけない。ここで外れると大変だから、頼むから学園物を描きましょう」と説得されてまたお蔵入りになり。気がつけばデビューから二五年ほど経っていました。

あっという間に自分も四〇歳をすぎていて、「いや待て、いつか描くっていつだ？　さすがにもう描き始めないと描き終わらないんじゃ？」と気がつきました。それで、まだギリギリ頑張れる体力のあるうちに「編集部が望む『売れる作品』と同時進行でいいからどこかで描かせて下さい」と頼んでみた結果、電子配信連載という形で実現しました。

結果、アーサー王物語を描きたいと思い始めてから三〇年近くかかってやっと描けているわけですが、今に

なって思うと、二〇歳そこそこでいま理想としている『金マビ』を描けていたかと思うと絶対に無理でした。現在では、画力や構成力や技術など、漫画家としての実力がちゃんと伴った四〇代で描き始められたことを逆に有り難いなと思っています。

ちなみに今『金マビ』が連載されている「マンガPark」の編集部には、『オトナになる方法』を描いていた頃全力でアーサー王物を阻止して次の担当さんに申し送りまでした、漫画に関しての私の育ての親な元担当編集者さんが在籍しています。偶然なんですが、凄い巡り合わせだなと。あの時私の無謀を体を張って止めて下さって有難うございました、という気持ちです（笑）。

『金マビ』の裏に、そんなドラマティックな経緯があったとは……！　山田先生のベテラン漫画家としてのキャリア、日本におけるアーサー王の知名度の上昇、それに担当編集さんのご判断が合わさって生まれた作品なのですね。

「俺ツエー」系と「郷に従え」系

そして『金マビ』を初めて読んだときには、内気で泣き虫な主人公のたまきちゃんも予想外でした。アーサー王伝説そのものが戦いを軸とするものですし、中心人物は腕っぷしの強い男性ばかりです。読者に共感してもらうために少女の目線から描くとしても、意表を突かれました。

たまきの性格に関しては、実は女子高生を主人公に据える物語を考え始めた当初、内気でも泣き虫でもありませんでした。

『金マビ』のストーリー自体も今とは少し違って、たまき自身がアーサーの影武者として戦場に出て戦う男装ヒロイン的な物語だったので、性格ももっと外を向いた凛々しい女の子でした。

しかしそうするとアーサーとキャラがかぶってしまうんです。

本物のアーサーは不在で、現代の女子高生が完全にアーサーに成り代わる物語にすればキャラかぶり問題は解決するのですが、アーサーとたまきは同時にちゃんと存在してふたりで物語を回してほしかったので、たまきをアーサーとは正反対の性格にしました。

肉体はそっくり、魂も同じはずなのに性格と性別は反対。このアーサーとたまきちゃんの対比が実に面白いです。

内気で泣き虫な女の子が五世紀のブリテンで揉まれまくって成長していく物語にした方が面白いかも、という目論みもあります。ただ、ちょっとたまきの小動物っぽい性格を極端に設定しすぎてしまったので、これが成長して凛々しくなったらそれたまきじゃなくなるんじゃない？　という難しさもあるので、そこはたまきがたまきのまま、不自然でなく成長していけるよう頑張ります（笑）。
それと、アーサーと同じ魂を持つたまきが女の子だという部分にもストーリー的には重要な意味があるので、そのあたりも描き切るつもりです。

そこがトウェインの『コネチカット・ヤンキー』と『金マビ』の大きな違いですよね。
ハンク・モーガンは成人男性、近代アメリカ人としての強い自我を持っている。
それに対し、たまきちゃんはまだ成長途中の少女で、自己主張が苦手なタイプ。

『コネチカット・ヤンキー』では、王の前でそれぞれの武勇伝を仰々しく披露する騎士達を見て、一九世紀人の主人公が驚きますよね。ばったり出会っただけの見知らぬ相手にいきなり戦いを申し込んでどっちが強いか勝負するなんて、自分達の時代では道端でいきなりケンカを始める子どもくらいでしか見たことないのに、ここではいい大人たちがそれをやってるぞ、と。

一九世紀の小説なので私たちにとっては『コネチカット・ヤンキー』も古典ですが、あれはまさに、現代人が中世の騎士道ロマンスを読みながら感じることだと思います。マーク・トウェイン自身がマロリーの『アーサー王の死』にツッコミを入れながら読み進んでいたのを想像するのはなかなか共感できますね（笑）。

トウェインの主人公が中世、迷信、魔法、そしてそれを体現するマーリンを盛大に揶揄しているのに対し、たまきちゃんは五世紀ブリテンの文化を尊重している。

タイムスリップものに限らず、異世界転移ものは、現代の科学技術や知識を駆使して成り上がったり生き抜いたりするいわゆる「俺ツエー」系と、特に凄い力を持っているわけではない主人公がその世界のやりかたを学んで生き抜いていく「郷に入っては郷に従え」系がありますよね。

「俺ツエー」系は未開の世界の住人に驚かれながら成りあがっていく爽快感があるし、「郷に従え」系は、圧倒的に立場の悪い主人公がその世界のやりかたを身につけながら生き抜いていくスリルがあります。

最近の転移ものや転生ものは圧倒的に「俺ツエー」系が多いです。そう考えると、「異世界転生ものの元祖」とも言われる『アーサー王宮廷のコネチカット・ヤンキー』が「俺ツエー」系なのは、現代の日本の異世界転生ものが原点回帰しているようでちょっと面白いかも。

で、『金マビ』がどうして「郷に従え」系なのかというと、私の好きだった『彼方から』『天は赤い河のほとり』『十二国記』などの九〇年代の少女向けの飛ばされものは、「郷に従え」系の作品が多く、私もそちらの筋立ての方が好きだったからです。

あとは、自分がアーサー王伝説が大好きなので、そこで語られる風習や世界観を現代人の価値観で上から見下ろして馬鹿にするような作品には絶対したくなかったというのもあります。

たまきとアーサー、初期設定（上・1990年代後半）と最終デザイン（下・2017年）

真と広則、初期設定（上・1990年代後半）と最終デザイン（下・2016年）©山田南平／白泉社

初期ネーム（上・1990年代後半）と同シーン完成版（下・2017年、第1巻収録第1話）©山田南平／白泉社

ケルト・魔術の要素

さらに興味深いと思ったのが、たまきちゃんが訪れる「郷」が五世紀、ケルト文化圏であることです。おそらく、現代日本で多くの人がイメージするアーサー王伝説は「中世騎士道ロマンス」としての騎士たちだと思うんです。ですから、『金色のマビノギオン』というタイトルを見たときは、少し驚きました。なぜケルト要素を重視しようと思ったのでしょうか。

実はタイトルに関しては、最初は『常若の国』というタイトルでした。でも漢字ばかりでファンタジーらしさがないと言われて『金色のマビノギオン』のタイトルが生まれ、さらに「パッと見てアーサー王物だとわかった方が読者に親切なので、『アーサー王』か『円卓の騎士』という単語を入れてほしい」と言われ、サブタイトルとして『アーサー王の妹姫』はどうですかと聞いてみたら「いいじゃないですか！」と褒められてほっとしました。

常若の国、「ティル・ナ・ノーグ」がタイトルになる予定だったとは……！

だからこそ、アヴァロンの描写がとても力の入った、丁寧なものだったのですね。

ケルト要素に関しては、先ほども言いましたが、キリスト教徒の目から見た聖杯を描く自信はないけど、異教徒の目から見た聖杯なら日本人の自分にも描けそうだと感じたせいです。

アーサー王伝説の発端はケルト神話ですが、中世期以降の原典からキリスト教的価値観の騎士道ロマンスになります。でも、異教徒である私が一体どこまで彼らのキリスト教的価値観に寄り添って騎士道ロマンスを焼き直せるのか？　と考えた時、まったく自信が持てませんでした。日本人の自分には、核になるところが抜け落ちている、と感じていたんです。

特に聖杯に関しては大人になっても「よくわからないもの」の代表だったので、そんな私が聖杯をちゃんと描けるだろうかと自問自答しても、否の答えしか出せませんでした。

アーサー王物語のキーでもある聖杯を、ゲームやアニメに登場する「手に入れたら願いが叶う」的なアイテムとしてしか表現出来ないのは嫌だったし、かといって調べたり勉強して知識として補完していくだけでは表面的になってしまう。自分がアーサー王伝説を描くのなら人物の内面描写こそしっかりやりたいと考えていたので、表面だけ撫でるようなものになるなら描く意味はなかったんです。

その点ケルト神話のような自然崇拝が核になっている多神教の宗教は、日本人には十八番です。キリスト教

の概念にはない「神様がたたる」という感覚だったり、「神様がいそう」な風景に遭遇しておそれを抱いてしまうという感覚を、知識ではなく肌で知っているのも日本人の武器かなと。

言い方は悪いですが、異教の魔術をベースに描く方が都合が良かったのです（笑）。

『金マビ』への情熱とこだわりが伝わってくるご説明ですね。
「よく分からないけどテンプレなぞっておこう」という妥協がないので、登場人物がとてもリアルで身近に感じられます。

実は描く前は、もっと暗黒時代らしい、汚い泥臭い感じに描きたかったんです。それこそ『ヴィンランド・サガ』や『ベルセルク』みたいな。が、どう頑張っても男性作家さんの描く骨太なファンタジーには敵わないし、早々に諦めました。
ただ、泥臭い埃っぽい感じは出せなくても、血なまぐさい感じは自分の作風でも出せるなと思っていたので、そちらに振り切ることにしました。男性作家さんには描けない美しい血なまぐさいファンタジーが描けたらいいなと思っています。
アヴァロンの描写をしっかりやろうというのもその一環です。魔法や呪術は出したいけど基本的には地に足のついたファンタジー作品にしたかったので、湖の底にある魔法で作られた水晶のお城、という様子にしてしまうとリアリティがなくなってしまうなあと。

最強で最悪な味方、マーリン

そして何といっても、「美しさ」と「血なまぐささ」を体現するのは、山田先生自身が「最強で最悪な味方」と表現していた魔術師マーリンではないでしょうか。

今までさまざまなアーサー王文献を読んできましたが、こんなに魅力的なマーリンにはお目にかかったことがありません。彼らしい裏話などありましたら是非お願いします。

マーリンのキャラ造形に関しては時々「他で見たことがない」という評価を受けるので、それは本当に嬉しいし光栄です。

『金マビ』のマーリンは、『幻想と怪奇の英文学』で小宮さんのお書きになったマーリン論で言うと、ロベール・ド・ボロンのマーリンとマロリーのマーリンの中間ややマロリー寄り、くらいの全能感ですね。黒さでいうと、白マーリンでも灰色マーリンでもなく黒マーリンだと思いますが。

年齢は一〇〇歳だとか二〇〇歳だとかくらいのイメージがあるようなんですが、けっこう中途半端な年齢で、五九歳です。

外見年齢は二〇代後半で止まっています。魔法で若く見せているわけではなく、単に二〇代で老化が止まってしまった人です。

それと、離婚歴があって別れた奥さんがいて、父親違いの妹もいます。どちらも登場させる予定は今のところないので、本当に裏設定ですが。

その他で出しても平気な設定、何かあるかな……。実は竪琴が上手で歌も上手いです。

デザインへのこだわり

登場人物の「善／悪」や「味方／敵」といった側面だけを誇張するのではなく、複雑な要素を併せ持つリアルな存在として描くからこそ、われわれ読者は彼らに惹かれ、共感できるのだと思います。

そのように、時代や場所も越えても共通する人間性を描いている一方で、五世紀ブリテンが舞台の歴史ものとしてのこだわりも感じられます。

ブログで公開された『金マビ』キャラクターによる，円卓騎士に抱く印象の一問一答イラスト© 山田南平／白泉社

『金マビ』2巻より、カーレオン城内（上・厨房、右下・廊下、左下・食事中の広間）©山田南平／白泉社

どこまで時代考証を優先するかは悩むところなのですが、『金マビ』で一番気にしているのは「イングランドはまだない時代」という部分です。

これは『金マビ』が「タイムスリップもの」だからなので、「アーサー王伝説の物語世界に飛ばされた」という「異世界転移」ものだったら、プレートアーマーを着て拍車を着け、あぶみを装備した馬に乗ってサー・ガウェインと呼ばせていました。その方がアーサー王物語らしいですし。

ちなみに最初は「騎士」という肩書きも採用せず「剣士」という肩書きを使う予定だったんですが、「円卓の剣士」は語呂が悪いので考え直せと周囲から説得され、諦めました（笑）。

建造物に関しても、あえて時代考証を無視して描いています。

さすがに近世に近いものは採用しづらいので中世盛期以降のバロック建築やロココ風などは避けていますが、たとえば王城や城砦などは一一世紀あたりのノルマン建築風やロマネスク建築風だし、キリスト教の教会内部は一二世紀のゴシック風です。

五世紀当時のブリトン人の作った建築資料が壊滅的に存在しない、という物理的な事情もありますが、建築様式に個性を持たせた方がファンタジー作品に慣れていない読者さんにも「ここは城だな」「ここは教会だな」と見ただけで理解してもらえるという理由も大きいです。

建築様式がバラバラなのを感じさせないよう、古代末期や中世初期風のアレンジはしています。ゴシック建築風なデザインでも、巨大建築にはしないとか尖塔はつけないとかステンドグラスは使わないとか。建物内部にも外部にも装飾を用いず簡素な造りにしたりとか。

アーチや直線の構造でも定規は使わずフリーハンドで描くことで、異なった年代の建造物同士でも馴染むような工夫もしています。

私が一番「おおっ！」と思ったのは、プレートアーマーが登場しないことでした。確かにあれは中世騎士道物語ではお馴染みですが、古代には存在しないはずのアイテムですものね……。

鎧に関しては、色々なタイプの古代から中世初期の鎧が混然と使用されていた時代だったはずですが、ローマンブリテン系のアーサーやケイは古代ローマ風の小札鎧っぽいもの、古い信仰を持つガウェインは皮製の鱗鎧、キリスト教徒のベイリンは鎖帷子、という感じに描き分けています。これは当時の考証としてそうだったというわけではなく、ぱっと見で印象に差をつけるためです。

ちなみに『金マビ』では騎士達があまり……というかほとんど鎧を着ません。総重量でおそらく何十キロもあるものを普段着や制服のようには着なかっただろうなと思うのでそうしています。ＮＨＫの大河ドラマでも、戦の時以外に鎧兜を身に着けている武将はいませんよね。

時代考証は、ほぼすべてのアーサリアンがぶつかるであろう壁「アーサー王は史実上の人物か、フィクションのキャラクターか」問題にも関連してきますね。

ランスロット初期設定（上・1990年代後半）と最終デザイン（下・2017年）の短髪・長髪バージョン©山田南平／白泉社

そして「イングランドはまだない時代」、これは実に鋭いご指摘ですね。年代記によると、アーサーの善戦によって、ブリテン島へのアングロ・サクソン民族の侵入が食い止められたわけですから……。

そんなケルトの英雄が、後に「イングランド（アングル人の土地）」で讃えられているのが不思議ですよね。マロリーなんか、「全イングランドの王」なんていう肩書を使っていますよ（笑）。

Ⅸ キャラクターデザインの変遷と色彩

騎士や建物のデザインに続き、魔法使いのマーリンに関しても詳しくお聞きしたいです。ブログでご紹介なさっておられましたが、彼の外見のデザインは、当初は今のような姿ではなかったのですよね。

マーリンは一番デザインの変化したキャラクターですね。最初は一〇歳くらいのおかっぱの少年という姿を設定していました。

二〇年以上前に『金マビ』のネームを初めて描いた時、その頃はまだタイムスリップものではなく、普通に

アーサー王伝説を少女漫画で焼き直すつもりだったので、ウーゼルとイグレインのもとに赤ん坊を引き取りに現れたマーリンがフードを脱ぐというシーンをイントロにしていました。

赤ん坊を奪いにきた白づくめの人影が、顔を隠している頭巾を脱いだらどんな人物だったら印象的かな？

と考えた時に、老人や美青年や美女より、年端も行かない少年だったら意外性があって面白いなと思ったので、その発想から「マーリンは少年にしよう」と決めたのを覚えています。

おかっぱ姿の少年ということは、当初は、無垢で女性のようなかわいらしさを備えたマーリンだったのですね！

それから『金マビ』のストーリー自体がタイムスリップものに変更になって、マーリンの容姿も変わっていき、壮年の男性にしてみたり一〇代後半の若者にしてみたり試行錯誤しながら、今の外見に収まりました。
年齢や性格は色々と変化していますが、「白い髪と白い服と赤い目」というカラーリングの部分と、蛇のモチーフを使うことだけは初期からずっと共通しています。
白と赤はサンザシ（白は花、赤は実）のイメージだったり雪に滴った血のイメージだったり色々です。
蛇はドルイド的にもシンボルにされる動物ですし、キリスト教と敵対する存在という意味も考えて設定しています。

マーリンのイメージが決まらずにふわふわしたままだった時期は『金マビ』自体もどう描きたいか定まらずふわついていましたが、彼の外見や性格が現在の形に決まったあたりで、『金マビ』の全体イメージが「綺麗で血なまぐさくてちょっと怖い。でも綺麗」という現在のものに決定したんです。良くも悪くも、マーリンが『金マビ』全体を表現するキャラクターになっているかもしれませんね。

現在のマーリンのデザインは「白と赤と蛇」が軸だというのも、実に興味深いです。ハーマン・メルヴィルの『白鯨』でも、白という色の恐ろしさが述べられていますし、また白とは何にも染まらない、他を拒む色だと読んだことがあります。

そこに、クレチアンでもお馴染みの「雪の上の血」の赤が組み合わさっているわけですね。たまきちゃんが初めてマーリンの目を見るシーンで、美しさではなく、血のような残酷さに怯えてしまうのが、クレチアンのペルスヴァル少年と対照的で面白いです。

さらにマーリンは知恵、再生、若さのシンボルにして、キリスト教では原罪の発端となる蛇でもある……。そんな彼が「黒き妖精の血を引く者」であるガウェインたちと、どんな物語を紡いでいくのか？　色彩という観点から考察すると、また別の読み方ができそうです。

マーリンの初期設定（上・2000 年初頭頃，下・2005 年頃）©山田南平／白泉社

マーリンの初期設定（2014年頃）©山田南平／白泉社

マーリンの最終デザイン（2016年）と第1話のマーリン（2017年）©山田南平／白泉社

白はやっぱり「なに色にでも染められる色」という印象が世間では強いと思うので、「他を拒む色」とするのは面白い解釈ですね。

『金マビ』は、金色と白と赤をイメージカラーにしています。アーサーが赤と金で、たまきが白と金で、マーリンが白と赤。ガウェインはたまきと対になるように、黒と銀をイメージして描いています。

ちなみにマーリンの白も実は、無垢な色という意味ではなく、光の三原色の法則の「すべての色が混ざると白になる」という、人知を超えた存在のようなイメージで設定していました。「白」というだけで色々な解釈ができて面白いですね。

『アヴァロンの霧』
――思い入れのある書物

ブログにおいて、ジェフリー・オブ・モンマスの『ブリタニア列王史』、ロベール・ド・ボロンの『魔術師マーリン』、シドニー・ラニアの『アーサー王と円卓の騎士』、トマス・マロリーの『アーサー王の死』などを参考文献としてご紹介なさってましたが、他にも思い入れのある書籍があれば教えてください。

好きな書籍や参考文献として手放せない書籍はたくさんありますが、自分の中でアーサー王伝説が「子ども向けのおとぎ話」でなくなったきっかけの作品は、マリオン・ジマー・ブラッドリーの『アヴァロンの霧』

シリーズです。
初めて読んだのは高校生の頃でした。この作品を読まなかったら、私にとって「アーサー王伝説」は、ずっと子どもの頃読んでいた児童文学のままだったかもしれません。

言われてみれば、『金マビ』で、たまきちゃんたちが最初にアヴァロンへ行くのが印象的でした。騎士じゃなくて、まずは異教の乙女たちにスポットライトが当たるんだ、と（笑）。
ブラッドリーの作品はモーゲン（モーガン・ル・フェイ）をはじめとする女性たちをリアルな存在として描いていますが、山田先生も中世騎士道文学では周辺化されがちな女性を丁寧に描写しておられますね。

実は最近姉が、『金マビ』から興味を持ったらしく、中野節子先生の『マビノギオン』を読破してくれたんですよ。「そういえば『マビノギオン』読んだよ」というメールを読んだ時、えー!?　と声を上げてしまいました。驚きつつ、えもいわれぬ達成感を覚えました。
そんなふうに、『金マビ』を入口にケルト神話やアーサー王伝説に興味を持ってくれる人が増えたらとても嬉しいなと思います。世界中の人が語り継いでアーサーを永遠の王にしていく作業の一端を、自分が担えて

いるような気持ちになりますね。

トウェインの『アーサー王宮廷のコネチカット・ヤンキー』におけるタイムスリップを枠組みとしつつ、『アヴァロンの霧』のようにキリスト教や男性中心の社会へ疑問を投げかける。『金マビ』がさまざまなアーサー王文献を取り込みながら、新たな伝説を紡ぎだす作品であることを改めて実感いたしました。

色々と詳しいお話をありがとうございます。『金色のマビノギオン』のこれからの展開も楽しみにしております！

カズオ・イシグロのアーサー王物語

ノーベル賞作家はガウェイン推し

『忘れられた巨人』

――イシグロのアーサー王物語

Hiroki Okamoto

岡本広毅

二〇一七年一〇月、英国の作家カズオ・イシグロのノーベル文学賞受賞は、日本においても歓喜をもって迎えられました。長崎に出自をもつイシグロの受賞スピーチは、日本への思いが滲み出た実に感動的なものでした。その後、二〇一八年には「サー」の称号で呼ばれるナイト爵位の授与という栄誉が続きました。奇しくも最新作『忘れられた巨人』は、騎士と縁の深い中世アーサー王伝説を題材にした作品です。中世イギリスにルーツをもち、多種多様な創作物のインスピレーションとなっているアーサー王物語。中世騎士の織りなす愛と冒険の物語に、「サー・カズオ・イシグロ」による新たな息吹が吹き込まれました。本章では、特に老騎士ガウェインの登場を中心に、イシグロ版アーサー王物語の特質の一端を見ていきたいと思います。

『忘れられた巨人』の舞台は、アーサー王亡き五、六世紀頃のブリテン島。物語はブリトン人老夫婦アクセルとベアトリスが、「おぼろげな記憶」を頼りに息子探訪の旅に出かけます。村を出発したふたりの冒険はRPGのごとく、常に危険と困難が隣り合わせ。何やら不穏な修道院への寄り道をはじめ、悪魔犬のいる地下通路を通ったり、妖精の大群に襲われたりと多くのトラブルに晒されます。といっても、一番の不安は夫婦間の「記憶」の共有。大地に立ち込める「謎の霧」は、どういうわけか人々の記憶を失わせ、ふたりの大事な思い出も奪おうとしています。途中、ふたりはサクソン人戦士のウィスタン、傷を負った少年エドウィン、そして騎士ガウェインと出会い、これを機に夫婦の旅は一国に潜む歴史の渦中へ段々と引き込まれてゆくことに。そして、次第に明らかとなるブリテン島の共同体が抱える闇。島内に暮らすブリトン人とサクソン人の友好関係は、実は「クエリグ」と呼ばれる雌竜の吐く「忘却の息」、その恩恵によるもの。なんと、それは先代の王アーサーが魔術師マーリンに命じて創り出した竜息、ブリトン人によるサクソン人虐殺の過去を隠蔽し、憎しみの連鎖を断ち切ることで民族間の平和と共存を保っていたことが判明します。ガウェインは雌竜の守護という任務の下、現状の安寧秩序の維持に努める騎士で、アクセルはその昔、アーサー王の決断の是非を巡って袂を分かった戦友だったのです。

最後に一行はクエリグの巣へ。雌竜の衰えを知るも、ガウェインは「恒久平和が定着するのには十分な時間かもしれぬ」（三七〇）と述べ、忘却状態を肯定します。対してウィスタンは、「虐殺と魔術の上に築かれた平和が長つづきするでしょうか」（三七〇）と問いかけます。[10] 両者の意見は真っ向から対立。最終的に、ガウェインは負の記憶の開放（あるいは解放）を望むウィスタンとの一騎打ちに敗れ、雌竜クエリグは討伐されます。息の効力が失われるとブリトン人の残虐非道な行いの記憶が蘇り、サクソン人の憎悪と復讐心が島内に蔓延していきます。「かつて地中に葬られ、忘れられていた巨人が動き出します」（三八四）――ウィスタンの不吉な言葉に本作の表題が現れます。長らく隠蔽されていた一国の暗黒史が浮上する中、息子の死の事実とともにアクセルとベアトリスの夫婦間にも暗い過去がよぎり、ふたりの別れを示唆して物語は幕を閉じるのです。

『忘れられた巨人』の原題は *The Buried Giant*。今日も続く国家間の争いや民族紛争の火種を指し、何らかの理由により埋められた記憶の隠喩となっています。イシグロは「この一五年、社会や国の記憶についてずっと考えていた」と言います。一九九〇年代、泥沼化した紛争の末に解体したユーゴスラビア、あるいはルワンダでの民族間の大量虐殺に触れ、次のように述べています。「一世代、二世代前の記憶が目覚め、むごいことが起こる。衝撃でした。思ったのは社会の記憶は政府によって武器として使われるということです。安定した社会にもそうした埋められた記憶、『忘れられた巨人』はある。対立やトラウマが残る段階で、過去は忘れたままにした方がいいのか、目を向けた方がいいのか――という問題に苦しみながら向き合うことを書きたかったのです」（産経ニュース、二）。記憶と忘却を巡る是非に、本作の本質的な問いが横たわっています。「民族間」の亀裂の再浮上は、アクセルとベアトリスの「夫婦間」のもつれと軌を一にし、共同体の「ヒストリー」が鮮やかに、かつ残酷に個人の「ストーリー」へと収斂していきます。封印された痛ましい記憶といかに相対するべきか――この奥深き問いは一層の現実味を帯びて個々の読者へと突きつけられるのです。

イシグロの小説は『わたしたちが孤児だったころ』が探偵物語風であったり、『わたしを離さないで』はSFミステリー系であったりと、作風が多彩なことで知られています。とはいえ、本人は作品の舞台設定があまり重要ではないことを強調しています。なぜなら、それは「表面の下に隠れている普遍的なストーリー」「底流にあるヒューマン・ストーリー」（『知の最先端』二〇五—二〇六）を書くための手段・装置に過ぎないからです。この観点からすれば、『忘れられた巨人』のベースとなるアーサー王伝説もひとつのモチーフに過ぎず、それ自体が何か本質的な意味をもつことはないのかもしれません。とはいえ、なぜアーサー王伝説をピックアップしたのかと問うならば、ひとつにこの物語群が広く「ファンタジー」ジャ

01――『忘れられた巨人』の訳文は全て土屋政雄訳（早川文庫、二〇一五年）に依る。カッコ内は訳文頁数。原文の引用は *The Buried Giant* (Faber and Faber, 2015) より。

ンルの代表格として知られているからではないでしょうか。「ファンタジーという神話的な世界に落とし込むことで、メタファーとして描くことができた」（塩塚、三）という本人の言葉にもあるように、特定の時代や地域、歴史的状況に限定されない普遍的な物語を書く上で、それはひとつの有効な媒体となったのです。一方、幾つかのインタビューでイシグロは、「従来のよくある」アーサー王もののストーリーには関心がなかった、と明かしています。例えば、とんがり帽子をかぶった貴婦人が中世の馬上槍試合を観戦する、というような光景を挙げています。[02] さらには、「聖杯探求に代表されるアーサー王物語を期待した熱狂的な読者にとって、『忘れられた巨人』はおそらく大きな失望となるのではないか」とも答えています。[03] これらの発言をみると、イシグロは物語の娯楽性や超自然性、すなわち一般的・商業的に流布しているファンタジーの創作に意欲的ではなかったことが窺えます。

では、アーサー王伝説を選択した理由は、単に一般的なファンタジーとしての認知度に由来するのでしょうか。いえ、決してそうではないと思います。イシグロは創作にあたり、「この時代（初期中世）を正確に把握するために、実に多くの学術的なリサーチを行った」と述べています。[04] その上で、伝説の「史実」としての側面に触れています。

> 正直、私はあまりアーサー王伝説について知っているわけではありません。私の本の中のアーサーは、“quasi-historical”（「準歴史的」）なアーサーです。伝説のベースとなる歴史上の真の人物がいたかもしれません。歴史的にみて、この時期は実に“murky”（「暗く、見通しの悪い」）ですが、実在したとすれば軍の指揮官としての人物です。日に日に増していく移住者に対して、ブリトン人側（先住民）の抵抗軍を率いていたのです。この移住民こそが後にイングランド人となる人々で、基本的には彼らが全地域を占拠することとなったのです。[05]

ここで“quasi-historical”「準歴史的」、“murky”「暗く、見通しの悪い」という言葉がキーワードとなります。イシグロは、アーサー王物語のもつ史実とも虚構とも分類できない「歴史の空白期」に大いなる創造的価値を見出したのです。

アーサー王物語の歴史的素地——ファンタジーの衣を着た『忘れられた巨人』は、先住民ブリトン人から侵入者アングロ・サクソン人へと支配の移行する一局面、つまりはイングランド成立過程の一面に迫るれっきとした歴史物語です。クエリグの「忘却の息」はマーリンの黒魔術の産物ゆえ、作品全体の「ファンタジー性」を濃厚に演出していますが、一方、竜息は争いの爪痕や民族間の摩擦といった「歴史性」を覆い隠しています。この構図はアーサー王伝説そのものへの見方と重なるかのようです。「ファンタジー」という「マーキーで霧がかった」世界の中に、たしかに埋もれる歴史の痕跡——「ファンタジー文学とは、実は現実世界を覗く魔法の窓、ファンタジーの水脈を辿ることは歴史そのものを垣間見ること」（二七）という、杉山洋子氏の見解はまさに言い得て妙です。イシグロ版アーサー王物語は、「ファンタジー」のイメージを用いて、表面下に潜む生々しい歴史の実態へと踏み込んだ作品であり、伝説のもつ史実と虚構の両ポテンシャルは、「表面の下に隠れている普遍的なストーリー」を模索する上でも格好の魅力的な材源となったのです。

02——Alter 参照。
03——Rukeyser 参照。
04——この発言に関しては、“Kazuo Ishiguro on His New Novel, *The Buried Giant*” (https://youtu.be/XOVKDlhP_v4) の映像インタビューを参照。
05——Rukeyser 参照。

老騎士ガウェインの登場

ブリテン島史のひとつの重大な歴史的局面を描く『忘れられた巨人』。ここに生き残りとして登場する騎士がアーサー王の甥ガウェインです。数多存在する円卓の騎士の中で、イシグロがガウェインをチョイスしたことは単なる気まぐれでしょうか。たしかに、円卓の騎士の中でも「ビッグネーム」ですから自然な選択と言えるかもしれません。しかし、彼と肩を並べる、あるいは武勇において凌駕するランスロットやトリスタン、聖杯探求で名を馳せるパーシヴァルやガラハッドではなく（彼らは名前すら言及されません）、ガウェインであることにはやはり何かしらの意味や必然性が見て取れるでしょう。中世以降の騎士に焦点を当てた作品や系譜、そしてイシグロの描く人物像・テーマ性を鑑みるならば、現代ノーベル賞作家と名高き中世円卓の騎士を結ぶ接点を見出すことできるかもしれません。ガウェインはどのように描かれているのでしょうか。サクソン人集落を出発した老夫婦、そしてウィスタンとエドウィンを加えた旅の一行は、ブリトン人兵士の見張る橋を通過した後、空き地で甲冑をまとったひとつの人影を発見します。

木の影に覆われた地面にすわり、木の幹に背中を預けている。いまは横からの輪郭しか見えないが、どうも甲冑をまとっているようだ。金属に覆われた二本の脚をどすんと草の上に投げ出しているところが、なんだか子供を思わせる。（一三五）

足を投げ出して座る「子供」を連想させる人物——旅人の警戒心を解く言葉とともに、騎士ガウェインが姿を現します。互いに挨拶を交わし、距離が縮まった後に次のような描写が付け加えられます。

とても背の高そうな騎士だが、甲冑の中身は筋金入りというより、ただ痩せ細っているだけに見える。甲冑はぼろぼろで、錆が目立つ。たぶん、修繕に修繕を重ねてきたものだろう。本来は白かったと思われるチュニックにも、繕いの跡が歴然としている。甲冑から突き出した顔はやさしそうで皺だらけだし、頭はほぼ禿げていて、白い長い毛が数本飛び出し、風になびいている……（一三七）

この描写はサクソン人集落の長老より耳にした騎士と一致します。「じつはアーサー大王の時代からの生き残りで、昔、当の大王からクエリグ退治を命じられた騎士がいる……錆だらけの鎖帷子を着込んで、くたびれた馬にまたがり、人を見ればわが身に下された神聖なる使命について語らずにおられん男だ」（八四）――長老は、神聖な使命を声高にしながら実現できない騎士を「老いた間抜け」（八四）と呼びますが、それはさておき、実際の登場シーンでは年老いた外見のみならず、心身ともに何か疲れ果てた様子が伝わってきます。

ジェイムズ・ウッド氏は「年老いたやや下品でおどけたアーサー王の甥、彼の評判はドン・キホーテのごとく、本人よりコミカルに先行している」（Wood）と評しています。多くの批評家はこのガウェインの姿を「ドン・キホーテ」になぞらえ、理想と現実の間で格闘する哀れな遍歴騎士の面影を見て取ります。たしかに両者は老境に差し掛かり、物事を過剰に捉え表現する様が目立ちます。名前を尋ねられたガウェインは、「わしは確かにガウェインだ。かつて英知と正義でこの国を治めた偉大なるアーサー王の甥、ガウェインだ」（一四〇）と言い、常にアーサー王への言及を忘れません。この反復が滑稽な騎士像を一層印象づけることとなります。

「わしだ、アーサー王の騎士ガウェインよ」（二一二）

「だが、アーサー王の騎士がそなたらの前を歩く今夜……」（二一三）

「……幼少より偉大なアーサー王に育てられ、鍛えられた騎士であるぞ」（二一四）
「ご婦人、寄る年波は隠せぬが、わしはいまでも偉大なアーサー王の騎士だ」（二六六）

ガウェインをガウェインたらしめるのは、ブリトン人という民族性よりもアーサー王の騎士としてのアイデンティティです。「偉大な」叔父との血縁的つながり、一族としての誇り、忠誠心が老騎士の心を突き動かしています。一方、この無批判な盲従が仇となり、惨劇が繰り返されることになったともいえます。ガウェインの言動は、高邁な騎士道理念と凄惨な戦という現実とのギャップ、さらには騎士道の偽善と欺瞞を浮かび上がらせている、と理解されるほどです（Davis）。

そうはいっても、滑稽で哀れな騎士、「老いた間抜け」としてガウェインが切り捨てられることには、いささか不憫さを感じます。騎士の揶揄や批判という単面的理解では、作中での騎士の真の役割すらも見落とすことになるでしょう。最初の登場シーンでは次のような一節が続きます。

両脚を大きく開いて投げ出し、地面にへたり込んでいる姿は、普通なら哀れをもよおす光景だったろう。だが、ちょうど頭上の枝の合間から日の光が射し、男の体に光と影のまだら模様を作っていた。男はまるで玉座にすわる人物のように見えた。（一三七）

不憫な老騎士は一転、日の光に照らされ「王者の風格」を感じさせる存在となります。全盛期を過ぎ下り坂にあるガウェインはその実、いまだ「オーラ」を失っていないようです。威厳と実力はたしかに確認することができます。実際に、同行した冒険で老夫婦と少年エドウィンを悪魔犬から守る活躍を見せ、百戦錬磨の武人としての片鱗を発揮、披露します。最終的にウィスタンとの決闘の直前地面より剣を持ち上げ、相手と対峙する「ガウェインのその立ち姿には間違いなく気高さがあった」（三七四）のです。

騎士を照らす木漏れ日、光と影のまだら模様——老騎士に映り込んだ「光と影」の斑点は、ガウェインとブリトン島が歩んできた「歴史模様」を象徴するかのようです。ガウェインは歴史の当事者であり、唯一はじめから島内で起こった出来事を記憶しています。そのためか、足元に広がる大地に目をやるとき、他とは異なる「風景」が見えています。修道院から難を逃れ地下通路を通り抜ける最中、老騎士は遺骨が無数に散在する地面を見ながら次のように言います。

> ここには人の頭蓋骨がある。否定はせぬ。腕もあり、脚もある。だが、いまはもう骨だ。古い時代の埋葬地……そうかもしれぬ。だが、あえて言わせてもらえば、わが国土のすべてが同じよ。美しい緑の谷。目に快い春の木立。だが、地面を掘ってみよ。雛菊や金鳳花の咲くすぐ下から死体が出てくる。キリスト教による埋葬を受けた者だけではないぞ。この土地の下には昔の殺戮の名残がある。(二二〇—二二一)

一見華々しく見える景色——その実、地面を「掘ってみれば」("Dig its soil" [186])「昔の殺戮の名残」("the remains of old slaughter" [186]) という別の実体が浮かび上がります。それは「わが国土のすべてが同じ」であって、地下の霊廟は血塗られた国土全体を凝縮した空間になっているというのです。ガウェインは一貫して表層と深層、見かけと内実の二面から風景を捉えています。同志アクセルとの過去を回想する際にも、「戦も虐殺もあったこの地が草のマントで覆われているように、わしとアクセル殿も年月というマントで覆われている」(三四一)と述べ、また、雌竜の討伐を前にブリトン人の過ちへの代償を求めるウィスタンに対しては、「だが、はるか昔のことだ。骨は快い緑の絨毯に覆われて眠っておる」(三六九)と諭します。

「偽りの平和」を暴露しながらもそれを否定しないガウェイン。ブリテン島の軌跡に潜む「光と影」を自覚した上で、罪の意識と自己正当化が半ば強迫観念のごとく同居しているように思えます。本作の九章と一〇章では「ガウェインの追憶――その一／その二」という、老騎士の内面的苦悩に特化した一人称語りの章が設けられ、先代で起こった血生臭い過去が明らかにされます。和平協定の破棄によるサクソン人虐殺――アーサー王のこの背信的決断を巡り、かつての同志アクセルと袂を分かった経緯が明かされ、徐々に騎士の実像と過去の重荷が浮き彫りとなるのです。時の移り変わりに対応できず、過去に囚われ執着するガウェインという人間は、イシグロの真骨頂ともいうべき人物造形でしょう。王に忠誠を誓い歴史の一翼を担うガウェインは、『浮世の画家』の小野や『日の名残り』の老執事スティーヴンスの生き方を髣髴とさせます。スティーヴンスは屋敷の主人ダーリントン卿への奉仕に執事としての尊厳を見出し、「私の努力が歴史の流れにわずかながら貢献をした」（一九八）ことを最上の誇りとしています。[06] しかし、主人が戦後ファシズムの片棒を担いだ共犯者として糾弾され失墜するとともに、スティーヴンス自身の尊厳も打ち砕かれてしまうのです。イシグロは執事という職種の特殊性を浮き彫りにするのではなく、「大きな力に従属しなければ生きられない人々全般、普遍的な人間のメタファー」として描いている、といいます。[07] また、『わたしを離さないで』に登場するクローンたちの生き方について尋ねられたイシグロは、以下のように述べています。

> ……人間が自分たちに与えられた運命をどれほど受け入れてしまうか……人はどれほど自分のことについて消極的か、そういうことに私は興味をそそられます。自分の仕事、地位を人は受け入れているのです。そこから脱出しようとはしません。実際のところ、自分たちの小さな仕事をうまくやり遂げたり、小さな役割を非常にうまく果たしたりすることで、尊厳を得ようとします。ときにはこれはとても悲しく、悲劇的になることがあります。ときにはそれがテロリズムや勇気の源になることがありますが、私にとっては、その世界観のほうがはるかに興味をそそられます。（『知の最先端』一八一―

一八二）

衰弱した雌竜を目にした老騎士ガウェインの言葉――「息がある。息があるかぎり義務を果たしつづける（三六八）」は、自身の信義と生きざまの証明でもあり、たとえ「とても悲しく、悲劇的」な結果を導くことになったとしても、それは彼の尊厳と存在意義が織りなす逃れられない結果なのです。

人はそれぞれ異なる境遇に生まれ育ち、何らかの制約や価値観に縛られるといっていいでしょう。それは一種の運命論でもあります。森川慎也氏は、イシグロ作品の登場人物を巡る人間模様から作家の運命観の変遷を探り、「イシグロは運命に抗えない状態をいわば人生のデフォルトと見做している」（二九六）と読み解きます。そもそも、アーサー王物語には「円卓の崩壊」というある種の「デフォルト」が存在します。アーサー王への忠義を貫き、考えを曲げず死んでいったガウェインは、王国とともに滅する宿命をも担っていたのかもしれません。そこには、時々の決断や生き方を問題視するというよりも、時代の潮流、大きな力に逆らえない無力な人間への同情と共感が込められていないでしょうか。[08] 歴史の変わり目に翻弄される人間の悲哀への敬意を抜きにしては、イシグロの描く老騎士ガウェインの本質を見誤ることとなるかもしれません。最後の決闘でウィスタンに見せた凛とした「気高さ」に、騎士としてそして人間としての嘘偽りはなかったのです。

06――訳文は土屋政雄訳『日の名残り』（早川文庫、二〇〇一年）に依る。

07――こうした発言は、インタビュー集 *Conversations with Kazuo Ishiguro* (Shaffer, Brian W Shaffer and Cynthia F. Wong 編) の中で何度か現れる。三七頁、四六頁、八七頁など。

08――例えば池園宏氏は「スティーブンスに対するイシグロの視線は温和で同情的なもの」（二二七）と述べている。

「ガウェイン裁判」の行方

——翻弄される騎士と人間味

ガウェインは時代を越えて様々な事象に翻弄され続けた騎士で、彼への評価・評判の浮き沈みがそれを如実に示しています。ここにガウェインにフォーカスした研究 *Gawain: A Casebook*『ガウェイン：ケースブック』という論文集があります［fig. 01］。序文は次のような書き出しで始まります。

> アーサー王の寵愛する甥ガウェインの評判はどの円卓の騎士よりも振り幅をもっている、英雄から悪人まで。(一)

賛否両論があるのも世界の研究者たちがその独特のキャラクター性を認めているからに他なりません。

ところ変わって、二〇〇六年に開催された国際アーサー王学会日本支部では、「ガウェイン裁判」と題したシンポジウムが行われました［fig. 02］。仏・独・英文学のアーサー王物語を研究する四人のパネリストが、それぞれの視点からガウェイン像を分析し、かつ「裁く」という画期的な試みがなされました。「検察側」と「弁護側」に分かれ、ガウェインの交渉能力や武勇、指揮官としての資質や冷酷さなどを巡って活発な意見が飛び交いました。最後は証人喚問まで行われた挙句、判決は持ち越し。(二) 日本でも裁判形式のユニークなシンポジウムが行われるほど、評価の割れるその個性が注目を集めているのです。

興味深い人間像は長きにわたる歴史の中で醸成されたものでしょう。元来、ケイやベディヴィアと並び、円卓の騎士創設以前に遡る古参メンバーのひとりで、古代ケルトの神話伝承から中世イングランドにおい

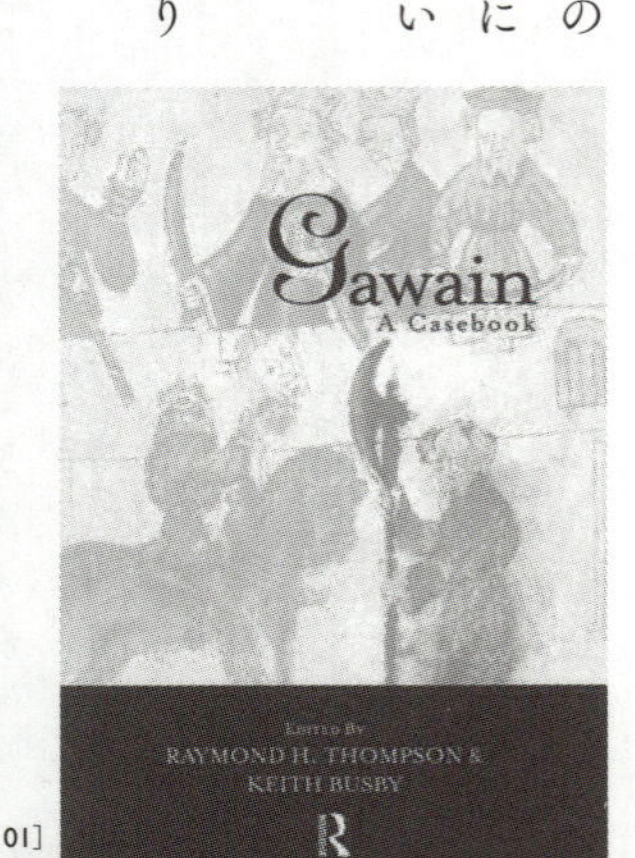

［fig. 01］
表紙イラストは『ガウェイン卿と緑の騎士』より

てその名声は響いていたようです。英詩の父ジェフリー・チョーサーからは「妖精の国より再来し古き礼節の鑑」と謳われるほど、抜群の知名度を誇りました。その佇まいはまさに太陽の貴公子のように――事実、日の出から正午にかけて力が三倍に膨れ上がり、日没とともに弱まるという、ケルト社会に由来する「太陽神」の特性を備えていたことでも知られています（光が射し込み「玉座にすわる」風格を帯びる『忘れられた巨人』のガウェインは、太陽神の威光に照らされた英雄の姿を連想させます）。『頭韻詩アーサー（王）の死』（一四世紀末）という作品では、甥のガウェインの死を前に悲しみにくれるアーサー王が次のように言います。

親愛な血縁の甥よ、われに残されたのは悲嘆のみ。
そのわけは、今やわが名誉は去り、わが戦いは終ったゆえ。
ここに横たわるのはわが繁栄、わが武運の希望である。
わが心、わが勇気はすべて彼次第であった。
わが助言者、わが心の慰安、わが心を支えた者よ、
キリストの下（もと）で生を享けた騎士すべての中の王者、

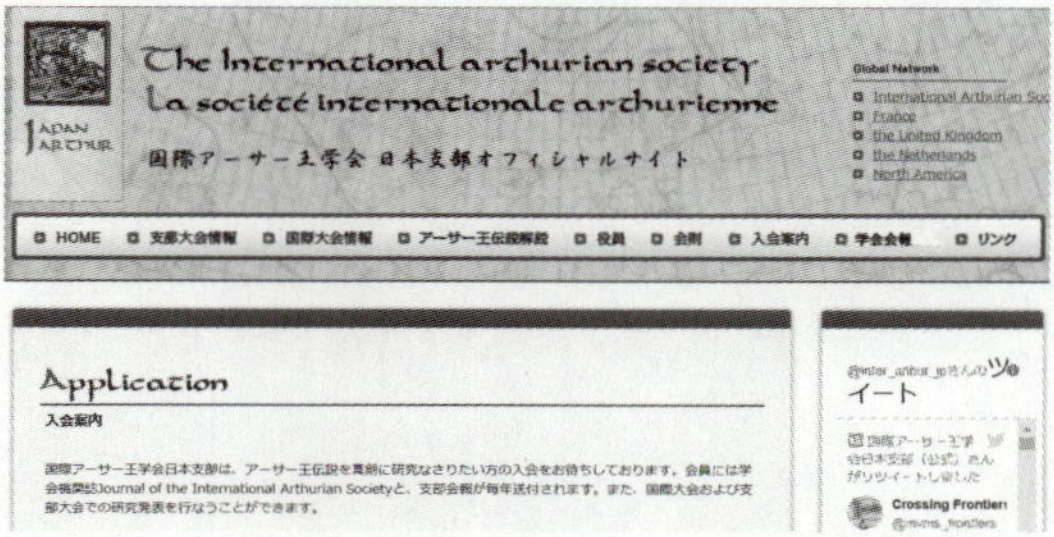

[fig. 02]
国際アーサー王学会日本支部のウェブサイト

09――検察側証人（の先生）は「法的に見た場合ガウェインの行動は債務不履行であるが、契約内容が不明確である」（三）という趣旨の見解を提示し、弁護側証人（の先生）は、一二世紀から一四世紀にみられた「イタリア独自の庶民の手本、良識の代表者としてのガウェイン、非常に純情で女性に愛されるガウェイン像」（三―四）を証言された。また、翌年の二〇〇七年には「ガウェイン礼賛」というシンポジウム（司会：小路邦子）が行われ、前年の持越しを経て無罪放免となったようである。詳しくは、小路「ガウェイン――その毀誉褒貶」参照。

> わしが王冠を戴いたとはいえ、そなたは王者となるに相応しかった。
>
> （清水阿や訳 三七二―三七三頁）

アーサー王にとって甥は「王者となるに相応しい」ほど、王国の支柱たる大きな存在だったのです。

高名な騎士ゆえの宿命か、はたまた何かの悪戯か――太陽神の威光を背にした初期の名声は、時代を下るにつれ徐々に翳りを見せることとなります。とりわけ、フランス語で書かれた物語やトマス・マロリーの『アーサー王の死』では、他の騎士を引き立てる脇役となり、裏切りや殺人を犯す残忍な騎士へと変貌します。[10] 中でも取り沙汰されたのは、色好み、女たらし、浮名を流すプレイボーイといった女性遍歴を巡る一面です。しばしばガウェインには「ドン・ファン」「ジャコモ・カサノヴァ」「ジェイムズ・ボンド」といった数々の異名が与えられるほどです。[11]『忘れられた巨人』の中では、女性とのかかわりが「ガウェインの追憶――その一」のはじまりに触れられています。

> あの黒後家ども。何の目的があって神はあれらをこの山道へ――わしの目の前へ――連れてこられたのだろう。わしの謙虚さを試すおつもりなのか。あの穏やかな夫婦を救い、傷を負った少年を救い、悪魔の犬を退治したのをご覧になりながら、まだ足りぬとお考えなのだろうか……いまでこそ襤褸切れを風にはためかせる老女にすぎぬが、あれらもかつては無垢な乙女であった。美しさと気品に恵まれた者もいたし、少なくとも初々しさがあって、男の目に好ましかった。あの女もそうではなかったか。（二六一）

雌竜の巣窟へ向かう途、老騎士はなぜか黒後家（の亡霊？）に襲われています。彼女らはクエリグのせいで思い出を共有できず先立たれた夫の未亡人であり、雌竜を一向に退治しないアーサー王の騎士を責め立てています。——「あいつが来たよ。騎士の名をかたるやつが」（二六五）とひとりが叫び、他の女がそれに加わります。原文では"the imposter knight"「詐欺師・ペテン師」という言葉が用いられてます。この"the"という定冠詞がガウェインの定評・悪評を物語りますが、歴史的にみても「詐欺師・ペテン師」の烙印は、騎士のイメージの下落を象徴するような言葉だったといえます。その後も、「わしにも、この年月を喜んで捧げてもよいと思った一人二人はいる（三五〇）」と明かしているように、歴史的任務の陰に埋もれた女性の存在が仄めかされています。

『忘れられた巨人』でも潜在的にちらつく女性の影は、ガウェインの名声に差し込む影の一要因であったといえるでしょう。デレク・ピアソルはこの過程において「威厳の喪失」（四二）を伴う冒険が増えたことを指摘しています。しかし見方を変えれば、「光と影」の両方を併せもつことによって、ガウェインという人物を新たな次元へと引き上げたといえるでしょう。理想と現実の間で徐々に「威厳」は削り取られ、苦悩や葛藤の中で等身大の一人間像が顔を覗かせ始めるのです。[12] ここで再び「ガウェイン裁判」に立ち戻ってみましょう。学会の報告には、裁判を行う上での注意書きとしてコーディネータ小路邦子氏による興味深い記述が残されています。

なお、*Sir Gawain and the Green Knight* は今回の裁判では証拠として採用しないことと致しました。こ

10——特に中世フランス文学におけるガウェイン像は大きな転換をむかえた。一三世紀中葉に制作された写本（シャンティイ四七二番写本）はガウェインが中心的役割を担う物語を収録しており、「ゴーヴァン・サイクル」と呼ばれている。これはガウェインの汚名返上を試みた作品群として考えられる。渡邉参照。

11——Schmolke-Hasselmann の第四章、また Rushton 参照。

12——こうした見方は Schmolke-Hasselmann140-41 にも触れられている。

れは英文学の人にとってはガウェインを礼節の鑑とする印籠とも言える作品であり、これを持ち出すと裁判が成り立たなくなる怖れがあるからです。（『国際アーサー王学会日本支部会報』、三[13]）

Sir Gawain and the Green Knight『ガウェイン卿と緑の騎士』（一四世紀末）を含めると「裁判が成り立たなくなる」――つまり「礼節の鑑とする印籠」を目にした我々は、問答無用、彼を無罪とせざるを得ない、ということです。とはいえ、本作において彼が非の打ち所がない礼節、完全無欠の騎士の姿を示すかといえば、そうではありません。従来のガウェインとは一味違う、恥も外聞もない「生身の」人間としての姿が露わとなり、我々はそんな騎士の姿を見ると思わず「温情ある判決」（情状酌量）を下したくなる、という心情的加担があるのです。

『ガウェイン卿と緑の騎士』は中世アーサー王物語の中でも傑作との呼び声が高く、中世ガウェイン像の集大成ともいうべき作品です。[14] 特筆すべきことに、イシグロは『ガウェイン卿と緑の騎士』を長らく知っており、『忘れられた巨人』の創作のインスピレーションとして明言しています。[15] ゆえに作家がガウェインというキャラクターを単純に拝借したというよりも、人物像や文学的テーマに限りなく共鳴する部分があった、と推察できます。両者を結ぶ点とは何より、限られた状況下で翻弄されるガウェインの姿とそこから醸し出される人間味ではないでしょうか。王都キャメロットへやってきた緑の騎士の挑戦（互いの首をかける）に端を発する本作では、ガウェインの騎士としての弱さや限界が浮き彫りとなります。不死身の騎士の前ではその輝かしき「武功」は通用せず、また予期せぬ奥方からの誘惑に、模範たる「礼節」の雲行きすら怪しくなります。[16] 特に、地方の居城では、「レイディーズマン」として通った世評が騎士を窮地へ追い込みます。「あなたがかのガウェイン様とは、信じかねますわ」（一二九三）――密室で行動を起

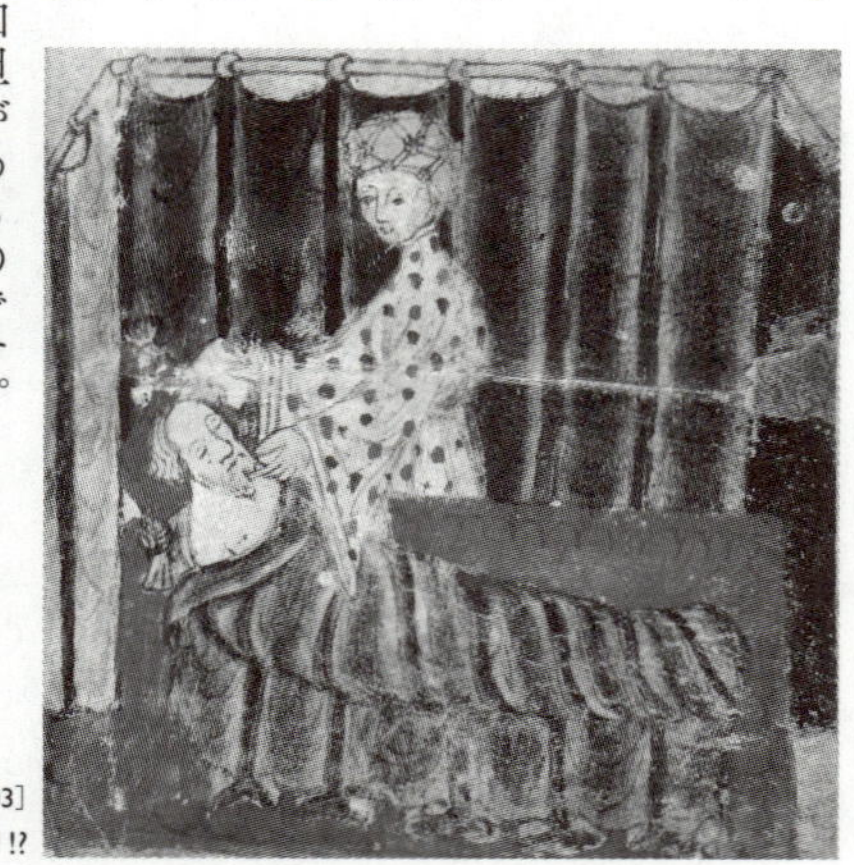

[fig. 03]
奥方からの誘惑にガウェイン寝たふり!?

こさない騎士に対して奥方は疑念を募らせます。[17] 緑の騎士との果し合いの直前、ガウェインが受ける三日間におよぶ求愛は（城外での「主人の狩猟」の様子と「奥方による円卓の騎士狩り」が巧みに並置され）、本作の白眉とも言われます。奥方は次第に熾烈さを極め、一気に騎士のプライヴェートの牙城を攻め落としにかかりますが、ここでガウェインの心理が克明に記されます［fig. 03］。

……この気貴き奥方はガウェインにしきりに迫っては、
言い寄ってくる故に、ガウェインは奥方の愛を否でも受け入れるか、
あるいは、つれなく拒むか、いずれかを選ばなければならなかったのだ。
ガウェインは、不作法になりはすまいかと騎士としての礼節が気がかりで
あったが、まして罪を犯してこの居館の主を裏切るようなことになれば、

13——これに関して、最後の判決を出す直前に、*Sir Gawain and the Green Knight* を議論に含めなかったことへの「異議申し立て」があったことも判決に影響したという。

14——物語の詳細に関しては岡本参照。

15——インタビューはRukeyserの記事に依拠する。特にガウェインが旅をする一地方の風景こそが重要なインスピレーションとなったと述べている。『ガウェイン卿と緑の騎士』に描かれる風景との関連については、別稿に譲る。

16——「これは、どうしたことか。／これが数多の王国にその名を知られたるアーサーの宮廷というか」（三〇九―三一〇）というアーサー王の騎士全体への挑発に始まり、最終的に緑の礼拝堂でガウェインは「お主がガウェインであるものか」（二二六八）と咎められることになる。

17——『ガウェイン卿と緑の騎士』の訳文は全て菊池清明訳（春風社、二〇一七年）に依る。カッコ内は訳文行数。

自ら身を滅ぼしかねない、この事の方によほど心を砕いていたのであった。
「どうぞかようなる災(わざわい)からお守り給わんことを」とガウェインは祈る。
（一七七〇―一七七六）

愛の訴えにひれ伏すか、突っぱねるかという究極の二者択一。「不作法になりはすまいか」――ガウェインは野暮な人間になるまいと「礼節」を案じます。しかし続けて、それが招きかねない悲劇、すなわち奥方の主人への「背信者」となってしまうことに「よほど心を砕いて」います。「礼節の鑑」ガウェインは一転、その「礼節」の徳目を犠牲にせねばならないほどの極めて難しい状況に陥ってしまうのです。奥方への作法、領主への忠義、倫理観など他の要素と雁字搦めとなり、騎士の心の動揺と葛藤は臨界点へ――ガウェインの苦境は、評判と実態のギャップ、つまりは、現実から遊離した多様な自己イメージが原因となっているといえるでしょう。

そして、この先に待ち受ける緑の騎士との約束――これは否応なしに首切りの一撃を受けるという「死の確約」に他なりません。「……それがしの頭(くび)がこの石ころの／地面に落ちてしまわば、それがしは／おのが頭(くび)を据え戻す手立てを知らぬのだ（二二八一―二二八三）」――不死身の騎士と対極にある、人間の限られた命と騎士としての無力を思わず口にするのです[18]。このように、『ガウェイン卿と緑の騎士』は先行する評判を巧みに織り込みながら、円卓の騎士の活躍や名誉よりも、制限された状況と選択肢の中で苦悩、葛藤する極めて人間的な騎士の姿を提示しています。翻って、現代作家イシグロは、騎士あるいは人間としての限界を露呈するガウェインに大いなる魅力を感じたことは想像に難くありません。『忘れられた巨人』に登場する老騎士には、古代ブリテンの時代より数々の栄光と苦難を通して人間的深みを増した英雄ガウェインの面影をたしかに見て取ることができるのです。

【参考文献】

池園宏「カズオ・イシグロ『日の名残り』における時間と記憶」（『ブッカー・リーダー：現代英国・英連邦小説を読む』福岡現代英国小説談話会編、開文社出版、二〇〇五年、二一一―二二九頁）。

岡本広毅「中英語アーサー王ロマンス『ガウェイン卿と緑の騎士』」（国際アーサー王学会日本支部オフィシャルサイト「アーサー王伝説解説」、二〇一六年）。http://arthuriana.jp/legend/sggk.php

カズオ・イシグロ『忘れられた巨人』（土屋政雄訳、早川書房、二〇一五年）。

――『日の名残り』（土屋政雄訳、早川書房、二〇〇一年）。

菊池清明訳『ガウェイン卿と緑の騎士：中世イギリスロマンス』（春風社、二〇一七年）。

国際アーサー王学会日本支部『国際アーサー王学会日本支部会報』*Newsletter*, No. 20, 2007.

産経ニュース「英作家、カズオ・イシグロさん『忘れられた巨人』10年ぶりの長編」（一―三頁）http://www.sankei.com/life/news/150624/lif1506240013-n1.html. Accessed 31 Aug. 2017.

シーナ・アイエンガーほか著／大野和基インタビュー編『知の最先端』（PHP研究所、二〇一三年）。

塩塚夢「新たな「レンズ」通し「記憶」と向きあう『忘れられた巨人』著者 カズオ・イシグロさん」（一―五頁）。www.sankeibiz.jp/express/news/150616/exg1506161630003-n1.htm. Accessed 31 Aug. 2017.

清水阿や訳『アーサーの死：頭韻詩』（ドルフィンプレス、一九八六年）。

小路邦子「ガウェイン――その毀誉褒貶」（*The Round Table* 第二二号、二〇〇八年）。

杉山洋子『ファンタジーの系譜：妖精物語から夢想小説へ』（中教出版、一九七九年）。

森川慎也「カズオ・イシグロの運命観」（荘中孝之、三村尚央、森川慎也編『カズオ・イシグロの視線――記憶・想像・郷愁』作品社、二〇一八年）。

渡邉浩司「動かぬ規範が動くとき――十三世紀古仏語韻文物語『アンボー』の描くゴーヴァン像」（『剣と愛と：中世ロマニアの文学』中央大学人文科学研究所編、中央大学出版部、二〇〇四年）。

18――ガウェインの旅の外枠には、本作特有のアエネアスの「背信」というブリトン人祖先の歴史的記憶が横たわっている。トロイ陥落の物語とアーサー王国の滅亡譚は、ともにガウェイン一個人の旅と無縁ではない。

Alter, Alexandra. "For Kazuo Ishiguro, *The Buried Giant* Is a Departure." A Review of Kazuo Ishiguro's *The Buried Giant*, *New York Times*, 19 Feb. 2015, https://www.nytimes.com/2015/02/20/books/for-kazuo-ishiguro-the-buried-giant-is-a-departure.html. Accessed 31 Jun. 2018.

Davis, Cailee. "*The Buried Giant:* Ishiguro's Critique of Arthurian Chivalry." https://writecsu.wordpress.com/2016/10/12/the-buried-giant-ishiguros-critique-of-arthurian- chivalry/ Accessed 31 Jun. 2018.

Ishiguro, Kazuo. *The Buried Giant*. Faber and Faber, 2015.

Pearsall, Derek. *Arthurian Romance: A Short Introduction*. Oxford: Blackwell, 2003.

Rukeyser, Rebecca. "Kazuo Ishiguro: Mythic Retreat." *Guernica*, 1 May 2015, www.guernicamag.com/mythic-retreat/. Accessed 31 Aug. 2017.

Rushton, Cory J. "The Lady's Man: Gawain as Lover in Middle English Literature." *The Erotic in the Literature of Medieval Britain*. Eds. Amanda Hopkins and Cory J. Rushton. Cambridge: D. S. Brewer, 2007. 27-37.

Schmolke-Hasselmann, Beate. *The Evolution of Arthurian Romance: The Verse Tradition from Chrétien to Froissart, trans.* Margaret and Roger Middleton, Cambridge: Cambridge UP, 1998.

Shaffer, Brian W. and Cynthia F. Wong, editors. *Conversations with Kazuo Ishiguro*. Jackson: UP of Mississippi, 2008.

Thompson, Raymond H. and Keith Busby, editors. *Gawain: A Casebook*. New York: Routledge, 2006.

Wood, James. "The Uses of Oblivion." *The New Yorker*, 23 March 2015, https://www.newyorker.com/magazine/2015/03/23/the-uses-of-oblivion. Accessed 31 Jun. 2018.

イングランドとアメリカのポピュラーカルチャーにおけるアーサー王伝説

Alan Lupack
Yuki Sugiyama

アラン・ルパック
杉山ゆき 訳

アーサー王伝説は文学、美術、音楽の領域で名作を生み出してきたが、ポップカルチャーでも人気の題材であった。それはおそらく、登場人物や筋書きが人生の複雑さを反映しているからであろう。ウィリアム・キャクストンがマロリーの『アーサー王の死』第一版の序文で述べているように、アーサー王伝説は、美徳や罪、騎士道、礼節、親切、友情、勇気、愛欲、愛着のみならず、怯懦、殺人、憎悪にまつわる物語なのである。キャクストンのことばは、アーサー王伝説で描かれている様々な感情、価値観、現実とのかかわりと、この物語が備える普遍的な魅力を示している。あるいは価値観や道徳的規範、英雄的行為、ロマンス、魔法が人々を惹きつけるのかもしれない。原因を断定することはできないが、とにかくアーサー王伝説は、特にイングランドとアメリカにおいて、常にポピュラーカルチャーの一端を担っていた。登場人物、物語、素材、アプローチは時代ごとに異なるかもしれない。しかしルネサンスから現代にいたるまで、他の物語の題材となるような「メジャー」な作品に影響される形で、アーサー王伝説は多くの人々に享受されつづけてきたのである。

一六―一九世紀序盤

——歴史と政治に利用されたアーサー王

ルネサンスの時代、人々が抱いていた歴史的人物としてのアーサー王への関心は、主にジェフリー・オブ・モンマスと他の年代記作家に依っていた。年代記の伝統については、ジョン・リーランドや[01]、ウィリアム・カムデンの『ブリタニア』*Britannia*（一五八六年ラテン語第一版、一六一〇年に英訳された）[02]などの作品でも言及されているが、この伝統はブリテン島の多くの場所とアーサー王を結びつけ、さらに年代記に登場する場所を称える韻文作品を生み出した。トマス・チャーチャードはウェールズの地誌に関する詩『ウェールズの価値』*The Worthines of Wales*（一五八七年）を執筆しエリザベス女王へと献呈したが、彼にとって女王はアーサーの直系であった。チャーチャードはポリドア・ヴァージルらの作家からの攻撃に対しアーサーの史実性を援護し、アーサー王の宮廷のあったカーリオンはトロイやアテネ同様に有名であるべきだと論じている。[03]マイケル・ドレイトンも、散文による補足説明を付しながら長編詩『ポリ・オルビオン』*Poly-Olbion*（一六一二年）を執筆し、チャーチャードの『ウェールズの価値』と同様にアーサー王ゆかりの地誌に焦点をあてている。ドレイトンはアーサーの墓所として名高いグラストンベリー、あるいはマーリンの生誕地として知られるカルマルデンについて書いている。[04]散文・韻文のどちらにおいても、マーリンのストーンヘンジ建立やアーサーの一二の戦い、ベイドンにおける勝利、大陸での征服、モードレッドの裏切り、アーサー王の死を含む伝承の断片が書き込まれているのだ。

一七・一八世紀には、様々なジャンルに様々な役割を担う形でマーリンが登場した。予言者マーリンという考えは初期の描写から見られるものだが、ポップカルチャーの領域でも根強く残った。多くの作家がマーリンの予言を書くにあたり、ジェフリー・オブ・モンマスに依拠した。トマス・ヘイウッド作『マーリンの生涯』*Life of Merlin*（一六四一年）では、チャールズ一世の治世初期までのイングランドの歴史の基盤として、マーリンのものらしき予言が利用されている。[05] また、マーリンの名前は一七世紀の天文学者や暦作でも頻繁に用いられた。一六四四年には、ウィリアム・リリーが「メルリヌス・アングリクス・ジュニア」、その後「メルリヌス・アングリクス」という名で暦書を出版し始め、一七世紀後半や一八世紀初頭には、天文学者ジョン・パートリッジが「メルリヌス・リベラートゥス」及び「メルリヌス・レディヴィウス」という名前で暦書を著した。これらの予言をジョナサン・スウィフトは諷刺した。すなわち、ビッカースタッフ・ペーパーズで「ジョン・パートリッジは一七〇八年三月二九日に亡くなるだろう」と予言し、その日付の後に「予言が当たった」と書いたのである（ただし、実際のところ、パートリッジは一七一五年まで生きていた）。さらに、スウィフトは自ら『何千年も前に書かれつつも一七〇九年現在ま

01——Cf. John Leland, *Assertio Inclytissimi Arturii*, translated by Richard Robinson as *The Assertion of King Arthur*. In *The Famous Historie of Chinon of England Together with The Assertion of King Arthure*, EETS o.s. 165 (London: Humphrey Milford for the Early English Text Society, 1925).

02——William Camden, *Britannia* (4th ed.; London: Georg Bishop, 1594).

03——Thomas Churchyard, *The Worthines of Wales* (London: G. Robinson, 1587; rpt. New York: Franklin, 1967).

04——Michael Drayton, *Poly-Olbion*, Vol. 4 of *Works*, ed. J. William Hebel (Oxford: At the Shakespeare Head Press by Basil Blackwell, 1933), pp. 56, 101.

05——Thomas Heywood, *The Life of Merlin, Surnamed Ambrosius; His Prophecies and Predictions Interpreted, and Their Truth Made Good by Our English Annals: Being a Chronological History of All the Kings and Memorable Passages of This Kingdom, from Brute to the Reign of King Charles* (London: J. Okes, 1641).

で語っているマーリンの高名なる予言』"A Famous Prediction of Merlin, the British Wizard, Written above a Thousand Years Ago and Relating to the Present Year 1709" を記し、マーリンに帰された予言が濫用されている実態を揶揄している。この短いパロディ作品の中では、予言書に特有の曖昧な言葉遣いや動物のイメージが用いられているが、スウィフトは「古き占星術による予言のごく普通の方法に従って」曖昧さを公然と主張し、自分にとって都合のいい解釈を引き出せるようにした。[06] スウィフトの痛烈な諷刺をもってしても、政治目的のためにマーリンの予言を用いる伝統を断ち切ることはできなかった。一八〇七年にはウェールズ出身のアメリカ人、ジョゼフ・リーが『マーリンの予言実現注解』*Illustrations of the Fulfilment of the Prediction of Merlin* を執筆した。リーはマーリンの予言と称して、英国の軍艦レパード号によるアメリカ船チェサピーク号への攻撃（現代の歴史家たちは一八一二年の戦争につながる重要事件とみなしている）に言及し、賠償が行われなければブリテンに悲惨な結末が訪れるだろうと述べている。[07]

マーリンは、ジョナサン・スウィフトが諷刺したような政治的な書物だけでなく、他の作品にも予言者として登場した。ジェフリーの年代記に完全に依拠していない場合でも、ストーンヘンジ建設の立役者、悪魔の息子として描かれている。ヘンリー・フィールディングが自身のバーレスク劇に手を加えて出版した『親指トム』*Tom Thumb*（一七三〇年）は、政治、学者、弁護士、当時の出版の風習から、芝居における主人公と恋愛にまつわるお決まりの設定にいたるまで、あらゆるものを批判する諷刺作品の傑作であるが、この作品でもマーリンは予言者である。アーサー王伝説のパロディのひとつとして、フィールディングは、チャップブック（小冊子）やバラッドでマーリンとアーサー王の宮廷に結び付けられた親指トムを主人公としたのである。この非常に小さな主人公は「マーリンの魔術によって生まれた」と言われ、アーサー王から「英雄、巨人倒し／我が王国の守護者」と呼ばれる。[08] 一七三一年にフィールディングはこの原作を『悲劇の中の悲劇』*The Tragedy of Tragedies* と題して敷衍し、初期のヴァージョンでは言及にとどまっていたマーリン自身を含む新たな登場人物を加えた。フィールディングはバラッド『親指トムの生涯と死』

“The Life and Death of Tom Thumb”から引用しつつ、親指トムの誕生にマーリンが果たした役割を解説している。[09] また、他の一八世紀の諷刺、バーレスク、仮面劇、大衆向けのエンターテイメントにおいても、マーリンは中心人物である。例えば、ルイス・シオボールド（一六八八—一七四四年）作『マーリンあるいはストーンヘンジの悪魔』*Merlin or The Devil of Stone-Henge* は踊りと音楽を伴う娯楽作品だが、マーリンを邪悪に描き、悪魔により孕まれた出自ゆえに人々を欺く悪魔の手先としている。[10] 小品ではあるが、この劇でマーリンは母親のためにストーンヘンジを建設しており、実に興味深い。

06——Jonathan Swift, “A Famous Prediction of Merlin, the British Wizard,” reprinted in *Modern Arthurian Literature*, ed. Alan Lupack (New York: Garland, 1992), p. 82.

07——Joseph Leigh, *Illustrations of the Fulfilment of the Prediction of Merlin* (Portsmouth, New Hampshire: Printed for the Author, 1807).

08——Henry Fielding, *Tom Thumb and the Tragedy of Tragedies*, ed. L. J. Morrissey (Berkeley: University of California Press, 1970), pp. 23-24. フィールディングの劇をここで論じるのは、「ポピュラーカルチャー」を定義することがいかに複雑であるかを明らかにするためだ。フィールディングは古典作家とされてはいるが、この劇は明らかに当時の「ポピュラーな」文化の所産だろう。

09——Fielding, *Tom Thumb and the Tragedy of Tragedies*, pp. 90-91.

10——Lewis Theobald, *The Vocal Parts of an Entertainment Call'd Merlin, or, The Devil of Stone-Henge* (London: John Watts, 1734).

ヴィクトリア時代の「道徳的騎士道」

一九世紀における発展は、さらに劇的にアーサー王伝説の魅力を高めた。なかでも、マロリーの『アーサー王の死』*Le Morte d'Arthur* の再出版は最も重要な出来事である。一六三四年版の後、『アーサー王の死』は一八一六年と一八一七年に異なるふたつの版が出版されるまで、印刷されることはなかった。この時代以前のアーサー王作品がジェフリー・オブ・モンマスと年代記に負うところが多かったように、一九世紀のアーサー王ものの多くはマロリーの再発見とロマンス作品に依拠している。確かに、マロリーは一九世紀から現代にいたるまで、イングランドとアメリカにおける伝説の普及に大きく貢献したと言えるだろう。他に影響力のある作家としては、アルフレッド・テニスン、マーク・トウェイン、T・H・ホワイトが挙げられる。この四人は英語で書かれたアーサー王文学の大御所と言えるだろう。年代記に基づいていたり、有名な物語とは異なっているように思える現代作品も多いが、マロリーたちのおかげで、アーサー王伝説は常にポピュラーカルチャーの領域で人気を博している。彼らの作品こそが、登場人物やテーマ、プロットを再解釈して新たな物語を生み出す源泉となっているのだ。

中世への関心、特にマロリーへの興味がきっかけとなり、好古家と歴史家が騎士道概念の普及に一役買った。それが後に広く知られ、影響を及ぼすようになるのである。騎士道を最も精緻に論じた理論家のひとりが、『名誉の広き石』*The Broad Stone of Honour* の作者ケネルム・ディグビーである。ディグビーは「騎士道の時代は去った」という人々の主張を却下し、その概念の普遍化を試みた。なぜなら、「騎士道の時代は去った」と考えることは、寛大さや忠実さ、利他主義、「気高き名誉に溢れた」性質がもはや存在しないとみなすことと等しいからである。[二] ディグビーは、騎士道がもはや存在しないと信じる誤りの根源を以下のように記している。「馬上槍試合や鋼鉄の甲冑、紋章、貴族制度が騎士道の本質」とするのは間違った考えであり、「これらは偶然付随するものにすぎない」[12]。このように、ディグビーからすれば騎士道は、若者あるいは「少なくとも若い精神を保っている者」にとって、いまだに重要かつ不朽の現実であったのだ[13]。

ディグビーの考え方が、中世に関心のある作家、芸術家、思想家などの多岐にわたる人々へ影響を及ぼしたことは間違いない。アルフレッド・テニスンがディグビー、あるいは彼の論考を知っていたかどうかは定かでないが、両者はともに騎士道を性質と道徳の問題と捉えていた。こうした騎士道の捉え方は、ポピュラーカルチャーの領域で顕著に見られるようになる。テニスンの騎士道は、常人には不可能なほど有徳なアーサー像において明らかである。代表作『国王牧歌』*Idylls of the King*で、テニスンの理想の騎士道は、アーサーが円卓の騎士たちに唱えさせる道徳的な誓約に示されている[14]。マーリンによると「このような誓いは不名誉をもたらすもの／決して誓うべきではない／誰も守ることができないのだから」。しかし、テニスンの作品の中で、最も大きな影響を及ぼしたのは「ガラハッド卿」"Sir Galahad"に描かれた騎士像だろう。この詩は以下のように始まっている。

11——Kenelm Digby, *The Broad Stone of Honour*, 5 vols. (London: Bernard Quaritch, 1876-77), 1.107.

12——Digby, 1.108.

13——Digby, 1.69.

14——Alfred, Lord Tennyson, *Idylls of the King and a Selection of Poems*, ed. George Barker (New York: Signet, 1961), pp. 235-36.

私の素晴らしき剣は兜を切り裂き、
私の強き槍はしっかりと貫く、
私の力は十人力、
なぜなら私の心は純粋だから。[15]

この一節は非常に有名になり、ミシュラン・タイヤの広告でも言及されるほどだ。ミシュラン・マン曰く「私のゴムは純粋なので私の力は十人力」なのである。

テニスンの「ガラハッド卿」は、しばしばジョージ・フレデリック・ワッツの同名の絵画と関連付けられた。ワッツは、精神的な冒険を追い求め、白馬の横に立ち、眩い鎧をまとう若き騎士という理想化されたイメージを描き出している。この絵画と「十人力」の詩行はともに、一九世紀後半から二〇世紀初期のポピュラーカルチャーの中で繰り返し現れた。両者は相互に結びつき、英国とアメリカにおける溌溂とした騎士道の典型となった。すなわち、この頃から、騎士道は清廉潔白かつ人格者であれば達成可能なものだとみなされるようになったのである。

この騎士道観は文学と芸術のみならず、社会や社交理論に至るまで影響を及ぼした。端的な例として、ジェイムズ・バーンズによる『ガラハッド卿——英雄的行為の求め』*Sir Galahad: A Call to the Heroic* を挙げることができる。この論考では、イートン・カレッジに寄贈されたワッツ作の絵画『ガラハッド卿』が批評されている。バーンズは、「汚れなき騎士」の絵画を目にしたイートンの若い男子学生が「ガラハッド卿を模範とするよう」刺激を受けるかもしれない点で、この寄贈を重要だと考えている。[16]「十人力」のくだりは多くの詩、物語、雑誌記事でも繰り返された。

騎士道を道徳的に解釈することは、アーサー王伝説の大衆化においてきわめて重要である。騎士道を人格や道徳の問題とするなら、いかなる社会身分、いかなる家系であっても、すべての人が自分を中世の騎士になぞらえることができるのである。

アメリカにおける社会・教育の理論は、道徳としての騎士道を若者と結びつけ、制度化した。その最たるものが、一八九三年にウィリアム・バイロン・フォーブッシュという牧師が創設した「アーサー王騎士団」という青年団である。「城」と呼ばれる各地域のクラブは「アーサー王」として選出された少年たちにより指導され、「マーリン」と呼ばれる大人から忠告を受けた。各地のクラブのまとめ役のために書いた著書の中で、フォーブッシュは小姓から盾持ち、騎士にいたる昇進のガイドラインと儀式について詳述している。クラブの少年たちはアーサー王宮廷の騎士か他の英雄の名を名乗り、その人物の美徳をまねようとした。一九〇二年に、フォーブッシュは「アヴァロンの王妃たち」という若い少女のための姉妹集団も設立した。メンバーは巡礼者から王妃へと昇進し、少年たちにとってのマーリンと同様の存在である「湖の貴婦人」と呼ばれる大人から指導を受けた。

今日ほとんど忘れ去られているとはいえ、フォーブッシュのアーサー王騎士団は何千もの子どもたちにアーサー王伝説を紹介した非常に重要な集団であった。また、この騎士団は他の同様の青年団にも影響を与えた。中でも特に重要なのがロバート・ベーデン＝パウエル卿の「ボーイスカウト」である。ディグビーの『名誉の広き石』を知っていたベーデン＝パウエルは、フォーブッシュから騎士道の要素を借り、それをもうひとつのアメリカの青年団「ウッドクラフト・インディアンズ」における野外活動と結び付けた。[17] 実際に、初期のボーイスカウトの手引きは騎士道についての記述を含み、フォーブッシュと同様、少

15 Alfred, Lord Tennyson, "Sir Galahad," in *Modern Arthurian Literature*, ed. Alan Lupack (New York: Garland, 1992), p. 151.

16 James Burns, *Sir Galahad: A Call to the Heroic* (London: J. Clarke & Co., 1915), p. 9.

17 Mark Girouard, *The Return to Camelot* (New Haven: Yale University Press, 1981), p. 254.

年たちに騎士の偉業について読むよう勧めている。ベーデン＝パウエルは、手引き『少年たちのためのスカウト』*Scouting for Boys*で、スカウトの規則が古き騎士道の決まりに由来し、現代の紳士は富裕に生まれた者とは限らず、むしろ「騎士道を順守する者」なのだとはっきり述べている。[18]

　これらの青年団の核心にある道徳的騎士道は、モラルに則る振る舞いを促進すると同時に、騎士身分を民主化した。その結果、騎士道物語、特にアーサー王と円卓の騎士たちの冒険は、若者にふさわしく有益だとみなされるようになり、夥しい数の作品が主に少年向けとして書かれた。テニスンの詩の大半はマロリーに基づくので、究極の起源はマロリーということになるが、この頃の再話作品のほとんどはテニスンの道徳的な騎士道を通じて創られている。児童向けのアーサー王物語の初期作家のひとりジェイムズ・ノールズ（自身の本をテニスンに献呈した）の表現を借りれば、それゆえ、当時の作家たちは騎士道の「高尚なる元々の理想」を示したうえ、もとの作品に描かれた数々の不道徳な行いを誤魔化すことができたのであった。[19]

　その結果、多くの作家がマロリーかテニスンに基づく物語を子どもの頃に読み、大きな影響を受けることとなった。Ｆ・スコット・フィッツジェラルドやジョン・スタインベック、トマス・バーガー、ウォーカー・パーシーなどの作家はみな、自分たちのアーサー王伝説への関心の源泉は子どもの頃に再話作品を読んだことにあるとしている。しかし、アーサー王伝説の不動の人気を最もよく表しているのは、多くの大衆文学が英語で出版された点だろう。すべてのアーサー王ものの小説や劇、詩が、ある特定の書物を原作としているわけではない。だが、これらの作品から影響を受けた青年団や文学が、ファンタジーやＳＦ、ミステリー、西部劇、ロマンスといったポピュラーなジャンルにおいて、何百もの小説を生み出す豊かな土壌となったことは間違いない。これらの大衆小説の中には『ガウェイン卿と緑の騎士』*Sir Gawain and the Green Knight*やクレチアン・ド・トロワのロマンスに基づくものもあったが、大多数はマロリー版のアーサー王物語を利用するか、テニスン経由でマロリーに影響されたものであった。[20]

マロリーとテニスンの影響
——映画、文学、テレビ

マロリーとテニスンの影響は文学に限ったものではない。このふたりの作家は、草創期から映画に題材を提供し続けてきた。『ランスロットとエレイン』*Launcelot and Elaine*（一九〇九年、チャールズ・ケント監督）はテニスンの『国王牧歌』に基づいている。また『ランスロットとグィネヴィア』*Lancelot and Guinevere*（一九六三年、コーネル・ワイルド監督）（アメリカ版では『ランスロットの剣』*The Sword of Lancelot* としてリリース）は、マロリーとテニスンの両方から題材を借用している。シネマスコープで撮影された最初のＭＧＭ映画『円卓の騎士』*Knights of the Round Table*（一九五三年、リチャード・ソープ監督）は、マロリーの原作から大きく逸脱しているにもかかわらず、「サー・トマス・マロリーの『アーサー王の死』に基づく」と冒頭のクレジットで述べている。同様に、ジョン・ブアマン監督の『エクスカリバー』*Excalibur*（一九八一年）も、「マロリーの『アーサー王の死』を翻案した」と主張している。アーサー王にまつわるすべての物語（ウーサーのイグレインへの欲望からモードレッドとの戦い、湖へのエクスカリバー返還までの物語）を描こうとして、マロリーだけでなく、テニスンからの借用とオリジナルの題材も同じくらい加えているのに、である。

18——Robert Baden-Powell, *Scouting for Boys* (1908; rpt. Kila, Montana: Stevens Publishing Co., n.d. [1992]), p. 214.

19——J[ames] T. K[nowles], *The Story of King Arthur and His Knights of the Round Table*, ill. G. H. Thomas (London: Griffith and Farran, 1862), p. iii.

20——歴史小説も数編あり、多くはジェフリー・オブ・モンマスに材源を求めている。

また、マロリーはしばしば漫画でも引用されている。例えば、『年刊スーパーマン』*Superman Annual* 一〇号（一九八四年）で、スーパーマンは太古の素材で作られた剣を受け取る。そして彼は図書館でマロリーの『アーサー王の死』を読み、その剣は正義のために用いなければならないと学ぶのである。たとえ出典として明記されていなくても、大衆向けのアーサー王ものの作品のほぼすべては、マロリーの『アーサー王の死』のプロットやテーマ、登場人物から題材を得ている。

また、マロリーとテニスンはマーク・トウェインにも影響を与えた。トウェインは小説『アーサー王宮廷のコネチカット・ヤンキー』*A Connecticut Yankee in King Arthur's Court* で『アーサー王の死』から引用しつつ、テニスンにおける騎士道と貴族階級を諷刺している。トウェインの小説はアメリカにおけるアーサー王の普及に大きく影響し、幾度も再話・再解釈が行われた。格好の映画素材だった本作品は、まず一九二一年にエメット・J・フリン監督により、サイレント映画『アーサー王宮廷のコネチカット・ヤンキー』*A Connecticut Yankee at King Arthur's Court* として上演された。主演はハリー・C・マイアーズで、トウェインの主人公を裕福にしたような人物マーティン・キャベンディッシュに扮した。この映画はまず一九三一年、主演ウィル・ロジャーズ、メインキャストにモーリン・オサリヴァンとミルナ・ロイを迎えて、デイヴィッド・バトラー監督により『コネチカット・ヤンキー』*A Connecticut Yankee* と題してリメイクされた。そして一九四九年にも、ビング・クロスビーが主人公として歌うミュージカル映画『夢の宮廷』*A Connecticut Yankee in King Arthur's Court*（テイ・ガーネット監督）となった。一九七九年のディズニー映画『未確認飛行偏屈者』*Unidentified Flying Oddball*（ラス・メイベリー監督）は、NASAのロボット・エンジニアと彼にそっくりなロボット（両方ともデニス・デューガンが演じた）を、レーザー兵器や月面移動車とともにアーサー王の時代に送り込んでいる。また、ディズニー映画『タイム・マスター——時空をかける少年』*A Kid in King Arthur's Court*（一九九五年）ではリトル・リーグの野球選手がキャメロットへと送られる。トウェインの小説はテレビ・シリーズでも幾度もリメイクされ、一九五二年のウェスティングハウス・スタジオ・ワン版は、ボリス・カーロフをアーサー王役、トム・ミッチェルを中年のハンク・マーティン役に据えている。一九八九年のテレビ映画では、トウェインの主人公はコネチカットの少女カレン・ジョーンズ（ケイシャ・ナイト・プリアム）へと変貌している。『キャメロットの騎士——ハイテク科学者中世へ』*A Knight in Camelot*（一九九八年）では、ウーピー・ゴールドバーグが物理学者ヴィヴィアン・モーガン博士を演じている。この人物はコネチカット・ヤンキーの要素と、マーリンの物語におけるヴィヴィアンの性質を兼ね備えているのだ。

トウェインの小説のリメイクは、映画とテレビ映画だけではない。主人公を海軍将校としたロジャーズとハートによるミュージカル（一九二七年）や、ジョン・G・フラーの劇（一九四一年）、マリアンナ・マンクシの『アーサー王宮廷のコネチカット・ファッショニスタ』*A Connecticut Fashionista in King Arthur's Court*（二〇〇五年。ファッションに敏感な現代女性をアーサー王の時代に送り込んだ作品）、マーク・E・ロジャーズの挿絵付き物語『アーサー王宮廷の侍猫』"A Samurai Cat in King Arthur's Court"などがある。これらの作品には、原作における登場人物の複雑さや捉えにくさ、分かりにくい側面はほとんど残っていない。トウェインの『アーサー王宮廷のコネチカット・ヤンキー』で破壊と発展いずれの可能性も備えていたテクノロジーは、新しい再話作品ではその時代毎の最先端の技術を取り入れた仕掛けになっている。トウェインの小説はエンターテイメントやコメディ、時には児童向けの作品、さらにはバッグス・バニーのアニメ（『アーサー王宮廷のコネチカット・ウサギ』*A Connecticut Rabbit in King Arthur's Court* 一九七七年）へと変貌しているのだ。

しかし、トウェインのテクストの重要性は、ある特定の作品を生み出したことよりも、アーサー王物語にタイム・トラベルを導入した点だと言えよう。現代人をアーサーの時代に送ることで、トウェインは登場人物がキャメロットの住人と関わるお決まりの設定を創り出した。このパターンから、逆にアーサー王の時代の人物が未来へタイム・トラベルをするモチーフもよく用いられるようになった。タイムトラベルは特に漫画で人気のモチーフとなり、ドナルド・ダックとその叔父スクルージやスーパーボーイ、バットマン、スリー・ストゥージズなどの様々なキャラクターが、アーサーの王国を訪ねた。トウェインが時間という障壁を取り除いたために、エクスカリバーや聖杯、それにアーサーやマーリン、モーガンといったキャメロットの住人たちが、現代を舞台とする作品の軸となることが可能になった。また、現代、あるいは未来から来た登場人物が、文字通りあるいは比喩的にアーサー王伝説の英雄や悪役のかわりとして、物語に登場できるようにもなった。[21] 例えば、C・J・チェリイによるSF小説『永遠の港』*Port Eternity* では、アンドロイドがランスロットとアストラットのエレインの物語を再現している。[22]

二〇世紀と二一世紀のアーサー王作品に大きな影響を与えた作家には、T・H・ホワイトもいる。彼はテニスンやトウェイン同様にマロリーからインスピレーションを得て、複数巻で著作を出版した。『石にさした剣』*The Sword in the Stone*、『風と闇の女王』*The Witch in the Wood*『悲運の騎士』*The Ill-Made Knight* の刊行後、ホワイトは『風のなかの灯』*The Candle in the Wind* を加え、一九五八年に『永遠の王』*The Once and Future King* として出版した。本作はイングランドとアメリカで大きな人気を博し、映画と舞台に翻案された。中でも、アラン・ジェイ・ラーナー作、フレデリック・ロウ音響のミュージカル『キャメロット』*Camelot*（一九六〇年）は今でも頻繁に再演されている。この舞台の映画版『キャメロット』*Camelot*（一九六七年、ジョシュア・ローガン監督）はリチャード・ハリス、ヴァネッサ・レッドグレーブ、フランコ・ネロ主演である。本の第一部は、ウォルト・ディズニーのアニメ映画『王様の剣』*The Sword in the Stone*（一九六三年、ウォルフガング・ライザーマン監督）の原作となった。また、ホワイトはマーリンが時間を逆に生きるという設定を導入し、今日では多くの人々（幾人かの作家でさえも）がそのようにキャラクターを認識している。例えば、ピーター・デイヴィッド作のコミック・ノベル『騎士の生活』*Knight Life* では、マーリンはアーサーの治世からずっと若くなり続けているため、二一世紀のニューヨークシティでは子どもになっている。ホワイトの著作は数えきれないほど多くの読者をアーサー王の世界へと導き、多様なジャンルにおける様々な解釈の道を開いたと言えるだろう。

おわりに

これまで論じてきた作品群が、アーサー王伝説のポピュラー・ヴァージョン「全て」の淵源にあると言っては、議論を単純化しすぎているだろう。これらの筋書きや設定とはまったく異なる文学作品、児童文学、映画、マンガ、コンピュータゲームもたくさん存在する。しかし、ひどくかけ離れているように見える作品も、多くの場合が従来の登場人物やプロット、主題を再解釈しようとしているのだ。例えば、多くの作家がグィネヴィアを従来よりも自立したひとりの人物として描くか、アーサー王物語にとってより重要な人物として捉え直している。このような再解釈のアプローチは、今までの描写への反応であることが多い。例えば、一八七六年に書かれたエリザベス・スチュアート・フェルプス作「グィネヴィアの真実の物語」"The True Story of Guenever"では、語り手は「グィネヴィアが修

21——アーサー王ものの人物が再登場する小説については Cindy Mediavilla, *Arthurian Fiction: An Annotated Bibliography* (Lanham, Maryland: The Scarecrow Press, 1999), Chapter 7, "Return of the King," pp. 97-105 を参照。アーサー王伝説が現代のポピュラー・フィクションでいかに取り上げられているかについては Raymond H. Thompson の *The Return from Avalon* を参照。

22——C. J. Cherryh, *Port Eternity* (New York: Daw, 1982). アーサー王もののエピソードの再現の仕方はテニスンの著作に依拠しているが、同伝説を未来に持ち込んだ点はトウェインから着想を得たと考えられる。

道院に取り残されるのに耐えられない」ために、テニスンによって語られた「あの物語に反抗する」と述べている。また、ロザリンド・マイルズやナンシー・マッケンジーの小説も、アーサーの王妃に割り当てられたおまけのような地位に反抗している。要するに、ポピュラーなアーサー王作品の大半は（そして、英語で書かれたアーサー王作品のほぼ全部が）直接的あるいは間接的に、ジェフリー・オブ・モンマス、マロリー、テニスン、トウェイン、ホワイトから影響を受けていると言える。

　アーサー王ものの人気が衰退する兆しはどこにも見えない。二〇一七年だけでも、ボストンやイタカ、他の諸都市で舞台『キャメロット』*Camelot* が、そしてシンシナティではバレエ『アーサー王のキャメロット』*King Arthur's Camelot* が上演された。ガイ・リッチー監督の映画『キング・アーサー』*King Arthur: Legend of the Sword* とマイケル・ベイ監督の『トランスフォーマー――最後の騎士王』*Transformers: The Last Knight* はアーサー王伝説に依拠している。石から剣を引き抜くモチーフが出てくる漫画も出版されたが、この『永遠の女王』*The Once and Future Queen* で剣を引き抜くのは女性であった。また、聖杯探究のモチーフも漫画『アンホーリー・グレイル』*Unholy Grail* に登場している。作者のカレン・バンはアーサーとマーリンを邪悪な人物として描いているが、T・H・ホワイトから着想を得ているようだ。最近の小説やテレビ番組もアーサー王もののモチーフを借用している。過去にして未来の王アーサーは、今後も常に、ポピュラーカルチャーにおいても永遠であり続けるだろう。

【参考文献】

Baden-Powell, Robert. *Scouting for Boys: A Handbook for Instruction in Good Citizenship*. 1908; rpt. Kila, Montana: Stevens Publishing Co., n.d. [1992].

Cherryh, C. J. *Port Eternity*. New York: Daw, 1982.

Churchyard, Thomas. *The Worthines of Wales*. London: G. Robinson, 1587; rpt. New York: Franklin, 1967.

David, Peter. *Knight Life*. New York: Ace Fantasy Books, 1987.

Digby, Kenelm. *The Broad Stone of Honour: or, The True Sense and Practice of Chivalry*, 5 vols. London: Bernard Quaritch, 1876-77.

Drayton, Michael, *Poly-Olbion*, Vol. 4 of *Works*. Ed. J. William Hebel. Oxford: At the Shakespeare Head Press by Basil Blackwell, 1933.

Fielding, Henry. *Tom Thumb and the Tragedy of Tragedies*. Ed. L. J. Morrissey. Berkeley: University of California Press, 1970.

Forbush, William Byron and Frank Lincoln Masseck. *The Boys' Round Table: A Manual of the International Order of the Knights of King Arthur*. 6th ed. rewritten. Potsdam, New York: Frank Lincoln Masseck, 1908.

Girouard, Mark. *The Return to Camelot: Chivalry and the English Gentleman*. New Haven, Connecticut: Yale University Press, 1981.

Heywood, Thomas. *The Life of Merlin, Surnamed Ambrosius; His Prophecies and Predictions Interpreted, and Their Truth Made Good by Our English Annals: Being a Chronological History of All the Kings and Memorable Passages of This Kingdom, from Brute to the Reign of King Charles*. London: J. Okes, 1641.

K[nowles], J[ames] T. *The Story of King Arthur and His Knights of the Round Table*. Ill. G. H. Thomas. London: Griffith and Farran, 1862.

Leigh, Joseph. *Illustrations of the Fulfilment of the Prediction of Merlin: Occasioned by the Late Outrageous Attack of the British Ship of War the* Leopard *on the American Frigate* Chesapeake, *and the Measures Taken by the President, Supported by the Citizens Thereon*. Portsmouth, New Hampshire: Printed for the Author, 1807.

Leland, John. *Assertio Inclytissimi Arturii*. Trans. by Richard Robinson as *The Assertion of King Arthur*. In *The Famous Historie of Chinon of England Together with The Assertion of King Arthure*. EETS o.s. 165. London: Humphrey Milford for the Early English Text Society, 1925. (Leland's Latin text was originally published in 1544 and Robinson's translation in 1582.)

Mancusi, Marianne. *A Connecticut Fashionista in King Arthur's Court*. New York: Dorchester, 2005.

McKenzie, Nancy. *The Child Queen: The Tale of Guinevere and King Arthur*. New York: Del Rey, 1994.

-----. *Grail Prince*. New York: Del Rey, 2003.

-----. *The High Queen: The Tale of Guinevere and King Arthur Continues*. New York: Del Rey, 1995.

Mediavilla, Cindy. *Arthurian Fiction: An Annotated Bibliography*. Lanham, Maryland: The Scarecrow Press, 1999.

Miles, Rosalind. *Guenevere: Queen of the Summer Country*. New York: Crown Publishers, 1998.

Phelps, Elizabeth Stuart. "The True Story of Guenever." *Independent* 28 (15 June 1876): 2-4.

Rogers, Mark E. "A Samurai Cat in King Arthur's Court." In *More Adventures of Samurai Cat*. New York: TOR, 1986.

Swift, Jonathan. "A Famous Prediction of Merlin, the British Wizard, Written above a Thousand Years Ago, and Relating to the Year 1709." Reprinted in *Modern Arthurian Literature*. Ed. Alan Lupack. New York: Garland, 1992. 81-84.

Tennyson, Alfred, Lord. *Idylls of the King and a Selection of Poems*. Ed. George Barker. New York: Signet, 1961.

-----. "Sir Galahad." In *Modern Arthurian Literature: An Anthology of English and American Arthuriana from the Renaissance to the Present*. Ed. Alan Lupack. New York: Garland, 1992.

Theobald, Lewis. *The Vocal Parts of an Entertainment Call'd Merlin, or, The Devil of Stone-Henge*. London: John Watts, 1734.

Thompson, Raymond H. *The Return from Avalon: A Study of the Arthurian Legend in Modern Fiction*. Westport, Connecticut: Greenwood Press, 1985.

Twain, Mark. *A Connecticut Yankee in King Arthur's Court*. New York: Charles L. Webster, 1889.

White, T. H. *The Once and Future King*. London: Collins, 1958.

沈め!
アーサー王物語の沼

Column 4

TSUBAKI Wabisuke

その他魅力的な騎士たちの一部

椿 侘助

推し騎士ふたりに文字数を割きすぎちゃったけど、アーサー王物語には他にも個性豊かな騎士達がたくさんいるよ!

作品内には毒舌キャラが欠かせないよね! アーサー王物語にも勿論います。ケイという男なんですけど、毒舌で態度が悪くて、それなのに強い時は強いし(弱い時は弱い)、円卓の騎士の例にもれずハンサムという、設定盛り盛りの男。さらに彼はアーサー王と兄弟として育てられていたという美味しすぎる設定もあり、これだけでほのぼのからドシリアスまで幅広く妄想[01]ができるってものだよね。ヴォルフラム・フォン・エッシェンバハの『パルチヴァール』には彼を好きになっちゃうとてもいいシーンがありましてね……とある騎士にボコボコにされたケイをガウェインが心配して嘆くのですが、ケイは怒りながら「あなた(ガウェイン)は高貴過ぎて、私の仇を討つことはおできになれないでしょうが、私ならあなたがもし指一本でも失われたとあらば、そのためにこの首を賭けるでございましょう」(一五六頁)って言うんですね。この後まだ長々とケイのガウェインへの八つ当たりは続くのですが、あなたが指の一本でも失ったら私

01―妄想 ❦ 原作にはない場面や設定に思いを巡らせること。「これがもしこうだったら〜」という様な仮定について想像すること。楽しい。

は首を賭けて仇を討とう、ってそれ……もはや毒舌というよりツンデレでは？[02] 態度は悪いけどなんだかんだ仲間から大切に思われていて、仲間を大切にしているキャラクター……好きになっちゃう人結構いると思うよ！

パロミデスも好きなんですよね～叶わぬ恋に身をやつす優れた騎士にして、トリスタンの宿敵ポジションが彼です。彼はトリスタンの恋人であるイゾルデに惚れてしまっているのですが、その切ない恋と、トリスタンへの憎しみと愛で苦しむ様が胸を打つんですよ！ そう、恋のライバルで戦士としてもライバルであるトリスタンを、彼は憎むだけでなく愛してしまっているんですね。「互いに敵意を持ってるけど、戦士としては認め合っていて、相手が危険に晒されていると知ると助けに向かう」そんなふたり組、いいよね。味わい深いよね。マロリーの『アーサーの死』では、トリスタンやイゾルデの仲間になっていたパロミデスが、試合でトリスタンへの嫉妬のために不名誉な行いをした挙句、ついにはトリスタンに「今度会ったらお前を必ず殺してやる！」と言って仲間を抜けるんですけど、それでも彼は別れた後に、イゾルデとトリスタンと別れてしまったことを悲しむんですよ。一緒にいても辛いし、離れていても辛いし……誰か彼を幸せにしてくれ……。

アーサー王は優秀な騎士団を率いているからさぞかし、しっかりした王だろうと思いきや、彼はやんちゃで自信家な俺様キャラ。[03]『アーサーの甥ガウェインの成長記』という物語での彼が特に可愛い。アーサー王が妻に「あなたは自分の武勇を自慢して、自分に敵うものはひとりもいないと思ってますね」と言われるシーンがあるんですけど、そこでアーサー王は「そうだ。お前もそう思ってるだろ？」と答えるんです。この人絶対すぐ調子にのるタイプだよ！ 二次創作[04]でめちゃくちゃ動かしやすくてネタになるから重宝される匂いがする……。自信満々

02—**ツンデレ**❦ツンツン（敵対的）とした態度とデレデレ（好意的）とした態度を併せ持ったキャラクターのこと。クレチアン・ド・トロワの『ペルスヴァルまたは聖杯の物語』でガウェインを散々罵ったオルゲイユーズ・ド・ノグル、マロリーの『アーサーの死』でガレスを罵倒したリネットなど。

03—**俺様キャラ**❦強気でプライドが高く威張っているキャラクター。現実世界では関わりたくないが、キャラクターとしては非常に魅力的。BBCのドラマ『魔術師マーリン』のアーサーなどは俺様キャラのいい例。

04—**二次創作**❦ある作品の設定やキャラクターをベースにして作られた小説や漫画などの作品。オタクの中には萌えを二次創作という形で吐き出す者がいる。

にこう返したアーサー王でしたが、妻には「ローマから来たとある騎士の方があなたより強いよ」と言われてしまいます。それを聞いて彼は、こっそりその騎士（実はガウェイン）に挑戦しようと思うわけですね。妻が寝ると鎧を身につけ、ケイと共にその騎士の元へ行き、相手を挑発して戦闘になるのですが、まあ、自信満々で調子にのってる奴って痛い目見るよね！　アーサー王はその騎士に川の中へと突き落とされます。ケイも相手に挑み掛かるのですが、彼もやられてアーサー王の上に積み重なるという……うん、私、アーサー王物語のこと「ギャグ漫画かな？」って時々思うよ。しかもずぶ濡れで負けて帰ったアーサー王は、妻に「どうしてそんなに濡れてるの？」って聞かれて「いや、部下たちが争ってたのを仲裁してたんだけど、その時に雨に降られて……」って誤魔化すんですよね！　かっこ悪！　そういうとこ好き！　この後、嘘がバレて狼狽えるアーサー王も見れます。円卓の騎士たちを振り回すことも多いんですけど、騎士たちに何かあると全力で心配するし、やんちゃで仲間思いなカリスマリーダーは人類が永遠に好きなキャラクター属性だから我々はアーサー王物語から今後も逃げられないと思う。

【参考文献】

ヴォルフラム・フォン・エッシェンバハ／加倉井粛之、伊東泰治、馬場勝弥、小栗友一訳『パルチヴァール』（郁文堂、一九七四年）。

トマス・マロリー／井村君江訳『アーサー王物語（I）—（V）』（筑摩書房、二〇〇四—二〇〇七年）。

瀬谷幸男訳『中世ラテン騎士物語——アーサーの甥ガウェインの成長記』（論創社、二〇一六年）。

若者500人に聞きました――アーサー王伝説アンケート

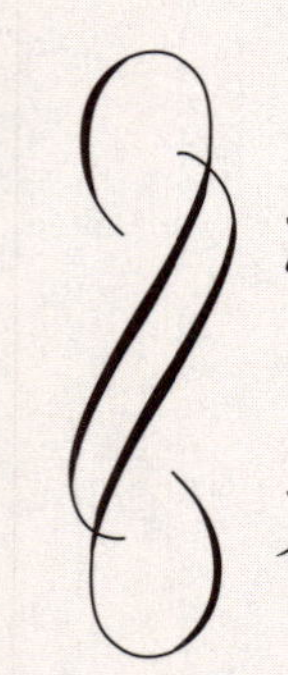

現代の日本におけるアーサー王物語の人気と浸透度合いを探るべく、〈高校生〉と〈大学生〉合わせて五〇〇人を対象にアンケートを行った。本調査では、①知っている固有名詞のチェック、②アーサー王の性別、③アーサー王物語と出会ったきっかけ（任意）についてそれぞれ回答してもらった。

1 知っている固有名詞にチェックしてください（複数回答可）

以下の九つ＋その他を項目として設けた。

- アーサー
- マーリン
- ランスロット
- ガウェイン
- トリスタン
- エクスカリバー
- キャメロット
- 聖杯
- アヴァロン
- その他

〈コメント〉

アーサー、絶対的君臨。九割五分がその名を知っていた（ただし、名前としてポピュラーなものなので、伝説とは無縁のところで触れている可能性も高いのだが……）。次に知名度の高かったのはランスロット、そしてマーリンと続く。武具の中では何といっても「エクスカリバー」で、七割を超える。『Fate/stay night』では衛宮士郎「アーサー王の代名詞、斬れないものはなく、刃こぼれのしない名剣」と一般的な印象が代弁されている。「聖杯」の名も幅広く知られ、『Fate』シリーズが関係していることは間違いないようだ。同シリーズは、あらゆる願いを叶える器「聖杯」を巡る戦争なのである。「その他」でも「ベディヴィエール」が幾度も挙げられていたが、この表記も『Fate』と同一のものである。他にも、モードレッド、ガラハッド、モルガン、アグラヴェイン、ケイ、グィネヴィア、円卓の騎士、カムランなど、多様な回答があった。

2 皆さんにとって、アーサー王は――？

以下の三つ＋その他を項目として設けた。

- 男
- 女
- どちらの場合もあり
- その他

〈コメント〉

そもそもこの問い自体が、今日起きているアーサー王の性別の揺れを前提とするもの。結果、アーサーは依然として「男」であるという回答が多数を占めた。とはいえ、三割近くが「どちらの場合もあり」と回答したことは実に興味深い。アーサー王の女性

1. 知っている固有名詞にチェックしてください（複数回答可）

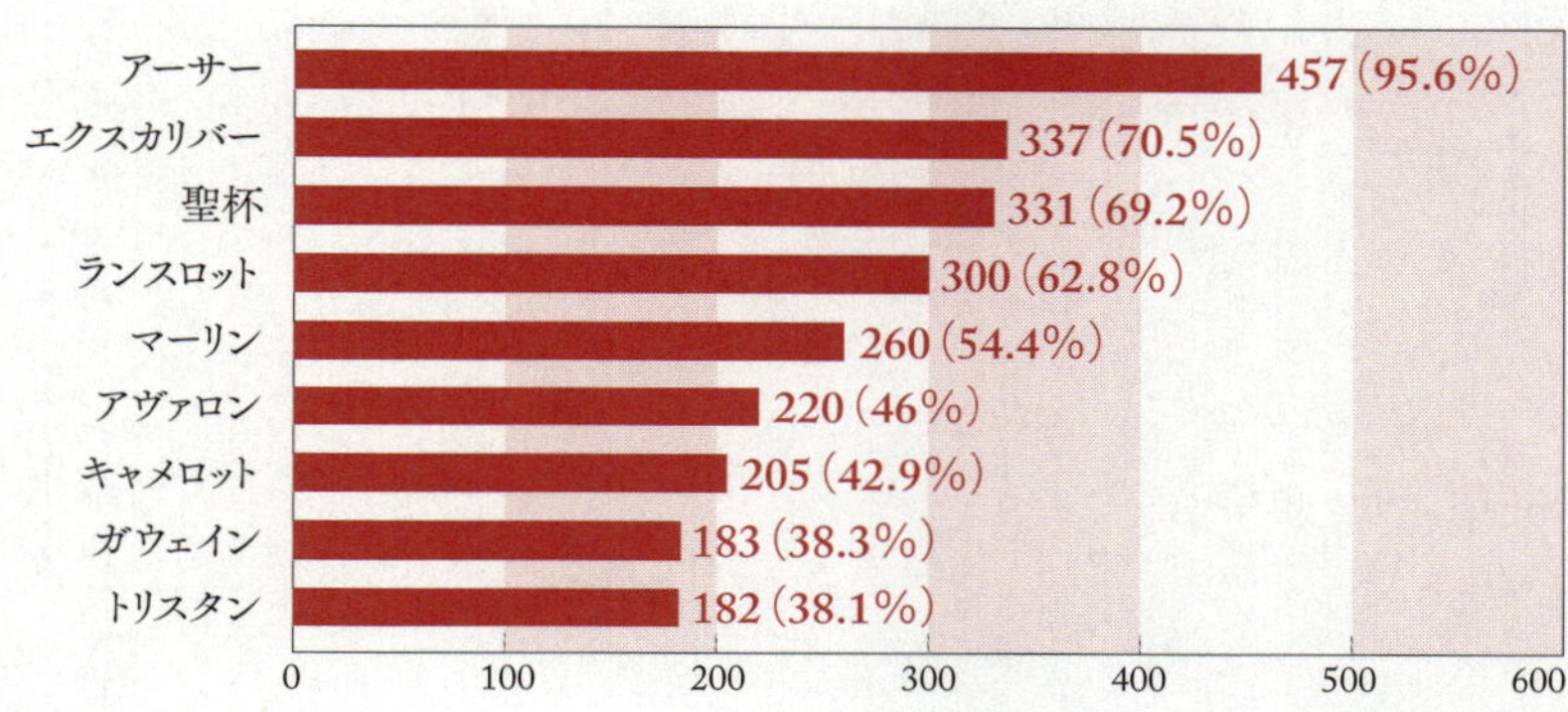

2. 皆さんにとって、アーサー王は？

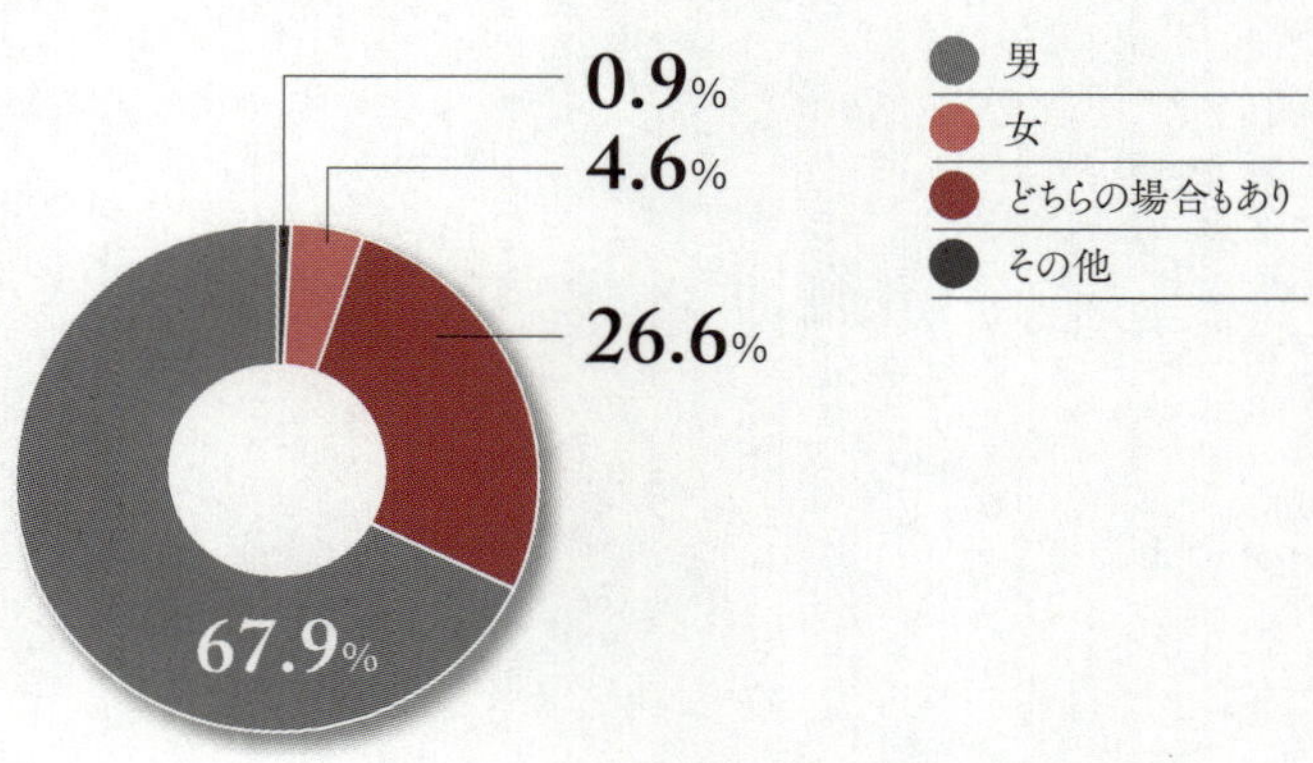

化の火付け役となったのは、紛れもなく『Fate』シリーズだろう。もはやそのこと自体が広く知られているため、かえって、歴史上のアーサーが実は「男」であることも知られてきているといえよう。

3 アーサー王物語と出会ったきっかけ（作品など）を教えてください。小説、映画、マンガ、アニメ、ゲーム、絵画など何でも結構です。【任意（＊以下、一つのカテゴリーに収まらない作品もある）】

【テレビ・アニメ】

『コードギアス』

『Fate』シリーズ（Fate/stay night）

【映画】

『キングスマン』

『トランスフォーマー　最後の騎士王』

『王様の剣』

『ナルニア国物語』

『キング・アーサー』

【書籍】

『ガウェイン卿と緑の騎士』

『魔法の島フィンカイラ（マーリン1）』

『トリスタン・イズー物語』

『ドラゴンと魔法の水』

『アーサー王の死』

『アーサー王宮廷のコネチカット・ヤンキー』

『赤毛のアン』

『闇の戦い』シリーズ

『ニューヨークの魔法使い』

『グラストンベリーの女神たち：イギリスのオルタナティヴ・スピリチュアリティの民族誌』

『アーサー王と円卓の騎士』

【マンガ】

『七つの大罪』

『ヘタリア』

【ゲーム関連】

『Fate/Grand Order』

『パズル&ドラゴンズ』

『拡散性ミリオンアーサー』

『シャドウバース』

『イナズマイレブン』シリーズ

『遊戯王』

『ラヴヘブン』

『モンスターストライク』

『シャイニング・フォース イクサ』

『ソニックと暗黒の騎士』

『ファイナルファンタジー』

『実況パワフルプロ野球』

【音楽】

Mili「Galahad and Scientific Witchery」

【ドラマ・舞台】

『魔術師マーリン』

宝塚版『アーサー王伝説』

【その他】

・『遊戯王ＯＣＧ』カードゲーム
・大学の授業、講義
・高校の世界史の授業、資料集
・英文の長文読解
・英文学に関する授業
・夢の中で
・噂で
・なんで知ってるか分からない

〈コメント〉

・『コードギアス』はロボットアニメだが、機体に「ランスロット」「モルドレッド」などの名前が用いられている（何故か「アーサー」は猫の名前であったが）。

・映画『キングスマン』でも華麗なるスパイたちにランスロット、ガラハッド、マーリンなどのコードネームが用いられている。こうしたモチーフに伝説を用い、プロットではなく固有名詞を通じて伝説に触れるのは世界的に見られる傾向なのかもしれない。

・日本語に翻訳された書籍も健闘を見せた。なお『赤毛のアン』が含まれているのは、テニスンのエレインを真似る逸話ゆえである。

・予想よりマンガが少なかった一方で、やはり日本ではゲームの影響の大きさが伺えた。『イナズマイレブン』はサッカーのゲームだと思っていたが、アーサー王のモチーフが用いられているとのこと。アメリカの小説家マラマッドが野球を聖杯探求に擬えた『奇跡のルーキー（原題 *The Natural*）』や鈴木央のゴルフマンガ『ライジングインパクト』を彷彿とさせて興味深い。

・RPGの観点からすれば、『ファイナルファンタジー』が入っているのに対して、『ドラクエ』の回答がなかったことは興味深く、示唆的でもある。

＊調査実施にあたってご協力いただいた不破有理先生、小路邦子先生、滝口秀人先生に御礼申し上げます。

語り継がれるアーサー王伝説――一次資料集

『ブリトン人の歴史』

（800年頃）

ラテン語で書かれた、将軍アーサーについての記述。

〈抜粋〉

そしてアーサーはブリテンの王たちと共に彼らと戦った。しかしアーサー自身は戦いにおける将軍であった。

……Nennii、小宮訳、47―48頁

『カンブリア年代記』

（950年頃）

ラテン語で書かれた、アーサーとメドラウト（モードレッド）の死。

〈抜粋〉

九三年、カムランの戦いでアーサーとメドラウトが倒れ、ブリタニアとヒベルニア（アイルランド）に死者が出た。

……Annales Cambriae、小宮訳、4頁

『マビノギオン』における「キルッフとオルウェン」

（1050年頃）

ウェールズ語で書かれた、ケルトの人々に伝わるアーサー王物語。

〈抜粋〉

そうして、カイは立ちあがった。カイには特別な能力があった。九日と九晩、水の下で息を保っていることができたし、九日と九晩、眠らずにいることもできた。カイから受けた傷は、どんな医者も癒すことはできなかった。カイはまた、すばらしい天賦をもっていた。機嫌のよいときには、森の中の一番高い木よりも高く背丈をのばすことができたのである。また、ほかにも特別な能力をもっていた。雨が最高にひどく降っているようなときでも、手の前後、拳の幅くらいの範囲にあるものは、自分の熱で乾かしておくことができたのである。そして、仲間のうえにひどい寒気が襲ってきた場合には、火を起こすための火種を提供することさえできるほどであった。

アルスルはベドウィルを呼び出した。彼は、カイがしようとしていることからは、けっして手を引こうとはしなかった。ベドウィルについていうならば、アルスルとキブダルの息子ドリッフとを除いて、この島で彼ほどの美男はいなかった。また、片腕であったにもかかわらず、同じ戦場にいる三人の戦士たちといえども、彼よりすばやく血を流させることのできる者はいないほどだった。彼のもう一つのふしぎな能力は、その槍の一突きが他の九つの突きに値するということだった。

アルスルは案内人キンデリックを呼び出した。

「この若者とともに、この旅に加わって出かけていってもらいたい」

彼は、まだ一度も見たことがないような国の中でも、自分の国と同じように動きまわれたからである。

また、言語の通訳者グルヒルを呼び出した。彼はすべての言語に精通していたからである。

また、グウィアルの息子グワルッフマイを呼び出した。彼は、探究の旅から手ぶらで故郷に戻ることのない男だったからである。彼は最高の歩き手、そして乗り手でもあった。アルスルの甥であり、姉の息子、彼の第一の従兄弟でもあった。

……『マビノギオン：中世ウェールズ幻想物語集』、中野節子訳、174―75頁

ジェフリー・オブ・モンマス『ブリタニア列王史』（1136―38年頃）

ラテン語で書かれた年代記。アーサーの生涯を初めて記した書物として有名。

〈抜粋〉

ウーテル・ペンドラゴン王が逝去したあとで、ブリタニアの諸侯たちがさまざまな地方からシルケストリア市に集まり、レギオ市の大司教ドゥブリキウスに、彼の息子アルトゥールス（アーサー）を王に聖別するように指令した。というのは、彼らはそうせざるをえなくなったのである。なぜなら、ウーテル王の死を聞いて、サクソン人たちはゲルマニアから同胞を呼び寄せて、コルグリヌスを指揮官にし、ブリトン人たちを全力で絶滅しようとしていたからである。彼らは既にフンベル川からカタネシア沿海にいたるまでブリタニア島の全域を征服していたのである。

ドゥブリキウス大司教は祖国の災禍を嘆いて、その他の司教たちを呼び寄せ一緒にアルトゥールスの頭上にブリタニア王国の王冠を戴かせた。だが、そのときアルトゥールスは十五歳であったが、既に前代未聞の勇敢にして寛大なる若者であった。しかも、彼はその天性の誠実さゆえに大きな好意を享けて、彼はほとんどすべての人びとに愛されていたのである。したがって、一旦王の称号を戴くと、彼はいつもの慣わしに倣って、あらゆる人びとに惜しみなく贈り物を施した。したがって、余りにも多くの兵士たちがアルトゥールスの下に集まってきたので、彼は分け与えるものがなくなるほどであった。このように、天性の勇気と寛大さを兼備した彼は、たとえ一時的であれ与えるものが欠乏しても、長い間窮乏に苦しむことは決してなかった。それゆえに、アルトゥールスはその内奥に勇気と寛大さを兼ね備えていたので、彼はサクソン人たちをとことん苦しめる覚悟をした。それは敵である彼らの財宝で、自分に奉仕する臣下たちに報いて裕福にするためであった。彼はその大義の正当性に促されてさらに勇気を奮い立たせた。なぜなら、彼は正当な王位継承権によってブリタニア全土を支配する王冠を手に入れたからである。

……瀬谷幸男訳、249―50頁

ヴァース『ブリュ物語』（1155年頃）

フランス語で書かれた年代記。主にジェフリーに基づくが、円卓が初登場する。

〈抜粋〉

アーサー王の宮廷には優れた諸侯がそろっていた。みなそれぞ

れ自分こそが最も優れていると思っており、誰も自分が最低だとは思っていないので、王は、ブリトン人たちの間で言い伝えのある円いテーブルを作らせた。そこに座る騎士たちは王の側近騎士で、みな平等であった。みんな平等に席につき、平等に食事が出される。自分は同僚より高い席を占めていると自慢することは誰もできない。みんなが上座に座っているのであり、下座の者は誰もいない。

■……『フランス中世文学名作選』、ヴァース「アーサー王の生涯」、原野昇訳、118頁

クレチアン・ド・トロワ『ペルスヴァルまたは聖杯の物語』（1160—90年頃）

フランス語で執筆されたロマンス（虚構の物語）。「聖杯（グラアル）」について言及した、最古の作品。

〈**抜粋**〉

室内は、館の中を蠟燭のあかりで照らしうる最大限の明るさで、とても明るかった。二人があれこれと話し合っている間に、とある部屋からひとりの小姓が、白銀に輝く槍の、柄の中程を持って入ってきて、炉の火と寝台に坐っている二人との間を通った。そして、その場に居合わせた人たちはみな、銀色の槍、銀色の穂尖を見、一滴の血が槍の尖端の刃尖から出てきて、小姓の手のところまでその赤い血は流れ落ちた。その夜そこへ来たばかりの若者は、このふしぎを見て、どうしてこんなことが起るのか、尋ねることを差し控えた。というのも、思い出したのだ、あの騎士がかれに与えた忠告、あまり喋りすぎぬよう気をつけなさいと、教え諭されたあの忠言を。それで、もし質問したりしたら、無礼と思われはせぬかと恐れたのだ。そんなわけで、問いを口に出さなかった。

そのとき、また別の二人の小姓が入ってきた。手にはそれぞれ、純金で、黒金象眼を施した燭台を捧げていた。この、燭台を持ってきた若者たちは、大変に美しかった。それぞれの燭台には少くとも十本ずつの蠟燭が燃えていた。

両手で一個のグラアルを、ひとりの乙女が捧げ持ち、いまの小姓たちといっしょに入ってきたが、この乙女は美しく、気品があり、優雅に身を装っていた。彼女が、広間の中へ、グラアルを捧げ持って入ってきたとき、じつに大変な明るさがもたらされたので、数々の蠟燭の灯もちょうど、太陽か月が昇るときの星のように、明るさを失ったほどである。

その乙女のあとから、またひとり、銀の肉切台（タイヨワール）を持ってやってきた。前を行くグラアルは、純粋な黄金でできていた。そして高価な宝石が、グラアルにたくさん、さまざまに嵌めこまれていたが、それらはおよそ海や陸にある中で、最も立派で最も貴重なものばかりだった。まちがいなく、他のどんな宝石をも、このグラアルの石は凌駕していた。さきほど槍が通ったのとまったく同じように、行列は寝台の前を通りすぎて、一つの部屋から次の部屋へと入って行った。

■……『フランス中世文学集2 愛と剣と』、天沢退二郎訳、202—03頁

ベルール『トリスタン物語』（1165年頃）

フランス語で書かれた、トリスタンと王妃イズーの悲恋物語。

〈**抜粋**〉

皆様がた、薬酒のことはすでにお聞き及び、
ふたりが飲み、そのため長い間
かくも苦しむ原因となった薬酒のことは。
だが、私が思うに、皆様はご存知ない、
あの恋の飲物、薬草入りの酒に
どれほどの期限が付けられていたかを。
これを煎じたイズーの母は
三年の愛にとつくりなした。
マルクと娘のためにつくったのだ。
ところが別の男が飲み、そのため追放の身。
その三年の日々が続く間、
薬酒の効き目はトリスタンに、
またイズーにも深く滲みとおり、
それぞれが言う――「不幸せではない」。
　聖ヨハネの祭りの翌日、
薬酒の期限にと定められた
三年が終わりを告げた。
トリスタンは床から起き上がり、
イズーは小屋に残った。
よろしいか、トリスタンは
狙い定めて、牡鹿に矢を放ち、
その脇腹を見事に射貫いた。
牡鹿は逃げ、トリスタンが追う。
追い回すうちに日はとっぷり暮れた。
獲物を追いかけている最中に、
その時はやって来た――彼は立ち停まる――
恋の飲物を飲んでからの、その期限が。

たちまち、ひとりで後悔し始める――
「ああ、神よ！　何という苦しみ！
今日で三年目、一日たりとも欠けぬ、
あのときから苦しまぬ日とてなかった、
日曜祭日も、またふだんの日も。
わたしは忘れていた、騎士の努めを、
諸侯に立ち交じる宮廷の暮らしを。
それが今は王国から追放され、
一切合財なし、銀栗鼠の毛皮もなく、
騎士たちの集う宮廷にも居合わせぬ。
神よ！　これ程わたしが罪深く振舞わなかったら、
親愛なる伯父上はどれ程愛してくれたかも知れぬ！
ああ、神よ！　何という不運な成行きか！
本来なら今頃は王の宮廷にあって、
わたしについて騎士となるべく修行し、
その恩義に報いるため奉仕する
百人もの若い貴公子に囲まれているはず。
いっそどこぞ他の土地へと流れ、
武芸を頼りに奉公し、禄を食むべきだったか。
それにまた、王妃のことで胸が痛む、
壁掛けのある部屋の代わりに小屋をあてがった。
あの人は森にいる、本来ならば
お付きの女たちにかしずかれ、
絹の帳をめぐらせた美しい部屋に暮らせるのに。
わたしゆえに間違った道に入ってしまった。
この世の主である神に
ひたすらお願い申上げる、なにとぞ

伯父上に無事に伴侶をお渡しできるよう、
我に力と勇気を与え給え。
この身になしうることであれば、
イズーがその夫たるマルク王との
仲直りのかなうよう、進んでそうすると
神にお約束する、なぜなら婚姻の契りは、
悲しいかな、ローマ公教会の定めに則り、
大勢のお歴々の居並ぶ前でなされていた」
　トリスタンは弓に身を支えて、
王妃とかくも仲違いさせ、
数々の迷惑をかけ続けた伯父王を思い、
慚愧の念を披瀝するのであった。

『フランス中世文学集1　信仰と愛と』、新倉俊一訳、205―06頁

ロベール・ド・ボロン
『メルラン』（1200年頃）

フランス語で書かれた、聖杯を中心とする三部作。
「石に刺さった剣」に関して初めて述べた作品。

〈抜粋〉

徳僧の促す通りに人々は祈り、ミサが始まった。福音朗読まで進み、奉献が行われたとき、一部の者が外に出た。大聖堂の前には大きな広場があった。
外に出た瞬間にちょうど日が昇り、彼らは教会の中央ポーチの前、広場の中央に、四角い石段があるのに気がついた。見たこともない石材で大理石のようだった。石段の真ん中に半尺ほどの高さの鉄床（かなとこ）があり、この鉄床には一振りの剣が突き刺さり、石段にまで達していた。最初に聖堂を出た者たちはこれを目にして大いに仰天し、聖堂に駆け戻って伝えた。ミサを執り行っていた徳僧はローグル国の大司教だったが、それを聞くと聖水と教会にあった聖遺物を手に取り、後ろにほかの司祭や人々を従えながら石段へと向かった。彼らはまじまじと剣を見つめ、これは我らが主の思し召しだろうかとつぶやきながら、ほかに妙案も浮かばず聖水を振りまいた。
　そのとき、身を屈めた大司教の目に、鋼に刻まれた金色の文字が飛び込んできた。読むとこう書かれていた。
〈この剣の持ち主、すなわち剣を引き抜くことのできた者は、イエス・キリストに選ばれし、当国の王となるだろう。〉

『魔術師マーリン』、横山安由美訳、231―32頁

ヴォルフラム・フォン・エッシェンバハ
『パルチヴァール』（1210年頃）

ドイツにおけるクレチアンの翻案。
ワーグナーのオペラの元となる。

〈抜粋〉

少年はこうしてゾルターネの森で世間の目の届かぬ所で教育を受けた。王子としての訓育はなに一つされず、ただそれらしきものと言えば、弓矢を自ら削って作り、鳥を見つけて射落とすことぐらいだった。しかし今まで声高くさえずっていた鳥を殺してしまうと、彼は泣き出して髪をかきむしるのだった。彼の頭髪がその償いをするはめになった。彼は美しくまた堂々としていて、毎

日野原を流れる小川で水浴びした。別になんの心配もなかったのだが、ただ一つ頭上でさえずる鳥さえいなければと思った。そのかわいい声が心の中に響いてくると、小さい胸はきゅっと締めつけられるのだった。彼は激しく泣いて女王のもとに走って帰った。すると彼女は尋ねた、「誰にされたの。お前は野原に出て行ったのだね。」すると彼は、子供たちによく見られるように、母に何も答えられなかった。女王は長い間その理由を探していた。ところがある日わが子が木を見上げて、鳥のさえずりに聞きほれている姿を見た。よく見れば、わが子は鳥の声で何ものかに憧れて胸をふくらませていた。そうさせたのはそもそも（妖精の血を引く）彼の生まれとその欲求だったのである。女王ヘルツェロイデは小鳥たちに憎悪の念を向けた。自分でその理由をはっきり自覚していたわけではなかったが、彼女は鳥の鳴き声を消してしまいたくなって、すぐさま農夫や農奴に鳥を捕らえて締め殺すように命じた。だが鳥どもは逃げ足が速く、死を免れて生き延びた鳥もあり、再び楽しげにさえずっていた。

　少年は女王に尋ねた、「なぜそう小鳥を責めるの。」そしてすぐ小鳥の保護を願った。すると母は彼の口に口づけして言った、「いと高い神の掟にどうして背けましょう。本当に私のために鳥たちの喜びを取り上げるのはいけないわね。」すると少年はすぐ母に尋ねた、「えっ、神様って何、お母さん。」「坊や、ではお話ししてあげましょう。神様は昼の光よりもっともっと明るく、その顔を人間に似せてお作りになりました。坊や、この教えを心に留めて、困ったときは神様におすがりしなさい。誠実な神様はいつもこの世の人々に救いの手を伸べられました。けれど一方に地獄のあるじというものがいるのよ。それは真黒で、不誠実に付きまとわれている者です。お前はこの悪魔のことを思って、心を動かし疑いの心に取り付かれることのないようにするんだよ。」このように母はわが子に暗闇と明るい光の違いを説明してやった。この話を聞くや否や少年はさっとそこから走り去った。

加倉井、伊東、馬場、小栗訳、62―63頁

ラハモン『ブルート』（13世紀初頭）

ヴァース『ブリュ物語』を典拠とした英語初の『ブルート』年代記。

〈抜粋〉

「我が剛勇なる戦士よ、あの丘へ進むのだ。
昨日、コルグリムは最も恐れを知らぬ男であったが、
今や彼奴は丘を守りし山羊同然、
高き丘の上、角をかざして戦っておる。
そこへ来たりし獰猛な狼、獲物の匂いを嗅ぎつける。
一匹狼、仲間は引きつれず
囲いの中には五〇〇頭の山羊。
狼は彼らのもとへ、全頭を噛み殺す。
今日というこの日、我、コルグリムを打ち破ろうぞ。
我は狼、彼奴は山羊。彼奴は死すべき運命だ」
さらに、最も気高き王アーサーは続けた。
「昨日、バルドフは最も勇敢な騎士であったが
今や丘に立ち尽くし、エイヴォン川において
鋼鉄の魚が泳ぐさまを見つめている。
剣を身につけるも、命を失い魚になりし者たちを。
彼らの鱗は光り輝く、金箔を施した盾のごとく。
ひれは水中を漂う槍のごとし。
いずれもこの土地で起こりし驚異、

丘に山羊、川には鉄の魚たち。

Laȝamon』、岡本訳、554頁

フランス流布本サイクル

（別名『ランスロ＝聖杯サイクル』）（1215—35年頃）

フランス語で書かれ、ヨーロッパで広く読まれた（流布した）アーサー王物語群。

〈抜粋〉

「御両所、はっきり申してこれまで、最初に武器を取って以来、一人の騎士を相手に恐怖をおぼえたことは、今日を除けば、かつてなかった。しかし今日は、まったく、これまでで最大の恐怖を味わった。と申すのも、正午が近づいて、ゴーヴァン卿がほとんどわが身を護れぬほどに弱るまで私が持ちこんだとき、卿がじつに手ごわくかつ敏捷になって、もしそのままずっとあの勇ましさが続いたらとうてい私は死なずに切り抜けることはできぬと思った。それで私はまったく驚いて、いったいどうしてこんなことが起こったのかと不思議に思った、と申すのも、その時まで卿はほとんど力尽きかけておったのに、ほんの僅かの間に力が戻ったことはまるで、闘いの始めにもこれほど勇猛・敏捷ではなかったというほどであった」

「たしかに、とボオールは言う、おっしゃる通りです。あのときは私も、かつてためしのなかったほど、殿のことが心配でした。あのときの調子がもし続いていたら、殿は死なずに切り抜けられなかったでしょう、卿は殿がお示しになったような寛容な処置はとられなかったであろうことを思えば。とにかく私には、殿と卿とお二人こそ、世界で最も秀れた二人の騎士であることが、よくわかりました」

ゴーヌの王たちはこのように決闘のことを語って、ゴーヴァン卿がランスロを相手にあれほどもちこたえたことに驚きを洩らした、というのも、ランスロが世界一の騎士であり、ゴーヴァン卿より二十一歳も若いことは、誰もが知っていたからである。そしてこのとき、ゴーヴァン卿は優に七十六歳、アーサー王は九十二歳になっていた。

『フランス中世文学集4　奇蹟と愛と』天沢退二郎訳、199—200頁

短縮版『ブルート』（1330年頃）

中世に流布した『ブルート』年代記の英語短縮版。

〈抜粋〉

その後、激しい戦が起こった
この土地の王妃を巡り
湖のランスロットがアーサー王の妻を奪い
彼らの間に大きな争いが起った。
ランスロットは知恵のまわる男で
王妃のためにノッティンガムを建設した。
それは多くの不可思議が起こる居城で
彼はその下に多くの私室を作った
硬い石をくり抜いて。
多くの寝室を拵えたのだ
そこに王妃が住めるようにと
もし王がやって来たときには。
三年と十ヵ月の間

彼は王妃グィネヴィアを掌握した
アーサー王は彼に禁じた
自分の領地に住むことを。
ランスロットは礼儀正しく親切であった、
彼はグランストンベリーへと向かい
大いなる名誉とともに王妃を
アーサー王のもとへと連れて行った。
ランスロットは大胆な言葉を発した
名誉をもって彼女を過さなければ
アーサーに戦いを仕掛けると、
たとえ殺されたり、捕虜になるとしても。
彼は言った、「もしアーサー王が
何か咎めるような真似をするのであれば、
私は激しい戦でもって返報いたします
この命あるかぎり。」

……*An Anonymous Short English Metrical Chronicle*、岡本訳、70—71頁

散文『ブルート』（14世紀後半）

英語散文版『ブルート』。広く知られていたアーサー王の事績。

〈抜粋〉

いかにしてアーサー王はデナブと呼ばれるスペインの巨人（小ブリテンの王ホウエルの姪エリンを殺めた）と戦ったか——

ケイとベディベアは近くの丘にやってくると、頭巾をかぶっていない未亡人を発見した。彼女は墓の傍に座り、ひどく涙を流し悲嘆に暮れていた。「エリン！　エリン！」という声がたびたび聞こえ、ケイとベディベアは彼女の悲しみの理由を尋ねた——何ゆえそれほどまでに嘆いているのか、誰がその墓に埋葬されているのか——「あぁ」と婦人、「高貴なる方々、いかなる不幸と悲しみゆえ、このような場所へお越しになられたのです？　巨人に見つかれば忽ち命はありませんよ」「落ち着いてください、婦人」彼らは言った、「動揺なさらず、どうか真実を教えてくださらぬか、その悲しみと涙の訳を」「騎士様」と婦人、「私の母乳で育てた乙女ゆえです。彼女は小ブリテンの王ホウエルの姪エリンで、この墓には彼女の亡骸が埋葬されています。養育を任されましたが、そこへあの悪魔の巨人がやってきて彼女と私を手籠めにし、我々を連れ去りました。あんなに若く、幼い年齢でなければ、彼は彼女に共寝をさせたことでしょう。けれど、あの巨大な体躯に彼女は耐えることはできませんでした。もし巨人がいつものようにやってきたら、あなたがたの命はまずありません。さあ、早くお逃げになってください。」「どうして」と彼らは尋ねる、「あなたはお逃げにならないのか」「お聞きください、騎士殿」と婦人、「エリンの死後、巨人がここで待つよう命じたのです、己の欲を満たすがため、私は苦しみを強いられるのです。あぁ神よ、これは決して自分の意志ではありません、そのような行いをするくらいなら私は死を選びます。それほどの苦しみを私は巨人からうけているのです。」ケイとベディベアはこの女性の話を聞き終えると、アーサー王のもとへと引き返し、全てを報告した。すぐさまアーサーは、夜中密かに二人を連れて——軍兵は知る由もなかったが——翌朝には巨人のもとへとたどり着き、激しい一戦を交え、ついに討伐したのであった。アーサーはベディベアに巨人の首を切り落とし、野営地に持ち帰り、驚異として見せよ、と指示した。というのも、それは途轍もなく巨大な首であったから。

野営地へ戻ってきた彼らは、外出の理由を伝え、その首を見せたのであった。すると皆、アーサーの立派な行いに歓喜した。そしてホウエルは姪の死をひどく悲しみ、その後、彼はエリンの墓の上に聖母マリアの礼拝堂を建てたのであった。

……*The Brut, or, the Chronicles of England* **岡本訳、84—85頁**

『スタンザ形式アーサー(王)の死』(14世紀後半)

英語詩。ランスロットとグィネヴィア王妃の不義、円卓の崩壊を描く。

〈抜粋〉

「院長様、ここで告白いたします、
この方とわたくしによって、
わたくしどもが愛し合ったゆえに、
この悲惨な戦争が惹き起されました、
並ぶ者のないわが主君は斬られ、
幾多の屈強の気高い騎士もまた、
それゆえ、わたくしは悲しみで死ぬ思い、
彼を見るやいなや——

わたくしが彼を見たとき、たしかに、
心は全く冷たくなりました、
この日まで生きながらえて、
いくた剛勇の直臣ら
わたくしどものために斬殺されたと知ることに。
売られたわたくしどもの心は、きびしく贖(あがな)われねばなりません、
しかし、あらゆる力の神は、
今、わたくしの停まるところを定められました。
わたくしはその場所に身を置き、
魂の治癒を待ちます、
神がその広い傷口の慈悲によって、
わたくしに祝福を賜わるまで、
わたくしがここでそれをなし得るよう、
わが罪をこのときに償うために、
後に運命の裁断の日、神のすぐ傍で、
そのお顔を拝するために。

それゆえ、湖水のラーンスロト卿、
わたくしの愛ゆえに、いまあなたに願います、
わたくしの友であることを思い止まり、
あなたの王国へ帰ること、
また、その国を戦争と破滅より守り、
ともに睦むべき妻を娶り、
この世の伴侶を大切にすることを、
神があなたに悦びを賜るよう祈ります。

全能の王なる神に、わたくしは祈ります、
あなたに喜悦と幸運を賜わるよう、
しかし、何にもましてあなたに願うのは
この世でこの後、けっして
慰安を求めて来訪せぬこと、
また、書信を送らず、ただ平安に暮すこと、
わたくしは永遠に神に祈ります、

祝福を賜わるよう、わたくしの過誤を償うために。」

……『八行連詩：アーサーの死』、清水阿や訳、253―255頁

『ガウェイン卿と緑の騎士』（1400年頃）

英語で書かれたアーサー王ロマンス詩の最高峰。
アーサーの甥ガウェインの冒険を描く。

〈抜粋〉

さて、ガウェインのもとに持ち込まれたる楯のその色は、鮮やかなる紅で、
それには五芒星形が純金の色合いで描かれていた。
ガウェインは飾帯の脇でそれをつかみ取るや、首のあたりに振り上げる、
まことこの騎士にふさわしき所作であった。
かの五芒星形を何故にこの高貴なる王子が身につけているかについては、
時をとるが、みなさま方に是非ともお話しすることにしよう。
これは其の昔、ソロモンが、誠実の紋どころとして、考え出せし理にかなう紋章である。
これは五つの角を持つ形をしており、それぞれの線は相互いに重なり合い、
連なり結び合いたれば、それぞれの線は、どこにも終始がなく、
無限に続くのである。伝え聞くに、これはイングランドのいずくにおいても「終わりなき紋章」と呼ばれているとのこと。
それ故、この形はこの騎士に、そして彼の穢れなき楯の紋章としてふさわしきものである。
しかも、ガウェインは五つの徳目において常に信頼でき、
それぞれの徳目において五倍も天晴れなる騎士として世に知られ、
また精錬されたる黄金の如く騎士の有するべき徳目のいずれをも備えており、
城中では諸徳を備えたる騎士としての誉を
　賜っているからなのだ。
斯くして、ガウェインは、ことばにおいて
この上なく誠実なる人士として、またおこないに
おいてもまっこと礼儀正しき騎士として、
かの新たなる五芒星形を楯と胴服につけたのである。
先ず、ガウェインは五感の働きにおいて優れてよいことにひとびとは気づいていた。
また、彼は五指においてもどれかを欠くということもない。
さらに、使徒信教にある通り、現し世でひたすらにおのが固く信じたることは、
主キリストが十字架で受け給いし五つの傷の受難であった。
次に、この者が戦でいずくにあろうとも、
その不動なる信念は、何よりも、先ずかようなことなのである、
すなわち、おのれの堅忍の精神は、天にまします女王、聖母マリアが御子で
あらせられる主キリストより賜り、五つの喜びより見出されしものである
ということである。斯くのごとき理由から、ガウェインは、
おのれの楯の内側にマリア様の姿を画いてもらい、
それを目にすれば、己の勇気の挫けることは断じてなかったのだ。
この者が披露したる五番目なる徳目の五つは、寛容、同朋への

愛情、
　正道をけして踏み外すことなき廉潔と礼節、
そしてすべての資質をしのぐ憐憫の情なのであった。
　これら清らかなる五つの徳目は、この上もなくこの騎士にこそ
備わっていたのだ。
　さて、これらの五つの徳目すべてが、確かに、この騎士の血肉
と
なっていたのであり、その上、それぞれの徳目は共に結びつき、
それぞれには終わりというものがないのだ。
また、五つの徳目は、一点の非の打ちどころとてなく、
それぞれ五つの角の上に位置し、
いずれかの方向で連結することもなければ、
また分離することもない、しかも、いずくで始まり、いずこに
行きつきて、
いずれの角の端で尽きるということもないのだ。
それ故、かの騎士の耀う楯には、紅色の上に黄金色のかの
紋章が
あしらわれ、これこそ学識ある人たちがまことの五芒星形と
　呼ぶものなのである。
　今や、快活なるガウェインは支度整いて、
槍を手にして、すべての人たちに
しばしの別れぞと暇乞いをしたるも、
　これ永遠の別れとならんかと思うのであった。

『ガウェイン卿と緑の騎士』、菊池清明訳、46—49頁

ジョン・ハーディング『年代記』（1457年頃）

英語、帝王韻詩で書かれた年代記。歴史書の体裁を取りながらも聖杯の探求について述べ、マロリーやスペンサーに影響を与えた。

〈抜粋〉

第八三章

いかにしてローマにいる王のもとに、モードレッドが自分の妻と結婚し、イングランドの王位を簒奪したという知らせが届いたか。そのため王が故国に戻り、ドーヴァーでモードレッドと戦ったこと。その戦いでも、ウィンチェスター（円卓が始まり、永遠に失われた地）の戦いでもアーサーが勝利を収めたこと。

その冬の間、アーサーはローマに留まった、
マインにある宮殿に。
夏が来たら故国へと帰還するつもりだったのだ、
しかし夏の訪れとともに、
アーサーの元へと知らせが届いた、
モードレッド公がブリテン全土の王となり、
彼の妻ゲイナー王妃を娶ったと。
それに対し、アーサーはローマで布告を出した、
かの地と、領土全域を支配するために、
そして物資を豊富に備えたうえで
報復を果たすためにブリテンへ戻っていった、
裏切りに満ちた策略を企てた者へと。
強力な武力でもって彼の妻を無理やり奪い、

そしてまた、彼の王位までも簒奪したのだから。

ルーピン、現在ではドーヴァーと呼ばれる港に
アーサーは上陸した、そこでモードレッド公と対峙し
全力で激突した、日が暮れ夜に至るまで、
ガウェインとアングゼルは手ひどく攻撃され
両者ともに命を落とした、あまりに数で劣っていたゆえに。
それでもアーサーが勝利を収め、モードレッドは敗走した、
その夜にウィンチェスターの街へと、一目散に逃げたのだ。

王はすぐさま追跡へと赴き、
かの地で再び、力を尽くして戦った。
この戦いにより、多くの君主や領主たちが命を落とした、
両軍どちらの側においても、永遠に。
長らく円卓のメンバーだった者たちの中でも
多くの立派な騎士たちが命を散らした、
アーサー王への愛ゆえに、尊い犠牲を払ったのだ。

円卓はウィンチェスターにおいて始まり、
そこで終わり、今なおそこに掛かっている。
というのも、まさしくその戦いにおいて殺されたのだ、
円卓に座ったことのある騎士たちは皆、
ブリテン生まれの者たちは、ランスロット以外は共に行き
王と一緒に後を追いかけたのだ、
モードレッドがコーンウォールへと逃れたときに。

……Hardyng、小宮訳、145—46頁

トマス・マロリー『アーサー王の死』

（1469—70年に執筆終了、1485年に出版）

英国の騎士によるアーサー王物語の集大成。

〈抜粋〉

その時、モルドレッドのもとへ知らせが入った。アーサー王がラーンスロット包囲攻略を引きあげ、モルドレッドへ復讐するため大軍を率いて本国へ向っているという知らせだった。そこでモルドレッドは国内の豪族全部に親書を送り、大勢の人々を自分の側につけた。それというのも、当時の人々の間では、アーサー王につけば、一生、戦さや争いごとばかりだが、モルドレッド卿につけば、大きな快楽やよろこびがある、と言われていたからだ。このようにアーサー王は非難され、悪口を言われていた。低い身分からアーサー王に取りたててもらい、土地を与えられた多くの者も、その頃アーサー王をほめることは出来なかった。

イギリスの国民よ、ごらんなさい。なんという情けないことでしょう！　世にもすぐれた王であり騎士であり、気高い騎士の団結をあれほど愛したアーサー王、アーサー王あればこそ、皆が支えられていたというのに、当時のイギリス人はアーサー王に満足することができなかったのです。

この国では昔の風俗習慣もその通りだった。そのくせ、われわれイギリス人は、古い風俗習慣は今まで一度も棄てたり忘れたりしないと言う。ああ、これはわれわれイギリス人の一大欠点である。われわれはつねに何物にも満足しないのだ。

当時の人々もその通りだった。人々はアーサー王につくより、モルドレッドにつく方をずっとよろこんだ。多くの人がモルドレッドに味方し、モルドレッドと苦楽を共にすると言った。

そこでモルドレッドは大軍を率いて、ドーヴァに向った。アーサー王がドーヴァに上陸するという噂だった。そこでモルドレッドは自分の父を自分の土地から叩き出そうと考えた。しかも全イングランドの大部分の人々がモルドレッドに味方したのだ。人心というものは、それほど新しいものに惹かれる移り気なものだ。

……厨川文夫・厨川圭子訳、420―21頁

ジョン・ドライデン『アーサー王、あるいはブリテンの偉人』（1691年）

英国桂冠詩人ドライデンによるセミオペラ。楽曲はヘンリー・パーセルが担当。

〈抜粋〉


アーサー　勇敢なるオズワルド！　我らは和平条約について議論してきた、
国境のピクト人に対抗するという共通の利益を掲げ
共に戦うために。しかし状況は変わった。

オズワルド　その状況の変化、遺憾に思う。

そうでなければ、我らは同盟者として会っていたかもしれぬ。

アーサー　ならば、今こうして会う必要もなかっただろう。責があるのは貴殿のほうだ。

私に対してひどい過ちを犯したのだから。

オズワルド　ああ、あなたはいつも、そう言う。

私はより多くのサクソン人を呼び寄せたが、それは国境の警備を強化するため。

それがたとえ過ちだったとしても、戦はあなたに益をもたらしたではないか。

アーサー　勘違いするな、私は戦が間違いだとは思っていない。

戦とは王の行うもの、統治領を得るために。

羊でいるよりも、獅子であるほうが優れている。

オズワルド　ならば一体、私がどのような過ちを犯したというのか？

アーサー　私の恋人に対してだ。

オズワルド　愛もまた統治領。高貴な魂は
王者たちのごとく、ただひとつの支配を欲している。

アーサー　貴殿がエメライン姫を愛していることを責めているのではない。

しかし魂は自由なものであり、愛は選びとられるものなのだから
貴殿は彼女の心を征服するべきであった、
彼女に無理強いするのではなく。

オズワルド　力づくであれ、策略を用いてであれ、我らは手に入れる。

獲得こそが目的なのだ、戦争においても愛においても。

彼女の心は、肉体にしまわれた宝石。

その宝石を手に入れ、鍵を欲するのであれば
まずは、そのキャビネットを得なければなるまい。

しかし案ずることはない、彼女の名誉は汚されておらぬのだから。

アーサー　野蛮人の手中にあって、名誉が安全だったことはあるだろうか？

獅子の掌にある羊と同じ程度の安全だ。

拘束されることなく、もて遊ばれるが――それは残忍なる飢え
が目覚め
本性が現れるまでの間。しかと隠されていた爪が
姿を現し、おののく獲物の前に広げられるまで。
しかし、お前が恋において、そこまで冷淡であるならば――
オズワルド　冷淡なのではない、名誉を重んじているのだ。
アーサー　ならば、彼女を解放しろ。
そうすれば、貴殿が名誉を重んじると認めよう。
オズワルド　私が勝者としての権利を手放すとでも？
アーサー　むしろ、不遜なる誘拐者と呼ばせてもらおう。
あの城が、たとえ強固な金剛石で囲われていたとしても、
お前の頭を護れるのは明日の夜明けまでだ。

小宮訳、Act 2（18―19頁）

アルフレッド・テニスン
『国王牧歌』（1834―85年）

ヴィクトリア時代を代表する詩人による、アーサー王をテーマとした長編詩。ダーウィンの『進化論』などを反映している。

〈抜粋〉

　そこでアーサーはおもむろに船から返答した。
「古き秩序はうつろい、新しき秩序に譲るのだ。
神はもろもろの方法にてその意思を成就される。
ひとつの良風が世を沈滞させることのなきようにと。
安心せよ。何の安らぎがわしにあるというのか？
わしは既にこの世に長らえてきた。わしが果たしたことを
どうか神が自らの中で清められますように！　だが
万一、お前がわしの顔を再び見ることがないとすれば、
わが魂のために祈ってくれ。祈りによってこの世が考えている
より、
もっと多くの事柄が成就されるのだ。それゆえ、お前の声を
夜昼となく噴水のように上げてほしいのだ。
脳の中で盲目の生命を育む羊や山羊にくらべて
どうして人間がより優れていると言えようぞ、
もしも神を知りながら、祈りの手を挙げ、
自らや友と呼んでくれる人々のために祈らないとすれば？
というのは、そのように丸い地球全体があらゆる面で
神の足のまわりに黄金の鎖で結ばれているからだ。
しかし今やお別れだ。わしは長い道程をお前が見る
この人たちとともに出かけるのだ――実際に出かけるなら
（というのは、わが心はある疑念で曇らされているのだが）――
アヴァロンの島の渓谷に向かって。
その地では霰も雨も雪も降らず、
風も強く吹くこともなく、牧草地には深々と草が茂り、
楽しく、美しい芝地の果樹園、
光る夏の海で飾られた緑陰の窪地などがあるのだ。
その地にてわしはこのひどい傷を治すつもりだ」
　そのように王は言った。そして船は櫂や帆によって
岸辺を離れたが、それはさながら胸膨らませた白鳥に似ていた。
死ぬ前に大声で歌をうたいつつ、
純白のつややかな羽毛を広げ、黒い水搔きで
水を切って進みゆく白鳥の姿に。ベデヴィア卿は長い間

数々の思い出を巡らしながら立っていたが、やがて船体は
暁の水平線に一つの黒い点となり、
泣くような声も湖の水面に消えてゆくのだった。

しかし、あのうめき声が永遠に消え去ったとき、
死の世界の冬の暁どきの静寂が
卿をびっくり仰天させた。「王は去ってしまわれた」と彼は
唸った。それとともに奇妙な調べが卿に浮かんだ。
「大いなる海より大いなる海へ王は行かれるのだ」

……西前美巳訳、261—65頁

マーク・トウェイン『アーサー王宮廷のヤンキー』（1889年）

近代アメリカ人が、中世イングランドにタイムスリップする物語。多くの映画の原案となっている。

〈抜粋〉

わたしが、列を成した、人間とは名ばかりのコウモリ同然の者たちを引き連れて上がって行き、外界へ出て、彼らを午後の太陽のまぶしい光に当ててやったときには——かくも長いあいだ日光にさいなまれることのなかった目のためを思って、前もって目かくしはしておいたが——彼らは見るもあわれな光景であった。骸骨、案山子、悪鬼、すごいお化け、どれもこれもそんなふうだった——「神の恩寵」による「専制君主制」と「国教会」とのあいだに生み落とされた最も純粋な嫡出子たち、といったところなのである。わたしはうっかりして、つい口をすべらせた——

「写真を撮っとけたらいいのになあ！」

誰しも会ったことがあるはずだが、世間にはへんな種類の人がいるもので、彼らは、初めて耳にした重要な言葉の意味を知らないだなんて素ぶりだけは、ぜったいに見せようとしないものだ。そういう人たちは、無知であればあるほど、いっそうあわれにも確信を持って自分は相手からツンボさじきにおかれたのではないというふりをしなくてはいけないものだと思いこむものだ。王妃もまさにそういうたぐいの人間で、それが理由でまったくトンチンカンな失策ばかりしょっちゅう演じてきたが、このときも、見ると彼女は、一瞬ためらったかと思いきや、とつぜんわたしの言葉の意味が呑み込めたらしく、パッとその表情が明るく輝き、わたしがあなたのためにやってあげますわ、と言ったものである。

わたしはおもわず考えてしまった——彼女が？　だって、彼女が写真のことで何か知ってるなんて、ありうることだろうか？だが、もはやのんびり考えていられる時ではなかった。あたりを見回すと、彼女が斧を片手に行列に飛びかかろうとしているではないか。

いやはや、まことに変な女だった——モーガン・ル・フェイというのは。わたしも若いときにはずいぶんといろんなタイプの女を見て回ったものだったが、変化に富むという点では彼女のほうがどんな女をも凌駕していた。それに、このエピソードは、なんとそのものズバリに彼女らしさを示していることだろう。彼女が行列を写真に撮るやり方を知らないのは、馬にそれがわかっちゃいないのと同じだった。しかし、疑問に思いたればこそ、斧でもってそいつをやってのけようとするところが、いかにも彼女に似つかわしくはなかったろうか。

……龍口直太郎訳、213—15頁

夏目漱石「薤露行」

（1905年）

テニスンとマロリーをベースに、漱石が語り直したアーサー王物語。

〈抜粋〉

「鍪に巻ける絹の色に、槍突き合わす敵の目も覚むべし。ランスロットはその日の試合に、二十余人の騎士を仆して、引き挙ぐる間際に始めてわが名をなのる。驚く人の醒めぬ間を、ラヴェンと共に埒を出でたり。行く末は勿論アストラットじゃ」と三日過ぎてアストラットに帰れるラヴェンは父と妹に物語る。

「ランスロット？」と父は驚きの眉を張る。女は「あな」とのみ髪に挿す花の色を顫わす。

「二十余人の敵と渡り合えるうち、何者の槍を受け損じてか、鎧の胴を二寸下りて、左の股に創を負う……」

「深き創か」と女は片唾を呑んで、懸念の眼を睜る。

「鞍に堪えぬほどにはあらず。夏の日の暮れがたきに暮れて、蒼き夕を草深き原のみ行けば、馬の蹄は露に濡れたり。――二人は一言も交わさぬ。ランスロットの何の思案に沈めるかは知らず、われは昼の試合のまたあるまじき派手やかさを偲ぶ。風渡る梢もなければ馬の沓の地を鳴らす音のみ高し。――路は分れて二筋となる」

「左へ切ればここまで十哩じゃ」と老人が物知り顔にいう。

「ランスロットは馬の頭を右へ立て直す」

「右？　右はシャロットへの本街道、十五哩は確かにあろう」これも老人の説明である。

「そのシャロットの方へ――後より呼ぶわれを顧みもせで轡を鳴らして去る。やむなくてわれも従う。不思議なるはわが馬を振り向けんとしたる時、前足を躍らしてあやしくも嘶ける事なり。嘶く声の果知らぬ夏野に、末広に消えて、馬の足掻の常の如く、わが手綱の思うままに運びし時は、ランスロットの影は、夜と共に微かなる奥に消えたり。――われは鞍を敲いて追う」

「追い付いてか」と父と妹は声を揃えて問う。

「追い付ける時は既に遅くあった。乗る馬の息の、闇押し分けて白く立ち上るを、いやがうえに鞭って長き路を一散に馳け通す。黒きもののそれかとも見ゆる影が、二丁ばかり先に現われたる時、われは肺を逆しまにしてランスロットと呼ぶ。黒きものは聞かざる真似して行く。幽かに聞えたるは轡の音か。怪しきは差して急げる様もなきに容易くは追い付かれず。漸くの事間一丁ほどに逼りたる時、黒きものは夜の中に織り込まれたる如く、ふっと消える。合点行かぬわれは益追う。シャロットの入口に渡したる石橋に、蹄も砕けよと乗り懸けしと思えば、馬は何物にか躓きて前足を折る。騎るわれは鬣をさかに扱いて前にのめる。戛と打つは石の上と心得しに、われより先に斃れたる人の鎧の袖なり」

「あぶない！」と老人は眼の前の事の如くに叫ぶ。

「あぶなきはわが上ならず。われより先に倒れたるランスロットの事なり……」

「倒れたるはランスロットか」と妹は魂消ゆるほどの声に、椅子の端を握る。椅子の足は折れたるにあらず。

「橋の袂の柳の裏に、人住むとしも見えぬ庵室あるを、試みに敲けば、世を逃れたる隠士の居なり。幸いと冷たき人を担ぎ入る。兜を脱げば眼さえ氷りて……」

「薬を掘り、草を煮るは隠士の常なり。ランスロットを蘇してか」と父は話し半ばに我句を投げ入るる。

「よみ返しはしたれ。よみにある人と択ぶ所はあらず。われに帰りたるランスロットはまことのわれに帰りたるにあらず。魔に襲われて夢に物いう人の如く、あらぬ事のみ口走る。あるときは罪々と叫び、あるときは王妃――ギニヴィア――シャロットという。隠士が心を込むる草の香りも、煮えたる頭には一点の涼気を吹かず。……」

「枕辺にわれあらば」と少女は思う。

「一夜の後たぎりたる脳の漸く平らぎて、静かなる昔の影のちらちらと心に映る頃、ランスロットはわれに去れという。心許さぬ隠士は去るなという。とかくして二日を経たり。三日目の朝、われと隠士の眠覚めて、病む人の顔色の、今朝如何あらんと臥所を窺えば――在らず。剣の先にて古壁に刻み残せる句には罪はわれを追い、われは罪を追うとある」

153―55頁

ジャン・コクトー『円卓の騎士』（1937年）

フランスの才人による戯曲。マーリンを悪役にするなど、独自の設定がふんだん。

〈抜粋〉

メルラン　今日は聖霊降臨祭。見知らぬ新顔の騎士が円卓につこうと訪れるはずだ。この男は、石の槽に乗って、浜辺に打ち上げられたのだ。

にせのゴーヴァン　ここだけの話、そいつが魔法の邪魔をするのですね。

メルラン　奇蹟の邪魔だ。どうしたらいいか、わしにもまだ見当がつかぬ。この男はつねづねこの上なく清らかなものとして通っている。あの危険な席も試しに座ってみるつもりに違いない。

にせのゴーヴァン　あの席に座ったものは、ひとり残らず胸もとに大きな傷を受け、しかもその傷口は決してふさぐことがないじゃありませんか。

メルラン　その通り。ただし例外がただひとり。その男は、われわれの仮面をはぎとり、企てを水泡に帰してしまうかもしれぬ。

にせのゴーヴァン　そんな、どこのだれとも分からない向こう見ずの男のことに気をもんでおいでなのですか？　自分こそこの世の救い主だと信じて、このカマーロにやって来たものの数は見当もつかないじゃありませんか。

メルラン　ひょっとするとある男、お前にそんな悲惨な光景を見せることになるかもしれぬ。さあ、一刻も猶予はできぬ。くれぐれも注意して、わしの言葉を忘れるのではないぞ。

（メルランは彼を眠らす）

にせのゴーヴァン　信用して下さい。

メルラン　そこで、騎士が試練に打ちかかった場合、わしは攻撃をしかける。試練に勝つや否や、広間は暗黒に満され、一条の光線がこの扉からこの窓にかけて流れ、お前は人の声ではない、こんな声を聞くだろう。「聖杯は立ち去る。聖杯は諸君を見棄てる。聖杯を失いたくなければ、その後を追え」と。

にせのゴーヴァン　聖杯こそいい面の皮だ。

メルラン　その通り。わしが現れたため解きはなたれたあらゆる呪いは、すべて聖杯のせいにされる。命令はこうだ。「聖杯の死の魔力は、ブルターニュの上にのしかかる」。そこで、にせの聖杯がそう告げたならば、即座にお前は立ち上がる。

にせのゴーヴァン　にせのゴーヴァンが立ち上がる。

メルラン　そして叫ぶのだ。伯父上！　諸君！　聖杯が立ち去るのを黙って見送るのか？　後を追いもせず、この謎を解こうとせず、ただ老婆のように手をこまぬいているつもりか？　わたしは追いかけていき、じかにこの眼で確かめたい。わたしは、探究にかかることを提案する。聖杯の探求にかかることを。

『声／恐るべき親たち』、諏訪正訳、100―1頁

T・H・ホワイト『永遠の王』（1938―58年）

英国作家が、精神分析の手法を駆使して語り直したアーサー王物語。映画『王様の剣』『キャメロット』の原作。

〈抜粋〉

アーサー王は、若いランスロットに親切にしてやっておくれと妻に頼んだ。グェネヴィアは夫が好きだった。アーサーと友とのあいだに自分が割りこんでしまったことにも、気がついていた。けれどもその償いをランスロットにしようとするほど愚かではなく、ただランスロットという人物に、彼自身として心を惹かれた。どんなに怪物のようであっても、ぶざまなその顔が好きだった。それにアーサーは親切にしてやっておくれといった。キャメロットでは、だれもがこぞってタカ狩りをして、付き人不足になっていた。グェネヴィアはランスロットの紐を巻くのを手伝うために、いっしょに出かけるようになった。

ランスロットはグェネヴィアにろくろく注意を向けなかった。「やあ、彼女がやってくる」とか、「ああ、彼女が行くな」とか、心に思うだけだった。彼はもうタカ狩りの空気にどっぷりつかっているのであって、タカ狩りはおおむね女に関係がない。そうしてグェネヴィアほとんどいつも、ただの女というだけだった。ランスロットは醜いながら、美しい礼儀作法をわきまえた若者に育っていたし、つまらぬことでくよくよするには強い自意識がありすぎた。嫉妬はいつか、グェネヴィアのことを無視するほうに変わっていった。手伝ってもらうときには礼儀正しく感謝を示して、鳥の訓練に打ちこんだ。

ある日のこと、ランスロットはアザミにとりわけ手こずったうえ、その前日にはあたえる餌の量をまちがえていた。シロハヤブサは不機嫌で、おかげで彼も不機嫌だった。グェネヴィアはタカがそれほど得意ではなく、あまり興味もなかったうえに、眉をしかめたランスロットにおびえてしまった。おびえたせいで、へまをした。好意から一生懸命やっているのに、自分でも上手でないのはわかっているから、頭は混乱するばかり。ていねいに、とてもやさしく心をこめて、紐をでたらめに巻きあげた。

ランスロットは手荒ともいえるしぐさで、みじめな巻き玉をとりあげた。

「そんなんじゃだめです」

といって、グェネヴィアがよかれと思って巻いた玉を、いらだたしげに解きにかかった――ぞっとするほど眉根を寄せて。

つかのま、すべてが静止した。グェネヴィアは傷つけられて立っていた。騎士はグェネヴィアが動かないのを感じて、動きをやめた。シロハヤブサは羽ばたきをやめ、木の葉はさやさや鳴るのをやめた。

若者はその瞬間、おなじ年頃の生身（なまみ）の人間を傷つけてしまったと知ったのだった。グェネヴィアが彼を憎らしく思っていること、不意をつかれて驚いたことを、瞳のなかに読んだのだった。彼は親切をもらったかわりに、不親切で答えたのだ。けれどなによりも重要なのは、彼女が生身であることだった。でしゃばり女でも、

嘘つきでも、狡知に長けた血も涙もない人間でもない。考え、感じることのできる、かわいいジェニーであることだった。

下巻、森下弓子訳、43—45頁

ジョン・スタインベック
『アーサー王と気高い騎士たちの行伝』（1958—59年）

一九三四年のウィンチェスター写本の発見を機に、アメリカのノーベル賞作家が語り直した物語。残念ながら未完。

〈抜粋〉

ケイ卿は言った。「よき友よ、もし腹を立てないと約束していただけるのなら、お話ししたいことがあるのですが」

「わたしがどうしてそなたに腹を立てるのだ?」とラーンスロットは言った。「さあ、続けなさい」

「それはわたしの心を悩ませているある事柄なのです。あなたが王のもとを去って以来、打ち負かされた騎士の行列が、王妃の恩恵を受けるため、降伏するために次々に参上します。これからはタークィンの牢獄の囚われ人がすべて王の宮廷にやってくるでしょう」

「それはわたしの習慣だ」とラーンスロットは言った。「高貴な騎士が王妃の光栄を求めて降伏しに来るのは、王妃も楽しみにしておられる。それに対してどのような言い分があるのだ?」

「高貴ではあるでしょうが、飢えてもいるのです。彼らはイナゴの大群のように押し寄せ、王の食料庫をすっからかんにしてしまいます。打ち負かされた騎士は、どちらかというと、勝者よりも飢えているのです」

「客をもてなすのは王の楽しみではないのですかな」

「それはわかっています。王は褒美を与えるのが好きです——が、わたしは国務長官です。わたしがその褒美を提供しなければならない当人ですし、何が消費されたのかを記録しておかねばなりません」

「王はけちけちはしておられぬ」

「それはわかっています。王は戸棚にパン屑ひとつなくなるまでは、決してそのことは考えないのです。そこで王はわたしに言ったのです、『ケイよ、あれらの物がどこへ行ったのであろう。牛一〇頭を屠り、六台の荷車いっぱいのニシンを塩漬けしたのは、つい先週ではなかったか。そなたはきちんと台帳をつけておるのか? 厨房員が盗んでいるのではないだろうな?』と。そこでわたしは王に一体何人の騎士たちが王のご馳走にあずかっているのかを言うと、王は『うん、うん——』と、言うだけで、聞こうとせず、さらにこう言うのです。『そのうち、そなたの台帳を見なければならんな』と。おわかりのように、あなたが探求に長く留まられればそれだけ、あなたの高貴な捕虜のせいで、宮廷は骨までしゃぶられてしまうのです。彼らは王妃に降参してから、そこに落ち着いて、何週間も滞在するのです」

ラーンスロットは笑った。「可哀想なケイ」と彼は言った。「厄介事がそなたについて回るのだな。わたしが戦う前に、相手の騎士に持ち物が十分にあるかどうかを尋ねるべきなのかな?」

「わたしのことを笑わないでください」とケイは言った。「誰もがわたしを笑いものにするのです。言っておきますが、これは大事なことなのですよ。あなたの捕虜の一人が一度にヒツジ半分を食べてしまいます――そしてビールも――ビールは水のように飲まれます。しかしわたしがこう言ったとは、王には言わないでください。王は腹を立てるでしょうから。王はすっからかんになるまで、お金や資材のことを気にかけないのです。そしてなくなれば、わたしが責められます。王が気前よくあるためには、ケイが意地汚くなくてはならないのです」

……多賀谷悟・橋口保夫訳、348―50頁

マリオン・ジマー・ブラッドリー

『アヴァロンの霧』（1982年）

アメリカのフェミニスト作家による、妖姫モーガン・ル・フェイの視点からのアーサー王物語。

〈抜粋〉

モーゲンは深く息を吸った。室内はしんと静まり返っていた。窓の外のどこかで犬が吠えていた。小さな虫の鳴く声も聞こえた。とうとうモーゲンは口を開いた。「女神さまの御名にかけて、アーサー、あなたのご命令に従って申し上げます。わたしは牡鹿王の息子を生みました。あなたがドラゴン・アイランドで王として承認されてから十ヵ月後に。モルゴースがその子を預かってくれています。モルゴースはけっして他言しないと誓いました。いまわたしはそれをしゃべってしまいました。これで勘弁してくださいませ」

アーサーは真っ青になり、モーゲンを抱きしめた。アーサーが震えているのがわかった。涙がぽろぽろ流れたが、アーサーはこらえようとも拭おうともしなかった。「ああ、モーゲン、モーゲン、気の毒な姉上――ひどいことをしてしまいました。でもこんなこととは夢にも知らなかったもので――」

「これがほんとうだとおっしゃるんですの？」グウェンフウィファルは叫んだ。「このみだらなお姉さまが、実の弟に売春の手くだを使うなんて――」

アーサーはモーゲンを抱いたまま妻のほうにくるりと向きを変え、いままで聞いたこともないような声で言った。「黙れ！　姉に失礼なことを言うな――姉の仕業でも落度でもなかったんだ！」アーサーは震える長い息を吸い込んだ。グウェンフウィファルは自分のきたない言葉がこだましているのを聞いた。

アーサーはふたたび言った。「かわいそうに。一人でこの重荷を背負ってきたんですね。わたしにとがも着せずに――いや、グウェンフウィファル」アーサーは真面目な顔で妻のほうを向いた。「おまえが考えるようなことじゃないんだ。あれはわたしの承認式の時で、二人とも相手を知らなかったんだよ――暗かったし、それにモーゲンにだっこされていた幼いころからずっと会っていなかったし。わたしはモーゲンが母なる女神の巫女であるとしか思わなかった。わたしもモーゲンにとっては〈角（つの）のある者〉にすぎなかった。お互いにわかった時はもう手遅れでどうしようもなかったんだよ」その声は涙をかき分けて出てくるようだった。アーサーはモーゲンをしっかりと抱きしめて叫んだ。「モーゲン、モーゲン、言ってくれればよかったのに！」

「またモーゲンのことばっかり！」グウェンフウィファルはどなった。「こんな最悪な罪のことは何もおっしゃらずに――実母のおなかから生まれたほんとうのお姉さまでしょう。神さまの罰が当たりますわ――」

「もう当たっているよ」アーサーはモーゲンを放さなかった。

「でも知らずに犯した罪なんだ。悪いことをしようなどと思わずに」

第三巻「牡鹿王」、岩原明子訳、198—200頁

ドナルド・バーセルミ『王』（1990年）

アメリカのポストモダン作家が、第二次世界大戦を戦うアーサー王と円卓の騎士たちを描いた異色作。

〈抜粋〉

青の騎士がロジャー・ド・イバダン卿と並んで跑足で馬を進める。

「聖杯は義しき者に戦の勝利をもたらすものだ」と、青の騎士が云った。「従ってそれは、敵を征伐し成敗することのできる一種の武器、なんなら超武器ということになる」

「しかしいかなるたぐいの武器であろうか？」ロジャー卿が尋ねた。

「爆弾だろう」と、青の騎士が云った。「恐ろしい爆弾。これまで造られたいかなる爆弾よりも恐ろしい強力な爆弾。無比の破壊力を有し、人間の生命に最もおぞましい効力を及ぼすもの」

「われらは真にそのような武器を望んでいるのだろうか」

「ああ、それが目的と手段ということではないか。われらは真に戦に勝ちたいのか。それとも敵の前に農奴のごとき境遇に沈むのか。答は？」

「われらは戦に勝たねばならぬ」

「コバルト爆弾」と、青の騎士が云った。「いろいろ読んできたが、どうもコバルトだなという気がする」

「どう扱うのだ？」

「そうだな、雷管を見つけねばならない。起爆させる装置だ。そこが手際を要する」

「昔の聖杯とはかけ離れたものらしい」ロジャー卿は云った。「新たな問題には新たな解決策が必要だ」

柳瀬尚紀訳、93—94頁

カズオ・イシグロ『忘れられた巨人』（2015年）

日本生まれ、イングランド育ちのノーベル賞作家による作品。民族問題と共同体の記憶をテーマに、老夫婦の旅を描く。

〈抜粋〉

「だが、あれをご覧あれ、ご婦人」と背後からガウェインの声がした。「息がある。息があるかぎり義務を果たしつづける」

「病気なのですか。もう毒にやられているのですか」とアクセルが尋ねた。

「いや、わしら同様、老いだ。まだ息をしていて、息をしているかぎりマーリンの魔法も消えぬ」

「ああ、少し思い出しました」とアクセルが言った。「ここでマーリンがしたことは、あれは黒魔術でした」

「黒魔術とな、アクセル殿？」とガウェインが言った。「なぜ黒魔術と言う。あれ以外に道はなかった。戦闘の帰趨がまだ決せぬうち、わしは四人のよき同志とともにこの竜を手なずけに向かった。目的は、その息にマーリンの大魔法を乗せることだ。当時のクエリグは強大で、荒ぶる竜であった。マーリンは黒魔術に傾斜した男だったかもしれぬが、あの日だけは、アーサー王の意志と

ともに神の意志をも行ったのだ。この雌竜の息なしで、永続する平和が訪れただろうか。われらのいまの暮らしを見よ。この村でもあの村でも、かつての敵が同胞となっている。ウィスタン殿は、この光景を前にして黙しておられる。もう一度尋ねよう。この哀れな生き物に寿命を全うさせてやってはくれぬか。その息は昔の息に及ばぬが、いまでも魔法を失っておらぬ。あれから長い年月を経たとはいえ、この息が止まったとき、いまでも国中で何が起こりうるかを考えてみよ。われわれは多くを殺した。認める。強き者弱き者の区別なく殺した。あのときのわれらには神も決してほほえまなかったであろう。だが、この国から戦が一掃されたのも事実だ。この国を去りなされ。お願いする。貴殿とは祈る神が違えど、貴殿の神もこの竜には祝福を賜るのではないか」

■………………土屋政雄訳、368—369頁

〈文献リスト〉

Nennii. *Historia Brittonum*. Ed. Joseph Stevenson. 1838. Vaduz : Kraus Reprint, 1964. Print.

Annales Cambriae. Ed. John Williams. London, 1860. *Google Book Search*. Web. 16 Aug. 2018. Rerum Brirannicarum Medii Ævi scriptores, or Chronicles and Memorials of Great Britain and Ireland during the Middle Ages.

『マビノギオン：中世ウェールズ幻想物語集』、中野節子訳、東京：JULA出版局、二〇〇〇年。

ジェフリー・オヴ・モンマス、『ブリタニア列王史：アーサー王ロマンス原拠の書』、瀬谷幸男訳、東京：南雲堂フェニックス、二〇〇七年。

ヴァース、「アーサー王の生涯」、原野昇訳、『フランス中世文学名作選』、東京：白水社、二〇一三年。

クレチアン・ド・トロワ、「ペルスヴァルまたは聖杯の物語」、天沢退二郎訳、『フランス中世文学集2　愛と剣と』、東京：白水社、一九九一年。

ベルール、「トリスタン物語」、新倉俊一訳、『フランス中世文学集1　信仰と愛と』、東京：白水社、一九九〇年。

ロベール・ド・ボロン、『西洋中世奇譚集成　魔術師マーリン』、横山安由美訳、東京：講談社、二〇一五年。

ヴォルフラム・フォン・エッシェンバハ、『パルチヴァール』、加倉井粛之、伊東泰治、馬場勝弥、小栗友一訳、東京：郁文堂、一九七四年。

Laȝamon, *Brut*. Ed. G. L. Brook and R. F. Leslie. EETS o. s. 250, 257. London: OxfordUP 1963, 1978. Print.

「アーサー王の死」、天沢退二郎訳、『フランス中世文学集4　奇蹟と愛と』、東京：白水社、一九九六年。

Zettl, Ewald, ed. *An Anonymous Short English Metrical Chronicle*. EETS o.s. 196. London: OxfordUP, 1935. Print.

Brie, Friedrich W. D., ed. *The Brut; or, the Chronicles of England*. EETS o.s. 131, 136. London: OxfordUP, 1906. Print.

『八行連詩：アーサーの死』、清水阿や訳、東久留米：ドルフィンプレス、一九八五年。

『ガウェイン卿と緑の騎士：中世イギリスロマンス』、菊池清明訳、横浜：春風社、二〇一七年。

Hardyng, John. *The Chronicle of Iohn Hardyng*. Ed. Henry Ellis. 1812. New York: AMS, 1974. Print.

トマス・マロリー、『アーサー王の死　中世文学集Ⅰ』、厨川文夫、厨川圭子訳、東京：筑摩書房、一九八六年。

Dryden, John. *King Arthur: or, the British Worthy*. London, 1691. *Internet Archive*. Web. 22 Nov. 2018.

アルフレッド・テニスン、『対訳 テニスン詩集』、西前美巳訳、東京：岩波書店、二〇〇三年。

マーク・トウェイン、『アーサー王宮廷のヤンキー』、龍口直太郎訳、東京：東京創元社、一九七六年。

夏目漱石、「薤露行」、『倫敦塔 幻影の盾 他五篇』、東京：岩波書店、一九三〇年。

ジャン・コクトー、「円卓の騎士」、諏訪正訳、『声／恐るべき親たち』、東京：白水社、一九九三年。

T・H・ホワイト、『永遠の王 アーサーの書』（下）、森下弓子訳、東京：東京創元社、一九九二年。

ジョン・スタインベック、『アーサー王と気高い騎士たちの行伝』、多賀谷悟、橋口保夫訳、大阪：大阪教育図書、二〇〇一年。

マリオン・ジマー・ブラッドリー、『アヴァロンの霧』第三巻、岩原明子訳、東京：早川書房、一九八八年。

ドナルド・バーセルミ、『王』、柳瀬尚紀訳、東京：白水社、一九九五年。

カズオ・イシグロ、『忘れられた巨人』、土屋政雄訳、東京：早川書房、二〇一五年。

独断と偏見によるアーサー王用語集

【アーサー】

五世紀、迫り来るサクソン人を撃退したブリトン人の主導者。その後「イングランド」の王としてもちゃっかり君臨。多くの王族や貴族が彼の後裔であると主張し、権威付けを図った。一方で、王には「寝取られ男」という烙印も。滑稽譚『コルネウス卿』で、アーサーは「寝取られ男」を暴く慣習を好む王として登場。が、最終的にこれがブーメランとなり、他から「我々のブラザー！」と喝采を浴びることに……。他の騎士に一時主役の座を奪われ影が薄くなるも、グローバルな喝采の的であることに変わりなし。日本発『Fate』シリーズでは、ラテン語名を冠した女性アルトリア・ペンドラゴンとして堂々の再臨、伝説の英雄はさらなる進化へ。（岡本）

【アグラヴェイン】

円卓の騎士でガウェインの弟。『流布本ランスロ』では、ランスロットの従兄弟であるボールスが、世界一の騎士について話していると、それを聞いたアグラヴェインが「わかる、ガウェインのことだろう？」と尋ねる。しかしボールスは「ランスロットのことです」と答え、ふたりは戦闘になる（主張が対立すると戦っ

て証明していくスタイル）。やはりガウェイン派とランスロット派の間では血が流れてしまうのだろうか……。（椿）

【イウェイン】

円卓の騎士。ハルトマンの『イーヴェイン』では、親友のイウェインとガウェインが、互いに相手とは知らずに戦闘になってしまう。イウェインが名を尋ね、ボロボロになってからようやく親友と戦っていたと知ったふたりは、先程まで激しく戦っていたにもかかわらず、互いに「私が君に降伏するべきだ！」「いや、私が君に降伏する！」と負けを主張しあう。友の名誉をかけた奇妙な言い争いに、思わず頬が緩んでしまう。（椿）

【イグレイン】

コーンウォール公夫人で三人の娘の母の身でウーサー王に横恋慕される。公に変身して忍んできた王を夫と思い臥所を共にし、アーサーを身籠もる。王妃となって産み落とすとすぐアーサーとは引き離され、彼が王位に就いて初めて息子と再会する。斉藤洋先生曰く、「夫じゃないとわかっていたに決まっている！　妻が気づかないはずがない」。（小路）

【イゾルデ】

ゴットフリートの作品には三人のイゾルデがいる。媚薬を飲みトリスタンと恋に落ちる「美しい」（あるいは「金髪の」）イゾルデ、その母親のアイルランド王妃、さらにトリスタンの妻となる「白い手の」イゾルデである。「美しい」イゾルデ母娘はトリスタンという騎士が自分たちの仇であることを知っているが、宮廷にやって来た謎の楽師「タントリス」の正体にはまったく気づかない。半年間も家庭教師をさせる、驚異の鈍感力である。（小宮）

【ウーサー】

ブリテンの王でありアーサーの父。宴の席でコーンウォール公ゴルロイスの妻イグレインを欲する。ヴァース『ブリュ物語』では、絶世の美女と謳われていたため、実際に会う前から彼女を愛し欲している。「食事の間も彼女をジロジロと見続け、すべての注意を注いでいた。」ゆえにゴルロイスに戦を仕掛け、略奪婚の果てに生まれたのがアーサー。一族の免れない破滅への道は、この男の色欲によって運命づけられていたのかもしれない。（岡本）

【エクスカリバー】

アーサーが所有する剣。マロリーの『アーサー王の死』では湖の乙女から授かり、その後アーサーのメインウェポンとして登場する。恐ろしいのはその鞘であり、なんと所有している人間は無敵になるという「チート機能」を持つ。現代のＲＰＧにおいても頻出の剣であり、『ファイナルファンタジー』シリーズでは最強クラスの武器として扱われる。ただし、同シリーズでは「エクスカリパー」という偽物も存在し、北米版ではExcalipoorという悲惨ながらも絶妙な当て字が充てられている。（占部）

【エレイン】

ランスロットに魅かれる女性は数多いが、コルボニック城のエレインと百合の乙女エレインは特別な存在。マロリーでは、聖杯の騎士ガラハッドの母となるエレインは、嫉妬する王妃グィネヴィアに「アーサー王のような立派なお方がいらっしゃるのに」とまともに意見するしっかり者。百合の乙女エレインはランスロットの怪我を献身的に看護し、ランスロットから「望みは」と尋ねられると「永久にあなたのお傍に」と取りすがる。「それは無理」と断られると「死ぬしかない」という短絡的な結論を出すものの、その一途さと悲恋ゆえに後世の創作心をくすぐった人気ナンバーワンの女性。（不破）

【円卓の騎士】

アーサーに従う精鋭の騎士たち。彼らが囲む円いテーブルは世界の象徴とも、平等のシンボルとも言われる。だがラハモンによると、宮廷で巨大なテーブルが使われるようになったのは、座席を巡る刃傷沙汰の再発防止のため。実はあまり仲が良くないのでは？という疑問は、マロリーでさらに深まる。腕試しをしたい時、円卓の騎士たちは素性を隠して仲間をボコボコにしているのだ。同士討ちの顛末を迎えるのも、これでは無理もない。（小宮）

【ガウェイン】

アーサー王の甥で円卓の騎士。弟にアグラヴェイン、ガレス、ガヘリスがいる。礼節を重んじる騎士として有名で、アーサー王に対する忠誠心は円卓の中でも随一。『ガウェイン卿とラグネル姫の結婚』では、「王への愛」のためならば魔王とでも結婚すると豪語し、婚儀の場でも新婦には目もくれず「(結婚の)覚悟はできてます」とアーサーに宣言する。愛情が迷走しがちだが、円卓を支える大黒柱のひとりとして頼りにされていたのは確か。(玉川)

【ガラハッド】

ランスロットとペレス王の娘エレインの息子。完全無欠で穢れを知らず、聖杯をその目で見ることを許された。そんな「天使すぎる騎士」ガラハッドはヴィクトリア朝では人気だったが、T・H・ホワイトの小説だと人間味が感じられないため円卓に友達がいない。なお映画『キングスマン』では壮年の俳優コリン・ファースが「ガラハッド」を演じている。伝説では夭逝する騎士が、ベテラン凄腕エージェントとして活躍する貴重な作品だ。(小宮)

【ガレス】

ロット王とモルゴースの息子で、ガウェインの弟。身分を隠してアーサー宮廷の召使いとなり、ケイに「美しい手」とあだ名をつけられた。騎士に叙された後は勝利を重ね、貴婦人リオネスの領地を悪しき騎士から解放する。その後、婚前に関係を持とうとしたせいで彼女の妹リネットの魔法で殺されかけたりするが、最後はめでたくリオネスと結婚。以上はマロリーに基づくが、『国王牧歌』では共に旅をしたリネットと結ばれる。(小宮)

【グィネヴィア】

アーサー王の妻で王妃。ランスロットと恋に落ちる。『ランスロまたは荷車の騎士』では誘拐されるも、駆けつけたランスロットと寝室で愛し合う。が、騎士は窓の鉄格子を引き抜き侵入した際に指を切っており、シーツに血が付着。この動かぬ証拠が原因となり、翌朝、傍にいた監視役の家令ケイとの関係が疑われることに。誤解を解くため王妃が提示したのは自分の「鼻血説」。突き抜けた苦し紛れ感はもはやチャーミングの域だ。(岡本)

【ケイ】

アーサー王の乳兄弟であり執事。エクター卿の子。円卓の騎士としての影は薄く、もっぱらやられ役である。『キルッフとオルウェン』では異能の持ち主であり冒険を成功させるが、中世以降は「剣」よりも「毒舌」を振りかざす。『獅子の騎士』では、その毒舌ぶりに、王妃グィネヴィアが「あなたは気が狂っていますね」と言うほど。ところが、『荷車の騎士』では給仕たちと食事をとっており、この落差が実にケイらしい。中世宮廷における給仕は英雄を育てる教育の場であり、ケイが新たな騎士たちにつっかかる役割を思い出さずにはいられない。(朱楽)

【聖杯】

ロベール・ド・ボロンによれば、最後の晩餐でキリストが用いた杯。奇跡と驚異をブリテン島にもたらした。カップ、お椀、聖体匣など色々な形で描かれており、文学的解釈も多岐にわたる。クレチアンは「輝きを放つ容器」、ヴォルフラムは「命の糧を与える石」としているが、二〇世紀アメリカ小説では主人公たちが獲得すべき聖杯は「野球ペナント（バーナード・マラマッド）」や「原子爆弾（ドナルド・バーセルミ）」になっている。（小宮）

【トリスタン】

狩と竪琴の名手。惚れた女を伯父マルク王に差し出して、自ら苦界に沈む。大陸のトリスタンは狂人を装ったり様々な手を用いてイズーと密会しようとするが、その割に媚薬の効き目が切れると意外にあっさりと駈落ちを中止したりもする。白い手のイズーと結婚するも金髪のイズーに未練たらたらで、結局妻の復讐を受け助かるはずの命を落とす。一方、ブリテンのトリストラムはそうした小細工を弄さない。媚薬を飲む前から竪琴を介して互いに思いを寄せていた。イゾードの傍で竪琴を弾いている時に、背後からマークに槍で刺し殺された。（小路）

【パーシヴァル】

円卓の騎士。ヴォルフラムの『パルチヴァール』では、彼は騎士の存在すら知らない無知な少年として登場する。そのため郁文堂の日本語版における彼の台詞は、一人称が「ぼく」だったり、語尾が「〜だよ」や「〜だね」だったりと、幼さの残る非常にかわいらしい翻訳がされている。……が、彼は冒険に旅立つとすぐに、とある人物から礼儀を学び、たちまち一人称が「私」になって大人びてしまうのである。その成長の早さが少しさびしい。（椿）

【ベディヴィア】

円卓の騎士。『ブリュ物語』ではケイと共にローマの大軍に立ち向かい多くの敵を倒す。しかし勝利に貪欲だったふたりは引きどころを誤り、ベディヴィアは槍で胸を貫かれ戦死してしまう。死んだ戦友を運び出そうと敵勢の中に飛び込んだケイも致命傷を負ってしまうが、それでも彼はベディヴィアの遺体を守りきった。エクスカリバーを水中に投げ入れる役として有名なベディヴィアだが、戦死パターンもかっこいいのでぜひ読んで欲しい。（椿）

【マーリン】

The魔術師。狂人、予言者、悪魔の子、変身能力者など様々な面をもつ。ガンダルフ（『ホビット』）やダンブルドア（『ハリー・ポッター』）の原型とされ、白髭を生やした老人のイメージが強いが、BBCドラマ『魔術師マーリン』では、若き溌溂とした青年マーリンが登場、キャメロットを救うべくアーサー王とタッグを組む。別名「エムリス」は、古ウェールズで「不死のもの」を意味する。蛇足だが、シリーズを通して響き渡るアーサーの“Merlin!”という呼びかけは、耳に心地よく、上唇と下唇が織り成す“M”の音にメロメロマーリンだ。（岡本）

【湖の貴婦人】

この名称は一種の肩書で、アーサーにエクスカリバーを与えたことで有名な貴婦人もそのひとり。ニムエ、ニニヴェ、ヴィヴィアンなどの名が知られる。立場的にはアーサーの味方だが、エクスカリバーと引き換えに復讐を求めた者もいる。水中の城でランスロットを養育したり、彼女に惚れて骨抜きになったマーリンを、彼から教わった呪文で生きながら幽閉したりした。またエタード寝取り事件では、ニムエは彼女に魔法をかけてペレアスを振ったことへの復讐をし、彼と愛し合う夫婦になる。アーサーの最期の時に船で迎えに来た貴婦人のひとりでもある。（小路）

【モードレッド】

元々はアーサーの妹とロット王の子だったが、一三世紀フランスでアーサーと片姉との間にできた子にされてしまい、暗い宿命を背負う。赤子の時に父アーサーに海に流されて殺されかけた。祖父の代からの人妻に手を出す血筋は脈々と受け継がれ、義母であるグィネヴィアと結婚し王位を奪おうとする。年代記ではふたりの子まで生すが、ランスロット登場以降は王妃に逃げられ目的を果たせない。アーサーと差しでの勝負となり、槍に貫かれるも、父の頭に致命傷を与えて死ぬ。（小路）

【ランスロット】

誉れ高き円卓の騎士。グィネヴィア王妃を深く愛する。クレチアンの作品では彼女から視線を外せず、窓から転落しかけたり、敵に背を向けて戦うほどの崇拝ぶりである。愛ゆえの盲目は流布本やマロリーでも健在で、彼女を救出しようとした際に円卓の仲間ガエリエ（ガレス）を殺害。誰だか気付かずに頭をかち割った。映画『モンティ・パイソン・アンド・ホーリー・グレイル』で評されているように「勇敢だが危険な騎士」である。（小宮）

作品によって異なるものの、ある程度は参考になるかもしれない人物相関図

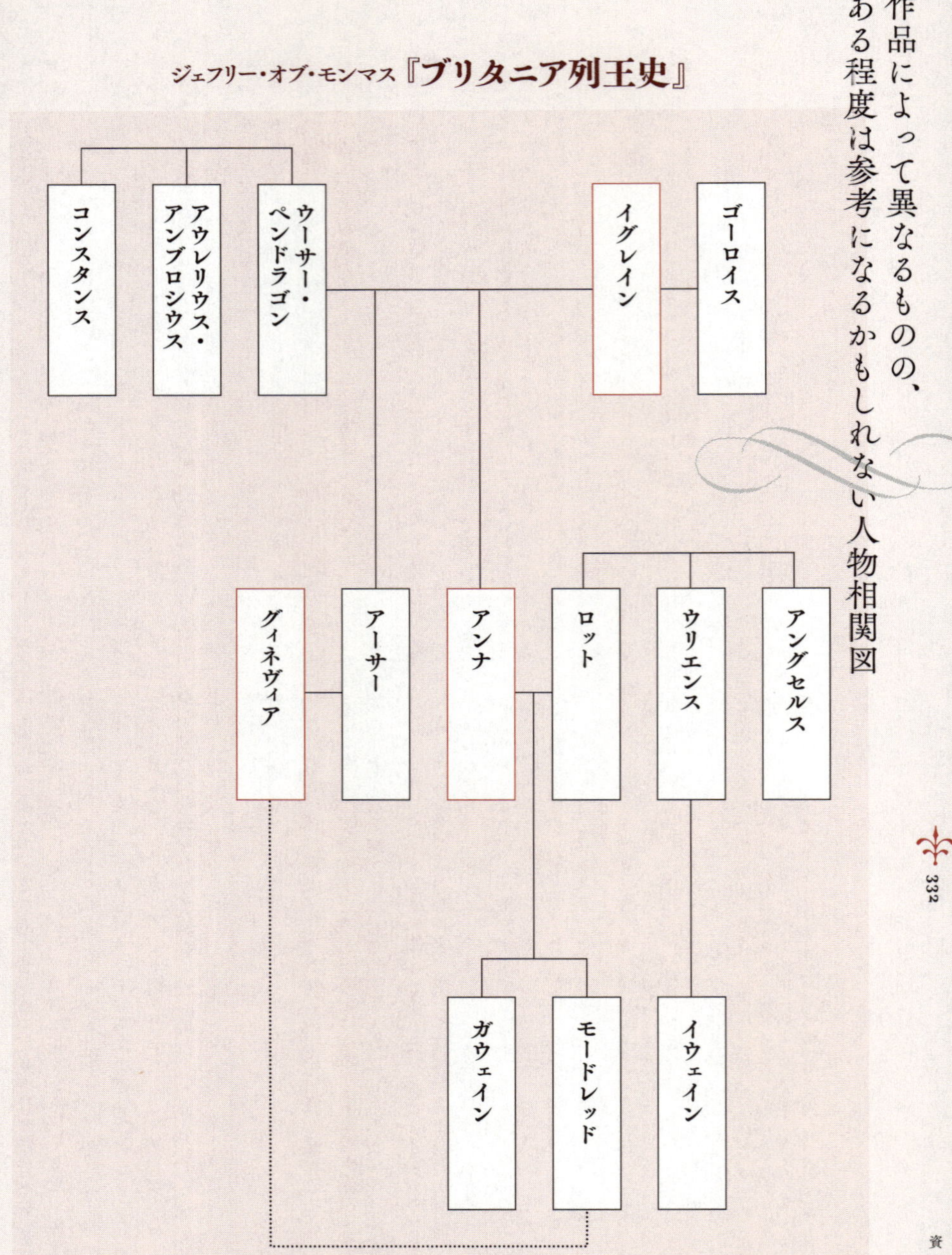

トマス・マロリー『アーサー王の死』 アーサー王の一族

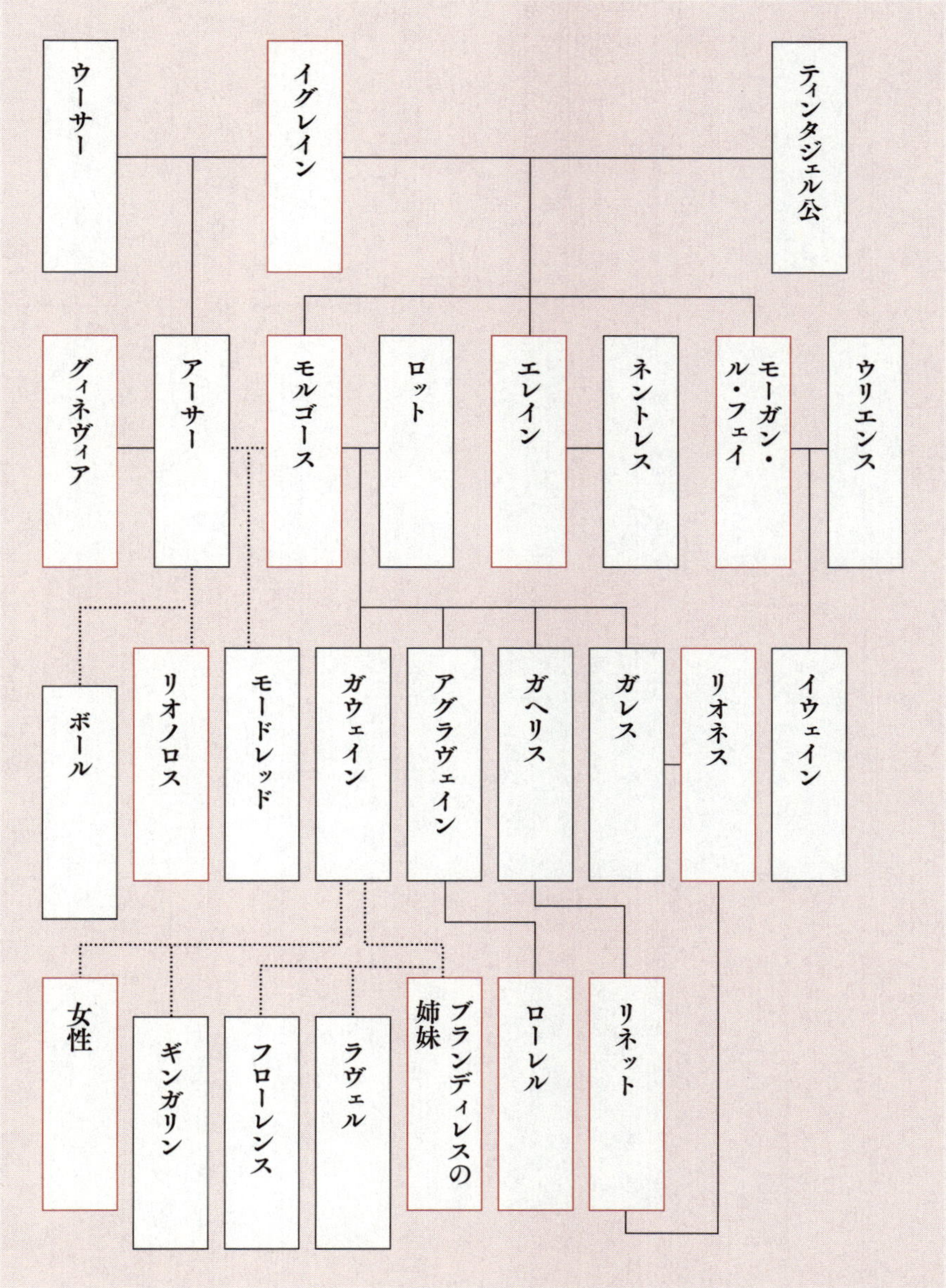

ウーサー
イグレイン
ティンタジェル公

グィネヴィア
アーサー
モルゴース
ロット
エレイン
ネントレス
モーガン・ル・フェイ
ウリエンス

ボール
リオノロス
モードレッド
ガウェイン
アグラヴェイン
ガヘリス
ガレス
リオネス
イウェイン

女性
ギンガリン
フローレンス
ラヴェル
ブランディレスの姉妹
ローレル
リネット

作品によって異なるものの、ある程度は参考になるかもしれない人物相関図

ランスロットの一族

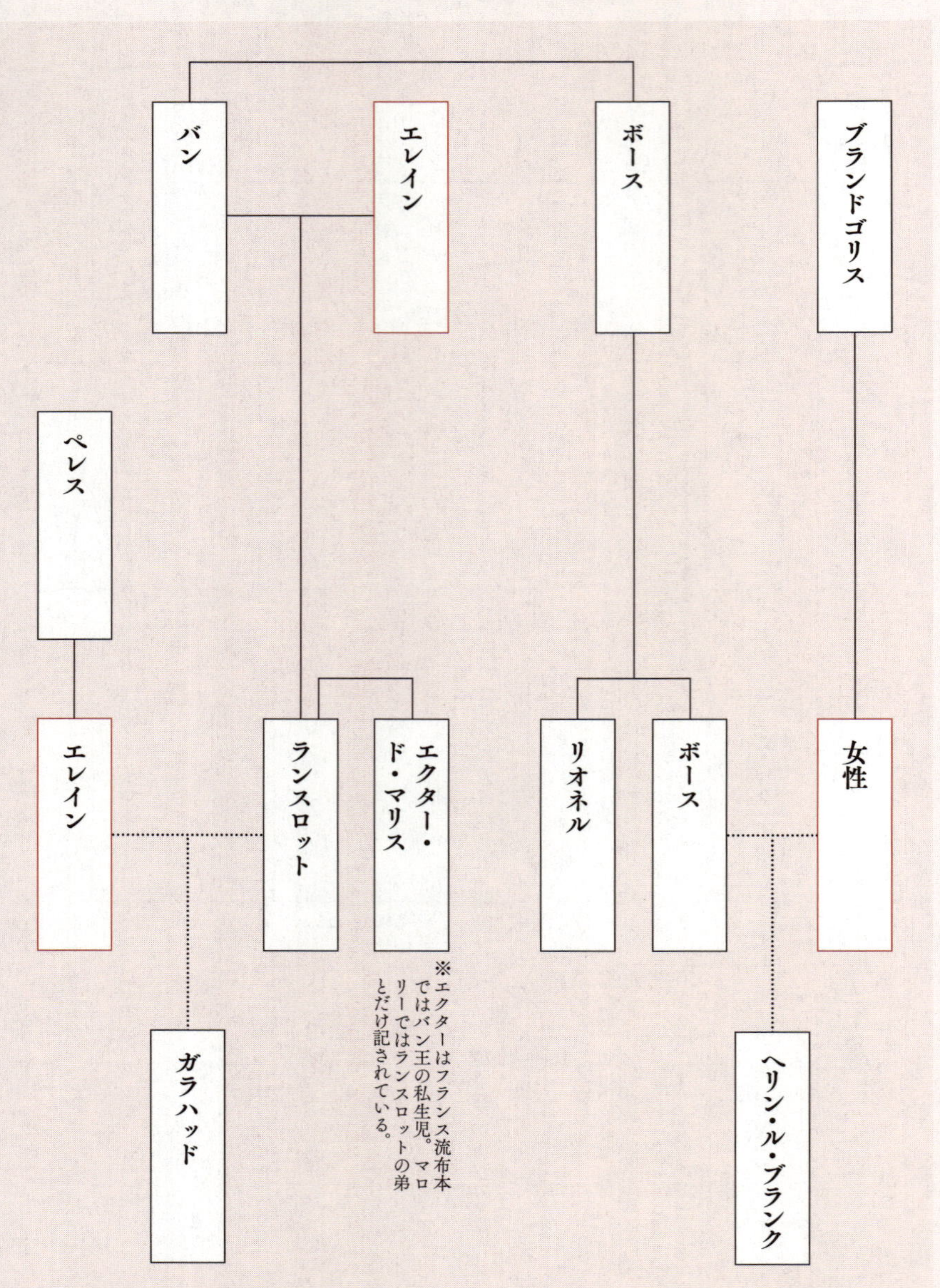

バン
エレイン
ボース
ブランドゴリス
ペレス
エレイン
ランスロット
エクター・ド・マリス
リオネル
ボース
女性
ガラハッド
ヘリン・ル・ブランク
※エクターはフランス流布本ではバン王の私生児。マロリーではランスロットの弟とだけ記されている。

パーシヴァルの一族

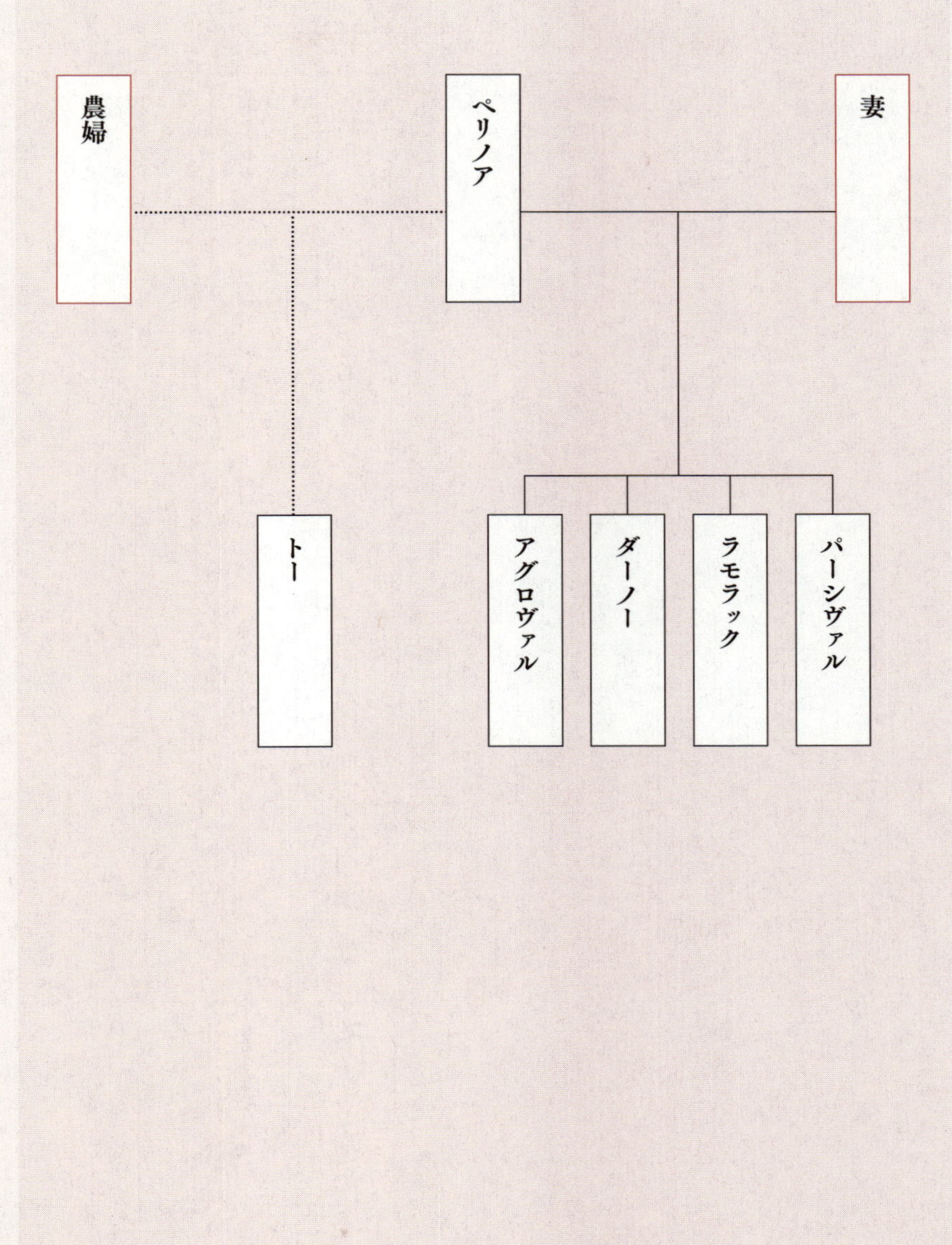
農婦
ペリノア
妻
トー
アグロヴァル
ダーノー
ラモラック
パーシヴァル

トリストラムの一族

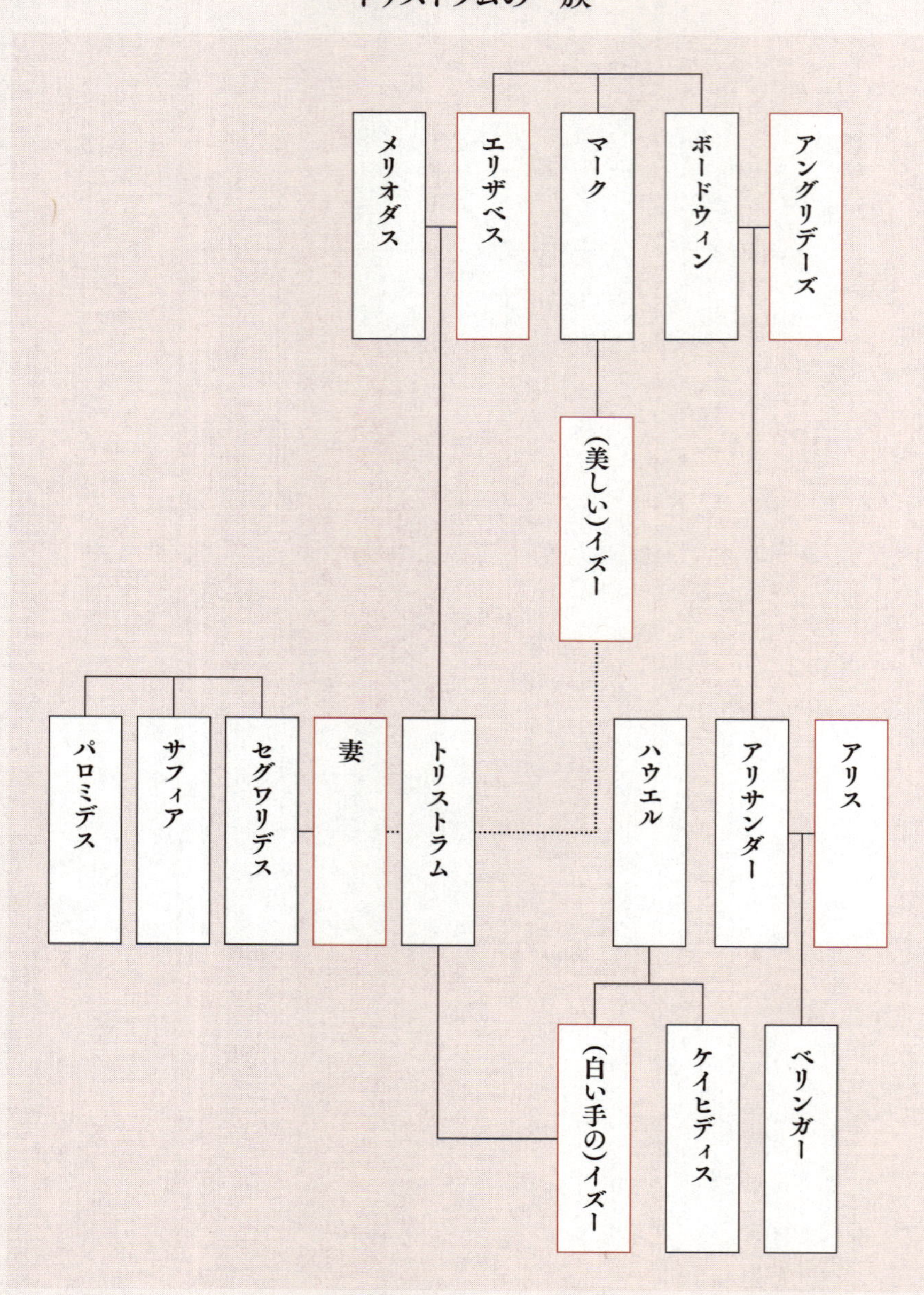
メリオダス
エリザベス
マーク
ボードウィン
アングリデーズ
(美しい)イズー
パロミデス
サフィア
セグワリデス
妻
トリストラム
ハウエル
アリサンダー
アリス
(白い手の)イズー
ケイヒディス
ベリンガー

過去と未来の王の軌跡

——アーサー王伝説にまつわる主要な出来事

時期	作品概要
455—75年	ジェフリー・オブ・モンマスの書物によると、この時期がアーサーの治世
600年頃	スコットランドの詩人アネイリンの詩「ゴドディン」に、アーサーという名の英雄への言及（「彼はアーサーではなかったけれども」）
800年頃	偽ネンニウスの『ブリトン人の歴史』において、アーサー将軍についての記載
950年頃	『カンブリア年代記』に、アーサーとメドラウトが斃れた「カムランの戦い」に関する記述
1050年頃	ウェールズの物語群『マビノギオン』。アーサー、ケイ、ベディヴィア、グアルッフマイ（ガウェイン）らが登場
1125年頃	ウィリアム・オブ・マームズベリーの歴史書に、アーサーに関する記述（「アーサーは聖母マリアの描かれた武具を身につけ、その手で九〇〇人の敵を倒した」「彼の墓はまだ見つかっていない」）
1136—38年頃	ジェフリー・オブ・モンマスの『ブリタニア列王史』。魔法によるアーサーの受胎から、深手を負ってアヴァロンへ旅立つまでを記した最初の書物
1155年頃	ヴァース（ワース）の年代記『ブリュ物語』。現存する中で最古の円卓に関する記述
1160—90年頃	クレチアン・ド・トロワの古仏語アーサー王ロマンス。騎士ランスロットや聖杯といった、後の物語で人気のモチーフが導入される
1170年頃	マリー・ド・フランスの詩「ランヴァル」と「すいかずら」。前者はアーサー王の騎士と妖精の恋物語、後者は騎士トリスタンと王妃イズー（イゾルデ）の秘密の逢瀬を語る
1170—75年頃	トマの古仏語韻文物語『トリスタン』。五つの写本の八つの断片のみが現存。トリスタンとイズーの悲恋を扱う

1190年頃	ラハモン（ラヤモン）の年代記『ブルート』。英語で書かれた最初のアーサー王作品
	ベルールの古仏語韻文物語『トリスタン』。トリスタンとイズーの見張られた逢引きから、奸臣ゴドイーヌ殺害までを描いた断片ひとつのみが現存
1190―91年頃	グラストンベリー修道院において「アーサー王の墓」が発見される
1200年頃	ロベール・ド・ボロンの古仏語三部作。聖杯を最後の晩餐で用いられた聖遺物だと解釈し、また「石に刺さった剣」の逸話を初めて記した
1210年頃	ヴォルフラム・フォン・エッシェンバハの韻文『パルチヴァール』。ドイツのアーサー王物語。クレチアンと、南仏の詩人「キオート」に基づいたとされる聖杯探求譚
	ゴットフリート・フォン・シュトラスブルクの中高ドイツ語『トリスタンとイゾルデ』。主人公が愛する王妃イゾルデと同じ名前を持つ女性と結婚する場面で未完に終わる。ワーグナーのオペラの原作
1215―35年頃	フランス流布本サイクル（『ランスロ＝聖杯サイクル』『聖杯の書物』などとも呼ばれる）。中世ヨーロッパで広く読まれたアーサー王伝説の集大成。聖杯の由来からアーサーの死までを描く
1230―40年頃	後期流布本サイクル。聖杯にまつわる逸話を中心に、流布本サイクルを語り直した作品
1250年頃	古フランス語の『散文トリスタン』。トリスタンを円卓の一員とし、アーサー王物語との関連を深める
1390年頃	中世英語の『頭韻詩アーサー（王）の死』。アーサー王によるローマ征服の偉業と、モードレッドの裏切りによる王国崩壊を描く
1400年頃	中世英語詩『スタンザ形式アーサー（王）の死』。ランスロットと王妃の恋による王国の滅亡を詠う
	中世英語詩『ガウェイン卿と緑の騎士』。アーサーの甥の冒険を描く、英詩の最高傑作のひとつ
1469―70年	英国の騎士トマス・マロリーの散文『アーサー王の死』完成。一四八五年七月末にウィリアム・キャクストンにより印刷出版され、後の作品に大きく影響を与える
1486年	イングランド王ヘンリー七世が、息子に「アーサー」と命名する
1691年	ジョン・ドライデン脚本によるセミオペラ『アーサー王、あるいはブリテンの偉人』。ブリトン人とサクソン人の対立と和解を描く。作曲はヘンリー・パーセル
1834―85年	アルフレッド・テニスンの長編詩『国王牧歌』。「人間は神の似姿ではなく、ただの動物なのか？」という科学と信仰の葛藤を扱う。聖人君子としてのアーサーのイメージを定着させた

1865年	ワーグナーのオペラ『トリスタンとイゾルデ』。ゴットフリートの物語に依拠しつつ、愛と死を結びつけるショーペンハウアー的思想も反映している
1882年	ワーグナーのオペラ『パルジファル』。ヴォルフラムの膨大な作品を集約する形で聖杯伝説を語り直した
1889年	マーク・トウェインの小説『アーサー王宮廷の（コネチカット・）ヤンキー』。アメリカ人が中世イングランドにタイムスリップする風刺小説。多くのアーサー王ものにインスピレーションを与えた
1905年	夏目漱石の短編「薤露行」。マロリーとテニスンをベースにした、日本初のアーサー王物語
1922年	T・S・エリオットの詩『荒地』。聖杯伝説に基づくモダニズム文学の金字塔
1934年	中世ウィンチェスター写本の発見。マロリーの自筆原稿に近い内容・構成だとされ、キャクストンの印刷本を中心としていた従来の研究を大きく塗り替えた
1937年	ジャン・コクトーの戯曲『円卓の騎士』。悪しき魔法使いメルランの幻惑と、純潔の騎士ガラードによる聖杯の探求を描く
1938―58年	T・H・ホワイトの小説『永遠の王』。登場人物の心理を緻密に描き、読者の共感を呼び起こす形で伝説を蘇らせた。映画『王様の剣』や『キャメロット』の原作
1960年	アラン・ジェイ・ラーナーとフレデリック・ロウ作曲のミュージカル『キャメロット』。アーサーらの三角関係を軸に展開。67年にはジョシュア・ローガン監督により映画化
1963年	ウォルフガング・ライザーマン監督の映画『王様の剣』。マーリンによるアーサー少年の教育を描いたアニメ
1974年	ロベール・ブレッソン監督の映画『湖のランスロ』。騎士道の暴力的な側面に焦点を当てた
1975年	テリー・ギリアム、テリー・ジョーンズ監督の映画『モンティ・パイソン・アンド・ホーリー・グレイル』。英国のコメディグループによる作品。歴史にまつわる小ネタがふんだんに仕込まれている
1976年	ジョン・スタインベックの小説『アーサー王と気高い騎士たちの行伝』出版（執筆は58―59年）。ウィンチェスター写本の発見に刺激を受けて執筆された
1978年	エリック・ロメール監督の映画『聖杯伝説』。クレチアン・ド・トロワのペルスヴァル物語を再現
1979年	東映動画の『燃えろアーサー』放送開始。マロリーを原作とする、日本初のアーサー王アニメ
1981年	ジョン・ブアマン監督の映画『エクスカリバー』。マロリーに基づき、アーサーの受胎からアヴァロンへの旅立ちまでを辿る

1982年	マリオン・ジマー・ブラッドリーの小説『アヴァロンの霧』。女魔法使いモーガン・ル・フェイの視点から語り直されたアーサー王物語
1982—85年	マイク・W・バーとブライアン・ボランドのコミック『キャメロット3000』。未来を舞台に、アーサー王たちが異星の侵略者と戦う。女体化したトリスタンとサムライのガラハッドも参戦
1987年	スクウェア（現スクウェア・エニックス）社のビデオゲーム『ファイナルファンタジー』シリーズ。日本におけるエクスカリバーの知名度を大いに高めた
1989年	スティーヴン・スピルバーグ監督の映画『インディ・ジョーンズ　最後の聖戦』。聖杯をめぐる冒険活劇
1990年	ドナルド・バーセルミの小説『王』。第二次大戦を戦うアーサーたちを描くポストモダン文学
2004年	「Type-Moon のゲーム『Fate/stay night』。女性の肉体を持つアーサー王が登場。日本における伝説の受容を大きく変えた記念碑的作品 アントワーン・フークア監督の映画『キング・アーサー』。伝説スキタイ起源説をベースにした映画
2006年	ひかわ玲子の小説『アーサー王宮廷物語』。双子の兄妹の目から見たキャメロットの盛衰を描く
2011年	宝塚のミュージカル『ランスロット』。自由意思を中心に、登場人物へ独自の解釈を与えた
2012年	鈴木央のマンガ『七つの大罪』連載開始。メリオダス、エリザベス、バン、エレインといった円卓の騎士たちの両親と同名のキャラクターが活躍する
2015年	マシュー・ヴォーン監督の映画『キングスマン』。スパイのコードネームがアーサー王伝説に由来する カズオ・イシグロの小説『忘れられた巨人』。老夫婦の旅を通じてサクソン人とアーサー王の対立を浮き彫りにする、過去と記憶の物語
2016年	斉藤洋の小説『アーサー王の世界』シリーズ開始。鋭い人間観察に基づいて語り直された、新たなる伝説
2017年	山田南平のマンガ『金色のマビノギオン』連載開始。古代ブリテン、アーサーの時代にタイムスリップした現代日本高校生たちの物語 ガイ・リッチー監督の映画『キング・アーサー』。従来の人間関係やキャラクター造形に、現代風の大胆なアレンジを加えた野心作 マイケル・ベイ監督の映画『トランスフォーマー　最後の騎士王』。日本起源のロボット玩具とアーサー王伝説を結びつけた映画

The New Arthurian Encyclopedia. Ed. Norris J. Lacy (New York: Garland, 1996) をベースに、小宮真樹子が作成

沈め！アーサー王物語の沼

Column 5

えっ、BL……？ 騎士たちの濃すぎる友情

TSUBAKI Wabisuke

椿 侘助

城主の美しい首に腕をまわし、優雅に口付けるガウェイン……ふたりは「その日得たものを互いに与える」という約束をしており、ガウェインは城主の奥方からもらった口付けを城主に与えたのである。アーサー王物語では騎士同士の口付けはよくあるが、『ガウェイン卿と緑の騎士』の描写の美しさとふたりの親しげな様子から、城主とガウェインにBL（ボーイズラブ）[01]な雰囲気を感じてしまった人は私だけではないはず……だよね？

魅力的な騎士が掛け合わされれば可能性も無限大。愛憎混じったトリスタンとパロミデスの関係や、主従でありながら友人のようなアーサー王とガウェインなど、BLかと思うくらい濃い友情は多くの騎士たちの間で見られる。が、その中でも私が特にやべぇと思うのはランスロットとガウェイン、ランスロットとガラホールトの組み合わせだ。

ランスロットとガウェインは互いを探す話が多くあり、『流布本ランスロ』では目の前で拐われたガウェインをランスロットが助けに行ったり、『リゴメールの驚異』では記憶を無くしてコック長になっていたランスロットをガウェインが助けたりと例に事欠かない。『流布本ラ

01 — BL（ボーイズラブ）男性同士の恋愛を描いた漫画や小説などのジャンル。BLが好きな人間の中には、作中に同性愛描写がなくても、男同士の特別な関係性だけで萌える種もいるので、アーサー王物語を読んで「そわっ」としてしまう人も多い……はず……。

ンスロ』では、ガウェインを探しに行ったランスロットが、ガウェインの使いのふりをした小人に騙されてついて行ったら敵の罠。今度はランスロットが行方不明になるという、なんだか間抜けなエピソードもある。警戒心ゼロかよ！　ガラホールトとランスロットの組み合わせはガラホールトからのラブがすごい。『流布本ランスロ』では、敵であったランスロットに惚れ込んだガラホールトが彼を口説き落とし、ランスロットはその夜ガラホールトの元に泊まるのだが、ランスロットがベッドで寝ていると、なんとガラホールトがランスロットのベッドに潜り込んでくるのだ！　騎士たちが同じベッドで寝ることも珍しいことではないのだが、それにしたってこっそり潜り込んでくるのはどうなんだ……？

『流布本ランスロ』では他にも、相手がランスロットだと気付かぬままガウェインが「彼に愛されるなら世界でもっとも美しい女性になりたい」と言ったり、ランスロットがガウェインにだけ旅立ちを告げて去ったことを知ったガラホールトが「俺には隠して旅立つなんて、ランスロットは俺のことを愛していないのだ……」と胸を痛めたり、もう原典が最大手状態[02]。

しかもよ？　ガラホールトもガウェインも死因がランスロットですよ！　愛した男に殺された〜なんてそれだけでだいぶ美味しい設定なのに、ガラホールトはランスロットが死んだという勘違いによるショックで亡くなり、ガウェインは弟を殺されてランスロットを憎むようになり、一騎打ちを挑んだ時の傷が原因で亡くなるという、妄想を掻き立てる要素しかないわけですよ。ガラホールトの墓には「ランスロットへの愛のために死んだ」と書かれてて、それを見たランスロットも自殺しようとするほどショックを受けるし、ガウェインも死ぬ前にランスロットに許しを乞いたいと言い、自分の墓には己の無思慮のためにランスロットに殺されたと書いてくれと頼む

02—**原典が最大手**　＊ファンの妄想以上のことを原典（原作）がしてきた時に使う言葉。騎士同士の組み合わせによっては、キスや同じベッドで寝る描写や、記憶喪失ネタが中世に既にあるのがアーサー王物語というジャンル。

し、もうどうなってるんだこれ。ちなみにガラホールトとランスロットは同じ墓に入るよ！

まだまだ騎士の萌えるエピソードはあるんですけど、もう入りませんでした！　読書が趣味で中世の騎士道物語ばかり読んでいるというと、高尚な趣味だと思われがちなんですけど、実際は「あっ、ガウェインお得意の医療行為シーンがある！　ヒーラーとしても優秀って最高だな……現パロ[03]するならガウェインは絶対に医者」とかニヤニヤしながら、アニメや漫画を楽しむのと同じ感覚で読んでます。流行りのイラストや人気声優による美声はついていないけど、中世のアーサー王物語だってオタク心にグサグサ刺さる、萌え要素が沢山！　常に新しく物語が作られ続けるアーサー王物語は、惚れ込んだ騎士たちと別れの時が来なくて、いつも新しい一面を見れるから、死ぬまで楽しめますよ！

【参考文献】

菊池清明訳『ガウェイン卿と緑の騎士：中世イギリスロマンス』（春風社、二〇一七年）。

Lancelot-Grail: The Old French Arthurian Vulgate and Post-Vulgate in Translation. Norris J. Lacy, gen. ed. Vol. 3, 4. Cambridge: D. S. Brewer, 2010.

Jehan. *The Marvels of Rigomer (Les Merveilles de Rigomer).* Trans. Thomas E. Vesce. New York: Garland, 1988.

天沢退二郎訳「アーサー王の死」（『フランス中世文学集4――奇蹟と愛と』白水社、一九九六年、七―二六六頁）。

03 — **現パロ** ✦ 作品の時代設定を現代にして描いた二次創作のこと。

あとがき

二〇一七年一二月九日。白百合女子大学にて国際アーサー王学会日本支部のシンポジウムが開催された。タイトルは「ポップ・アーサリアーナ」。ガイ・リッチー監督の『キング・アーサー』公開を機に、映画やゲームといったサブカル作品からアーサー王伝説の受容を論じようという試みであった。この分野の第一人者である小路邦子先生をコーディネーターとし、以下の順で発表が行われた。

岡本広毅「Role-Playing Game における中世表象とアーサー王物語：日本における受容のあり方を巡って」
滝口秀人「アーサー王物語の登場人物の諸相：中世と現代の人物描写イメージを比較して」
小宮真樹子「そして伝説へ：『ドラゴンクエスト11』における騎士道とアーサー王」
小路邦子「『キング・アーサー』（２０１７）に見る中世のモチーフとその変容」

サブカルチャー作品を扱うというのは、国際アーサー王学会日本支部会では珍しい試みであった。聴衆の反応はさまざまであったが、現代日本風のタッチで描かれたアーサー王キャラに、髙宮利行先生が「これ、面白いねえ」と言いながらスライドを撮影していたことと、椿侘助さんが最前列に座っていたことが強く印象に残っている。

さらに、小路先生の手には発売されたばかりの『金色のマビノギオン』第一巻があった。「新しいアーサー王のマンガが出たのよ！　布教に持ってきたわ」と仰り、学会員に勧めていたのである。思い返すと、奇跡のような巡りあわせの一日であった。

その後、岡本氏から発表者全員にメールが送られた。出版社の方がシンポジウムに興味を持ち、書籍化の話が出ているとのこと。岡本氏と同じ関西圏に在住しているため、小宮も編者としてお手伝いさせてもらうことになった。

出版にあたってはシンポジウムの内容をより充実させ、またクリエイターの方々にもご参加いただこうという流れになった。髙宮先生と岡本氏、それに編集者の岡田林太郎氏をはじめとする方たちの人脈により、多くの心強いメンバーが集まった。個性と実力を備えた面々は、キャメロットに集結する円卓の騎士さながらである。

周知のように、日本ではアーサー王にインスピレーションを得たサブカル作品が数多く存在する。エクスカリバーは『ソウルイーター』や『銀魂』といった漫画でネタにされており、円卓の騎士たちの名は『モンスターストライク』や『Fate/Grand Order』などのスマホアプリを通じて広く知られている。さらに、ぺんてるは「ランスロット」という名前のボールペンを販売しているし、福田雄一監督のTVドラマ『勇者ヨシヒコと魔王の城』もアーサー王映画『モンティ・パイソン・アンド・ホーリー・グレイル』をベースにしているのだ。

ポップカルチャーでの人気と同時に、日本におけるアーサー王研究も世界的に優れた水準を示している。国際アーサー王学会の支部は学会 *Bulletin* の最新号（二〇一九年一月現在、二〇一六年発行の第六八号）によると、（1）オーストラリア&ニュージーランド（2）ベルギー&オランダ（3）ドイツ&オーストリア（4）スペイン、ポルトガル、ラテンアメリカ（5）フランス（6）ブリテン&アイルランド（7）イタリア（8）ルーマニア（9）スカンジナビア（10）スイス（11）北米、そして（12）日本に存在する。会員数も北米、ドイツ、ブリテンに次いで世界四位、フランス支部とほぼ同数なのだ。アジア唯一の支部とは思えない健闘である。

アーサー王物語は中世ヨーロッパで花開いたが、場所と時代の隔たりゆえに、現代読者の中には「格調高い、難解な書物」というイメージを持っている方もいるかもしれない。しかし騎士道ロマンスは、当時の人々にとっての楽しみであった。ここでフランスの詩人クレチアン・ド・トロワの『ランスロまたは荷車の騎士』の序文を思い出していただきたい。彼は語る――シャンパーニュ伯夫人マリーが、この物語のネタを提供したのだと。愛ゆえに常軌を逸した行動に走る騎士ランスロは、貴婦人マリーの萌えから生まれたといっても過言ではない。またイングランドの印刷業者ウィリアム・キャクストンも、『アーサー王の死』序文において、円卓の物語は教訓を与えるだけでなく、楽しい読み物でもあると述べている。そう、アーサー王伝説とは最高にワクワクする、愛と冒険と友情と裏切りと（時には方向性の間違ったような）情熱のつまったエンタメ作品なのだ。

そうした輝きを余すところなく伝えられるような「学問と娯楽の懸け橋となる一冊」が、この本の掲げるコンセプトだ。現代日本において、アーサー王は学問としても、娯楽としても愛されている。その多様な魅力を汲むのが本書の目的であった。そして目標通り、さまざまな経歴、得意分野を持つ執筆陣に恵まれた。大学教授からクリエイターに至るまで、異なる分野の第一人者が参加した書籍はあまり多くないだろう。しかも、全員がアーサー王伝説という共通のテーマを俎上に載せ、思いの丈をアツく語るのだ。編者は勝手に「ぼくの　かんがえた　さいきょうの　アーサー王本」という目標も掲げていたが、まさしくその通りの一冊になったと、胸を張って宣言できる。

ただし、紙幅や時間が限られており、また前例の少ない試みであることから、本書籍が日本におけるアーサー王のすべてを網羅できたわけではない。特に『ファイナルファンタジー』シリーズや『イナズマイレブン』といったビデオゲーム、『グランブルーファンタジー』や『モンスターストライク』といったソシャゲ、『七つの大罪』などの漫画、その他ラノベを扱えなかったことは大いに悔いが残る。そうした作品の分析は、残念だが別の機会に譲りたい。

むしろ編者が期待しているのは、この本に続くものが生まれることだ。「あの作品に言及しないとは実にけしからん」「自分にも語らせろ」という方々が名乗りを上げ、日本におけるアーサー王界隈をさらに盛りあげてほしい。もちろん研究サイドだけでなく、より多くの作品でアーサー王のモチーフが扱われることも願っている。そのことがスーパーファミコンゲーム『伝説のオウガバトル』でランスロット萌えをこじらせ、研究者になったオタクとしての心からの望みである。

最後に、本書の刊行にあたりお世話になった方たちにお礼を申し上げたい。

まず、この企画に興味を持ってくださった勉誠出版の豊岡愛美さん。

興味深い文章をご執筆くださった皆さま。

ページを素敵にレイアウトしてくださったデザイナーの宗利淳一さん。

慌ただしいスケジュールのなかで迅速かつ正確に組版をしてくださった江尻智行さん。

系図を組んでくださった、黒田陽子さんはじめ志岐デザインの皆さま。

尊すぎる中世風飾り文字を作成してくださったカリグラファーの河南美和子さん。そして、河南さんをご紹介くださった羊皮紙工房の八木健治さん。

用語集への執筆をご快諾くださった朱楽さん、古部涼也さん、玉川明日美さん。

対談に加えて、麗しい表紙イラストを描いてくださった山田南平先生と、マネージャーの松尾さん。おふたりのおかげで、最高の装丁が完成した。読者の皆様には、ぜひ本文をすべて楽しんだ後で、あらためて山田先生のイラストをご覧いただきたい。各キャラクターに、こだわりの意匠が散りばめられていることに気づかれるであろう。特にランスロットとガウェインの背後にある円卓は、ウィンチェスターの円卓に敬意を表しつつも、メンバーの名前や配置などは独自のものである。オリジナルのデザインを、すべて山田先生に描きおろしていただいたのだ。ランスロットのマントに隠れている部分まで設定を反映していただき、感無量である。

そして誰よりもこの本を支えてくださったのが、みずき書林の岡田林太郎さんだ。ふんだんに中世文学の魅力を盛り込んだ一冊は、彼の力なくしては実現できなかった。「タイトルはキャクストン風にしたいです」「本文を黒と赤インクの二色で刷れたら……ウィンチェスター写本みたいで良いですよね」などの無茶な提案にいつも穏やかにご対応くださり、そして叶えてくださった。編者ふたりにとって、いつも養父エクターのように頼れる存在であった。

また、本書出版にあたっては立命館大学国際言語文化研究所より助成金をいただいた。ここに感謝の念を述べたい。

あとがきまで辿りついた今、編者の心境はまるでアヴァロンへ旅立つアーサー王である。「過去と未来の王」アーサーの栄光が今後も日本で輝き続けることを願って、エクスカリバーを湖へ投じるように一旦筆を置こう。

小宮真樹子

二〇一九年一月

追記：本書の「序論」において、岡本氏がマンチェスター大学ジョン・ライランズ図書館所蔵のキャクストン印刷本を使用しようとしたのだが、システムエラーにより支払いができないというトラブルが発生した（イングランドあるある）。

締め切りが迫る中、さまざまな担当者にたらい回しにされた岡本氏が思いついた秘策が「こうなったら僕、自分で書きます！」結果、本書には日本人研究者の手により書き綴られたマロリーの物語の一部が収録されることとなった。五〇〇年以上の時を越え、ウィンチェスター写本の書記ふたりを引き継ぐ、第三の「写字生C」爆誕の瞬間であった。

すべてはマーリンから始まった。
「写字生 C」こと岡本広毅氏が描く
トウェインのマーリン

執筆者たちの円卓（50音順）

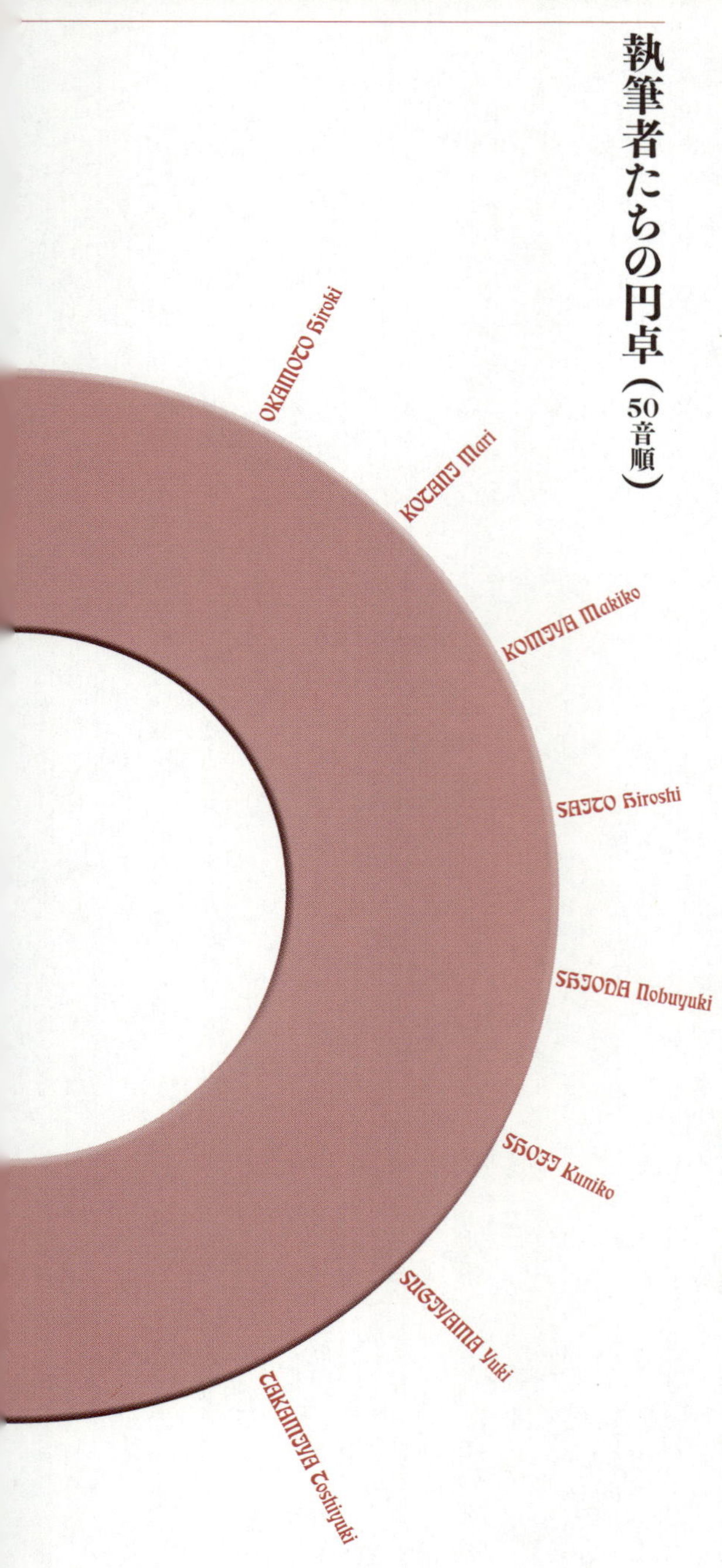

How the noble Kyng Arthure was receyued in Japan
& was crowned emperour of pop culture

岡本広毅（おかもと・ひろき）

1984年生まれ。立命館大学文学部准教授。国際アーサー王学会日本支部、日本中世英語英文学会、日本英文学会、西洋中世学会会員。専門は中世イギリスの言語と文学。主な著作に『ケルト文化事典』（共著、2017年）、『英語学：現代英語をより深く知るために――世界共通語の諸相と未来』（共著、2016年）、"Gawain's Treachery on the Bed: Trojan Ancestry and Territory in *Sir Gawain and the Green Knight*," *Studies in English Literature*, no. 56 (2015) など。

小谷真理（こたに・まり）

1958年生まれ。SF&ファンタジー評論家。元明治大学情報コミュニケーション学部客員教授。専門はSF批評、フェミニズム批評。『女性状無意識』（勁草書房）で第15回日本SF大賞受賞（1994年）。巽孝之との共訳書『サイボーグ・フェミニズム』（トレヴィル）で第2回日本翻訳大賞思想部門受賞（1991年）。他の著作に『おこげノススメ』（青土社、1999年）、『エイリアン・ベッドフェロウズ』（松柏社、2004年）、『ハリー・ポッターをばっちり読み解く七つの鍵』（平凡社、2002年）など。

小宮真樹子（こみや・まきこ）

1979年生まれ。近畿大学文芸学部准教授。国際アーサー王学会日本支部、日本中世英語英文学会、西洋中世学会会員。専門はトマス・マロリーを中心としたアーサー王伝説。主な著作に『幻想と怪奇の英文学』シリーズ（共著、2014年〜）、『アーサー王物語研究』（共著、2016年）、"Here Sir Gawayne Slew Sir Vwayne His Cousyn Germayne": Field's Alteration on Malory's *Morte Darthur*," *Poetica*, no. 83（2015）など。

斉藤 洋（さいとう・ひろし）

1952年生まれ。亜細亜大学経営学部教授。児童文学作家。主な作品に「ルドルフ」シリーズ（講談社）、「白狐魔記」シリーズ（偕成社）、「西遊記」シリーズ（理論社）、「アーサー王の世界」シリーズ（静山社）。各シリーズ続巻刊行中。

塩田信之（しおだ・のぶゆき）

1968年生まれ。1986年よりゲームブックの著者としてライター活動を開始。編集プロダクションの共同運営者として編集者活動も行った後、2003年に独立しフリーライターとなる。主にゲームやアニメ関連の書籍や雑誌、インターネット上のメディアで記事を執筆。ゲーム関連の制作書籍は多数あり、代表的なものに『真・女神転生 IV FINAL 公式設定資料集＋神話世界への旅』（一迅社、2016年）など。

小路邦子（しょうじ・くにこ）

1957年生まれ。慶應義塾大学他非常勤講師、朝日カルチャーセンター講師、首都大学東京オープンユニバーシティ講師など。成城大学大学院文学研究科英文学専攻博士後期課程単位取得満期退学。専門は中世アーサー王文学。主な著作に「スコットランド抵抗の象徴　モードレッド」（『アーサー王物語研究――源流から現代まで』中央大学人文科学研究所研究叢書62、中央大学出版部、2016年）、「エクスカリバーの変遷」（『続　剣と愛と　中世ロマニアの文学』中央大学人文科学研究所研究叢書40、中央大学出版部、2006年）、「ガウェインの誕生と幼年時代」（『剣と愛と　中世ロマニアの文学』中央大学人文科学研究所研究叢書34、中央大学出版部、2004年）など。

杉山ゆき（すぎやま・ゆき）

1990年生まれ。ヨーク大学大学院英文科博士課程在学中。慶應義塾大学文学部・同大学大学院文学研究科英米文学専攻修士課程修了及び博士課程単位取得退学。専門は中英語ロマンス。主な著作に 'Figura for the Mirror for Princes: Alexander's Encounter with the Amazons and the Brahmins in *The Buik of King Alexander the Conquerour*', *Colloquia*, 37, 2016, pp. 13-26. 'The Home of the 'Doghter of Hooly Chirche'? The Representation of Rome in Chaucer's *Man of Law's Tale*'（『藝文研究』114号、2018年）など。

髙宮利行（たかみや・としゆき）

1944年生まれ。慶應義塾大学名誉教授。ケンブリッジ大学サンダーズ記念講座リーダー。慶應義塾大学文学研究科英文学専攻博士課程修了、ケンブリッジ大学英文学部博士課程修了。国際アーサー王学会日本支部会長、日本中世英語英文学会会長などを歴任。*Poetica* 編集長。専門は書物史、マロリーを中心とするアーサー王伝説、中世主義。主な著作に『アーサー王――その歴史と伝説』(翻訳、リチャード・バーバー著、東京書籍、1983 年)、『アーサー王伝説万華鏡』(中央公論社、1995 年)、『アーサー王物語の魅力――ケルトから漱石へ』(秀文インターナショナル、1999 年) など。

滝口秀人(たきぐち・ひでと)

1974 年生まれ。自由ヶ丘学園高等学校教諭、立教大学スポット講師。武蔵高等学校中学校講師を経て現職。国際アーサー王学会日本支部、日本フランス語教育学会、日本外国語教育推進機構等会員。専門は中世フランス語フランス文学、第二言語教育。主な著作に『フランス文化事典』(共著、丸善出版、2012 年)、TV アニメ『純潔のマリア』外国語監修 (2015 年)、「高等学校における第二外国語教育活動の可能性」(『多言語・複言語教育研究』2019 年) など。

椿 侘助(つばき・わびすけ)

2014 年に、マロリーの抄訳で初めてアーサー王物語を読み、アーサー王物語にハマる。アーサー王物語や論文を読みながら、日々ネットで萌えや妄想を吐き出している。中世のアーサー王物語好きを増やしたい。

不破有理(ふわ・ゆり)

慶應義塾大学経済学部教授。慶應義塾大学文学研究科博士課程単位取得。北ウェールズ大学 (現バンゴール大学) アーサー王課程修士号。国際アーサー王学会 (日本支部) 会長 (2015 ～ 17 年)。主な著作に『アーサー王伝説―― 19 世紀初期物語集成』英文復刻版全 7 巻 (共編・解説、ユーリカ・プレス、2017 年)、『ケルト文化事典』(共著、東京堂、2017 年)、"The Globe Edition of Malory as a Bowdlerized Text in the Victorian Age," *Studies in English Literature*, English Number, Tokyo, 1984., "Paving the Way for the Arthurian Revival-William Caxton and Sir Thomas Malory's King Arthur in the Eighteenth Century", *Journal of the International Arthurian Society*, 2017 など。

森瀬 繚(もりせ・りょう)

ライター、翻訳家。早稲田大学第一文学部卒。技術職の傍ら文筆業を営んだ後、企画・制作プロダクションの代表を経て、現在はフリーランス。歴史/神話/伝承/オカルト全般が得意分野で、小説・シナリオのライティングや、主にゲームソフトの設定構築・考証に携わる。主な著作に『中つ国サーガ読本』(洋泉社、2015 年)、『幻獣＆武装事典』(三才ブックス、2016 年)、「新訳クトゥルー神話コレクション」シリーズ (星海社) など。ここ数年、アーサー王物語の解説書制作に取り組んでいる。

山田 攻(やまだ・おさむ)

慶応大学文学部 (英米文学専攻) 卒。国際アーサー王学会日本支部会員。トマス・マロリーを中心にしたアーサー王物語等の日本における受容過程や出版史を主な研究対象とする。現在は私立大学の管理職を務める。

山田南平(やまだ・なんぺい)

1972 年生まれ。漫画家。高校在学中の 1990 年に白泉社少女漫画雑誌『花とゆめ』に『123 センチのダンディ』が初掲載。後、1991 年に『48 ロマンス』でデビュー。代表作『オトナになる方法』『紅茶王子』『金色のマビノギオン』(すべて白泉社)。

アラン・ルパック(Alan Lupack)

国際アーサー王学会北米支部元会長。ロチェスター大学名誉教授。主な著作に *King Arthur in America* (1999)、*New Directions in Arthurian Studies* (2002)、*Oxford Guide to Arthurian Literature and Legend* (2007) など。The Camelot Project (1995 ～) の創設者でもあり、アーサー王伝説に関するさまざまな情報を網羅し提供している。

{ あなた }

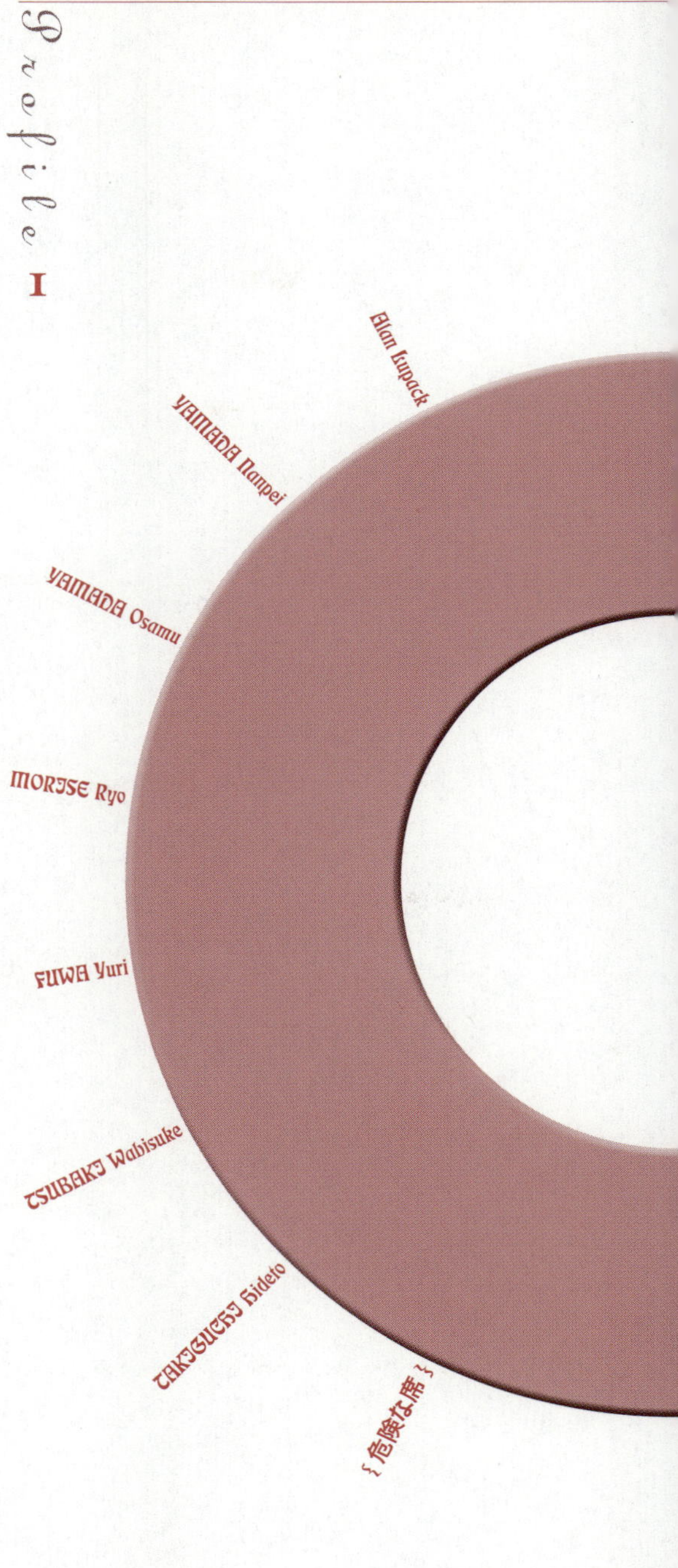

執筆者たちの円卓（50音順）

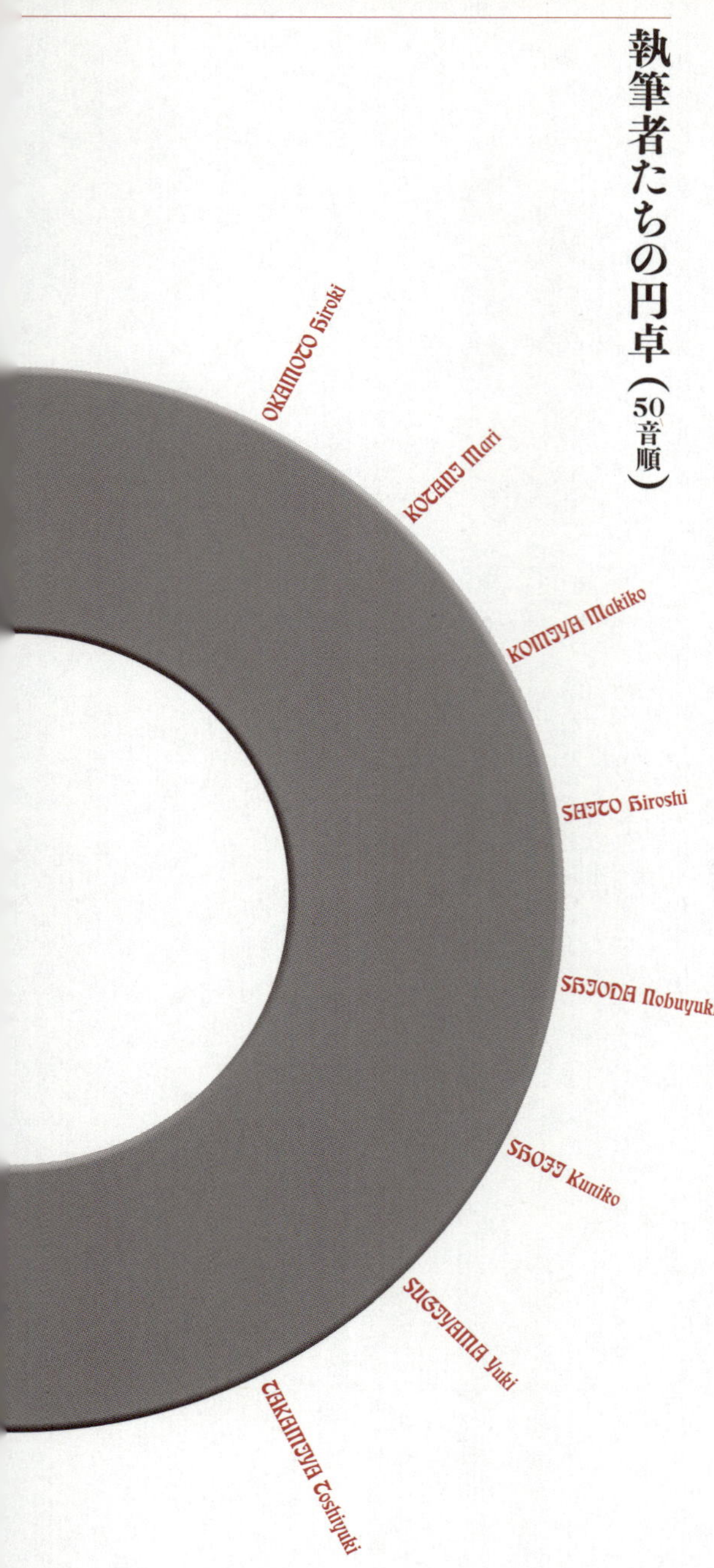

岡本広毅（おかもと・ひろき）

A…ガウェイン

B…栄光と没落、理想と現実をテーマとして内包しているところ。そこに滲み出る人間味

C…『ガウェイン卿と緑の騎士』、『頭韻詩アーサーの死』、『忘れられた巨人』

D…個人と共同体、ロマンスと歴史が不可避に絡み合うところ

小谷真理（こたに・まり）

A…ランスロット

B…イケメンで時々 BL 妄想をかき立てられる存在

C…マリオン・ジマー・ブラッドリー『アヴァロンの霧』

D…フェミ視点＋魔女文化視点からアーサー王全体を再構成し、それまでの世界観をがらりと変えてしまったセンス・オブ・ワンダーの書だから

小宮真樹子（こみや・まきこ）

A…ペレアス

B…フランス後期流布本、マロリー、テニスンで異なる結末を迎え、まさに伝説の多様性を体現するキャラだから

C…スーパーファミコンゲーム『伝説のオウガバトル』

D…最初の仲間が騎士ランスロットさんです。悪いことするとエンディングで見捨てられちゃうから要注意だよ

斉藤 洋（さいとう・ひろし）

A…回答なし

B…回答なし

C…回答なし

D…回答なし

塩田信之（しおだ・のぶゆき）

A…マーリン

B…ロベール・ド・ボロンの『西洋中世奇譚集成 魔術師マーリン』が大のお気に入りで、俳優のサム・ニール好きなんです

C…ロベール・ド・ボロン『西洋中世奇譚集成 魔術師マーリン』

D…異教的なキリスト教神秘思想によって注意深く再構築されたマーリンの物語には、アーサー王中心の物語とはまた違った面白さがあります

小路邦子（しょうじ・くにこ）

A…ブリテンのガウェイン

B…騎士の鑑です！

C…いっぱいありますが、一推しは Mary Stewart の *The Crystal Cave* シリーズ

D…アンブロシウスがカッコいい！　マーリンがいい！　訳したい

杉山ゆき（すぎやま・ゆき）

A…クレチアン・ド・トロワのリュネット

B…イヴァンや奥方への忠告やコメントが賢くややシニカルなユーモアを感じるため

C…クレチアン『イヴァン』

D…ストーリーが面白く、イヴァンに忠実なライオンが可愛らしいため

髙宮利行（たかみや・としゆき）

A…サー・ガレス

B…ガウェインの末弟として重要な役目を果たすガレスは、マロリーによれば 'meek and mild' と描写される。現代では「女々しい」という意味でも用いられるが、15 世紀にはイエス・キリストを表す最高の形容詞だった

C…映画『モンティ・パイソン・アンド・ホーリー・グレイル』

D…20 世紀を代表するギャグ集団モンティ・パイソン（メンバーのほとんどがオクスフォード、ケンブリッジの卒業生）が製作した、アーサー王による聖杯探求のパロディ映画。馬も調達できないほどの低予算で製作されたが、英米を中心に大ヒットした。テリー・ギリアムとテリー・ジョーンズ共同監督。ちなみに、私はテリー・ジョーンズと友人関係にある

滝口秀人（たきぐち・ひでと）

A…パーシヴァル

B…私は「燃えろアーサー」のパーシヴァルに体型が似ているようでして……。勝手に親近感をもっているからです

C…マーク・トウェイン『アーサー王宮廷のコネチカット・ヤンキー』

D…異世界転生系物語の初期作品というだけでなく、多くの仕掛けに満ちた傑作のひとつだからです

椿 侘助（つばき・わびすけ）

A…ガウェイン

B…優しくて仲間思いで優雅で強くて真面目な優等生だけど、惚れっぽくて俗っぽいところが好きです

C…流布本物語群

D…ランスロットとガウェインが仲良しなエピソードが多く、その分最後の彼らの対立が切なさを増します

不破有理（ふわ・ゆり）

A…サー・トマス・マロリー『アーサー王の死』のサー・ディナダン

B…よき騎士を愛し卑劣さを断罪する能弁な騎士でサー・ラモラックの擁護者。マルク王を揶揄する詩歌を作る文才と笑いの才能も兼ね備えた魅力は円卓No1

C…サー・トマス・マロリー『アーサー王の死』

D…アーサー王物語の魅力を現代まで存分に伝える作品で、不朽のランスロット像を確立した英語によるアーサー王物語の集大成

森瀬 繚（もりせ・りょう）

A…パロミデス

B…イスラム教誕生以前のサラセン人というその特異な出自と、きわめて魅力的に描かれたトリストラムとの関係性により

C…エドマンド・スペンサー『妖精の女王』

D…伝説に根ざしたものではないとはいえ、修行時代の少年アーサーが主要キャラクターのひとりとして登場するこの物語を、もっと多くの方に知ってもらいたい

山田 攻（やまだ・おさむ）

A…ガウェイン

B…様々な伝承より、強さと弱さ、温厚と激情、非凡と平凡等様々な面が付け加えられ、人間らしさを大いに感じる

C…アン・ローレンス『五月の鷹』

D…古典を題材にしたアーサリアンポップの傑作。登場人物がみなキャラ立ちして生き生きしている。アーサー王文学の入門編としてもおすすめ

山田南平（やまだ・なんぺい）

A…ものすごく悩んだ末にアーサー

B…やんちゃで無鉄砲で子どもっぽいのに、最後は辛くても王らしい選択と決定をできる彼が大好きです

C…ガイ・リッチー監督作品『キング・アーサー』

D…無鉄砲で愛に溢れるやんちゃなアーサー王を完璧に再現し、なおかつエンタメ作品としての完成度も高い最高傑作なのです

アラン・ルパック（Alan Lupack）

A…ランスロット、ガレス

B…ランスロットは騎士道や宮廷風恋愛、宗教的規範、名誉の追及で完璧を目指し、ガレスは難局でも義理堅く謙虚で忠実なため

C…マロリー『アーサー王の死』、マーク・トウェイン『アーサー王宮廷のコネチカット・ヤンキー』、T・H・ホワイトの小説『永遠の王』

D…イングランドとアメリカの偉大なアーサー王文学の伝統をなすこれらの「メジャー」な作品は、アーサー王ものの入門にふさわしいため

{ あなた }

Profile II

A…好きなアーサーキャラクター
B…その理由
C…おすすめのアーサー関連タイトル
D…その理由

アーサー王のテーブルには「危険な席」と呼ばれる
空席が設けられていたそうです。
読者であるあなたも、自分の名前や好きな騎士を書き込み、
執筆者と共に『いかアサ』の円卓を完成させてください。

索　引

〈凡例〉

・人名索引には、アーサー王物語の登場人物、ゲームやアニメなどのキャラクター、歴史上の人物、実在の作家や研究者などを収めた。本書の性格上、人物ではないキャラクターも含まれる。
・表記が複数ある場合は、主要な表記の後の（　）内にそのほかの表記を記載し、すべてのノンブルを収めた。また、大幅に異なる別の表記がある場合は、「→」を用いて参照できるようにした。
・事項索引には、主要なキーワード、地名、書籍名、ゲームや映画などその他メディアの作品名を収めた。

【人名索引】

アウグスティヌス　157, 159
アエネアス　007, 277
青山吉信　007, 137
アクセル　259-261, 267, 268, 324
アグラヴェイン　093, 137, 149, 162, 300, 327, 329
浅野和三郎　29
アストラットの乙女　10, 95, 99, 111, 303, 328
天沢退二郎　140, 204, 306, 310, 325, 343
新井素子　120
荒俣宏　126
淡島千景　176
アンドレ　176
アンブロシアス　212
イウェイン　327
（イエス・）キリスト　010, 189, 225, 271, 308, 313, 330
イグレイン（イグレーヌ・イグレーン）　067, 098, 112, 116, 149, 213, 214, 216, 219, 220, 251, 289, 327, 328
池田理代子　176
イザベル　202, 203
イシグロ、カズオ　014, 259, 261-264, 268, 269, 274, 276, 277, 324, 326, 340
泉鏡花　068-070, 078, 085
イゾルデ（イズー・イゾール・イズールト）　010, 024, 073, 115, 143, 159, 298, 306-308, 328, 330, 337, 338
井村君江　008, 029, 041, 098, 105, 140, 299
ヴァージル、ポリドア　280
ヴィヴィアン（ビビアン）　098, 112, 146, 148, 150, 154, 156, 158, 185, 291, 331
ウィスタン　260, 264, 266, 267, 269, 325
ヴィナーヴァ（Vinaver）　090, 091, 098, 161, 200
ウィリアム（「幻影の盾」）　075-078
上原尚子　066, 127
ウォーターハウス、ジョン（Waterhouse）　054, 056, 069, 087, 088
ヴォーティガーン　184, 185
内山舜　024, 031, 032, 041
ウルフィウス　213
エクター（アーサーの養父）　112, 177, 217, 220, 329, 348
エクター（ランスロットの兄弟）　038,
エッシェンバハ、ヴォルフラム・フォン　018, 139, 297, 299, 308, 325, 338
エドウィン　260, 264, 266
江藤淳　039, 043, 045, 057, 071, 085, 088-090
エリザベス女王　280
エレイン（アストラットの）（エレーン・乙女）　010, 046, 047, 053, 057-065, 072, 074, 075, 095, 111, 292, 303
エレイン（コルブニックの・カーボネックの）　112, 113, 328, 329
遠藤幸子　029, 041
大岡昇平　045, 087-089
岡本広毅　014, 275, 277, 310-312, 327-330, 344, 345
小川睦子　029, 041
オサリヴァン、モーリン　290
オスカル・フランソワ・ド・ジャルジェ　176, 177
尾上菊五郎　056, 057
小日向定次郎　029
親指トム　282, 283
オルフェ　163
ガイギャックス、ゲイリー　129, 130
ガウェイン（ガエーヌ）　015, 017, 018, 036, 037, 093, 094, 099, 103-105, 113, 116, 136, 137, 146, 148, 149, 160, 183, 184, 202-204, 227, 228, 247, 248, 252, 256, 259, 260, 264-277, 297-301, 313-315, 324, 327, 329, 337, 341-343, 348
鏡たか子　136
ガスター　112
加藤知己　091
ガードナー、エヴァ　108
ガーネット、テイ　290
ガヘリス　137, 149, 329
カムデン、ウィリアム　280
ガラハッド（ガラハド）　010, 099, 113, 116, 162, 195, 225, 264, 286, 300, 303, 328, 329, 340　→ギャラハット
ガラハッド（詩）　285, 286
ガラホールト　104, 341-343
ガレス　027, 036, 037, 137, 149, 187, 298, 329, 331
河竹黙阿弥　056
菅野徳助　024, 027, 040
観音菩薩　209-211
紀田順一郎　131
キャヴェンディッシュ、リチャード　137
キャクストン　012, 013, 091, 094, 095, 098, 212, 279, 338, 339, 346, 348
ギャラハット　075　→ガラハッド
ギルガメシュ　128
グィネヴィア（グウィネヴィア・ギネヴィア・ギニヴィア・ギネビア・ギネヴィヤ）　028, 030, 032, 034-037,

042, 045-047, 058, 067, 072-075, 078, 080, 081, 083, 093, 098, 099, 103-105, 108, 113, 143, 146, 148, 150-154, 156-164, 197, 293, 300, 311, 312, 320, 328, 329, 331
葛生千夏　005, 065, 087
クリスティ、アガサ　055
クリスティーヌ・ド・ピザン　193
栗原基　029
栗本薫　120, 126
厨川圭子　029, 041, 124, 316, 325
厨川文夫　029, 041, 088, 089, 124, 157, 212, 316, 325
グリーン、R・L　116, 124, 137, 138
グレイグ　186, 189-192, 198
クレチアン・ド・トロワ　008, 094, 105, 157, 166-168, 196, 204, 252, 288, 298, 306, 308, 325, 330, 331, 337-339, 346
黒澤明　195
黒田幸弘　135
ケイ　104, 196, 224, 227, 248, 270, 297, 299, 300, 311, 322, 323, 329, 330, 337
玄奘三蔵　209-212, 218
ケント、チャールズ　289
呉承恩　209-211
小谷真理　006, 013, 085
ゴーチエ、レオン　195
小宮真樹子　304, 315, 317, 328-331, 340, 344
ゴリアテ　187, 199
ゴールドバーグ、ウーピー　291
ゴルロイス　098, 116, 149, 328
近藤功司　133
斎藤環　172, 173
斉藤洋　014, 100, 327, 340
早乙女わかば　143, 146
サーグウェン　129　→ガウェイン
沙悟浄　209
佐藤俊之　133, 136
サファイア　175-177
シェイクスピア　049, 056, 063, 077, 142, 144, 217
ジェフリー・オブ・モンマス　007, 008, 092, 094, 101, 184, 256, 280, 282, 284, 289, 294, 305, 325, 337
シオボールド、ルイス　283
ジークフリート　118, 123
篠原千絵　229
島村抱月　031, 041
清水阿や　026, 041, 272, 277, 313, 325
シャロットの女　023, 025, 046-058, 061-065, 074, 075, 089, 095, 096, 099
シャロットの妖姫　072
シャンパーニュ伯夫人マリー　346
小路邦子　013, 271, 273, 277, 303, 327, 330, 331, 344
ジョーンズ、テリー　011, 339
ジルアード、マーク（Girouard）　085, 099, 287, 295
シルビア　186-190, 193, 198, 199
スウィフト、ジョナサン（Swift）　281-283, 296
杉山東夜美　066, 127
スサノオ　123
スタインベック、ジョン　288, 322, 326, 339
スピルバーグ　097, 340
スペンサー　096, 314
聖ジョージ　184
セイバー（アルトリア・ペンドラゴン）　004, 165, 172, 174, 175, 177, 178, 180, 327
セジウィック、イブ　081, 082, 085
セネカ　157
ゼラズニイ、ロジャー　133
ソープ、リチャード　289
孫悟空　206, 209-212, 214
たかしげ宙　139
高千穂遙　126
高橋五郎　024, 026, 027, 040
高浜虚子　044, 045
高宮利行　005, 007, 013, 039, 085, 344, 345
滝口秀人　013, 303, 344
武内崇　178
竹内誠　135
たまき　233-235, 237, 240, 252, 256, 257
チアー　046
チェリイ、C・J（Cherryh）　292, 294
チャーチヤード、トマス（Churchyard）　280, 295
チャールズ一世　281
チョーサー、ジェフリー　271
猪八戒　209
椿侘助　014, 327, 330, 344
坪内逍遥　024-027, 040, 047, 056, 063, 077, 085
デイヴィッド、ピーター（David）　292, 295
ディグビー、ケネルム（Digby）　284, 285, 287, 295
ディナダン　187, 188
テイラー、ロバート　108
手塚治虫　115, 173, 176
テニスン（Tennyson）　010, 024, 026-028, 040, 041, 047-051, 053-055, 057, 058, 060-064, 071, 075, 084, 085, 087, 089, 095, 096, 099, 101, 102, 108, 284-290, 292-294, 296, 303, 317, 319, 326, 338, 339
デューガン、デニス　290
デュマ　030,
田横　044, 045, 071
天寿光希　143, 146
トー　197
トウェイン、マーク（Twain）　127, 143, 229, 234, 235, 258, 284, 290-294, 296, 318, 326, 339
ドラウガ（ドローガ）　130
トリスタン（トリストラム）　010, 024, 096, 112, 113, 115-117, 143, 159, 170, 183, 188, 264, 298, 300, 301, 306-308, 328, 330, 337, 338, 340, 341
トルストイ、ニコライ　136
鳥山明　126
トールキン　077, 097, 126, 130
ドレイトン、マイケル（Drayton）　280, 295
中島邦男　029, 041, 098
中野節子　257, 305, 325
奈倉次郎　024, 027, 040
ナーシアンス　113-116
奈須きのこ　167, 177-179
夏目漱石　013, 024, 025, 028, 039, 040, 042-045, 047-049, 051-058, 060-064, 067, 068, 070-073, 075, 078, 079, 082, 084, 085, 087-089, 099-102, 108, 319, 320, 326, 339
新渡戸稲造（Nitobe）　194, 201
ニニアン　098
ニニヴェ　331
ニムエ　331
ネロ、フランコ　292
ネンニウス（Nennius, Nennii）　090, 092, 101, 151, 304, 325, 337
野上弥生子　035, 124
乃木希典（大将）　080, 081, 083
野田卓雄　118, 119, 171
野村芳夫　126

ノールズ、ジェイムズ（Knowles） 288, 295
ハウソン、エリス（Hauson） 079, 085
バーガー、トマス 288
パーシヴァル（パーシバル・ペルスヴァル） 010, 033, 113, 170, 183, 252, 264, 330
パーシー、ウォーカー 288
バーセルミ、ドナルド 324, 326, 330, 340
バトラー、デイヴィッド 290
パートリッジ、ジョン 281
早川浩 135
パラメデス（パロミデス） 160, 298, 341
バラン 032, 033
ハリス、リチャード 292
バリン（ベイリン） 032, 033 →ベイリン
バロウズ、エドガー・ライス 120
ハワード、ロバート・E 120, 126
バン 112, 113, 149, 340
バン、カレン 294
バーンズ、ジェイムズ 286
ハント、ウィリアム・ホルマン（Hunt） 054, 055, 057, 087, 102
ハーン、ラフカディオ（小泉八雲） 029
ピアソル、デレク（Pearsall） 086, 273, 278
ひかわきょうこ 229
ひかわ玲子 005, 065, 066, 097-099, 101, 340
ピート 122
ヒムラー、ハインリヒ 139
平尾浩三 008, 009
ブアマン、ジョン 138, 144, 289, 339
ファーリス 192, 193
フィッツジェラルド、F・スコット 288
フィールディング、ヘンリー（Fielding） 282, 283, 295
フェルプス、エリザベス・スチュアート（Phelps） 293, 296
フォーブッシュ、ウィリアム・バイロン（Forbush） 287, 295
フークア、アントワン 144, 195, 201, 340
福永漢 020, 024, 031-034, 041
藤本ひとみ 066, 170
フラー、ジョン・G 291
ブラッドリー、マリオン・ジマー 098, 137, 138, 256, 257, 323, 326, 340
フリン 098,
フリン、エメット・J 290
ブルフィンチ、トマス 035, 040, 108, 124, 125, 137
ブレッソン、ロベール（Bresson） 087, 094, 339
ブレナン、J・H 133
ベアトリス 259-261
ヘイウッド、トマス（Heywood） 280, 295
ベイ、マイケル 294, 340
ベイリン 227, 248 →バリン
ベディヴィア（ベディビア・ベヂヴィーア・ベディヴィエール・ベディベア） 031, 270, 300, 311, 330, 337
ベディエ、ジョゼフ 035, 096, 137, 143
ベーデン＝パウエル、ロバート（Baden-Powell） 287-289, 294
ペラギウス 157
ペリノア 112, 113, 116, 117
ベルジェ、ジャック 139
ペレアス 331
ヘンリ2世 003
ポーウェル、ルイ 139
ボスマン 122
細木原青起 036
ホメロス（ギリシア詩人） 069
ホメロス（ドラクエXI） 186, 198
ボールス 018, 104, 148, 327
ボロン、ロベール・ド 185, 189, 243, 256, 308, 325, 330, 338
T・H・ホワイト（White） 011, 284, *292-294*, 296, 321, 326, 329, 339
マイアーズ、ハリー・C 290
マイルズ、ロザリンド（Miles） 294, 296
真風涼帆 143, 146, 149
マキャベリ 212
馬嶋満 118, 119
マッケンジー、ナンシー（McKenzie） 294, 295
マリアガンス（メレアガーント） 146, 156, 196
マリー・アントワネット 176
マーリン 002-004, 006, 010, 011, 066, 096, 098, 099, 112, 113, 116, 117, 136, 140, 146-149, 155, 156, 160, 184, 185, 212-218, 220, 221, 235, 243, 250-256, 260, 263, 280-283, 285, 287, 291, 292, 294, 300-303, 320, 324, 330, 331, 339
マルク（マーク） 115, 143, 159, 307, 308, 330
マルティナ 190, 191
マロリー、トマス（Malory） 010, 012, 017, 024, 028, 029, 031, 032, 036, 039-041, 047, 058, 071, 072, 084, 087, 090, 091, 094, 095, 098, 099, 101- 103, 105, 109, 111, 114, 124, 137, 138, 141, 142, 149, 150, 157, 160, 162, 170, 185, 188-190, 193, 196, 197, 200, 212, 235, 243, 250, 256, 272, 279, 284, 288-290, 292, 294, 298, 299, 314, 315, 319, 325, 328, 329, 331, 338, 339
マンクシ、マリアンナ（Mancusi） 291, 295
御厨さと美 109, 114
箕作元八 024, 030, 031, 033, 040
ミッチェル、トム 291
皆川亮二 139
源頼光 056, 058
美穂圭子 146
宮崎駿 123
ミュロック 022
ムアコック、マイケル 133
明治天皇 080, 081, 083
メイベリー、ラス 290
メデッサ 111-114, 116
メルヴィル、ハーマン 252
モーガン、ハンク 143, 234
モーガン（・ル・フェイ）（モーゲン・モルガン） 098, 103, 116, 138, 146, 148-150, 156, 158, 159, 164, 257, 292, 300, 318, 323, 340
森鷗外 023, 031, 041
森川慎也 269, 277
モリス、W 159
モルゴース（マーゴース） 098, 138, 146, 148-150, 156, 162, 323, 329
モルドレッド（メドラウト・モードレッド・モーアレッド） 031, 032, 034, 046, 074, 099, 138, 146, 148-150, 155, 158, 161-163, 280, 289, 300, 303, 304, 314-316, 331, 337, 338
矢口達 024, 035-038, 041
安田均 131, 135
柳柊二 135
山北篤 136
ヤマトタケル 123
ユーサー・ペンドラゴン（ウーゼル・ウーサー・ユーゼル） 007, 067, 072, 111, 112, 116, 148-150, 156, 177,

212-217, 219, 220, 251, 289, 327, 328
ユダ　162
ヨセフ　146-148, 152, 153, 160, 161, 163, 164
ライオネル　148
ライザーマン、ウォルフガング　292, 339
ライバー、フリッツ　126, 129
ラヴェン　046, 047, 319
ラーナー、アラン・ジェイ　292, 339
ラニア、シドニー　256
ラビック　111-114, 116, 122
ラーン、オットー　139, 140
ラング、アンドリュー　035, 036, 041
ランスロット（ランスロ・ラーンスロト・ラーンスロット・ランスロット）　010, 013, 015, 017, 026, 028, 032-034, 037, 038, 042, 045-054, 058-060, 066, 067, 071-075, 077, 078, 080-084, 093-095, 099, 103-105, 108, 111-113, 131, 132, 137, 138, 142, 143, 145-164, 170, 183, 193, 196, 197, 221, 249, 264, 292, 300, 301, 303, 310-312, 315, 319-322, 327-329, 331, 337, 338, 341-343, 345, 347, 348
リー、ジョゼフ（Leigh）　282, 295
リッチー、ガイ　144, 294, 340, 344
リヒテナウアー、ヨハンネス　188, 190
リュリ、ラモン　188
リーランド、ジョン（Leland）　280, 295
リリー、ウィリアム　281
ルイス、C・S　097
ルーカス　097
ルブラン、モーリス　140
レヴンズクロフト、トレヴァ　139
レオデグランス　146, 148-150
レッドグレーブ、ヴァネッサ　292
ロイ、ミルナ　290
ロウ、フレデリック　292, 339
ローガン、ジョシュア　292, 339
ロジャーズ、ウィル　290
ロジャーズ、マーク・E（Rogers）　195, 201, 291, 296
ロスコー、トマス　096
ロト（ロット）（オークニー王）　098, 329, 331
ロト（ドラクエ）　184
ワイルド、コーネル　289
若松しず子（若松しず）　022, 023, 040
わきあかつぐみ（藤浪智之）　133
ワーグナー　096, 124, 308, 338, 339
ワッツ、ジョージ・フレデリック　286

【事項索引】

哀愁　108
愛と剣のキャメロット　066, 127, 171
アヴァロン　098, 120, 241, 242, 257, 300, 301, 317, 337, 339, 348
アヴァロンの霧　011, 098, 137, 138, 256, 258, 323, 326, 340
赤毛のアン　110, 302, 303
アキバ系　013, 125, 132, 140
あーさー王英雄物語　026, 040
アーサー王宮廷の（コネチカット・）ヤンキー（小説）　127, 143, 229, 234-236, 258, 290, 291, 302, 318, 326, 339
アーサー王宮廷のコネチカット・ファッショニスタ　291
アーサー王宮廷のコネチカット・ウサギ　291
アーサー王宮廷の侍猫　291
アーサー王宮廷物語　065, 097, 098, 101, 340
アーサー王――その歴史と伝説　005
アーサー王大百科　178, 180
アーサー王伝説（ミュージカル）　143, 145
アーサー王と円卓の騎士（ラニア）　109, 256, 302
アーサー王と騎士たちの物語――マロリーのアーサー王の死より　031, 032
アーサー王のキャメロット（バレエ）　294
アーサー（王）の死（スタンザ形式）　101, 312, 313, 325, 338
アーサー（王）の死（頭韻詩）　271, 277, 338
アーサー王の死（フランス流布本・アルチュ王の死）　092, 094, 101, 218, 343
アーサー（王）の死（マロリー）　010, 012, 014, 017, 024, 028, 029, 036, 041, 047, 058, 071, 084, 090, 094, 095, 098, 099, 101, 103, 105, 111, 115-117, 124, 137, 138, 142, 149, 157, 162, 185, 189, 190, 197, 212, 213, 215, 235, 256, 272, 279, 284, 289, 290, 298, 302, 315, 325, 328, 338, 346
アーサー王の世界　014, 100, 206, 215, 217, 218, 221, 340
アーサー王物語（井村訳）　029, 041, 098, 105, 299
アーサー王物語（課外読物刊行会）　031, 041
アーサー王物語（菅野・奈倉訳）　027, 040
アーサー王物語（グリーン、厨川訳）　109, 116, 117, 124, 137, 138
アーサー王物語（小西・石井訳）　031, 041
アーサー王物語　ジェレイントとイーニッドとの話　030, 031, 040
アーサー王物語の魅力　007, 039, 089, 095
アーサー王物語（馬場訳）　027, 041
アーサー王物語（福永訳）　020, 031-034, 041
アーサー王物語（箕作訳）　030, 040
アーサー王ロマンス　008, 140
アーサー伝説――歴史とロマンスの交錯　007, 137
アーサーの甥ガウェインの成長記　298, 299
アーサー物語（内山訳）　031, 041
アーサル王来れり　026
アーサル去れり　026
R.P.G.幻想辞典　135, 136
RPG幻想事典　135
RPGモンスター大事典　135
アルフガルド　129
アローエンブレム　グランプリの鷹　118
アロンダイト　137
アングロ・サクソン　006, 250, 263
暗黒城の魔術師　133
アンホーリー・グレイル　294
イヴァンまたは獅子の騎士　169, 170, 329
石にさした剣　292
イナズマイレブン　302, 303, 347
イリアス　004,
インディ・ジョーンズ／最後の聖戦　011, 139
ウィザード&プリンセス　129
ウィザードリィ（Wizardry）　120, 129, 131
ウィザードリィIII　ダイヤモンドの騎士　132
ウィザードリィ・モンスターズマニュアル　135
ウィンチェスター写本　090, 091, 098, 322, 339, 348
ウィンチェスターの円卓　147, 348
ヴィンランド・サガ　242
ウェールズの価値（The Worthines of Wales）　280, 295
浮世の画家　268
宇宙空母ブルーノア　119

宇宙の騎士テッカマン　125
ウルティマ（Ultima）　120, 129
運命の槍　139
永遠の王　011, 292, 321, 326, 339
永遠の女王　294
永遠の港　292
英語青年　088, 089
英雄コナン　120, 126, 131
英雄列伝　136
エキスカバリー　030, 032
エクスカリバー　032, 066, 072, 073, 112, 115, 121, 123, 124, 128, 132, 136, 145, 153, 184, 185, 230, 289, 292, 300, 301, 328, 330, 331, 340, 345, 348
エクスカリバー（映画）　136, 138, 144, 289, 339
エクスカリバー（雑誌）　134
エクスカリバー（舞台）　143, 145, 152
SF西遊記スタージンガー　118, 125
SDガンダム外伝　円卓の騎士編　140
エターナル・チャンピオン　133
Elegy 哀歌　143, 145
エレックとエニッド　168
円卓の騎士　008, 009, 013, 016-018, 020, 022, 023, 026-028, 031-036, 038, 045, 066, 081, 092, 104, 105, 112-114, 130, 140, 147-149, 152, 154, 160-162, 171, 183, 185, 187, 189, 196, 197, 221, 240, 264, 270, 275, 276, 285, 288, 297, 299, 300, 324, 327-331, 340, 345
円卓の騎士（映画）　108, 289
円卓の騎士（戯曲）　320, 326, 339
円卓の騎士物語　燃えろアーサー　→燃えろアーサー
王様の剣　011, 224, 292, 302, 321, 339
欧州の伝説　035, 040
狼と七匹の子山羊　037
オクスフォード（大学）　086, 087, 097
オックスフォード（辞典）　009, 154
オーディン　076, 123
オーディーン　光子帆船スターライト　115
オデュッセイア　069, 087
オトナになる方法　229, 230
親指トム（作品）　282
親指トムの生涯と死　282
薤露行　013, 025, 028, 040, 042-045, 047, 049, 053, 054, 056-059, 061, 063, 064, 067, 068, 071, 073-078, 084, 087-088, 099-102, 108, 319, 326, 339
『薤露行』の系譜　088, 089, 095
ガウェイン卿と緑の騎士　017, 024, 270, 274-277, 288, 302, 313, 325, 338, 341, 343
ガウェイン：ケースブック　270
鏡は横にひび割れて　055
火星シリーズ　120
風と闇の女王　292
風のなかの灯　292
カタリ派　139
カードキャプターさくら　173, 175
彼方から　229, 236
仮名手本忠臣蔵　213
神の国　157, 159
カーライル博物館（作品）　043
ガラティン　136
ガラハッド卿——英雄的行為の求め　286
ガリア　003, 136, 151
カーリオン（カーレオン）　246, 280
カルマルデン　280
カンタベリー大聖堂（大寺院・大司教）　020, 112-115, 117
完訳アーサー王物語　041, 098
（完訳）中世騎士物語　035, 108, 124, 125, 137
機甲界ガリアン　122
騎士道指南書　188
騎士道とジェントルマン　085, 099
騎士の生活　292
騎士物語（アームストロング作）　035, 040
騎士物語（矢口訳）　035, 036, 038, 041
騎士用本　021, 038
機動戦士ガンダム　119, 121
君の名は。　069
キャメロット　011, 048, 050, 053, 055, 066, 072, 074, 075, 080, 081, 083, 084, 092-094, 099, 111-113, 116, 122, 131, 148, 151, 152, 160, 164, 274, 290-292, 300, 301, 321, 330, 340, 345
キャメロット（映画）　151, 292, 321, 339
キャメロット最後の守護者　133
キャメロット3000　195, 340
キャメロットの騎士：ハイテク科学者中世へ　291
キャメロット（舞台）　292, 294, 321, 339
キューティハニー　174
ギルガメシュ叙事詩　004
キルケー　069, 070
銀色のシャヌーン　066
金色のマビノギオン（金マビ）　014, 222, 224, 226-230, 232-234, 236, 240, 242, 243, 245-248, 250-252, 256-258, 340, 344
銀河鉄道999　118
キング・アーサー（映画）（ガイ・リッチー）　144, 294, 340, 344
キング・アーサー（映画）（フークア）　144, 157, 195, 201, 340
キング・アーサー（戯曲）　071
キング・アーサー（小説）　022
銀魂　345
グィネヴィアの真実の物語　293
グイン・サーガ　120, 126
クォ・ヴァディス　108
クトゥルフの呼び声　133
グラストンベリー　280, 338
グランブルーファンタジー　183, 347
クリジェス　169, 170
グリム童話（どうわ）　207
グレイルクエスト　133
グレートマジンガー　117, 118
クロちゃんのRPG講座（クロちゃんのRPG千夜一夜）135
君主論　212
ゲッターロボ　118
ゲッターロボG　118
ゲド戦記　124
ケルト　006-008, 010, 011, 039, 095, 098, 145, 151, 240, 241, 250, 257, 270, 271, 304
ゲルマン　002, 006, 151, 118, 123
幻影の盾　028, 067, 075-078, 084, 085, 326
源氏物語　062
幻想世界の住人たち　135
幻想と怪奇の英文学　243
現代書家の小説論を読む　023
ケンブリッジ　086-088, 091
小泉八雲　英文学史　029
恋と死　トリスタンとイゾルデ　035, 041

皇后の告白　028, 041
紅茶王子　231
高野聖　068, 078, 085
虚空の剣——真・エクスカリバー伝説　066, 127
国王牧歌　010, 026, 027, 047, 058, 101, 285, 289, 317, 329, 338
国際アーサー王学会日本支部　040, 100, 171, 201, 270, 271, 274, 277, 344
こころ　013, 042, 078-082, 084, 085
古潭百種　094
ゴルゴン　076
コーンウォール　113, 212, 230, 315, 327, 328
サイバーボッツ　183
サイボーグ009　119
西遊記　209-212, 217, 218
サクソン人　006, 007, 260, 263-265, 268, 305, 316, 327, 338, 340
裂けた旅券　114
ザナドゥ　128, 130
ザ・ブラックオニキス　129, 134, 135
サムライ・キャットのさらなる冒険　195
サー・ランスロットとギネヴィア王妃　095
三十棺桶島　140
三銃士　030
三匹の子豚　037
ジェッターマルス　118
七人の侍　195
シャロットの女　023-026, 028, 047, 054, 064, 089, 095, 096, 101, 102
シャロットの女（ウォーターハウス画）　056
シャロットの女の図像学　089
シャロットの女（ハント画）　055, 057
シャロットの妖姫　024, 039, 040, 047, 071, 075, 077, 084, 085
十字軍　184
十二国記　236
小公子　022
少年たちのためのスカウト　288
ショウ・ボート　108
シルバー・ゴースト　131
神秘学大全　139
スカロットの乙女　096, 101
スターアーサー伝説　128
スター・ウォーズ　011, 097, 128
ストームブリンガー　133
ストーンヘンジ　280, 282, 283
スパマロット　142, 144
スプリガン　139
スレイヤーズ　140
聖剣伝説　136
聖剣伝説（ファイナルファンタジー外伝）　184
聖戦士ダンバイン　119, 120, 122, 124
聖杯（Graal）　003-005, 015, 035, 092, 099, 138-140, 145-148, 154, 157, 160-167, 174, 185, 189, 197, 204, 223, 225, 226, 241, 262, 264, 292, 294, 300, 301, 303, 306, 308, 314, 320, 321, 323, 328-330, 337-339
聖杯（中島訳）　028, 040
聖杯十字軍　139
西洋武士道　195
西洋武士道譚　035, 038, 040
世界文学大系66 中世文学集Ⅱ　029
ゼルダの伝説　121, 184
戦士ブラク　126
全訳　王の牧歌　026, 041
荘子　059
漱石とアーサー王傳説　039, 043, 071, 075, 085, 088
ソウルイーター　345
続メルラン　185
大空魔竜ガイキング　118
タイム・マスター：時空をかける少年　290
太陽の王子ホルスの大冒険　123, 124
太陽の使者　鉄人28号　125
宝塚歌劇団　013, 142, 143, 149, 176
ダンジョンズ&ドラゴンズ（Dungeons & Dragons・D & D）　120, 129-132, 135, 136
筑摩世界文学大系一〇　115
中世英文学と漱石　089
（完訳）中世騎士物語　035, 108, 124, 125, 137
Deities & Demigods　130
伝説巨神イデオン　119
伝説のオウガバトル　140, 347
天は赤い河のほとり　229
東海道膝栗毛　208
Truth In Fantasy　136
扉を開けて　120
トム・ソーヤーの冒険　110
ドラクエⅧ　188, 197
ドラゴンクエスト（ドラクエ）　014, 121, 184, 187, 191, 200, 201, 303
ドラゴンクエストXI　過ぎ去りし時を求めて　184-193, 195, 198-201, 344
ドラゴンスレイヤー　129
ドラゴン・ファンタジー　133
トランスフォーマー：最後の騎士王　294, 302, 340
トリスタン・イズー物語　035, 097, 137, 143, 302
トリスタン伝説——流布本系の研究　137
トリスタンとイゾルデ（映画）　144
トリスタンとイゾルデ（オペラ）　096, 339
トリスタンとイゾルデ（詩）　338
トリスタンとイゾルデ（舞台）　143
ドリトル先生シリーズ　222
ドルアーガの塔　128-130
ドロロンえん魔くん　118
ナイツ・オブ・ザ・ラウンド　183
長靴下のピッピ　222
七つの大罪　140, 302, 340, 347
ナルニア国物語　097, 120, 302
何千年も前に書かれつつも一七〇九年現在まで語っているマーリンの高名なる予言　281-283
荷車の騎士　105, 156, 157, 196, 329, 346
年刊スーパーマン　290
ノーラ　114, 115
ハイドライド　129
白鯨　252
白馬の王子　→燃えろアーサー　白馬の王子
ハリー・ポッター　011, 097, 330
パルジファル（オペラ）　096, 339
パルチヴァール　018, 137, 139, 140, 297, 299, 308, 325, 330, 338
半熟英雄　184
悲運の騎士　292
BL（Boys Love）　176, 177, 341
ひぐらしのなくころに　069
悲劇の中の悲劇　282
美獣　126
（美少女戦士）セーラームーン　173-175

火の鳥二七七二　愛のコスモゾーン　115
日の名残り　268, 269, 277
火吹き山の魔法使い　120
ファイアーエムブレム　184
ファイナルファンタジー　121, 132, 184, 185, 302, 303, 328, 340, 347
ファイヤークリスタル　135
ファーストクィーン　131
ファファード&グレイ・マウザーシリーズ　126, 130
ファンタジーの冒険　066, 085
Fate　004, 005, 013, 165, 167, 172, 173, 175, 178-181, 300, 302, 327
Fate/Grand Order　004, 005, 165, 172, 173, 178, 179, 181, 183, 302, 345
Fate/stay night　004, 167, 172-174, 179, 300, 302, 340
Fate/Prototype　180
武士道　029, 067, 083, 194, 195
ふたりはプリキュア　173, 174
ブラック・オニキス（ザ・ブラック）　134
フランス中世文学集　105, 140, 157, 204, 306, 308, 310, 325, 343
（フランス）流布本サイクル（流布本・流布本大系）　018, 092, 103, 109, 138, 147, 157, 189, 196, 310, 327, 331, 338, 341, 342
ブリタニア（書籍）　280
ブリタニア（地名）　304, 305
ブリタニア列王史（ブリテン列王史）　007, 092, 101, 184, 256, 305, 325, 337
ブリテン島　002, 003, 250, 259, 260, 264, 267, 280, 330
ブリトン人　003, 006, 007, 247, 259, 260, 262-264, 266, 267, 277, 305, 306, 327, 338
ブリトン人史（ブリトン人の歴史・Historia）　101, 151, 304, 325, 337
ベルサイユのばら　175, 176
ペルスヴァルまたは聖杯の物語　166, 169, 170, 204, 298, 306, 325
ベルセルク　242
ペンドラゴン（TRPG）　133, 137
ボーイスカウト　287
北欧　003, 076, 122, 123
坊ちゃん　042, 068
ホトトギス　067
ほらふき男爵シリーズ　207, 208
ポリ・オルビオン　280
ポン　127
魔界村　183
魔術師の饗宴　136
魔術師マーリン（ドラマ）　298, 303, 330
魔術師マーリン（横山訳）　308, 325, 330
マジンガーZ　117, 118
マビノギオン　257, 304, 305, 325, 337
マーリンあるいはストーンヘンジの悪魔　283
マーリンの生涯　101
マーリンの予言実現注解　282
漫画家マリナ　タイムスリップ大事件　170
未確認飛行偏屈者　290
湖のランスロ（映画）（Lancelot du Lac）　087, 094, 339
三つの槍の探索　133
ミュンヒハウゼン男爵の水陸にわたる不思議な旅と遠征と愉快な冒険　207, 208
ミラーマン　117
夢幻の心臓　129
ムーミン　120
名誉の広き石（The Broad Stone of Honour）　284, 287, 295
メデューサ　076
メルリヌス・アングリクス・ジュニア（メルリヌス・アングリクス）　281
メルリヌス・リベラートゥス（メルリヌス・レディウィウス）　281
萌える！アーサー王と円卓の騎士事典　178, 180
燃えろアーサー（円卓の騎士物語）　013, 109-111, 113-125, 128, 170, 172, 339
燃えろアーサー　白馬の王子　109-111, 117, 119, 121, 122, 124
モデナ大聖堂　168
モンスター・コレクション——ファンタジーRPGの世界　135
モンスターストライク　183, 302, 345, 347
モンティ・パイソン・アンド・ホーリー・グレイル　011, 136, 142, 331, 339, 345
勇者ヨシヒコ　345
指輪物語　097, 126, 130, 131
UFOロボ　グレンダイザー　117, 118, 125
夢十夜　042, 060
夢の宮廷　290
ユリイカ　005, 039, 085
漾虚集　043, 049, 064
妖精の女王　096
ライジング・インパクト　140, 303
ラファエル前派　010, 025, 054, 068, 069, 096
ランスロットとエレイン（映画）　289
ランスロットとグィネヴィア（映画）　289
ランスロット（舞台）　013, 143, 145, 148, 149, 154, 162, 164
ランスロ本伝　→流布本ランスロ
ランスロまたは荷車の騎士　105, 156, 157, 169, 196, 329, 346
リゴメールの驚異（The Mar vels of Rigomer）　341, 343
リバイバー　132
リボンの騎士　173, 175
リリカルなのは　173, 175
ルドルフとイッパイアッテナ　100
流布本ランスロ（ランスロ本伝）　018, 103-105, 138, 327, 341, 342
ルーンクエスト　133
ログレス　111-113, 116
ロードス島戦記　140
ロビンソン・クルーソー物語　021
魯敏孫全伝　021, 022
ロボット刑事　118
ロマン主義　010, 047, 095, 096
ロミオとジュリエット　077
ローランの歌　004
倫敦塔　043, 049, 085, 326
吾輩は猫である　028, 042, 044, 067
惑星メフィウス　128
惑星ロボ　ダンガードA　118
忘れられた巨人　259-264, 271-274, 276, 277, 324, 326, 340
わたしたちが孤児だったころ　261
わたしを離さないで　261, 268
ワルウェイン物語（Dutch Romances）　202
わんぱく王子の大蛇退治　123

〈編者〉

岡本広毅（おかもと・ひろき）

1984年生まれ。立命館大学文学部准教授。国際アーサー王学会日本支部、日本中世英語英文学会、日本英文学会、西洋中世学会会員。専門は中世イギリスの言語と文学。主な著作に『ケルト文化事典』（共著、2017年）、『英語学：現代英語をより深く知るために―世界共通語の諸相と未来』（共著、2016年）、"Gawain's Treachery on the Bed: Trojan Ancestry and Territory in *Sir Gawain and the Green Knight*," *Studies in English Literature*, no. 56 (2015) など。

小宮真樹子（こみや・まきこ）

1979年生まれ。近畿大学文芸学部准教授。国際アーサー王学会日本支部、日本中世英語英文学会、西洋中世学会会員。専門はトマス・マロリーを中心としたアーサー王伝説。主な著作に『幻想と怪奇の英文学』シリーズ（共著、2014年～）、『アーサー王物語研究』（共著、2016年）、"Here Sir Gawayne Slew Sir Vwayne His Cousyn Germayne": Field's Alteration on Malory's *Morte Darthur*," *Poetica*, no. 83 (2015) など。

いかにしてアーサー王は日本で受容され
サブカルチャー界に君臨したか
変容する中世騎士道物語
〈ガウェイン版〉

2019年3月8日　初版発行
2019年3月20日　第2刷発行

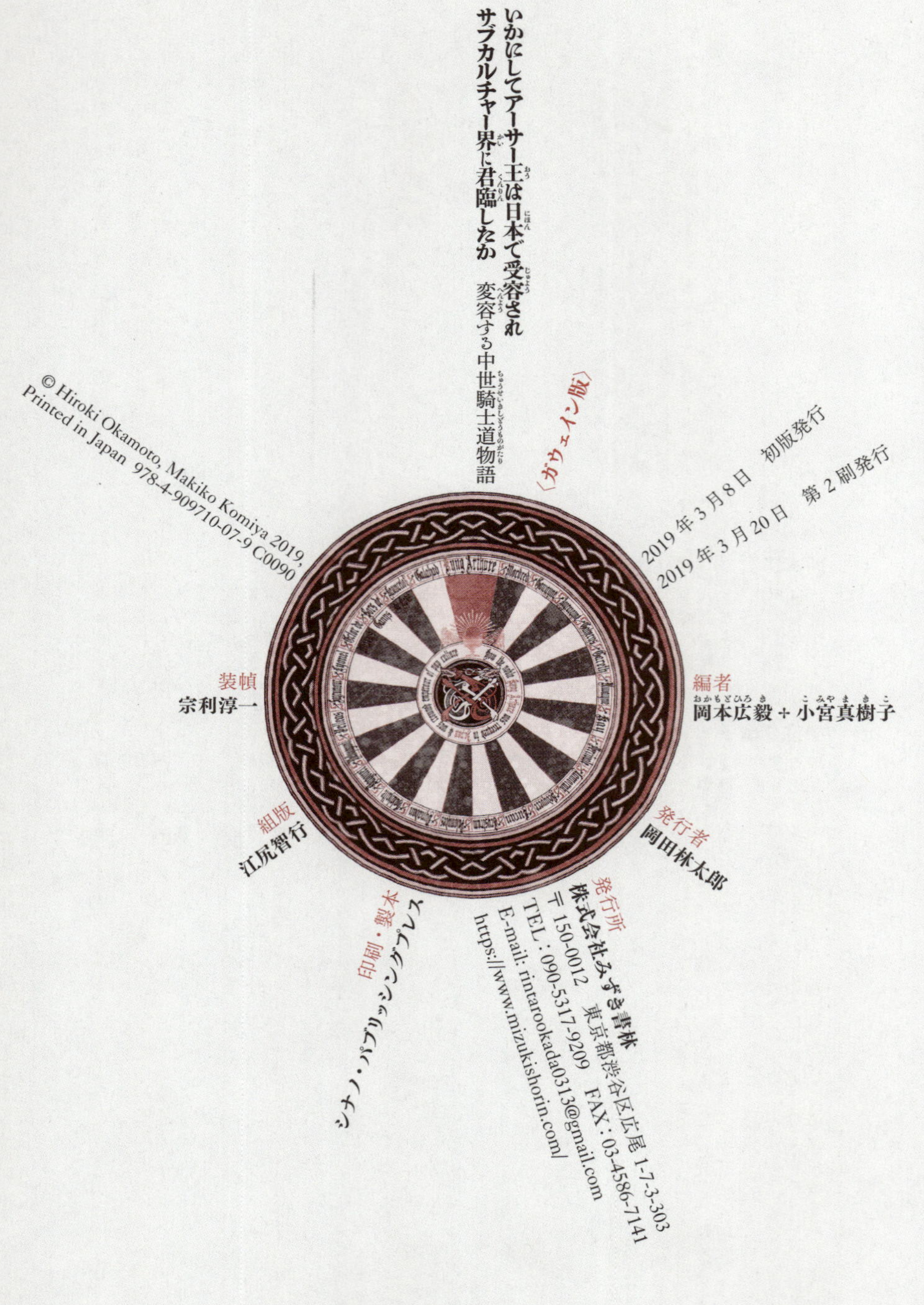

編者
岡本広毅＋小宮真樹子

発行者
岡田林太郎

発行所
株式会社みずき書林
〒150-0012　東京都渋谷区広尾1-7-3-303
TEL：090-5317-9209　FAX：03-4586-7141
E-mail: rintarookada0313@gmail.com
https://www.mizukishorin.com/

印刷・製本
シナノ・パブリッシングプレス

組版
江尻智行

装幀
宗利淳一

 978-4-909710-07-9 C0090